U0133482

满族口头遗产传统说部丛书

金太祖传

赵迎林 讲述

于敏 整理

吉林人民出版社

图书在版编目（CIP）数据

金太祖传 / 赵迎林讲述；于敏整理 . -- 长春：吉林人民出版社, 2019.5

（满族口头遗产传统说部丛书）

ISBN 978-7-206-16880-2

Ⅰ . ①金… Ⅱ . ①赵… ②于… Ⅲ . ①满族—民间故事—中国 Ⅳ . ① I277.3

中国版本图书馆 CIP 数据核字（2019）第 293309 号

出 品 人：常　宏
产品总监：赵　岩
统　　筹：陆　雨　李相梅
责任编辑：张　草　韩春娇
助理编辑：高铁军
装帧设计：赵　谦

金太祖传
JINTAIZU ZHUAN

讲　　述：赵迎林　　　　　整　　理：于　敏
出版发行：吉林人民出版社（长春市人民大街 7548 号　邮政编码：130022）
咨询电话：0431-85378007
印　　刷：吉林省优视印务有限公司
开　　本：720mm×1000mm　　1/16
印　　张：20.5　　　　　　　字　　数：330 千字
标准书号：ISBN 978-7-206-16880-2
版　　次：2019 年 5 月第 1 版　　印　　次：2019 年 5 月第 1 次印刷
定　　价：75.00 元

出 版 说 明

满族口头遗产传统说部是具有较高社会价值和文化价值的满族文化的百科全书。整理发掘满族说部的项目工作被文化部列为中国民族民间文化保护工作试点项目，并被国务院批准列入第一批国家级非物质文化遗产名录。

"满族口头遗产传统说部丛书"是千百年来满族各氏族对祖先英雄事迹和生存经验的传述，一代一代口耳相传，保留下来的珍贵的满族遗存资料。经过近三十年抢救整理，从二〇〇七年到二〇一七年的十年间，根据整理文本的先后，我社分四次陆续出版了五十部说部和三本研究专著。此套丛书无论从社会价值和文化价值来看，都是一套极具资料性、科研性和阅读性融为一体的满族文化的百科全书。

此次出版对以下两个方面做了调整：

一、在听取各方专家建议的基础上，对原丛书进行了筛选，选取最有价值、最有代表性的四十三部说部，删去原版本中与文本关系不紧密的彩插，对文本做了大幅的编辑校订，统一采用章回体表述方式，并按照内容分为讲述萨满史诗的"窝车库乌勒本"、讲述家族内英雄人物的"包衣乌勒本"、讲述英雄和历史人物的"巴图鲁乌勒本"、讲述说唱故事的"给孙乌春乌勒本"等，突出了说部的版本特色。

二、保留研究专著《满族说部乌勒本概论》，作为本丛书的引领，新增考古发掘的图片和口述整理的手稿彩色影印件。

特此说明。

吉林人民出版社

编 委 会

任何民族的文学都包括两大部分。一是个人用文字创作的、以书面传播的文学，一是民间集体口头创作的、口口相传的文学。后一部分文学是前一部分文学的源头，是根性的文学。中国作为东方文明的古国，口头文学的历史去之遥远。就像西方文学始于古希腊罗马的神话故事，我国文学史上第一部作品是《诗经》，即民间口头文学集，这表明口头文学是一个民族文学的源头。在漫长的历史中，这两部分文学一直同根并存，相互滋育，各自发展，共同构成一个民族文化与精神的极为重要的支撑。

中华民族有着巨大文学想象力和原创力。数千年间，各族人民以口头文学作为自己精神理想和生活情感最喜爱和最擅长的表达方式，创作出海量和样式纷繁的民间文学。口头文学包括史诗、神话、故事、传说、歌谣、谚语、谜语、笑话、俗语等。数千年来，像缤纷灿烂的花覆盖山河大地；如同一种神奇的文化的空气在我们的生活中无所不在；且代代相传，口口相传，直到今天。

我们的一代代先人就用这种文学方式来传承精神，表达爱憎，教育后代，传播知识，娱悦生活，抚慰心灵；农谚指导我们生产，故事教给我们做人，神话传说是节日的精神核心，史诗记录文字诞生前民族史的源头。它最鲜明和最直接地表现中华民族的精神向往、人间追求、道德准则和价值取向。中国人的气质、智慧、审美、灵气、想象力和创造力，充分彰显在这种口头的文学创造中。

这种无形地流动在民众口头间的口头文学，本来就是生生灭灭的。在社会转型期间，很容易被忽略，从而流失。

特别是在这个现代化、城市化飞速推进的信息时代，前一个历史阶段的文明必定要瓦解。口头文学是最脆弱、最易消亡。一个传说不管多么美丽，只要没人再说，转瞬即逝，而且消失得不知不觉和无影无踪，所以联合国教科文组织把口头传统和表现形式，包括作为非物质文化遗产媒介的语言列为非物质文化遗产之一。

在中国，有史诗留存的民族并不很多，此前发现的有藏族史诗《格萨尔王传》、蒙古族史诗《江格尔》、柯尔克孜族史诗《玛纳斯》、苗族史诗《亚鲁王》。作为满族民族历史和文化传统的重要载体——"说部"，是满族及其先民世代相传的极其宝贵的精神财富。它最初用"乌勒本"（满语 ulabun，为传或传记之意）指称，后受汉文化影响，改称为"说部"或"满族书""英雄传"。说部最初用满语讲述，至清末满语渐废，改用汉语并夹杂一些满语讲述。在漫长的历史进程中，满族各氏族都凝结和积累了精彩的"乌勒本"传本，如数家珍，口耳相传，代代承袭，保有民族的、地域的、传统的、原生的形态，从未形成完整的文本，是民间的口碑文学。"满族说部迥异于其他文类，不仅涵盖了口头传统，也吸纳了民俗学中多种民间文艺样式，包容性极强。"

我以为，对于无形地保留在人们记忆与口口相传中的口头文学，抢救比研究更重要。它是当下"非遗"工作的重中之重，要清醒地认识到文化和文明于人类的意义。当社会过于功利的时候，文化良知就要成为强音，专家学者要在抢救非物质文化遗产中勇于承担责任，走进民间帮助艺人传承与弘扬民间艺术，这也是知识分子的时代担当。

让人感到欣喜的是，经过吉林省的专家学者近三十年的抢救、发掘和整理，在保持满族传统说部的原创性、科学性、真实性，保持讲述人的讲述风格、特点，保持口述史的原汁原味的基础上，将巨量的无形的动态的口头存在，转化为确定的文本。作为"人类表达文化之根"的满族说部，受东北地域与多族群文化的影响，内容庞杂，传承至今已逾千万字。此次出版的《满族口头遗产传统说部丛书》为四十三部说部和一本概论。"说部"分为讲述萨满史诗的"窝车库乌勒本"、讲述家族内英雄人物的"包衣乌勒本"、讲述英雄和历史人物的"巴图鲁乌勒本"、讲述说唱故事的"给孙乌春乌勒本"四大部分。概论作为全套丛书的引领，从学术研究的角度对乌勒本产生的历史渊源、民族文化融合对其的影响、发展和抢救历程等多方面深入思考。

多年来"非遗"的抢救、保护、研究和弘扬，已取得卓越的成就。但未来的路途依然艰辛漫长，要做的事情无穷无尽。像口头文学这样的文化遗产的整理和出版，无法立即带来什么经济利益，反而需要巨大的投资和默默无闻的付出，能在这个物质时代坚守下来，格外困难。

文化传统和传统文化不是一个概念，我们的终极目的不是保护传统文化，而是传承文化传统。传统文化是固定的、已有既定形态的东西。我们所以要保护它，是因为这些文化里的精神在新时代应以传承，让我们的文化身份不会在国际资本背景下慢慢失落。

现在常把文化自觉与文化自信并提，这两个概念密切相关同时又有各自的内涵。文化自觉是真正认识到文化的重要性和自觉地承担；文化自信的关键是确实懂得中华文化所具有的高度和在人类文明中的价值。否则自信由何而来？

对传统文化的抢救与整理，不仅是为了传承，更为了弘扬。我们的民族渴望复兴，复兴的重要精神支撑在我们的传统和文化里，让我们担负起历史使命，让传统与文化为民族的伟大复兴发挥它无穷的力量。

冯骥才

二〇一九年五月

目录

《金太祖传》传承情况

赵迎林

《金太祖传》最早是我们家族先祖讲唱的乌勒本，后经数代人之手，辗转传承至今。

祖上几辈都有在打牲乌拉总管衙门当差的，太爷隶属满洲镶白旗，依尔根觉罗氏，名叫富尼扬阿，于打牲乌拉总管衙门任笔帖式。他聪明好学，满汉齐通，喜读"四书""五经"，谙熟汉族文化。为了继承满族的优良传统及遗风，曾把家族的家谱由满文译成汉文，以便让不懂满文的晚辈更好地了解先祖之功德和业绩。为此，每逢龙虎年不仅祭祖、修谱，还要"讲古""颂祖"。我自打记事时起，开始跟着家人参加这些活动，耳闻目睹，亲力而为，无形中受到了满族文化的熏陶。

东北农村上秋打完场便进入了农闲季节，既无更多的活儿可干，又无其他事可做，惟一的乐趣就是全家老小及左邻右舍围坐在火炕上听长辈讲古说书。我当时年纪尚幼，总是悄没声儿地倚在母亲怀里聚精会神地听着，有不明白之处也不敢插言询问。四爷、六爷和父亲分别叼着一杆长烟袋边抽边讲，四爷讲的是《金太祖传》，六爷讲的是《岳飞传》《薛礼征东》《济公传》等，父亲讲的是《老罕王的传说》以及《憨子脚长瘊子》《小夫人报信儿》《乌鸦救驾》的故事。尽管屋内充满了旱烟味儿，呛得睁不开眼，仍乐此不疲，讲得绘声绘色，听得津津有味，没一个半截儿离去的。

三人之中，讲得最系统、最生动的当数四爷赵永臣，读书颇多，满腹经纶，族众皆言那是屯子里最有学问的人，谁若有难解之事请教他，准能给以满意的答复。印象深刻的是四爷不止一次的手捻佛珠告诉我，说是你父亲所讲的《老罕王的故事》已流传了三百多年，可谓家喻户晓。由于满洲人十分敬仰努尔哈赤，一直当作英雄、神灵来崇拜，故而关于他的传说故事大多信以为真。至于你六爷所讲的《薛礼征东》《济公传》等，全是文人编造的，听听可以，切莫当真。我讲唱的《金太祖传》

是老祖宗跃马扬鞭打天下的真实故事，也是一代一代传下来的，今后将作为本家族所具有的文化财富中的重要组成部分，称其家珍不为过。它再现了当年女真完颜部不堪忍受辽廷的欺压，在都勃极烈阿骨打的率领下，先以武力统一了女真诸部，继而举旗起兵反辽，建立了金国。接着挥师南下，攻城略地，步步进逼，迫使辽帝耶律延禧没了退路，终被俘获，致辽丧国。咱的祖先满姓依尔根觉罗氏，名叫一兵，是银术哥姑姑的儿子，任金太祖身边的侍卫。他心地朴厚，待人诚恳，对主子忠贞不贰，在抗辽的沙场上英勇无畏，从不离主子左右，以身体和生命保护之。自女真完颜部在来流水誓师反辽，直至辽灭，始终跟随在金太祖的鞍前马后，一起冲锋陷阵，顽强拼搏，生死与共，对其戎马一生的征伐经历、同何军对阵、采用何种战略战术、重用哪些文才武将等知道得颇为详细。一兵虽不精通女真文字，难以把那些宏阔的战争场面、史无前例的壮举一一记录下来，但记忆力极强，已全部铭刻在脑子里了。因为对金太祖有着深厚的感情，发自内心的钦敬，佩服得五体投地，所以每有闲暇，便给儿孙们讲述阿骨打率领金军打天下的故事。还叮嘱晚辈务必将其丰功伟绩传布下去，以激励族众不忘先人创业守成的艰难，弘扬为拯救女真人脱离苦海、敢于反抗辽廷暴政、同强大的敌手抗衡之精神。

从此，在依尔根觉罗氏家族中，阿骨打的故事不知传了多少代。到了太爷这辈时，为了讲唱方便及后人能够接续下去，加之本人知书达理，文采出众，遂将祖上口耳相传的这部乌勒本以汉文进行了系统的归纳，形成了长篇说部《金太祖传》的讲述提纲。太爷经常讲给其子，即我的爷爷赵永恩、四爷赵永臣听，动不动就让他俩翻看提纲，并要求熟记在心。

时进民国，清朝寿终正寝了，满族的地位一落千丈。特别是民国初期，排满风潮强烈，其口号是"驱除鞑虏"，满人受到很大威胁。太爷胆小怕事，担心此说部给家族惹出祸端，已知儿子把内容记下了，于是忍痛割爱，烧毁了讲述提纲，不留后患。不久，富尼扬阿因病故去，赵永恩、赵永臣秉承父亲遗愿，每逢年节、老人寿诞或喜庆丰收，便凭着记忆给我的父亲赵显中及家族人等讲唱《金太祖传》。

爷爷赵永恩早年过世，四爷赵永臣的儿子赵显文为了全家人的生计跑到北大荒，从此杳无音信，四爷就住进了我家。这样一来，只有五六岁的我可谓近水楼台了，有很多机会跟着全家人一起听其讲老祖宗的故事，幼小的心灵对阿骨打产生了浓厚的兴趣，且边听边琢磨，时不时提出一些尚不解的问题，诸如女真人为什么受辽国的欺负啊，怎么可以娶好几个老婆呀，太祖的两万兵马如何打败辽国的百万大军，等等，四爷每每都给以详细的答复。长大后，父亲曾对我说："你爷爷、四爷可是讲故事的能手，口齿伶俐，吐字清楚，不但讲给子孙们听，也讲给屯邻听。四爷年轻那咱以种瓜为生，十里八村的人皆知他种的瓜又香又甜，待瓜熟蒂落时，便纷纷来到瓜棚吃瓜，还能听其讲故事，一举两得。每次开讲前，四爷总忘不了提醒大伙儿，《金太祖传》是本家族几百年来传承至今的一部宝书，真实可信，你们可别当笑话听。讲唱的过程中，他时而激昂，时而愤慨，时而悲伤，时而捧腹大笑。还不停地打着手势，摆足架势，如同说评书一样声情并茂，活灵活现，大家很愿意听且百听不厌，甚至讲到月亮升起老高了仍不想走。"

四爷离世后，我的父亲接着讲唱从其口中听来的这一说部，每当阖家团圆或用过晚膳，便围坐一起讲上几段儿。老人家称金太祖为祖太姥爷，讲到阿骨打起兵灭辽、俘获天祚时，总是无不骄傲地夸赞祖太姥爷如何有能力，有魄力，乃不可多得的君王。父亲所讲的内容大多是四爷讲过的，有的以前没听过，听的次数越多，记得越扎实，渐渐地也耳熟能详了。父亲见我上了农中，有文化，知悉当地的风土人情，爱听爱讲满族故事，便让做此说部的传承人，强调必须把祖上讲唱的《金太祖传》接续下去，决不能断捻儿。

我八岁入本村罗古小学念书，十四岁那年本应去三十里外的其塔木普通中学就读，由于家贫交不起学费未能成行。不久胡家乡办农业中学，只需交五元书费即可，母亲求借于亲属总算入学了。农中毕业回屯参加生产队劳动，后因患病，开始自学有关医疗方面的知识，先后任罗古村的畜牧防疫员、赤脚医生。在劳动、诊治之余，从不敢忘记父亲的嘱托，经常向族众、屯邻讲唱《金太祖传》。与此同时，又把同亲戚、朋友、左邻右舍的长辈聊天或街谈巷议听到的一些散在的关于阿骨打的奇闻轶事汇聚到一块儿，再有选择地加以补充，用一年多的时间写成了讲述文本。而今欣逢盛世，乘此次搜求、征集满族说部之机，提供给满族口头遗产传统说部丛书编委会，吉林省艺术研究院的于敏先生给予了精心整理、润色，调整了不足与缺憾之处，方使这部凝聚了几代人的心血、在依尔根觉罗氏家族传诵尤炽、独具一宗、激扬慷慨的乌勒本得以拂尘面试，在此一并表示诚挚的谢忱。

引　言

中华人民共和国由五十六个民族组成，周朝以前，东夷、西戎、南蛮、北狄等少数民族栖息在相当于现今河北省的中原大地，经过岁月的流逝、文化的融合而同化为汉人。汉朝时有匈奴、西域族，南北朝时有匈奴、鲜卑、羯、氐、羌族，隋唐时有突厥、吐蕃、党项、回纥族，五代后有契丹、室韦、奚族等。各个少数民族后来大多融于大家庭中而被同化，就像各条支流涌向长江、黄河一样，初始尚能泾渭分明，待汇合至中下游，谁能分得清哪个水分子是从哪条支流流进来的？

女真人，即现在的满族人，是中华民族大家庭中的一员。除了在历史博物馆或极少数的家谱中能见到满文外，几乎都操汉语，使用汉族文字，甚至由于满汉通婚，连满人的面貌、形体、语言、风俗等也与汉人没什么区别了。

女真人质朴、善良、正直、刚毅、勇敢，信仰萨满教，供奉天神，把有的动物、飞禽也奉为神，如虎神、鹰神、鱼神等。对野兽特别爱护，认为此乃上苍赐予的衣食，不可暴殄天物。狩猎时，倘若捕获怀有身孕的或正在哺乳期的雌性动物必放生，每次猎到只够自家用的便罢手了。无论老少皆尊重长辈，孝顺父母，爱护儿童。民情淳厚，对心中崇敬的部落长俯首听命，对亲朋好友以及宾客讲究诚信，礼仪周到，且发自内心而无虚假造作，喜怒哀乐出于自然。

金代以前的女真人以渔猎为主，生产能力原本低下，又遭受契丹贵族的掠夺和欺凌，生活十分贫苦。辽廷政治腐败，治理无方，视女真人如牛马，致其忍无可忍，怨声载道，起而反之。《老子》曰："故抗兵相若，哀者胜矣。"他们于反辽斗争的同时，不断总结经验，接受教训，汲取汉、室韦、奚、契丹等民族的文化精髓，学习生产技术、科学知识。在此种交融中，逐渐由原始的感性变为理性和感性的复合体；在热情、朴素、纯真、豪放的感情基础上，增添了思辨能力及智慧，从而使其由原始社会向封建社会过渡的时间大大缩短了。

本说部颂扬了北宋晚期女真人反抗辽廷血腥统治的无所畏惧的精神，展现了金、辽两军数次对阵的战斗场面，铺陈了金太祖从少年到老年的成长历程，其中包括完颜阿骨打与妻妾们富有传奇色彩的爱情故事；青年时期，协助前任节度使平定内部叛乱，用武装力量和政治手段统一女真诸部的英雄业绩；执政后，制定了一系列的政策、法令以及军队的编制等，建立了大金国；以各猛安、谋克的两千女真勇士为骨干，编组辽降卒，军队增至万人，力量日益壮大，进攻辽国的城镇，收复了被其侵吞二百余年的土地，解放了被契丹贵族压迫、蹂躏、搜刮的同族人；减轻百姓赋税，鼓励开荒垦田，发展手工业和采矿，增加了国民收入，生活得到了改善，族人感受到了当家做主的自尊、自由，全力拥护金主的治理；辽帝耶律延禧不甘心失败，调动大军企图扑灭女真人的革命烈火，以恢复摇摇欲坠的政权；阿骨打与部下、臣民群策群力，制定应对策略，在被动防御的过程中，积极利用辽廷内部的矛盾进行分化瓦解，不失时机地以两万金军力克号称百万雄师的辽军，创下了女真满万、天下无敌的神话；通过外交手段与宋国结成海上之盟，形成夹击之势，采取一次派将、三次御驾亲征的军事行动，将契丹的主力部队几乎全部消灭掉，辽帝被迫狼狈逃到西夏，以致最后丧国。

可以说阿骨打自执政始直至驾崩，算无遗策，百战百胜，在历史上的政治家、军事家中是少有的，称得起是位名副其实的英雄。他率领勇武的众官兵，以顽强拼搏的精神克服种种困难，终于推翻了大辽王朝，建立了以女真族、契丹族、汉族、朝鲜族、鞑靼族、室韦族、奚族等为主的和谐共进的国家，这是女真人由独处一隅投入中华民族大家庭必经的艰难而曲折之途，是满洲这一支流向历史长河汇聚时激起的浪花，在与各族人民亲和的矛盾中融为一体，是历史发展不可逆转的必然规律。各个民族犹如多种颜色，单单一种则单调、枯燥、乏味，没有生气。把多种颜色放在一起则斑驳陆离，通过画匠熟练、流畅的技巧，精心的构思，绘成协调而美丽的画卷。各族人民如同五音宫、商、角、徵、羽，单单一种则不能称为音乐，五音相合方可奏出悠扬婉转的曲调。倘若各种乐音未经谱写，加之作词，则不能成为人们所喜欢之表达思想感情、反映现实生活的怡情悦性的歌曲。

中华人民共和国只有在中国共产党的领导下，才能重熙累洽，繁荣昌盛。

第一章　辽应灭金当兴真龙降世　小顽童出浪言满谷人参

辽国到圣宗耶律隆绪当政后期开始走下坡路了，政治腐败，社会动荡不安，贵族、土豪以所能想出的各种办法盘剥、鱼肉百姓，使其生活十分艰难，终于不堪忍受沉重的苛捐杂税以及残酷的压迫而纷纷起来反抗。原渤海国的女真人最为勇猛、坚决，短时间内便占领了东京①附近的大片土地，辽帝不得不动用众多兵力予以镇压，六年后方平息。

鞑靼是蒙古高原的一支游牧民族，分布在胪朐河②以南至契丹国本部一带，受契丹贵族统治，每年必须向辽廷进贡一定数量的马、骆驼、貂皮、鼠皮等。随着时间的推移，贡品逐年增加，马、骆驼已增至各两万匹。加之派在鞑靼部的官吏贪得无厌，勒索钱财，中饱私囊，逼得鞑靼人举旗造反，其他各族的贫苦百姓也积极响应。辽道宗耶律洪基向各地征发兵员，并加重国内人民的赋税，以此来镇压起事。鞑靼人面对统治者的军队无所畏惧，顽强拼杀，先后占领了不少城镇和土地，道宗很是无奈，只得派使臣向西夏皇帝求援。西夏国出兵援助辽国的政府军，经过八年的战争，才将这场轰轰烈烈的起义镇压下去。其间的军费开支、奖赏有功将士、答谢西夏出兵的大量财物等，皆从赋税中出，无形中增加了下层庶民的负担。到天祚帝耶律延禧即位时，已是国库空虚，土地贫瘠，民怨沸腾。而这位皇帝不但不思励精图治，不勤正事，荒淫无道，只知吃喝玩乐，而且好佞人，远忠直，吝于赏赐，加重赋税，百姓苦不堪言，连天上的神仙看了都产生了怜悯之心。

一日，玉皇大帝升殿议事，太白金星出班启奏道："陛下，老臣近来到凡间走访，见北婆罗州和南瞻部州的黎民陷入了苦难的深渊。北辽皇帝横征暴敛，荒于游畋，自高自大，欺凌小国，信任奸佞，残贼诚正，赋

---

① 东京：今辽阳市。
② 胪朐河：即今蒙古国境内的克鲁伦河。

税日增，徭役繁重，民不聊生。宋朝皇帝以为天朝大国，物阜民丰，当今天下太平，该享天子之福。不富不丽，无以一民而重威灵；不饰不美，不足以示后而显其成。应修万寿山城，尽享天赐万物。运花石取于太湖，载以大舟，用纤夫千万；伐大木于南山，车辆百乘，人畜无数。官吏催逼猛于虎，役夫挥汗而成雨，终于建毕了周围十余里的万寿山，恰似仙山蓬莱，宛如人间仙境。其中千岩万壑，高山矮桥，运四方奇花异石而成花园，集全国珍贵古玩列于华馆。楼台殿堂，富丽辉煌；流水清泉，晶澈潺湲；鲜花盛开，沁香流芳；树木万种，奇形怪状；狍鹿成群，百鸟欢唱。将相渔利，家资千万，官吏巧取，皆成富豪。皇亲国戚、高官贵族等，对下擅作威权，以爵禄市私恩，勾结朋党，排斥异己，陷害忠良。以权力结交豪绅，减其赋役而移于贫民，强势积财，重利盘剥。小民无田以事耕耘，房破而转居沟壑，饥少果腹之食，寒缺蔽体之衣。这两个国家当权的全是皇亲贵族，根本不管百姓的疾苦，认为自己是高贵的血统，应该享受荣华富贵。平民则是供养贵族奢侈生活的奴隶，不仅担负着赋税和徭役，还要忍受王公、贵族、地主的无理辱骂、殴打，甚至可以随意驱使或处死他们，请陛下令太史官查一查辽国和宋国是否已到末代了。"

玉皇大帝点点头道："爱卿辛苦了，太史官！"

太史官出班躬身下拜道："本官在，回吾皇，辽朝国祚将终，宋朝正在中代。"

玉皇大帝说："辽国气数已尽，并不奇怪，此乃必然。宋朝正在中代，即为日在中天、繁华富庶之时，人民应享太平之福。然徽宗竟腐败到如此地步，该给以应有的惩罚，让其身陷囹圄，尝尝做下人的滋味，他的儿孙们到长江以南去等待衰亡吧！"

太白金星问道："陛下，有衰亡必代之以兴盛，准备派哪位神仙去人间拯救黎民呢？"

玉皇大帝抬抬手道："请各位贤卿据实举荐。"

太白金星奏道："小的在天上看人间，松花江两岸繁衍生息正常，这是松花江独角龙家族恭遵天命、恪尽职守、秉承吾皇旨意的结果。万物并育因自然之序，一龙统驭依规律摄生，如今独角老龙王已将近寿终，可派其统一辽宋江山。"

玉皇大帝思忖片刻，说道："独角龙王家族历代勤勤恳恳，谨遵王命，为松花江两岸苍生福祉建立了不朽功勋。也确实需要这样的神龙出现在人间，准奏，烦爱卿去宣旨吧！"

单说独角老龙离开龙体后，灵魂盘旋于松花江上空，久久不愿离去，后奉天命降生会宁府。辽国的司天监见天空中有五色云气屡出东方，大片的云朵霞光如同粮食囤积的困仓之状，遂对同僚说："东方当生异常之人，建非常之功业，天以象告，非人力所能为之也。"

位于松花江中游的会宁府，即今黑龙江省阿城南，节度使劾里钵的第二个儿子降生了。当时，晴朗的天空祥云缭绕，响起了婉转悦耳的仙乐声，太师府产房周围突然出现一道艳丽而柔和的红光。会宁府巡守兵丁以为太师府失火了，急忙赶来，方知安然无恙，只是府内新添了阿哥。众人欣喜若狂，异口同声道："太好了，女真族出大贵人了，值得庆贺呀！"

这个小儿除头顶正中有个骨瘤，身体其他各部均与正常婴儿无异，红嫩的小脸，五官端正，双目明澈有神。夫妇二人非常喜欢这个孩子，取名儿阿骨打，劾里钵高兴地说："咱的二小子是天赐的，来得正是时候，完颜家族要兴旺了！"

阿骨打一晃两岁了，有一天，其母拿懒氏领着他去花园里玩儿，经过池塘时，阿骨打突然挣脱母亲的手扑通一声跳入池塘中，拿懒氏吓得脸都白了，大喊道："来人哪，救命啊！"

众家丁忙不迭地跑到跟前，见小阿哥站在池塘中高兴地嚷嚷道："嘿，太好玩儿了！"说完一头扎入水中，宛如一条活蹦乱跳的鱼儿游来游去。

光阴荏苒，转瞬六年过去了，阿骨打八岁了。那双大眼睛闪烁着快乐、天真的光芒，挺而直的鼻梁两侧衬托着粉里透红的脸蛋儿，两片大小、薄厚适中的嘴唇不时地开合着，冒出一些让大人觉得既好笑又答不出的嗑儿，什么天空为什么是蓝色的呀？阴天了，云彩是从哪里来的呢？雨雪冰雹为啥能从空中落下？打雷打闪是怎么回事？天上的星星会不会掉到地上，等等，问得劾里钵和福晋只能敷衍道："孩子，这都是老天爷该管的，我们也不懂。"

阿骨打还常常趁家人不注意，手提缠磨仆从给编的蝈蝈笼子跑到山上去玩儿，观瞧各种各样的花草树木，看蚂蚁聚堆、蟋蟀争斗，听蝈蝈清脆的叫声。临下山前，捉几只蝈蝈装入笼子里，带回府中养着。

时近八月了，山里的红山楂、黄梨、紫葡萄等，阿骨打都摘下尝过了。这日，天傍黑儿他才回到家，用罢晚膳便去内室听父母说话儿。劾里钵打了个唉声道："咳，又到采集人参的季节了，不仅要给朝廷进贡，一些达官显贵也是非送不可的。年年挖，年年送，去哪儿找那么多呀？真是犯愁哇！"

拿懒氏说："愁有何用？送交的人参数量早已定下，谁也改变不了，纯粹是要人命嘛！"

坐在一旁的阿骨打接过了话茬儿："阿玛①、额娘②，孩儿一直想不明白，干吗每年把那么多好东西送给辽廷？不劳而获不说，还欺负女真人，凭什么呀？等我长大了，一定要制服他们，让辽人给咱进贡！"

劾里钵夫妇听后，既高兴又担心，高兴的是阿骨打人小志气大，担心的是若被契丹人知道了，那还了得！拿懒氏忙道："好孩子，听额娘的话，刚才所言在家里同阿玛、额娘说说还行，千万不能跟外人说呀！"

阿骨打点了点头，问道："你们说的人参是什么样子的？"

劾里钵边用手比画着边道："约一尺多高，主根肥大，长着五六个叶柄。每个叶柄上有六片绿叶儿，叶边是小锯齿形，叶面长一层绒毛，茎秆顶端有一嘟噜淡黄绿色小花，花落后结红色的扁圆形小果。"

阿骨打说："噢，原来上面结红色小果、周围长些叶子的就是人参哪，南山北沟里有好多好多呢！"

劾里钵笑道："这才胡扯呢，那地方我去过多次了，怎么没看见？"

阿骨打急了："真的，若是不信，孩儿明儿个引领阿玛去看！"

劾里钵心想："小孩子好玩儿，明天不妨同他到山里转转，自己也散散心。"

第二天头响，劾里钵带着儿子出了府门，向南山走去。到了近前往北沟一瞅，顿觉眼睛都不够使了，四十多年经常忧郁的脸上立马绽出了笑容，嘿，孩子所言没错，好多人参哪！

那么，阿骨打以前见到的果真这么多吗？非也，究竟是怎么回事呢？其实他见到的人参不过二十几株而已，小孩子说话难免用词不当，二十几株就成好多好多了。但这句话却惊动了此地的山神，心里琢磨开了："阿骨打乃真龙天子，金口玉言，说出的话必须兑现哪！"便去请示玉皇。玉皇大帝听罢，认为言之有理，遂下令将各地山上的六品叶人参全部移到会宁府南山北沟里去。山神们当晚作法，于是出现了一夜之间，此地的人参移至了彼地。

---

① 阿玛：女真语，父亲。

② 额娘：女真语，母亲。

劾里钵的祖先世世代代在长白山松花江一带游猎、放牧，有着健壮的体魄，聪敏的头脑，战胜凶残狡猾野兽的胆量。他们生活得自由自在，衣食无忧，原归属于渤海国，是个独立的国家。可是一百八十年前，契丹国，即现在的辽国第一代皇帝耶律阿保机率领军队侵吞了渤海国，并强令他们每年向辽廷进贡细布五万匹、粗布十万匹、马千匹以及貂皮、人参、东珠等，从此其国民便处于水深火热之中。以前渤海国只能自给自足，突然增加了这么多负担，感到力不从心。若交不足贡品，辽国官兵就会闯进部落，抢走妇女和儿童，限期用贡品赎回。

女真人愤怒了，暗中组织起来，袭击前来收取贡品的辽兵。然而这样做的结果是大批辽国军队很快开来，疯狂地打杀，女真人只好逃进深山老林，虽一次次不停地抗争，但都失败了。

辽圣宗时期，户部使韩绍勋经奏请，将宋国的赋税制度推行于女真部落，致使其愈加承受不起。渤海人大延琳和撒拉等偷偷到女真各部落及城中联络，共同反抗辽廷的剥削、欺凌，在短时间内组建了军队。撒拉去黄龙府欲说服兵马都部署黄翩参加起义，大延琳则去了东京，游说副留守王道平。王道平表面上表示赞成，待大延琳走后，立即弃家驰往上京留守萧挞不也处告密。萧挞不也一面令人飞马向圣宗禀告，一面派军队赶赴黄龙府，将撒拉抓住并斩首。

大延琳次日又去找王道平，见其不在，估计是去告密了，于是不得不在没有准备好的情况下举事。他率领刚刚组织起来的几千人突袭东京，囚禁了留守驸马萧孝先及南阳公主，杀死了提议给女真人加税的韩绍勋，将一向作威作福、恣意践踏女真人的户部副使王嘉、四捷军都指挥使萧颇得斩首示众。继而自立为帝，建号天庆，发出檄文，声讨辽帝暴行。还派人四处号召女真人团结起来，抗缴赋税，各地纷纷响应，连高丽国也停止了向辽廷进贡。

这日，大延琳遣使持密信前往保州，请渤海太守夏行美进击辽统帅耶律蒲古。夏行美不仅未听从，还将来使扣留，缚送耶律蒲古。

大延琳见保州、黄龙府不肯归顺，又耽搁不得，遂率兵进攻沈州。沈州节度使萧王六明知自己兵少，无力抵抗，只好假装愿意归顺，大延琳便没有攻城。圣宗耶律隆绪调集各路大军五十万围剿大延琳，萧王六亦率部出沈州予以夹攻，大延琳无奈之下退守东京。辽军随其而至，将东京死死围住，轮番攻城。大延琳与部下众志成城，奋力抵御，万箭齐发，致辽军死伤累累，六个多月未能攻下。后来大延琳的部将杨详世被辽廷收买，乘黑夜打开城南门迎进了契丹大军，大延琳战死。这次起义虽未胜利，但韩绍勋所奏以宋国赋税制度用于女真部落的提议未能继续施行，辽圣宗在女真人居住地增加了兵力，其反抗仍此起彼伏。

劾里钵由一个顽皮的孩童逐渐变得懂事了，每每见到父辈们失败后归来的愤愤面孔，从不敢多说话，而是躲到额娘身后。过了几天，阿玛乌古乃的怒气消退了，便带上弓箭进山狩猎。当满载着猎获物转回家门时，劾里钵总是张开双臂，像雏燕等待父母衔着食物归来那样迎上前去。乌古乃会咧着大嘴笑开怀，将其抱起举过头顶又放下，再搂过来用满下巴乱蓬蓬的胡子去扎儿下巴。

一次，劾里钵认真地问道："阿玛，我们跟契丹人打仗，为什么老是失败呢？"

乌古乃回道："孩子，辽兵多呀，一上来就是几万人，比我们多几十倍甚至上百倍。为了保存实力，有时不得不逃避或者屈服，以利再战。往往还有这种情况，咱刚刚组织起来准备行动，不知怎么竟被辽军探子发现了，随后便把领头儿的给杀了，大伙儿当即成了一盘散沙，何谈能胜利？"

劾里钵仰起稚嫩的小脸儿，学着大人的样子说："两军交战得动脑子，能不能想想别的办法，干吗一条道跑到黑呀！"

乌古乃显然受到了启发，边点头边道："嗯，也对，是该换一换思路了。"

过了几天，乌古乃在同亲族们商议时说道："此前的起义，由于咱的力量太小，无异于拿鸡蛋碰石头、一只羊跑进了狼群，所以都失败了。我们应该吸取教训，改变做法，不然还会吃亏的。"

族叔辞鹏翼问道："大侄子，你是否已经想好了？说出来听听。"

乌古乃接着道："我们不妨暂时服从辽廷，继续进贡，尽量麻痹之，使其不再时时监视咱。以后秘密组织起来，团结各部落，直到力量强大了，足以与他们抗衡了，再举事不迟。"

辞鹏翼感到没有把握："我们已多次起义，辽廷恨不得将咱全部杀光，想得到其信任可谓难上加难。"

乌古乃说："我思虑过了，辽廷并不打算将女真人杀光，若全灭了，谁给他们进贡啊？实际上其目的是让我们屈服，不劳而获，得到所需要的万物，就冲这一点，是能够行得通的。如果你们不愿前往，大伙儿可一起凑足贡品，由我去见辽军统帅。成功了，咱们暗中按计划行事；失败了，只搭上本人一条命和部落应交的贡品，损失不大。"

辞鹏翼眼珠儿一转，想出一辙："眼下辽军正在追捕叛乱分子和逃亡的铁勒人，而这些人不仅不帮助我们，还经常抢劫部落的资财、马匹。如果将其拿获，送交辽国，一可为咱除害，二可作为礼物取得辽廷的信任。"

话音刚落，在场的人你一言我一语地说开了，各有各的高招儿，最终达成了一致。从此以后，乌古乃和族人起早睡晚，打猎拉鹰、采珍珠、挖人参，几个月下来，备足了本部落应交的贡品。还想方设法掌握了铁勒人的行动规律，使其一个个落入了陷阱，碰上了兽夹，踩响了炸药。甚或出动几十人捕捉五六个铁勒人，待凑够二十个时，连同供品一并押送辽廷。辽廷又利用完颜部落为前锋，去征讨不肯服辽的乌林答部，如愿被正式编入辽军里东征西讨，并立下了战功。通过随同辽军作战，女真人抓来的俘虏在完颜部落里受到了优待，成为完颜部落的成员，队伍逐渐壮大了，辽廷封完颜部首领乌古乃为女真各部的节度使。有了这个官衔，加之完颜部的实力比各部落强，各部落也皆知完颜部有久历沙场的经验，在辽军的协助下，劝说白山部、耶悔部、统门部、耶懒部、土骨伦部加入了他们的联盟，被辽廷称为五国部的蒲聂、铁骊、越里笃、奥里米、剖阿里也前来归附，其后连最勇悍的斡泯水蒲察部、泰神忒保水完颜部、统门水温迪痕部等亦相继加入了联盟。乌古乃成为女真部落尊敬的太师，又设置了国相，由完颜雅达充任，负责管理部落联盟的政务。

乌古乃去世后，国相雅达欺继任节度使的劾里钵太年轻，想趁机夺取部落联盟的领导权。结果被劾里钵所察觉，立即撤销其职务，并暗自庆幸自己做了一件非常正确的事，认为这雅达平日看起来吆五喝六的，显得挺威风，肚子里不知憋的什么坏屁。他那两个儿子鬼头鬼脑的，近些天频繁地与各部落酋长交往，肯定没安好心，早晚不等。除祸害于未萌，及时撤了雅达的职，手中无权了，想翻天也起不了大浪！

正在得意之时，手下中军慌忙来报："太师，不好了！"

第二章 劾里钵鼓斗志力破逆匪
入辽廷结权贵徐图后举

劾里钵忽听中军之言，不禁一惊，不过很快便镇定下来，说道："慌什么，慢慢讲，怎么回事？"

中军急得话也不连贯了："太……太师，二老爷他们被……桓赧、散达领兵围在按出虎水①北岸了，赶紧去救吧！"

劾里钵听罢，当即召集城内强壮兵丁，飞也似的奔去。

此时，正值立春刚过，河面结着冰，大地仍铺着厚厚的白雪。劾里钵的二弟颇刺淑带着二十多名部下进山打猎，回返的路上，遭遇了逆贼的突然袭击，领头儿的是雅达的两个儿子桓赧和散达。颇刺淑只好让大伙儿放下猎物，抄起兵刃，且战且退，希望对方去争抢猎物，以便乘机逃脱。然桓赧却大声命令道："谁也不许拿猎物，违者立斩，都给我杀，看他往哪儿跑！"说完带头冲在前面，抢刀向颇刺淑砍去。

颇刺淑并不慌张，举剑挡开，反手向桓赧刺去，你来我往，互不相让。双方人马展开了你死我活的白刃战，鲜红纷飞的血雨落在洁白的雪地上变紫变黑，寒风带着血腥气飘向四面八方。桓赧、散达事先是有准备的，联系了别的部落，加起来约有五六十人。颇刺淑与部下尽管奋勇搏斗，终因寡不敌众，人数逐渐减少。正在危难之际，颇刺淑忽见逆贼大乱，知援军已到，遂高喊道："救兵来了，冲啊！"

军士们一听，勇气倍增，立刻形成了内外夹攻之势。

桓赧、散达见劾里钵率军来援，兵力顿时发生了变化，又见从其他部落来的人有后退之意，继续顶下去毫无益处，便带着大伙儿犹如飞兔般逃了。

颇刺淑和阿浑②劾里钵也不追赶，忙着抢救伤员，简单包扎后，又

---

① 按出虎水：今黑龙江省阿什河一带。
② 阿浑：女真语，兄。

把战死的兵丁抬到马背上驮回会宁府。到了晚上，兄弟俩在昏黄的油灯下合计开了，劾里钵说："桓赧、散达久蓄异志，欲夺盟主之位，为父鸣不平不过是借口而已。据可靠情报，他们联络了五六个小部落，一场恶战在所难免。二弟，我思谋过了，死不足惜，完颜部族声望比啥都重要。你大侄子乌雅束今年十五岁了，骑马、射箭皆已娴熟，不至于给部落添麻烦。小侄子阿骨打刚九岁，年龄尚小，不能在战场上拼杀。你不妨带其去辽国，能够求得救兵更好，倘若辽廷不派兵来援，可暂与他在那儿避难，为完颜部留下后代……"说到这儿，已哽咽不能言。

颇剌淑劝道："阿浑，不必如此伤感，完颜家族的人个个身强体壮，能征善战，断不会轻易失败。我去辽国求救兵需带些贡品，这样的话，必将给行动带来困难，得想个万全之策才好。"

劾里钵点点头道："二弟向来心思缜密，当哥的服气，拿个主意吧！"

颇剌淑思忖半晌，方道："桓赧和散达一准会猜到我们得向辽廷求援兵，定将在途中设下埋伏，可把砖头、柴草装在车上，上面放一层贡品。我带着人傍黑儿出发，发现来劫时，就放出信鸽。他们见有信鸽飞起，自然会想到有大军来援，慌忙中顾不上翻查车内物品。阿浑率军护卫贡品前来与我会合后，再送一程，待进了山路，即可凭借黑夜和熟悉的地形自保了，阿浑便能放心地引军回城了。"

劾里钵赞同道："此计甚妙，一旦他们发现车上装的不是贡品时，再想追赶也晚了。你到辽国后，可请业师教授阿骨打学习辽、宋文字，还要严加管束，使其成为文武全才。"

颇剌淑表示道："把心放在肚子里吧，小弟知道该怎么做，一定不辜负阿浑的期望。"

劾里钵拍拍颇剌淑的肩膀道："今天又出猎又打仗的，你也累了，回房好好儿睡一觉，明儿个头晌准备贡品和护送的车队，黄昏出发。"

颇剌淑起身道："阿浑，我回屋了，你也歇着吧！"

颇剌淑走后，劾里钵去了卧室，躺在炕上辗转反侧不能成眠，闭目思索着："看来桓赧、散达的反水是有预谋的，不知他们近些日子联络了多少人，在外又与哪些部落打交道，心里没个准数儿。好在本部落大多是完颜家族，近支要比雅达盛，亲属或降兵皆受过自己的恩惠，基本上是可靠的。虽然人数或许不如对方多，但能拧成一股绳儿，只要第一仗打赢了，持观望态度的部落便会归附过来……"

转天傍晚，村旁的小道上，桓赧和散达一块儿散步，桓赧蛮有把握地说："眼下以我们的实力，还不是劾里钵的对手，所以只能联系其他部落，扩大自己的阵容，哪管是否真心诚意相帮，助助威也是好的。劾里钵的部下不会知道别的部落究竟怎么想的，见到比他们多几倍的兵马，吓也吓死了。只要咱的部族领头儿冲锋，造足声势，就能稳操胜券。"

散达问道："阿浑，不知想过没，那些酋长能乖乖听从咱发号施令吗？"

桓赧回道："差不离儿，我是舍出多年积攒的人参、貂皮、黄金，先送礼后请兵，他们才一口答应的。"

这时，探子来报："二位大人，颇剌淑带领五十多兵丁赶着车向辽地去了。"

桓赧双手一背道："知道了，再探！哦，等等，关键是要注意劾里钵的动向，去吧！"探子转身跑走了。

散达说："颇剌淑准保是去搬救兵的，不能顺顺当当放他走，应该于半道儿截击才是。"

桓赧不以为然："辽地的线人已经捎回话了，辽廷正在对鞑靼用兵，结果却连吃败仗，不得不向前线增兵，哪里会来援助劾里钵呀！"

散达仍坚持道："想必颇剌淑会带着不少贡品，我们前去既可将其劫下，又可消灭这支为数不多的队伍，一举两得。"

桓赧说道："颇剌淑这小子鬼着呢，比猴还精，没准儿设下什么圈套等着咱往里钻。从此处到辽地，往返少说也得十几天，劾里钵离开颇剌淑，犹如失去一条臂膀。他走了挺好，对我们十分有利，何必去追呢？"

散达又问："我十分不解，昨天为啥去围攻颇剌淑呢？"

桓赧答曰："一来因为颇剌淑脑瓜儿灵活，鬼点子多，能给劾里钵出谋划策；二来截击他的地方离会宁府较远，以咱的兵力只能吃掉其中的一部分，所以便从颇剌淑下手了。"

颇剌淑走后，劾里钵急切地等待着飞鸽传书，可直至戌时，也未见其影儿，心里思摸道："难道出了什么意外？抑或飞鸽被老鹰抓去了？不能再耽搁了，应立即令三军护送贡品出发。"想到这儿，忽听城外人声嘈杂，马蹄踏踏。赶忙登上城楼一看，灰蒙蒙的夜幕下，通红的火把照亮了半边天，战马嘶鸣，黑压压的人群发出震天的呼喊声，不知来了多少兵马。将士们见此阵势，不禁面露惊惧之色，一时不知所措。劾里钵异常镇定，先命大家以雪搓面，待擦干后，大声说道："诸位将士、亲友们，不要怕，我们是顶天立地的完颜家族子孙，岂能被桓赧这等无名小辈吓住？其他部落大都是咱的好兄弟，不过是来看看热闹而已，不会做出伤害之举的。惟有桓赧、散达心存怨恨，蓄意报复，妄图篡夺太师之位。也好，主动送上门来了，咱只取他俩的人头，与其他部落无干！"说罢走下城楼，叮嘱族弟辞不失："今日之战，只有以死相拼，别无他策！"随即穿上甲胄，见部将都在整肃待命，遂令开启城门，排开阵势，回身又叮嘱众兵丁："大家看准了，那个骑白马操刀的是桓赧，骑红马持枪的是散达，集中力量取他二人性命，不要伤害无辜！"说完一骗腿上了坐骑，纵马扬刀急冲，辞不失和将士们紧随其后。

桓赧做梦未想到这种情况下，劾里钵竟敢带兵冲出来，匆忙之中下令放箭。各部落的人原本是来助威的，平日里跟完颜家族也没什么仇恨，只抱着观望的态度。加之方才又听到劾里钵对部下说的那些话，其中有不少人感动于太师曾经施以的恩惠，故而没一个放箭的，任凭劾里钵冲至桓赧、散达近前。这使得兄弟二人感到措手不及，早就知道劾里钵力大无穷，武艺超群，哪儿敢同他交手哇！索性谁也不顾了，拨转马头便跑。随从们见主将逃了，全部跟着猛蹿，各部落酋长则率军返回本部。

劾里钵两腿一夹，放开缰绳，打马追赶，辞不失与其亲随护卫两侧。桓赧、散达回头一看，见劾里钵率部下在后面紧追不舍，根本摆脱不掉，也没有时间回家接妻儿老小了，于是向深山逃去。待劾里钵撵至近前，二人已钻入密林，心想："他们在暗处，而吾等却在其视线之内，不能做无谓的牺牲，不值得再追了。"遂命拨马直奔桓赧、散达本部，到了那儿，将他俩的眷属带回城中看押，没收其家财。又令完颜齐带百人驻守此地，一有动静，马上通禀，并让他派兵丁分头到群众中宣讲，除散达、桓赧二祸首外，其余一律不问罪。

次日晚，派出探听颇剌淑下落的兵丁回来了，向劾里钵禀报道："太师，百里之内，没有见到二老爷一行。"

劾里钵估计二弟已进入辽境，虽然没有带贡品，但辽廷会念及完颜部这些年的汗马功劳而善待他们的。

话分两头。颇剌淑带着阿骨打在五十多名官兵的护卫下一路西行，始终没有遇到埋伏，劾里钵也未送贡品来。他知道桓赧是个聪明人，很有可能想出了什么歪点子，致使阿浑不能前来。既已离开驻地，又不明情况，还是抓紧搬兵为上。尽管没带贡品，辽帝为维护自己的领地，也会派救兵的。

一队人马行进到山脚下，颇剌淑吩咐兵丁把放在车上面的一层少许贡品卸下，扔掉转头，然后进了山，找个背风的山坡儿埋锅造饭，铺上柴草，就地歇息，兵丁们捡些干树枝笼起篝火取暖。颇剌淑唤道："阿骨打，过来，陪叔坐一会儿！"说着将备用的已杀完退了毛的野鸡肉用细铁棍儿穿起放在火上烤着。

阿骨打乖乖坐在颇剌淑的身旁，问道："二叔，还得走几天才能到上京①啊？"

颇剌淑回道："怎么，着急了？最少需三天。要记住，到那儿之后，见着生人得装聋，不可耍小聪明。"

阿骨打睁大眼睛不解地问："为啥呀？"

颇剌淑解释道："虽然此次是来求救兵的，但不可把对方作为我们的朋友，人家时刻都在提防着咱，或许为了达到某种目的而想尽办法伤害你也未可知。孩子，千万不要把叔今天跟你说的话讲出去，听明白没？"

阿骨打忽闪着一对儿大眼睛，似懂非懂地应了一声："嗯，听明白了。"

颇剌淑接着又道："到了上京，切不可四处乱跑，万一跑丢了，叔到哪儿去找你呀，记住了吗？"

阿骨打点点头道："记住了，我不会乱跑的。"

叔侄俩吃了几块儿野鸡肉便睡下了，一觉醒来，天已大亮，用罢早膳，颇剌淑即令启程。一路上风餐露宿，披星戴月，第四天头晌终于到了上京。一行人径直去了驿馆，安顿毕，颇剌淑吩咐手下照顾好阿骨打，然后整衣正冠前往皇宫，晋见辽帝。道宗耶律洪基接见了他，颇剌淑拜罢坐定，开口道："皇上，此次带来的贡品于半途中被逆贼劫去，微臣也差点儿丢了性命，万望陛下赦吾等未贡之罪。"

耶律洪基问道："什么人如此大胆，竟敢劫夺贡品？"

颇剌淑答曰："回皇上，是敝藩国相雅达的儿子桓赧和散达，他们不服陛下，妄想自立为帝。现今叛匪猖獗，家兄危在旦夕，望上国派出援军，以解倒悬之危。"

耶律洪基说道："很是不巧，辽军正与鞑靼征战，暂时抽不出兵力，只能等等了。"

颇剌淑忙又起身跪地道："望陛下怜我父兄多年来效忠朝廷，早发救兵，微臣叩头了！"

耶律洪基抬抬手道："爱卿请起，朕自有主张，先回驿馆歇息吧！"

---

① 上京：今内蒙古巴林左旗南。

颇剌淑躬身退出，回到驿馆，发现侄子不见了，便问手下："阿骨打呢？"

一武弁回道："小少爷闹着出去玩儿，根本劝不听，戈什哈①只好陪着去了。"

颇剌淑冲亲随吩咐道："赶紧带人去寻小少爷，天黑前找到与否，都要回来报个信儿！"亲随答应一声转身出屋了。

单讲阿骨打离开驿馆来到大街上，看见个和自己一般高的男孩儿，身边跟着位随从，正在教其放风筝，便站在一旁观瞧，心想："这风筝真漂亮，还好玩儿，回去让二叔给我做一个。"

此刻，那个男孩儿无意间一回头，发现了站在身后的阿骨打，旁边有位护兵陪着，知道是同自己一样的小少爷，遂把手中的风筝交给随从，走到阿骨打跟前说："在家里没人跟我玩儿，天天同大人在一起真无聊，咱们一块儿耍闹才有意思，你是谁家的？"

阿骨打尽管贪玩儿，却牢牢记得二叔曾叮嘱过的"你到上京要装聋"之言，便像未听见似的，没有回答。

那个男孩儿见对方未吱声儿，紧接着又问了一句："怎么不说话呀，我问你呢，你是谁家的？"

阿骨打把耳朵凑了过去："你说谁瞎？"

男孩儿瞅瞅他，噢，明白了，原来是个聋人，随即弯下身捡起一根小木棍儿在地上写道："你姓啥？"

阿骨打在家有专门的先生教授文化，早已认了一些字，当然知道男孩儿写的啥，心想："我堂堂完颜子孙行不更名，坐不改姓，再者说了，告诉他姓啥有什么不对？"想至此，回道："姓完颜。"

男孩儿也上来调皮劲儿了，便学阿骨打装聋道："你说什么，姓完蛋？"

阿骨打一听，当即气往头上撞，一把揪住男孩儿的头发，抡起拳头就要打。随从一个箭步蹿过来，戈什哈赶紧上前拉开，并连连给男孩儿赔不是，然对方仍不依不饶。正在这时，前来寻找阿骨打的亲随也到了，见此情景，急忙派一人回去向二老爷通禀。颇剌淑听罢，带着数十颗东珠赶来，将其中的一颗放入男孩儿的手里道："小少爷，看在我的面子上，饶了他吧！"

---

① 戈什哈：女真语，护兵。

男孩儿见这颗大东珠晶莹剔透，明亮耀眼，怪好玩儿的，也就作罢了。

颇剌淑担心男孩儿回去对家人说起此事，因而再来问罪，很是麻烦，便让护兵带着阿骨打回驿馆，然后冲那位随从道："这位差官，请头前带路，我要到府上亲自向尊老爷赔罪。"

随从点点头道："好吧，请跟我来！"

颇剌淑跟着随从和男孩儿穿过一条大街，来到一座豪华的府第前，门匾上刻着"都统府"三个大字，便对随从说："差官，请进去通报，就说东丹节度使劾里钵派其弟前来赔罪。"

随从领着男孩儿推门进院儿了，过了一会儿，随从出来说："让您久等了，我家老爷请您进去。"

颇剌淑走进大门，在随从的引领下来至客厅，见一位满脸络腮胡子的胖子于案后坐定，遂跪地叩头道："敝藩节度使之弟叩拜都统大人。"

那人眼皮都没挑，一抬手道："起来吧！"

颇剌淑站起身来道："适才小的家中孩儿愚顽，得罪了贵公子，特来赔罪！"说着从怀里掏出一个锦缎包儿，打开后双手捧着恭恭敬敬地放在桌案上："小小礼物，不成敬意，请笑纳。"

那人见了东珠，立马笑逐颜开，语气也变了："哎，小孩子嘛，都是一样的顽皮，何必劳您大驾前来？快坐，快坐！"

颇剌淑心里琢磨开了："看来这是个贪财之人，将来可以利用他，不妨再套套近乎。"于是便道："小的斗胆敢问尊姓大名？以后若能常与都统大人交往，聆听教诲，此乃敝藩之幸。"

那人道："吾与当今皇帝是一家，姓耶律，名章奴。只知贵藩姓完颜，但不晓得尊名何也？"

颇剌淑答曰："回大人，小的名为颇剌淑。"

双方又说了些客套话，互相打听一下孩子的学业，颇剌淑方拜辞。此后他常去都统府，今儿个送貂皮，明儿个送人参，终于和耶律章奴交上了朋友。继而通过这位都统结识了丞相萧奉先，自然也是恭谨奉承，投其所好，请客送礼，来来往往，打得火热。

颇剌淑在上京住着，一面派人打听辽国和鞑靼的战事，一面让兀里奇返回会宁府询问家里的情况，闲暇时教阿骨打读书识字。后来得知辽军屡次失利，辽廷不断向前线增兵，已不能发兵救援了。正忧心如焚时，门丁来报："二老爷，兀里奇回来了！"

第三章　返会宁遇埋伏丢失孩童
进深山遵师命学文习武

话说颇剌淑忽听门丁报称兀里奇回来了，眼前一亮，这些日子一直盼着呢，忙吩咐道："快，快让他进来！"

少顷，兀里奇进得门来，跪地叩道："小的叩见二老爷！"

颇剌淑一抬手道："起来说话。"

兀里奇站起身禀道："家中一切安好，逆贼已遁，太师请二老爷回去。"

颇剌淑大喜过望，转天即向辽帝辞行，又去都统府、丞相府与耶律章奴、萧奉先告别，三人互道珍重。

前书讲过，桓赧和散达率领一群叛匪逃进了辽国与女真部之间的深山里，不敢回到平原，天天在林中打猎，以兽肉为食，居住于山洞。面对此种生活，散达是又怨又气，怨的是自己生来体格不如劾里钵强壮，武艺不精，见人家冲杀过来无力抵挡，只有逃跑的份儿。可倒好，天天就剩下颓丧地唉声叹气、借酒消愁了。气的是听信了哥哥的蛊惑，盲目跟从，才落得这般田地，没了斗志。终朝每日一双小眼睛粘满了眵目糊，厚嘴唇向外翻翻着，口中喷出的全是酒气，还得找背风的地方睡觉。

桓赧则与散达恰恰相反，贼心不死，跃跃欲试，每日带着手下打猎、砍柴，并时不时地鼓动道："兄弟们，困难是暂时的，温都部首领乌春、徒单部首领撒里克与我是老交情，肯定会起兵帮咱的。再说了，其他部落首领哪个肯屈居人下？一旦有人倡导，即会群起而攻之，我们便可乘机把水搅浑，取天下易如反掌。到那时，众位还不都得是王侯将相啊，有享不完的荣华富贵……"

这日，桓赧见弟弟酒醒了，二话没说，将其拉到静水泉边，往水里一指道："你仔细看看，那是谁？"

散达挠了挠脑袋道："阿浑，别逗弟玩儿了，还用问吗，是我呗！"

桓赧长出了一口气道："瞧你现在这个样子，懒懒散散，吊儿郎当，哪儿还像从前那个生龙活虎、从不服输的弟弟呀！咱们暂时是失败了，可又算得了什么呢？自古以来，那些叫得响的大英雄哪有总是一帆风顺、未处过逆境的？我已想出一个绝好的主意……"说到此，故意停住了。

散达立刻来了精神："阿浑，接着讲啊，什么主意？"

桓赧用食指点着他的脑门儿道："就你这个酒鬼样儿，整天只知道喝，即使想出诸多办法又有何用？弟不帮兄，我一个人能干成什么事？"

散达清了清嗓子道："行了，别卖关子了，说吧，保证不再喝多了。"

桓赧问道："你思摸过没，颇剌淑能一辈子待在辽国吗？"

散达回道："当然不能，肯定得回来，而且在那儿不会逗留太长时间。"

桓赧一拍大腿道："这不结了嘛，山前这条道是他们回来的必经之路，咱天天在道两旁转悠，不信会不着。只要颇剌淑一露面，立即捉拿，然后以其为人质，向劾里钵要求归还我们的眷属和资财，并保证不追究以往的过失，想必他会答应的。"

散达听罢，咧开大嘴乐了："阿浑还真行，的确是个好点子，就这么着了，按你说的做！"

回头再讲颇剌淑带着阿骨打在数十人的护卫下急匆匆地往家赶，一路辛苦自不必说，当行至距桓赧兄弟所呆之山五里左右时，看看日已西斜，便令搭帐歇息，吩咐伙夫明儿个四更准备膳食。第二天一早，大伙儿吃完饭后上路东行，刚刚进入山谷，颇剌淑就从腰间抽出短刀，左手拿着盾牌，并叮嘱兵丁提高警惕。往前走了约半里地远，忽听一阵鼓响，紧接着从道两旁的草丛中噌噌噌蹿出不少人，为首的便是桓赧和散达，桓赧高叫道："颇剌淑，快快放下兵刃，等着我们动手不成？"

颇剌淑见此情形，急忙命令同样是一手盾牌、一手单刀的众兵丁把阿骨打围在中间，边战边走。桓赧仗着人多壮胆，又喊道："颇剌淑，不要敬酒不吃吃罚酒，我看在以往的情分上，没让兄弟们放箭，识时务者为俊杰，赶紧下马受降吧！"

颇剌淑紧握手中刀，像未听见对方说什么似的，也不答话，只管领队前行。

桓赧一看，咋喊不应声儿，立马失去了耐性，下令道："放箭！"

就在这个节骨眼儿上，一声震天的虎啸传来，随之狂风骤起，天昏地暗，叛匪们的马全倒在地上了。桓赧和散达大惊失色，以前曾听说颇刺淑乃大萨满^①完颜聪的弟子，深得真传，莫不是真的请来了虎神？顾不上多想，好汉不吃眼前亏，慌忙招呼手下连滚带爬地逃了。过了两袋烟的工夫，风息了，太阳出来了，天空晴朗了，颇刺淑清点人数，兵丁们都在，单单少了阿骨打。这下可急坏了，还回哪门子家哟，无颜面对大哥，怎么交代呀？遂命道："就地扎营，一定要想方设法寻得二公子，若找不到，就别想回去！"

话音刚落，眼瞅着前方不远处一块黄绫从空中飘落而下，随从赶忙跑过去拾起来呈与颇刺淑。颇刺淑将黄绫展开，见上面是师父的笔迹，轻声念道：

> 丢失孩童莫惊慌，
> 十年之后自还乡。
> 今随我去仙山住，
> 天人合一福禄昌。

念罢，竟激动得热泪盈眶，双手捧着黄绫扑通一声跪倒在地，望空遥拜，祝老人家仙寿无疆！

单讲被带走的阿骨打只觉得浑身绵软，脑袋昏沉沉的，耳边似乎有呼呼的风声，却睁不开眼睛。待风声停了，大睁双目一看，见头顶上方是犬牙交错、奇形怪状的石头，四周皆为石壁，原来是个大山洞，心里很是纳闷儿："咦，我怎么会在这里？记得刚才与大伙儿行走在崎岖不平的山路上，两边是参天大树，忽然从道边钻出一帮人来，叔叔他们呢？若是那些叛匪送我到这儿来的，那么二叔一定在身边。"想至此，四下瞅了瞅，山洞内半明半暗，左前方坐着一位银须白发、满脸皱纹的慈祥老者，身后站着两个面目凶恶之人。左边的那个长着一对儿金鱼眼，外露凶光，塌而长的鼻梁下端两个窟窿冒着粗气，大扁嘴连在下巴上。右边的那个瘦骨嶙峋，两条腿细得像麻秆儿，支着个大肚子，嘴巴尖尖的，两个黄眼珠子滴溜乱转。越端量越害怕，吓得浑身直哆嗦，不是好声儿地连哭带喊起来："二叔，二叔！"

那位老者摆了摆手，示意身后站着的两个人退下，然后走到阿骨打跟前轻声儿道："孩子，不要怕，我是你二爷。"

---

① 萨满：女真语，即司祭、巫师。

阿骨打见两个怪人走了，只剩下一个老头儿了，就不觉得那么恐惧了，心里稍放松了些，疑惑地问道："二爷？若真的是，我怎么没见过？"

老者那没有牙齿的干瘪的嘴里又发出了声音："没错，我是你爷爷的叔伯弟弟，名儿叫完颜聪。"

阿骨打曾听二叔和阿玛讲过有位叫完颜聪的爷爷，是全族中最有智慧的老人，又是大萨满，后来进长白山修炼去了。今天能在此遇见，自然十分高兴，便道："孙儿听说了，原来您老人家就是全族上下最尊敬的大萨满哪！"

老者点了点头。

阿骨打紧接着又问："二爷，与孙儿同行的二叔及一队人马去哪儿了？"

老者回道："噢，他们已经回会宁府了，把你留在二爷这儿学文习武。方才见到的那两个人是我的徒弟，扁嘴巴的叫王虎臣，尖嘴巴的叫彭翼飞，今后将是你的色夫①，教授武艺。"说罢见其彻底安静下来了，不再惊怕了，又将王虎臣和彭翼飞唤进，让阿骨打跪拜两位师父，并吩咐二人好生对待徒儿，然后各回各的山洞歇晌去了。

阿骨打此前发现王虎臣一条腿粗，一条腿细，觉得十分奇怪，当面又不好多问，很想弄个究竟。待王虎臣睡熟后，便偷偷溜进其山洞，轻轻解下师父的腿带一瞅，不由得大吃一惊，原来粗裤腿里还有一根虎尾巴！他刚欲将虎尾巴拽出，却传来了二爷的声音："阿骨打，干什么呢？快回去读书！"

阿骨打冷丁一激灵，赶紧回到自己的山洞，捧起石桌上的书读了起来："合抱之木，起于芽端。积水为海，积土成山。师傅引路，重在自专。学文习武，排除杂念，学而不厌，乐而不倦。锲而舍之，朽木难断；锲而不舍，金石可镂。熟能生巧，精能知玄，温故知新，举一反三。生终有涯，学海无边，铁杵磨针，水滴石穿。言之无文，行之不远，学富五车，方能达观。天地造物，气象万千。精心研究，本末根源，事理奥妙，皆在其间。相生相克，如环无端，并非孤立，互有因缘。格物致知，知通心安。心正修身，身修能贤，家贤延国，福祚绵绵。立志后定，定后能观，观后能思，思后能展。物有本末，事有先后，新陈代谢，连续不断。日出终落，夜极达旦，否极泰来，寒暑循环。福兮祸伏，祸兮福源。静

---

① 色夫：女真语，师傅。

后思动，动极疲倦。阴阳平衡，万物繁衍。互相对立，互相转换，互相依存，互相生诞。中正平和，莫走极端，衡知轻重，量知长短。人生几何，最多百年，岂能经历，诸事万千。漂洋过海，绕过险滩，知己知彼，通达权变。若能练就，如风一般，聚则猛悍，拔树昏天；散则娴静，呼吸自然。若能练就，如水一般，动起波澜，淹灌百川；静则明澈，饮之甘甜。若能练就，如火一般，怒起烈焰，真金能炼；喜则温暖，万物鲜艳。学而不思，会受欺骗，思而不学，疑惑百端。闭门造车，主观臆断，十中有九，失败虚幻。盲人瞎马，夜临深渊，胡闯乱撞，会有危险。细细参详，再去实践，通过局部，联想周全。仁者爱人，和睦融圆；仁者敬人，尊崇久远。惠而不费，劳而不怨，泰而不骄，欲而不贪。气能一忍，过后无患，事得理融，万事能圆。鹤胫虽长，断之则残；鸭腿虽短，续之则怨。水往下流，火性上炎，知己者智，知人者鉴。寸有所长，尺有所短，自满招损，得益须谦。人皆有过，不是圣贤，知过能改，善莫大焉……"

过了半个时辰，王虎臣走了进来，对正在用心读书的阿骨打说："二阿哥，停下吧，师父叫你去呢！"

阿骨打撂下书本，起身随王虎臣来到完颜聪的山洞，跪拜道："孙儿参见二爷，请问有何事吩咐？"

完颜聪并未答话，只是让王虎臣去厨房拿出一个洗脸盆，里面放着俩大碗，递给阿骨打端着。随后缓步走出洞外，回过头对正愣神儿的孙儿说："还站着干什么？跟爷走哇！"

阿骨打边应声儿边出了山洞，紧跟其后，刚拐过山脚，便见不少牛、羊、马、鹿在湖边喝水。这时，忽听二爷嘴里不知咕噜了几句什么，原本喝水的所有畜类都停了下来，老老实实地站在那儿，一动不动。又唤阿骨打去湖边舀来半盆水，完颜聪洗完手，从腰上解下一条毛巾擦了擦。接着让阿骨打也洗了手，告诉他洗罢倒掉，再去河边舀盆水来，端到靠东头儿的那头母牛跟前，将其奶子洗干净。

阿骨打端着满满一盆水趔趔趄趄地走到母牛跟前，担心被其顶着，不敢伸手为其洗奶子。完颜聪说："不要怕，放心洗就是了，它不会动的。"

阿骨打小心翼翼地洗完后，完颜聪蹲了下来，用手轻轻从母牛的腹部与奶子的结合部向下撸，让阿骨打双手捧着碗在下面接着。挤出半碗奶后，又到一匹母马跟前照样动作，说也怪，那马不踢不咬，乖乖地让他挤满了碗。完颜聪站起，接过阿骨打递过来的碗，咕嘟咕嘟一口气将奶喝光了。继而吩咐阿骨打拿着另一只碗跟自己去挤鹿奶、羊奶，待碗满后，对他说："喝吧，喝吧，不许剩一滴。"

阿骨打把碗端到嘴边，照二爷那样稍仰着脖儿咕嘟咕嘟一口气也喝光了，且不用吩咐，很快将两只碗洗净，端着盆碗回到二爷身边。又听其咕噜了两句，那些牛、马、羊、鹿动了起来，一切如前。

阿骨打十分好奇，问道："二爷，孙儿未听清，您说的是什么呀？"

完颜聪回道："我叨咕的是定身咒语，因为牲畜有野性，所以才这么做。而驯养过的牲畜是温顺的，挤奶时，也就不必将其捆绑再行事。"

祖孙二人回到洞内，完颜聪坐了下来，阿骨打先将脸盆、大碗放回厨房，然后站在二爷身旁垂手而立，完颜聪指了指左边的石凳道："孙儿，你也坐吧！"

阿骨打坐了下来，完颜聪捋了捋胡子开腔儿了："今天咱讲讲武术，就是说身体虽然强壮，但不可用蛮力，教你学太极拳、太极剑、太极枪。什么是'太极'呢？太极由道而来。什么是'道'呢？就是一阴一阳相互对立，互为其根，相为平衡，互相消长，互相转化，互相依存，动与静的不断矛盾变化即为道。二爷这样说，你听着可能不大懂，不妨先讲个远古的故事吧！"

阿骨打一听二爷要讲故事，立马来了兴致，坐直身子仔细听着，由我朱伯西[①]给大家复述一遍。说是很久以前，整个天地是在一起的，混混沌沌的。后来才分出了天和地，同时也出了四位神仙，抑或是生出四个人来，两男两女，男的是太阳神和保温都，女的是冷暗夜和施星雨。太阳神见大地冷冰冰的，没有一点儿光亮及热度，油然而生怜悯之心，把自己的热量和光芒向大地散发。大地突然感到这么强的光线和热度袭来，却受不了了，山石裂开滚到崖下，冰山化成水向下流去，致使高处的土地开裂。冷暗夜看见了，便责怪太阳神太残忍，她要保护大地，以慈母之心把寒冷和黑暗洒向大地。可这样一来，大地更觉得痛苦了，强烈的一热一冷哪儿受得了啊，山河崩裂，土地骤缩又舒张。于是太阳神同冷暗夜争吵起来，皆言对方不地道，冷酷无情。

保温都见此，遂施法术，给大地的外面护了很厚的一层大气，太阳的光芒被大气挡着，照到大地上就不那么强烈了，大地觉得暖洋洋的，挺舒服。冷暗夜施法时，由于大地的余热和大气层保存着温度，也不至

---

① 朱伯西：女真语，说书人。

于冷得发抖。施星雨见冷暗夜施法时，大地上太过黑暗了，随之造出了月亮和星星。又见大地干得龇牙咧嘴，就造出云、雨、雪，以滋润大地。时间老人不停地向前走，大地在四位神仙的保护下，长出了植物，动物逐渐也生出来了。

保温都和施星雨由于性情柔和，故而相互之间没有争论，只有爱。但他俩却不愿意结合，为什么呢？因其知道动物要靠植物生存，而植物又靠动物和植物死后腐烂变成肥料生存。如果他们结婚了，必会生出孩子来，靠什么活下去呢？所以只能耐心等待。后来植物茂盛了，欣欣向荣；动物成群，在林中嬉戏玩耍，保温都和施星雨结婚了。保温都想到应撮合太阳神和冷暗夜也成为夫妻，就不会吵架了，怎么办呢？便同施星雨商量、合计，终于想出了好点子，画出了太极图，再将太阳神和冷暗夜请来说："你俩总是吵架，不过皆是为了保护大地，我俩想了个法子让你们和解，愿意吗？"

太阳神和冷暗夜这些年早已吵累了，不想再争了，你看看我，我瞅瞅你，异口同声地表示道："好意我们领了，不妨说说看！"

保温都拿出了所画的太极图道："你们看，这白的一边代表太阳神，因为施法的时候，地球一片光明，大地的植物向上生长，动物全部活动起来。这黑的一边代表冷暗夜，因为施法的时候，大地上空暗了下来，动物和植物则处于安静、休息的状态。太阳神向大地散发光芒、热量感到疲倦的时候，冷暗夜便慢慢向地球散发寒冷、暗淡；待冷暗夜感到疲倦的时候，太阳神再出来施展威力。每神一班，交替进行，永远不止。如此一来，谁都能为大地施舍爱，也皆能得以歇息，你们看怎么样？"

太阳神首先赞同道："好，太好了，我施爱的时候，地球就是白昼……"

冷暗夜急不可待地插言道："我施爱的时候，地球就是黑夜，咱俩谁也不许乱来！"说罢，四位神仙全乐了。

在保温都和施星雨的撮合下，太阳神与冷暗夜也结婚了，后来生了很多孩子。女真人即是以太阳神和冷暗夜生的儿子巴图鲁为父系，保温都和施星雨生的女儿雍丽贵为母系而流传下来的，巴图鲁和雍丽贵深深感到四位先祖所行之事极其伟大，可又表达不出来，两人一合计，便起了个名字，就叫"道"。

故事讲完了，完颜聪接着又道："咱还说太极拳，后来我们的先人根据太极图悟出了道理，那便是沿袭祖先的路走，白天下地劳动，到了夜间则休息，顺着这一动一静，演绎出了太极拳法。简而言之，就是借力打力，四两拨千斤，瞅准机会借助对方的力量予以打击，而不是与其硬顶。至于真假虚实的招数，需把套路学会后，再一点点儿悟。眼下得先练基本功，蹲马步，走弓步，练臂力等，听明白没？"

阿骨打边点头边应道："二爷，孙儿听明白了。"

完颜聪向洞外唤道："王虎臣！"

王虎臣疾步走了进来，抱拳道："徒儿在，请问师父有何吩咐？"

完颜聪吩咐道："带阿骨打去练基本功，若不听话，可骂可揍！"

从此，阿骨打终朝每日按师父规定的时间喝奶、读书、习武，习武不能少于两个时辰。

初始，王虎臣、彭翼飞教阿骨打练金鸡独立，强调一次站立个把时辰，方能使师傅满意。他按师傅的要求，摆出了左腿弯曲提起、脚尖儿冲下、右腿站立、挺胸抬头、两臂平端的姿势，站不稳或支持不住、提起的脚落了地，须马上按原姿势站好。这样连续练习了半个多月，总算有了起色，一次能站半个时辰了。王虎臣紧接着又规定，从今儿个起，师傅将用脚或腿拨其单独站立的那条腿，直至拨不动为止。这下可苦了阿骨打了，刚刚站好就被拨倒，重新站起摆好姿势，又被拨倒，如此反复多次。阿骨打终于失去了耐性，耍开蛮了，躺在地上嚷嚷道："徒儿不练了，任师傅怎么罚都成，死猪不怕开水烫，把你们罚我的招儿全用上好了！"

彭翼飞走到王虎臣跟前，小声儿道："要我看，徒儿已经忍耐到了极限，不能再紧逼不放了。咱俩练武时，不是也有过这种情况吗，还是得循序渐进。"

王虎臣说："咱俩可做不了这个主，倘若师父怪罪下来，还不得吃不了兜着走哇，只能如实禀告了。"

二人来到师父洞内，见其正在闭目打坐，便立于一旁等候。不一会儿，完颜聪睁开眼道："要是没猜错的话，你们的小徒弟放挺儿了吧？好了，我去看看。"说罢起身踱出洞外，走到前边的树林内，果见孙儿正躺在地上耍赖呢，便道："阿骨打，长辈来了，也不见礼吗？"

阿骨打一听是二爷的声儿，一骨碌爬了起来，跪地下拜道："孙儿给二爷叩头了！"

完颜聪手捻胡须道："起来吧！"

阿骨打顺从地站起身，拍了拍衣服上的土，规规矩矩地立于一旁。完颜聪抬起一条腿，摆出了金鸡独立的姿势，吩咐道："阿骨打，去我的洞内拿根木棍子来。"

阿骨打听说让取木棍子，边走边琢磨："这是要打我呀，拿粗的好呢，还是拿细的好呢？用细棍子抽打肯定疼得要命，一时半会儿又死不了，很难挺。粗的打两下，很可能就没气儿了，快点了断也好，省得受这份儿罪。"于是就拿了一根又粗又长的大棒子，走到完颜聪近前道："二爷，孙儿遵命取来了。"

完颜聪命令道："阿骨打，使出你全身的力气，抡起棒子打这条站立的腿，要用劲儿。"

阿骨打看了看二爷，见其白发苍苍，眼窝儿深陷，满口牙全掉了，两腮瘪瘪的，寻思道："就这副老态龙钟的样子，全身连点儿肉都没有，那条瘦腿怎么能禁得起一棒子？可不打肯定不行，咋办呢？干脆应付一下，轻轻抡一棒子算了。"想至此，遂装出使劲儿的样子打了一棒子，实际上只是轻轻地碰了一下二爷的腿而已。

完颜聪大声道："根本没使劲儿，不要怕伤着老衲，放心吧，就凭你那点儿力气岂奈我何？即或是王虎臣用尽全身力气也打不坏的，只不过怕你不相信罢了。孙儿，打吧，若不使劲儿，必遭体罚！"

阿骨打一听二爷如此说，便不再顾虑了，使出了吃奶的力气抡起棒子照着那条细腿用力抽了过去，只觉得像打在棉花包上一般，二爷竟稳稳地站着，一动不动。阿骨打彻底服气了，扑通一声跪倒在地叩头道："二爷，孙儿懂了，一心练功就是。您老人家和二位师傅的武功之所以高超，一般人近不了前，就是这样练出来的。"

完颜聪收功后说："孙儿，要知道，在与敌手交战时，对方若用鞭、铜、棍打你的腿部，会因练过功而不受损。如果身穿铠甲，即使用刀砍，也不会伤到皮肉。在敌人向你进攻之际，由于双腿已练到不仅受不到损伤，甚至还可以用腿反击的程度，大可不必去遮挡兵器，更不需要躲避，而是直接反身相击，对方便不会有还手或者躲避的时间了。"

从此，阿骨打煞下心来习武，不怕苦不怕累，两年过去了，总算练就了基本功。这日，完颜聪来到演武场，在场内立一块木牌，王虎臣端着砚台站于旁边。完颜聪提起狼毫蘸饱墨，又在砚台上抹匀，刷刷点点于木牌正面写了一首诗：

> 兰叶春葳蕤，
> 桂华秋皎洁。

欣欣此生意，

自尔为佳节。

谁知林栖者，

闻风坐相悦。

草木有本心，

何求美人折。

书罢，从刀枪架上抽出一把刀，就地舞了起来。为了让阿骨打看清姿势、套路，故而动作缓慢，招式分明。其体位从容衍俗，威武雄逸，意态飞动，气脉贯通。招式与招式之间断而还连，奇伟诡异，不拘一格，随心所欲。如龙飞凤舞，如猛虎扑食，如飞鹰展翅，如猿猴窜山，信手拈来，不经意而天真烂漫，周旋规矩不可端倪。顾盼呼应，风采动人，纵横有度，虚实相生，婉转多姿，体兼众妙。收功时，巍然屹立，气息平匀，面目安闲。阿骨打不仅记住了路数，也看清了体势，还感觉到了二爷的神韵。完颜聪对阿骨打说："谁教武术都有一定的套路，然一旦对方知道了路数，便有了解法。我曾教你背诵唐诗，可用草书的笔势去舞枪弄棒，任何人也不会知道你的路数，并且不用死记硬背，随时根据对方的招数接招儿、进招儿，机动灵活，不妨试试看。"

阿骨打拿起刀，按字的笔画去舞，如同平常写字一样，只不过挥动的幅度大了，不用教就已经熟练了。

完颜聪又道："从今往后，你可根据这个道理，用自认为好用的兵器和二位师傅对练，他们会告诉你用的每一招、每一式是何派的武功、什么招式、套路、应该怎样破解等。你进攻时，可施展掌握的套路击之，这就是以后将学的武术功课了。"

阿骨打边听边点头，二爷的话已句句刻在脑子里，并决心照此去做，在艰苦的环境中锤炼自己，将来成为有用之才。

光阴荏苒，转瞬已是十年，会宁府中，劾里钵的夫人拿懒氏呆呆地望着窗外，不言不语，不愿吃，不想喝，身子骨儿很是瘦弱。侍女路儿、冬儿知道这是思念儿子所致，天天变着法儿逗她乐，哄她吃饭。一日头晌，门子来报："大太太，二老爷到府。"

拿懒氏无精打采地抬了抬手道："请进来吧！"

颇刺淑进了屋，躬身下拜道："参见大嫂，最近身体怎么样？"

拿懒氏忙道："还好，还好，二弟这么大岁数了，不必拘礼，快请坐！"

颇剌淑撩衣落座，笑呵呵地说："大嫂，告诉你个好消息，阿骨打带着一车书回来了，过一会儿就到家啦！"

拿懒氏听罢乐坏了，感觉浑身立马有劲儿了，笑道："哎哟，这可是大好信儿，路儿，快给我梳洗梳洗！"

待拿懒氏梳洗完毕、换套衣服、走出屋外时，众位阿哥、文武官员已等在门外了，侍女挽扶着大太太上了轿，颇剌淑带着大家依次跟在后面向前迎去。走出没多远，拿懒氏撩起轿帘儿，忽见阿骨打骑着匹白马驰来，身后是一辆二马拉的花毡辕车，急忙命轿夫停下并下了轿。阿骨打一抬头，看见对面有一群人迎候，站在最前头的是老母，路儿、冬儿分别在两边挽扶着，遂快马加鞭奔到近前，滚鞍下马，跪地叩拜道："额娘，一向安好？可想死儿了！"

拿懒氏激动得眼含热泪弯下身，伸出颤抖的双手抚摸着阿骨打的头，口中连连道："儿呀，儿呀，终于回家了，起来让额娘看看，长高长壮没？"

阿骨打站起身来，见母亲正在端详着自己，头发花白了，脸上的皱纹也多了，身子骨儿十分虚弱，心里好不难过，鼻子一酸，眼睛也湿润了，喉咙像被什么堵住了似的，说不出话来。过了片刻，才开口问道："额娘，怎么没看到我阿玛，他在哪儿？"

拿懒氏回道："唉，前几天受了风寒，正在病中。郎中说是邪气入里，暂不可外出，这会儿还在卧室躺着呢！快去见见你二叔他们，大伙儿都等急了，回家咱再唠。"

阿骨打擦干了泪水，走到人群跟前，先拜见了二叔和诸位长辈，然后与众阿哥、官员相互施礼、问候。拿懒氏令家院把书箱卸下，由于高兴，从内怀掏出两锭银子慷慨地给了雇来的车夫。车老板子千恩万谢，乐得屁颠儿屁颠儿地上了车，甩着响鞭、哼着小曲驾车离去了。

颇剌淑走到书箱前，尽管见多识广，却从未见过这么多书，打开其中的一箱左一本右一本地翻着，书中全是汉字。他通晓契丹语及契丹文字，汉语只学了常用字，翻了半天，竟一本也看不懂，遂问道："阿骨打，这是些什么书哇？"

阿骨打回道："您手里拿的是《礼记》，这本是《诗经》，那本是《易经》，还有《春秋》《论语》《孟子》《中庸》《大学》《三国志》等。我也没有全读过，二爷只教授识字，讲解古今汉语词汇。临走时，老人家说自己都这么大岁数了，留着也没用了，送给孙儿吧，回家后细心研读，会有大用的。"

大伙儿簇拥着阿骨打边唠边往家走，家院们抬着书箱跟在后边，说笑之声不绝于耳。进了府门，众人告辞，说是以后有的是时间聊，快去拜望太师吧，心里不定怎么盼呢！

阿骨打送众人离去后，反身急不可待地直奔阿玛的卧室，拿懒氏却拦住了他，说道："儿呀，郎中交代过，声称你阿玛的病易传染给别人，最好不要正面接触。不如这样，你站在门外，把门推个缝儿，爷儿俩聊几句怎么样？"

阿骨打拍拍胸脯儿道："额娘，为儿的身板儿壮实着呢，没事的！"说着推门进了劾里钵的卧室，拿懒氏自然也跟了进去。

缠绵病榻、面色灰白的劾里钵见二儿子回来了，立马露出了久违的笑容，刚要起身，阿骨打赶紧上前扶住道："阿玛，快躺下，怎么样，服了药见强不？"

劾里钵回道："嗯，郎中下的方子挺对路，打昨儿个觉得轻点儿了。此病传染，别离我这么近，去桌边坐吧！"

阿骨打只好乖乖坐在桌边的椅子上，劾里钵咳了一声道："看你的样子还不错，个子蹿起来了，身板儿也挺结实，这些年肯定没闲着，吃了不少苦、流了不少汗吧？"

阿骨打回道："二爷的徒弟王虎臣和彭翼飞是儿的师傅，他们对我十分慈爱，也很严厉。每天除了读书、写字，就是练功，打茶、煮饭、扫地等全是二位师傅做。二爷说时间紧，你惟一要做的便是学文习武，活儿可让二位师傅多干些。"

拿懒氏接茬儿道："老萨满可真好，想得挺周全，到底还是心疼自家孙子不是。"

劾里钵给了福晋一句："女人之见！"

阿骨打说："也有挺不住的时候，比如压腿、蹲马步、练臂力、眼力等，单调乏味，一天下来腰酸背痛的。想要偷偷懒、耍耍滑，师傅一眼便能看出来，不挨巴掌才怪呢！"

拿懒氏一听，眼泪就止不住了，扑簌簌往下掉，问道："师傅竟敢动手打徒儿，为什么不告诉你二爷？"

阿骨打笑道："告诉也没用，这是二爷当着我的面儿给二位师傅授的权，吩咐他们只要徒儿不好好练功就可骂可揍。当时觉得挺委屈，现在想来不是坏事儿，事实证明越打越结实！"

劾里钵说："讲得没错，你二爷这么做就对了，树要修剪才能长得直，哈哈①嘛，不经摔打怎能成材呢？"

这一夜，劾里钵夫妇不知哪儿来的精神，与儿子有说不完的话、唠不完的嗑儿，油灯点了一宿，直到天麻麻亮方熄，母子俩各自回房歇了。

阿骨打由于归途过于疲累，一觉睡到下晌方醒，急忙起床，洗漱完毕，用罢午膳，去见母亲，询问道："额娘，时间有点儿晚了，儿可否去参拜二叔？"

拿懒氏回道："当然可以，你二叔现在是国相，应按法度规定的礼数参拜才是，不妨让你大爷教教。"说着冲屋外唤道："路儿！"

路儿应声儿而至："太太，有何吩咐？"

拿懒氏道："赶紧的，去请辞不失老爷来！"

时候不大，辞不失匆匆而至，按弟媳之意给侄子细细讲了礼数。阿骨打一一记在心里，然后去见二叔，大礼参拜，颇剌淑连忙上前将其扶起道："免礼，免礼，都是自家人，不必客套。家里人得说家里话，走，去内室吧！"

颇剌淑刚一推开门，夫人富察氏迎了出来，上下打量着阿骨打道："嚄，十年不见，二阿哥成大小伙子了，威猛帅气，咱完颜家的孩子就是有出息！"

阿骨打撩衣跪地叩拜道："福晋金安！"

富察氏双眼笑成了一道缝儿："还是叫二婶儿吧，快起来，坐下说话。"

三人坐定，侍女奉上了热茶，颇剌淑问道："怎么样啊，侄子还好吧，这些年学了些什么？"

阿骨打回道："一切都好，二爷认为时间有限，初始每天教授他自编的契丹文课本和汉文识字课本，您看，就是这两本。"说着从内怀掏出呈上，接着又道："其后开始学契丹语和汉语字词的解法，还有《孙子兵法》《女真兵略》《六韬》《三略》《尉缭子》《李卫公问对》《吴子兵法》《司马法》等，武功教了太极拳、太极剑、太极枪。有一次，我跟二爷闲聊，老人家说：'人们皆言十八般武艺得样样儿精通，其实大可不必，这些武器你能都用吗？只要把太极武术学会了，再参看各种武术图谱，研究其特点和解法就行了。为人也好，为将也罢，武术是应该学的，不过学得再好，只能敌一人，顶多敌十人。'我当时十分不解，纠正道：'二爷，您说得不

---

① 哈哈：女真语，男人。

对，楚霸王有万夫不当之勇呢！'二爷笑道：'孙儿，那是一种比喻而已。你想啊，一个人长得再高大、再威猛，也就二百来斤，顶多有四五百斤的力气。进入万马营中，不要说敌人与其交战，就算个个站着不动，等着他去砍杀，砍倒百人，再往多说五百人，早累死了。西汉末年，王莽篡政，用了一个巨无霸，也没起什么作用，结果被率领几千兵马的刘秀将号称百万的大军杀得落花流水，望风而逃。二爷不要你学一人敌、百人敌，要你学万人敌，即熟知、掌握指挥军队作战的能力，而不是自己去冲锋陷阵。主要学的是如何巩固己方阵地，如何向敌方实施政治攻势，知己知彼，运用谋略，排兵布阵以及如何使军队纪律严明，服从指挥等。'总之，二爷所言涉及面颇广，举了不少实例加以说明，一时半会儿是讲不完的。"

颇刺淑感慨道："二叔只跟你二爷学了三年，顶多掌握点儿皮毛，跟侄子比可谓小巫见大巫了。"

阿骨打忙道："二叔，千万别这么说，折杀小侄儿了。二爷曾不止一次地告诫我：'孙儿，知道吗，眼下学的这些不过纸上谈兵，战场形势瞬息万变，随时都会有意想不到的事情发生。回去后，要向你二叔和那些久经沙场的老将们学习，他们才是最有知识的人。'"

富察氏侧过头冲颇刺淑道："看见了吧，咱们的小侄子真的长大了，都能谈天说地啦！"

阿骨打经这么一夸，很不好意思，脸也红了，说道："二婶儿过奖了，小侄儿该学的东西多着呢！二爷曾讲过：'女真人没有文字，自从被辽国侵占后，不但把有知识的女真人全杀掉了，而且焚毁了图书典籍。他们不允许咱识字，不想让咱学知识，这样就容易统治了。现在女真的历史皆为口耳相传，所以有多少先祖的宝贵经验都丢失了，留下的只是坚强、勇敢、质朴、团结和睦、敬老爱幼、扶危济困、知恩图报以及在对敌斗争中、捕猎过程中所获得的丰富经验。汉人在三千年前便有了文字，故而其历史及前人的经验能用文字记录下来，代代相传。这是我到山海关以南游历时，与汉人交往言谈中得知的，并向他们借了几本书看，方感悟到汉文化多么博大精深，值得女真人学习、借鉴。后来又用了几乎所有的积蓄到处求购，还搜集了不少书籍，一并带回长白山。要记住，汉人也是人，契丹人也是人，千万不要轻视、敌视他们。要团结一切可能成为朋友的人，甚至包括曾经站在对立面的敌人，当然也要警惕混进内部的脚快①，想出应对之办法。我们的心胸要像大海，雨多、地涝、水涨的时候，大海的水不见多；天旱、雨少、水枯的时候，大海的水不见少。大地上多少污浊之水不断流向大海，大海的水质却不变，可见其能量有多大，容纳百川而不拒收，虽有污浊，但能自净。当然了，任何民族的少数人都有不好的地方，比如尼堪②秦始皇为能长生不老，以术士为其仙山求药，用了不少人力物力。为了死后也能统治人民，仍过豪华奢侈、花天酒地的生活，竟役使数百万人给他修陵墓，造阿房宫，百姓苦不堪言。汉武帝为扩大本国的版图，派遣兵马前去征讨南方的弱小国家和少数民族，多少健儿战死疆场，多少黎民啼饥号寒，无路可走。个别昏庸皇帝甚至采取竭泽而渔、杀鸡取卵的方式搜刮人民，有的所谓学子为了讨好圣上，把人分成富贵、贫贱、三六九等，为统治阶级盘剥黎庶血汗、过着奢靡的生活提供理论根据。让女人裹小脚，当男人挥拳时，不能跑，不能躲。万般无奈，只能硬挺，饱受欺凌，仍要装出一副笑脸儿侍奉之。还制定出种种关于赫赫③的规矩，用条条框框加以限制，强迫她们奉行。汉帝认为自己是天朝大国，而其他少数民族则被轻视为蛮夷，尽管有三千年的文明史，人口却始终不增。即便在文景之治、贞观、开元、天宝盛世，也只有五千万，其苛政猛于虎、荼毒之甚残忍至极，可见一斑。秦始皇、晋武帝、唐玄宗等后宫多达万人以上，造成多少怨女旷夫，得用多少民脂民膏养活他们。女真人虽以打猎为生，但时时注意保护其后代，并像神灵一样供奉之。每到年节聚餐时，先把食物向四周抛撒一部分，以备附近的鸟兽虫鱼享用。即使对植物，比如最珍贵的山参吧，也只挖大的，留下小的，够用就行了。人人自律，从不过分采挖，捕猎动物。女真人没有高低贵贱之分，只有行当的差别，犹如人的头脑、四肢、五脏六腑一样，各司其职而已。男女之间也是平等的，互相友爱，互相尊重，从未给赫赫立下什么额外的规矩，不准虐待，更不要说裹小脚了。女真人有很多优良的传统，要世世代代继承下去，对尼堪的典籍要去粗取精，切不可照搬。'细细品味，二爷所言句句在理，也是对实践的总结。"

颇剌淑点点头道："嗯，老人家真是了不起，我若是有那么多知识该多好！阿骨打，把你带来的这两本书留下吧，我看看。"

---

① 脚快：女真语，奸细。

② 尼堪：女真语，汉人。

③ 赫赫：女真语，女人。

阿骨打笑道："好哇，家里有好多呢，二叔想看哪本，只要知会一声，侄子一准送到！"

叔侄二人唠得正起劲儿，门子来报："老爷，兀里奇来了，说是有要事通禀。"

颇剌淑命道："让他进来！"

少顷，兀里奇入府跪拜道："国相大人在上，小将有礼了！"

颇剌淑问道："所为何事？"

兀里奇答曰："今探得桓赧偷偷去了温都部，到那儿不知怎么说的，肯定是一番摇唇鼓舌、煽风点火。因为首领乌春正在秣马厉兵，声言独立，不给咱们送贡品了。"

第四章

温都部受蛊惑举旗起事
谈古今论诸子一见钟情

这日下晌，温都部城外的大路上来了一队背上驮着驮子的毛驴儿，队的前头有个着一身男装的青年牵驴，队的后头有个中年汉子赶驴。把守城门的小吏嘎尔巴站在城楼儿上正在看着这稀奇的驮队，前头那个牵驴的立定脚步，仰脸冲城上喊道："嘎尔巴大叔，还认识我吗？"

嘎尔巴大睁双目仔细观瞧，见城下的小伙子长得太好看了，鸭蛋形脸庞，白里透红的肤色，娥眉皓齿，容貌俊俏，心想："这哪是个哈哈呀，活像个赫赫，满城里也找不到一个。此人是谁家的呢？从未见过呀，我儿子要长得像他那样，不用求媒人，肯定能招来一大帮漂亮姑娘。"随即笑着大声回答道："不敢认哪，告诉我吧，真想不起来了！"

那人说："我是乌春的闺女乌古伦哪，就是八年前，那个病得几乎要断气的小女孩儿呀！"

嘎尔巴听罢，十分惊诧，大张嘴巴半天合不上。待回过神儿来，疾步下了城楼儿就往城内跑，到了乌春府前，也不等门子通报，满脸带笑地直接冲向开着门的内室，口里连连道："老爷……太太，好事儿呀，大喜啦！"

乌春的夫人额尔敦氏见他笑开了花儿，很是纳闷儿，问道："嘎尔巴，什么事把你乐成那样儿？"

嘎尔巴上气不接下气地禀道："格格……格格回来了，到城外啦！"

话音未落，躺在炕上抽烟的乌春腾地起身蹦下地，连鞋都没顾得穿，撒丫子就往门外跑。站在地当间儿的福晋一边嚷嚷着："等我一会儿，等我一会儿！"一边拎起夫君的鞋紧跟其后，两个侍女一左一右搀扶着。

夫妇二人来到城外一看，果真是闺女回来了，又惊又喜，乌古伦跪地颤声儿叩拜道："阿玛、额娘，一向可好？八年了，女儿真想你们哪！"

额尔敦氏早已泪如雨下，忙上前两步将女儿扶起，乌春的眼圈儿也红了，笑道："嘎尔巴所言没错，天大的喜事呀，快回家吧，进屋再唠！"

乌古伦说："阿玛，请等等，让人把驮子上的书箱抬回去，还得给人家驮子钱。"

乌春自言自语道："一个女儿家，弄这么多书干啥？"随即吩咐嘎尔巴带人把书箱卸下，又从内怀掏出两锭银子问脚夫："够不够？"

脚夫忙道："老爷，用不了这么多，得找给您钱呢！"

乌春摆摆手道："行了，不用找了，你也不容易。"

脚夫谢过，揣好银子，赶着驴队回返了。乌春拉着夫人来到大路上，双双跪地面向北方叩道："师父啊，谢谢了，还我们一个健康的女儿，救命之恩没齿不忘，衷心祝愿师父仙寿无疆！"

乌古伦待二老拜过，走上前将其搀起，朝府邸缓缓而去。诸位阿哥或许会问，这是怎么回事，乌古伦的父母为啥要向北方叩谢师父呢？请听我朱伯西慢慢道来。八年前，乌春八岁的女儿乌古伦长得十分俊俏，天真可爱，嘴里发出的童音府中上下人等都乐得听，特别招人喜欢，夫妇俩视其如掌上明珠。可是不知怎么回事，从当年的夏季始，乌古伦食欲每况愈下，尽管厨子调样儿做，就是不愿吃，感到难以下咽，身体逐渐消瘦。乌春和福晋心疼极了，请来萨满跳了神，又去汉族地区找了出名的郎中予以诊视并抓了药，吃了十几服不见强，偏方儿也试过了，毫无效果。眼见女儿瘦成一把骨头，连睁眼的力气都没有，只剩下一丝气息了。夫妇二人急得团团转，食不甘味，夜不能寐。正在束手无策之时，一日头晌，焦头烂额的乌春在院内踱来踱去，府门外来了位道姑化缘，乌春没好气儿的吩咐下人道："去吧，给两个碎银，打发她快走！"

下人遵办，然道姑不仅未走，还进了院门，冲乌春双手合十道："施主，听说家中的格格病了，能否让我瞧瞧？"

乌春眼前一亮，忙躬身道："师父请！"说罢头前带路，引领道姑进了女儿的卧室。

道姑走到炕前，仔细打量着双目微闭的乌古伦，过了一会儿，开口道："格格天生丽质，挂有福相，没有缺彩的地儿，将来定是大富大贵之人。"

额尔敦氏说道："师父，孩子已很长时间不愿吃东西了，现在是救命要紧哪！"

道姑表示道："格格病到这个地步了，我也不敢保证能治好，可否试试？"

乌春问道："请问仙姑，准备怎么试？"

道姑答曰："我这儿有丸儿药，给她服下，看看效果如何。"

乌春无可奈何道："行啊，死马当活马医吧！"

额尔敦氏说："师父，请赐法。"

道姑从里怀掏出一个红布包儿，将包儿打开，里边有个小瓷瓶，从瓶里倒出一粒丹药，放进格格微张的嘴里。过了半个时辰，格格的嘴合上了，呼吸均匀了，眼皮动了动，道姑问道："家里是否有饴糖？"

额尔敦氏应道："有，有！"

"取个羹匙用温水化开，给她饮一点儿，半碗足够了。"

额尔敦氏吩咐侍女照着道姑的话做了，乌古伦还真喝下半碗饴糖水，双目慢慢也睁开了，额尔敦氏惊喜地对爱根①说："老爷，快看，闺女还阳了，师父的医术了得，救了咱孩子的命啊！"

道姑言道："格格的病不是一时坐下的，起码半年多了，所以也不是短时间内能复原的。如果想让她彻底痊愈，只有跟我走，边走边治。还得套上车，拉着吃食和草料，直至格格可以走路了再回来。"

乌春问道："师父，咱商量一下，可否请您在敝舍暂住为其治疗？"

道姑回道："恐怕不行，一是我必须回去，二是格格的病势沉重，得抓紧时间用一路上对症的草药予以调治。到了我那儿，需采深山生长的药材并亲自炮制，每天按时给她服下，方能治愈，否则本道姑也无能为力了。"

乌春侧过头对福晋说："夫人，既然如此，就按师父之意办吧！"

额尔敦氏点点头道："嗯，只能如此，给师父添麻烦了。"

乌春遂让长子乌古泰、次子乌古禄套车，叮嘱他俩一直将其送至道观再回返，接着又道："请问师父，仙乡何处？"

道姑答曰："小兴安岭。"

"离此地多远？"

"大约千八百里。"

乌春听罢，吩咐两个儿子多带吃食和草料，套两辆车。待一切就绪，把女儿抱入车内，又千叮咛万嘱咐一番，取些银两作为盘缠，这才目送着他们离府了。

此去一走就是八个春秋，如今女儿已经长成大人了，而且健健康康地回来了，这夫妇俩怎能不感激道姑呢？进入府中后，见管家婆已将乌古伦

---

① 爱根：女真语，丈夫。

的闺房打扫完毕，各样日用品摆放整齐，三人便进屋关上门聊了起来。先是相互倾诉了别后的相思之苦，继而又问了问女儿的病何时、服了哪些药治愈的，然后唠到了道姑，额尔敦氏问道："闺女，听口音，那位师父不是关外人，她的家乡在哪儿，为什么跑到那么远的地方修行？"

乌古伦回道："师父告诉我，她是汉人，故乡在山东，家有良田千顷，房屋百间。父亲中了进士后，曾两任知县，作威作福，但还是贪心不足，想方设法攀高结贵，打算将女儿嫁给当朝杨太尉的儿子。师父曾听说杨家少爷长个三瓣嘴，天天啥也不干，衣来伸手，饭来张口，只知吃喝玩乐，便打心眼儿里不乐意。有一天，她在丫鬟的陪伴下去赶集，恰好看见杨少爷一步三晃地从嫣妮楼出来，咧着三瓣嘴、龇着大龅牙向送行的鸨儿和妓女道别，样子令人恶心。回到家后，径直去了父亲房间，正式提出宁死不嫁'三瓣嘴'。老知县一听，勃然大怒，声称若不从命，打折你的腿！无奈之下，师父便女扮男装，将私房钱和细软装入布袋子里，系好了背在身上，乘夜逃了出来。刚走出城外，遇见一位四十来岁的道姑，对方上下打量一番后，一语道破天机，于是师父跟着中年道姑出家了，拜其为师，住进庙堂。然这清净之地却被两个花花公子瞄上了，经常带着随从以拜神为名来道观，毫无顾忌地取闹、说笑。中年道姑很生气，对我师父说：'太不像话了，就那几头烂蒜，本道姑一个能对付他十个！只不过咱是教徒，不与其计较而已，再者一旦失手把人打坏了会招惹是非的。如果去衙门告状，从他们的装束和所带的随从看，一准是有钱有势的人家，根本告不赢。既然惹不起，还能躲得起，出家人以四海为家，在哪儿都一样，不妨走得远远的，换个地方修行。'师父琢磨琢磨倒也是，便跟着其师从登洲漂洋过海来到辽东，仍不辞辛苦地继续往北走，直至小兴安岭才决定住下来。二人去集上买了锹、镐，在向阳坡儿挖了个地窖子，把一根根木头用绳子并排绑在一起当门，拆了一件旧袍子缝成门帘儿挂上，这就算是家了。又在居处周围垦了点儿荒地，拿出从山东带来的种子和菜籽儿，播种于翻过的土地上，到秋既有粮吃，平时也有菜吃。有一年初春，师徒二人上山剜野菜，发现一个山洞，遂将倒木的树杈儿点燃作为火把，钻进洞内瞧个究竟。她们小心翼翼往里走着走着，忽见从南边射进一道光，顺着光线前行，到了近处才看清竟是条一丈高、一尺半宽、六尺长的大石缝，侧着身子穿过石缝便到外面了。眼前是块较平坦之地，草木郁郁葱葱，野花怒放，五彩缤纷，蜜蜂、蝴蝶在花间飞舞。左侧是片密林，时不时地传来叽叽喳喳的鸟啼，一只苍鹰在上空盘旋。她俩看了一会儿，又侧身从石缝穿回洞内，由于有了那道亮光，周围的空间清晰可见，哇，好大的洞啊！向上观瞧，是凹凸不平的洞顶；往四周瞅，是怪石嶙峋的石壁。朝前走了十来步，右侧有一用木头搭成的床，上面铺着厚厚一层干草，旁边放着成堆的竹简。师父拿起其中的一个竹片看，上面赫然写着四个大字'孙子兵法'，乃篆书。又取过其他竹简看，全是先秦的著作，皆为篆书。师父在家曾学过真草隶篆等字体，而中年道姑只能读楷书，除此对别的字体是看不懂的，只有摇头的份儿。师父对其师说：'明天咱俩下山买纸和笔墨，若没有宣纸，窗户纸也成，我把竹简上的字用楷书写下来，咱俩就可以一块儿学了。'从此以后，她们便住在山洞中，徒弟教师父学文，师父教徒弟习武。白天打坐、诵经、种庄稼、采蘑菇，晚上在油灯下读书，无忧无虑，心情舒畅。然好景不长，两年后，中年道姑突患重病离世了，只剩下我师父孤零零一个人，开始出山化缘，后来就到了咱们家。"

额尔敦氏又问："师父把你领走了，尽管是两个人了，也够孤单的，平时不觉得寂寞吗？"

乌古伦说："山洞里的书多得数不清，师父誊写完毕，用线装订起来，我没事儿时就翻看。吃穿不愁，到秋收获的粮食够我们俩吃了，需要买衣服或生活用品，师父把从家里带出的细软卖一点儿，所得银两一年都用不完。平日里，除了于田间劳作，就是师父教我读书写字、练武艺，时间安排得挺紧，丝毫不觉闷得慌。"

乌春问道："一个女儿家，能学什么武艺？"

乌古伦答曰："师父说了，女人首先要有能力保护自己，力量虽然没有男人大，但主要是化解对方的强力，攻击时采用不需多大力气的阴柔之术。师父与其师还琢磨出一套阴柔刀法，如果是在战场上，对付远处的敌人用箭射，所制作的弩机可连发十箭，用不了多大力气。若距离敌方近些，则用暗器，即抛绣花针。这玩意儿拿在手中感觉不到有重量，一旦抛出去，杀伤力却很大，中针者不是死，就是伤。我们天天练射箭，练抛绣花针，女儿不是夸口哇，想中对方眼珠儿，绝不会射到眼眶上。"

额尔敦氏接着问道："孩子，你回来了，留下师父一个人在山上怎么活？"

乌古伦回道："我本打算一直陪着她的，不想走，可师父坚决不允。说是你今年十六岁了，已到出嫁的年龄了，凭着姣好的相貌和天分，定能找个好男人，将来会有所作为的，不能因为陪着师父而耽误徒弟的青春。我还是执意不肯离开，她十分生气，说道：'你要是不走，那好，我走，让你从此永远见不到影儿！'我没辙了，知道师父说话是算数的，一言既出，驷马难追，只好答应了。师父下山雇了驴驮子，把誊写完的书全装入木箱里，让我带回来读。那些竹简仍留在洞内，师父笑称：'你走了，以后这些竹简就是我的伴侣了……'"

乌古伦与二老聊了很长时间，谈兴颇浓，有问必答，直至掌灯时分该用晚膳了方罢。

再讲颇剌淑之手下兀里奇的探报还真不是空穴来风，温都部在桓赧的煽惑下，首领乌春决定采取反抗行动。劾里钵对此自然不能小觑，命颇剌淑为元帅，乌雅束为先锋，阿骨打为裨将，带领八百兵马前去征讨。当颇剌淑率军来到距温都部五十里处时，便令各队分散开来，按八卦方位扎下八个大营，随后召集众将计议。颇剌淑说道："温都部与别的部落不同，他们以铸铁、造武器见长，锻造的大炮尽管击发的不是炮弹，而是碎石，杀伤力却很强。兵丁个个身强体壮，好勇、斗狠、不怕死，所以才敢于不交贡赋。请诸位开动脑筋，献计献策，想好了尽管讲来。"

少顷，劾里钵的长子乌雅束首先开口道："大家知道，温都部此次起来反抗，缘于桓赧从中挑拨。考虑到他们也是女真血脉，以我之见，可打可不打就不打，能招抚则尽量招抚。这样做，一可避免伤亡，二可壮大我们的力量，三可表示太师施仁于民之心，使其怀德畏威。当然也有弊端，即招抚不是三天两日就能收到实效的，或许需要很长时间，粮草供应便成了问题。"

阿骨打接茬儿道："大哥，招抚之策固然很好，可想过没？乌春既然敢反叛，就说明他没把完颜部放在眼里，派说客也好，用仁义感化也罢，都不会起什么作用。只有杀进城去，将其打败了，直至跪地求饶，才有招抚的可能。"

乌雅束提醒道："部队刚到城下，即进入了大炮的射程，大炮是铁铸的，人是肉长的，会粉身碎骨的。加之城高池深，光天化日之下，怎能攻进去？"

阿骨打说："大哥所言没错，大炮是铁铸的，杀伤力强，可人是有智慧的，需用脑子打仗。我只带十几名勇士，目标小，趁黑夜潜越护城河，爬上城头，打开城门，大军即可蜂拥而入。进了城，两军混战在一起，那大炮再厉害，不也如同废铁了？"

乌雅束想了想道："这样做的成功率只有一半儿，不可冒险，最好想个万全之策……"

颇剌淑插言道:"此时正是秋收之际,温都部城外的庄稼皆已成熟,马上就开镰了。咱可派出一部分兵力监视他们的行动,随时准备迎敌,余下的收割庄稼,粮草就不愁了。攻城计划是有些冒险,不过必要时,也不是不可以用。"

一位老将说道:"从去年秋收到现在,整整一年过去了,想必温都部城不会有太多的储备之粮了。咱不妨死死盯住城门,专门劫获出城打猎及收割庄稼之人,暂时扣押在我部。日久天长,城内粮食必竭,饥腹怎能打仗?如果他们出城来袭,我们反倒处于守势,完全可以避免攻坚的战斗。"

阿骨打又道:"每到夜晚,可令兵丁放鞭炮,做出击鼓喊杀状,并向城上射箭。目的是搅扰他们不得安宁以至疲惫不堪,观其动静,再定攻击与否。"

颇剌淑说:"好,暂且先这么办,明天开始行动。"

话分两头,过了三日,温都部的酋长乌春召集两个儿子、一个女儿及部将议事,开言道:"完颜部收割我们的庄稼,抓捕出城打猎之人,扣留马匹,又放鞭炮又击鼓射箭的,搅得咱夜不能寐,如此下去怎么行?看来只能出战,一决高下,各位有信心吗?"

长子乌古泰说道:"完颜部欺人太甚,如不给点儿颜色看看,不知马王爷有三只眼。请拨儿及二弟四门大炮,天黑出城,轰击其大营,让他们血肉横飞吧!"

女儿乌古伦表示道:"小女举双手赞成,去助两位阿浑一臂之力!"

众部将异口同声道:"打,坚决打,眼瞅他们屁滚尿流才叫痛快!"

乌春二话没说,点头应允。

乌古泰和乌古禄点齐五百精壮兵勇,披挂上阵,赶着马拉的炮车悄悄出城,向颇剌淑的大营进发。行至半道,忽然天空乌云密布,雷声滚滚,狂风呼啸,拔树摧屋,盖着大炮的兽皮不知被吹到哪里去了。没一会儿,瓢泼大雨洒向大地,不到半个时辰,水深没膝,浑浊的水流哗啦啦向大河汇去。道路泥泞难行,大炮更是动弹不得,乌古泰长叹一声道:"咳,天不助我也!"只好下令就地扎营,烘烤衣裳。

有的阿哥会问:"咦?怪了,怎么这么巧就下雨了?"其实一点儿不奇怪,皆因太白金星在天上看见乌古泰令兵勇赶着马拉的炮车向完颜部大营摸去,连忙前去禀告玉帝。玉帝得知此情后,派他到松花江传旨,令独角龙家族带上雷公电母，于乌古泰行军途中行雨，致其不但炮车拖不动了，连弹药也淋湿了。

那么，乌古泰率军悄悄出城时，颇剌淑知道吗？当然知道，此举早被埋伏在温都部城外的完颜部探子发现，随即抄小路速报国相。颇剌淑细细询问了兵马数量、所带器械及道路等情况，正在思索破敌之策时，忽然闪电雷鸣，大雨倾盆，汇成了奔腾的急流涌向大河，不由得哈哈大笑道："天助我也，温都部的大炮起不了作用了，此时不战，更待何时！"待雨稍停，命传令官擂起聚将鼓，众将齐集中军帐。先是简要地介绍了军情，接着吩咐库司拿出虎皮给每匹马蒙上一张，用皮条儿固定好。然后排兵布阵，阿骨打率左军，乌雅束率右军，自己率中军，前往乌古泰大营。到了那儿，吩咐军卒击鼓，从三面冲向敌营。

乌古泰和乌古禄见此阵势，匆忙之中，令属下上马还击。哪知坐骑见到这么多"老虎"冲来，不顾主人的鞭打、吆喝，竟吓得四散乱跑。完颜部的勇士乘机挥舞大刀、短剑冲进敌营，左杀右砍，温都部的官兵奋力还击，双方发生激战。乌古伦见一员小将正在指挥虎兵向这边猛冲，于是不慌不忙地取下背上的宝雕弓，搭上雕翎箭，拉弓如满月，箭发如流星，眼看将要射中，但见一条八爪金龙伸出前爪将箭抓住了。

小将何许人也？正是阿骨打。当听见弓弦响，便知有箭飞来，侧身一躲，同时左手抓住雕翎箭，右手拿起神臂弓，搭上这支箭，嗖地向发箭人射去，但见一只彩凤将箭拨落于地。

此时，乌古伦发现两位兄长向西逃去，兵丁溃散，随即也把坐骑一旋，朝前边的密林疾驰。阿骨打岂肯放过？打马就追，将及撵上时，乌古伦掉转马头，手提绣绒刀燕语莺声道："将军，还真想抓我不成？要知道，这绣绒刀可不是吃素的！"

阿骨打听罢，十分惊诧，原来一身戎装的发箭者竟是位格格！赶忙紧勒缰绳将马停住，解释道："非也，只想请你转告温都部酋长，我们皆为女真血脉，何必刀兵相见？应以和为贵才是。"

乌古伦问道："将军，完颜部真是这么想的？"

阿骨打点点头道："当然，绝无半句假话。"

二人说话间，乌古伦正在上下打量着阿骨打，见其日月光明盔下是张四方脸膛儿，五官端正，剑眉凤目，鼻梁挺直，唇红齿白。身披锁子连环甲，脚蹬长筒鹿皮靴，左佩龙泉剑，右别神臂弓，胯下一匹卷毛白龙驹，仪表堂堂，威风凛凛，英姿勃发，不由得产生了爱慕之情。

阿骨打也在仔细端详着乌古伦，见其肤色白皙，柳眉杏眼，悬胆鼻子，樱桃小口，面若桃花。头戴龙凤盔，身披银甲，挎剑背弓，右手一柄绣绒刀，左手一面盾牌，英姿飒爽。此时不知怎么了，平日威猛勇武的他忽然变得怜香惜玉了，好在没有表现出来，尚能不动声色，于是又道："大厦非独木能支，大事非一部所为。我们都是女真人，皆恨契丹人强加的贡赋，不过要想抵御契丹军的进攻、推翻辽廷的统治可没那么容易。起码得具备三个条件，一要人和，二要天时，三要有财力，而且还需用发展的眼光看问题，若只想眼面前儿那点儿小事肯定不行。即便完颜部不向温都部催贡，辽廷也会紧催的，或者派别的部落去征服你们，以达到自己的目的。时下，辽帝昏庸无道，大臣利欲熏心，贪污勒索，互相倾轧，各树朋党。北方、西方各少数民族，如鞑靼、党项等为反抗残酷的剥削而举旗起义，此起彼伏，辽廷疲于应付。这个时候，女真人正应该携起手来，准备充足的力量打败辽军，加速辽朝的灭亡，建立以女真为主的各民族大团结的国家。"

乌古伦问道："吾部为什么还向辽廷进贡？是不是完颜部借机勒索，反以辽廷强迫为借口？"

阿骨打耐心地解释道："绝非格格所想，只因女真人的力量太小，敌人的力量太大。知道辽国有多少兵马吗？百多万哪，且随时可以补充兵员。而我们呢？完颜部只有一千人，温都部有多少？"

"八百人。"

"这不结了嘛，相比之下，就像一只虎跑进了狼群，再勇敢、善斗又能怎样？双拳难敌四手。女真人各干各的，犹如一盘散沙，步调不能统一，辽廷对此早看明白了，知道翻不起大浪，不给人家进贡能答应吗？"

乌古伦问道："那得怎么办？"

阿骨打回道："依我之见，咱表面上得先表示服从，麻痹他们。老子曰：'将欲弱之，必固强之；将欲废之，必固兴之；将欲取之，必固与之。'其意是说若想削弱他，必须暂时使其坚强，因为过强、过刚容易折断；若想废止他，必须暂时振兴之，因为兴盛以后就会衰亡；若想取代他，必须暂时给予之，因为给予后才能麻痹他。若想以女真人当下的柔弱战胜他们的刚强，必须记住一点，即鱼不可脱于渊，利器不可示于人。我们不要脱离天下的百姓，就像鱼儿不能离开水一样，更不要脱离全体女真人，各部的实力不可轻易让辽廷知道。只有同仇敌忾，拧成一股绳儿，犹如诸条江河汇入大海，才会汹涌澎湃。还不能让辽廷看出咱的打算，务必秘密地积攒物力和财力，训练军队，制造武器。现在这种状态，如果不给辽廷进贡，其大军一到，我们就会像小虫子一样轻轻松松被禽类吃掉。"

乌古伦说："老子曰：'善为士者不武，善战者不怒，善胜者不与，善用人者谓之下。是谓不争之德，是用人之力。'即善于带兵打仗者不逞勇武，善于作战者不轻易激怒，善于战胜敌人者不用正面冲突，善于用人者对人表示谦和卑下，这就叫作不竞争的德行，运用别人的能力，不用自己的力量去和敌人斗争，方符合自然法则。你们不用老子的训迪来劝导温都部，却妄图以武力征伐之，我们的心里是不会服气的。"

阿骨打紧接着强调道："老子还说了：'挫其锐，解其纷，和其光，同其尘。'完颜部正是按此教导做的，挫败反抗者的锐气，剪断其锋芒。这样才能服气地让我们去解决双方的纠纷，再以宽容大度的胸怀求同存异，融合其光芒，混同其尘俗。"

乌古伦毫不示弱："儒墨两家争论不已，皆以彼非为是，欲以彼是为非。"

阿骨打言道："庄子曰：'是以圣人不由是非而照之于天，则莫若以明。'其意是说所以圣人不经过是或非的两种途径来解释，而是用自然的本性来对照便明白了。"

乌古伦又道："庄子曰：'此亦一是非，彼亦一是非。'我是站在自己的立场上讲的，就会将所说的看成是正确的，把你说的看成是错误的；你也是站在自己的立场上讲的，同样会将所说的看成是正确的，把我所说的看成是错误的。"

阿骨打翻身下马道："哎，庄子的原话我记不清了，大概意思是说自有天地始，就进入了循环合一，是也是一种无穷尽，非也是一种无穷尽。将是非看成是天道循环，用自然本性来对照便可，咱俩还争个什么子丑寅卯呢？"

乌古伦意犹未尽："此也是彼，彼也是此，顺从着是，也就顺从着非，顺从着非，也就顺从着是。比方到了正午，应当是白天最热的时候，但此刻太阳是向西行的，逐渐日落，走向黑夜。每到夜半，是最阴暗的时刻，然太阳正酝酿着要从东方升起，天又亮了。再打个比方，一个人身板儿强壮时，可能细菌和病毒正潜伏在体内繁殖，渐渐会生病。而生病了，症状重的时候，会出现高热，这恰恰是体内的正气与邪气激烈争衡之时，正气战胜了邪气，病体自然会痊愈。"

"嗯，所言没错，本人一直有志强我女真，推翻辽国。可世事难料，所以只能顺着形势而为，不敢说必能成功。"

"以正治国，以奇用兵，尽人事，听天命而已。"

阿骨打说："吴起虽有定国安邦之志、富民强兵之才，当时各国的形势又可使其发挥专长，但所在的楚国权贵势力太强。尽管得到了悼王的支持，实现了他那不和于国，不可以出军；不和于军，不可以出阵；不和于阵，不可以近战；不和于战，不可以决胜等军事主张，然而在楚悼王去世后，还是免不了乱箭穿身。"

阿骨打所言的吴起是战国时的军事家，政治上的法家，著有《吴子兵法》。其军事主张是说在国家内部不和的情况下，尽量避免与别国发生战争；军队官兵非训练有素，不可出阵；各部队之间没有协调好，不可与敌方交锋；诸方面准备不充分，则不能有胜利的把握。

乌古伦继续说道："晁错为汉景帝出谋划策，费尽心机，积粟、削藩、强兵安天下，结果反被屠之于市。商鞅在秦孝公的支持下，实现了礼法以时而定、制令各顺其宜、兵甲器械便其用等因时而变的法制，使秦地国富兵强了。可孝公崩逝后，没过多久，他却被五车分尸了……"

二人就这么说着、叹息着，竟然忘记是敌对双方了。后来阿骨打话锋一转，夸赞道："格格通晓古今，博闻强识，非常了得！可想而知，令尊、令堂定是博学之人，不仅通女真语，还通古汉语。"

乌古伦摇摇头道："将军所言差矣，此乃本姑娘的师父、修行于小兴安岭之仙风道姑所教，临回家时，还送给我好多汉文典籍呢！"

阿骨打显得十分高兴："巧了，本人的师父是大萨满，临行时也送我一车书。"

乌古伦兴致不减："我对老庄学说情有独钟，缘何呢？只因其崇尚自然。"

阿骨打说："我相信命运，遇到伯乐，千里马就有用武之地。韩非的学说曾赢得很多人的欣赏，在文章中一针见血地指出：'爱臣太亲，必危其身；人臣太贵，必易主位。'一些乱臣贼了看后，又怕又气，这不是公开提醒君王不要过丁崇信我们，不要给以过高的职位、过大的权势吗？岂能容他！设想一下，韩非在荀子门下读书时，如果其同窗不是秦国宰相李斯，而是齐国名相管仲的朋友、大臣鲍叔牙，或许更能发挥其聪明才智。"

乌古伦点点头道："说得也是，如果管仲的朋友不是鲍叔牙，而是与孙膑同在鬼谷子门下就学、后来陷害此同窗并削去其膝盖的魏国大将庞涓,那会是什么结果呢?管仲的'仓廪实则知礼节,衣食足则知荣辱'等见解和主张能得以实施吗?"此言之意即仓房里装满了粮食,百姓的衣食充足了,自然知道遵守礼节,看重荣辱,社会得以安定。

阿骨打接着道:"公孙龙子认为当时天下乱纷纷,周朝逐渐衰亡的原因乃昏庸的君王不察下情、公侯将相只是嘴上大谈治国安邦、做的全是为一己之利的事儿所致。在上位的是庸庸碌碌的世袭贵族,称为君子,在下位的贤良却被贬为小人,据此在《坚白论》中曰:'至矣哉!古之明王,审其名实,慎其所谓……'"其意即古代的明王真是高明啊,查其名声是否合乎事实,审慎地思虑其所言是否恰当、正确。

乌古伦插话道:"苏秦、张仪违反了鬼谷子转危为安、救亡图存的本意,而专使诈术,却也凭三寸不烂之舌横行于诸侯之间。"

"什么时代会相应出现什么人物,那个时代或许就需要那样的人,去对付庸碌无能、贪得无厌的昏君。"

乌古伦又道:"孔子曾言:'慈者所以使众也,尧舜天下以仁,而民从之',并提出各诸侯国应恢复周礼等主张。虽然历尽千辛万苦,周游列国,但诸侯没人愿意实施之,直到汉时,其主张才受到重视。"

阿骨打则道:"一点儿不奇怪,墨子提出的兼爱,即同时爱不同的人,不分亲疏厚薄,反对儒家的爱有差别和等级;非攻,即要想国家兴盛,人民生活富裕,各国就不要发动战争,那是最大的灾害;节葬,即厚葬需要动用大量的人力、物力、财力,不能使贫者富,危者安,乱者治,节葬照样可尽孝道。这些主张正与王公贵族的愿望相悖,怎么能实施呢?他的'染于苍则苍,染于黄则黄,所入者变,其色亦变。五入必而已,则为五色矣,固染不可以不慎也'的见解多么令人深思啊,警示大家要谨慎行之,严把处事近人关。不是吗,舜受到了许由、伯阳的熏陶,成为仁义的君王。夏桀受到奸臣干辛的蛊惑,成为昏君,结果致使国破家亡。"

墨子所言何意呢?即用青色的颜料染丝,丝就成为青色;用黄色的染料染丝,丝就成为黄色。投入的染料变了,丝的颜色也变了,放入五种不同的染料,丝就变成了五色,故而染色不可以不慎重。

阿骨打说罢,抬头上望,见天色已晚,虽意犹未尽,但得返营了,遂道:"想必格格该回转了,请代我向令尊、令堂致意,问二位老人家好。眼下,只有暂时屈服,赢得辽廷的信任,我们才有时间增强军事力量。女真人必须团结起来,同声相应,同气相求,相互配合,方能打败契丹人。"

乌古伦此时亦是恋恋不舍，表示道："将军，请回去代小女向太师致意，我本人愿意和贵部和好。"说完扳鞍认蹬，阿骨打也一骗腿儿上了坐骑，掉头各自回返。

乌古伦打马疾驰了一段路，发现大哥带着一哨人马打南边向自己走来，到了跟前未待发问呢，乌古泰见妹妹平安无恙，高兴地抢先道："哎哟，大小姐，跑哪儿去了？总算找着你了！"

乌古伦掩饰道："马惊了，迷了路，转了一大圈儿才回来。"

一行人进城后，乌古伦径直回到府上，去了母亲房间，把今天遇见的事儿详细说了一遍。额尔敦氏很是诧异，问道："闺女，什么金龙接箭哪，你没看错吧？"

"我敢保证，绝对没看错，真切着呢！"

"哎呀，这可是真龙天子啊，咱得按他的话去做，跟完颜部讲和才是。"

娘儿俩又唠了一会儿嗑儿，乌古伦便告辞回到闺房，见侍女英儿早已备好了温水和毛巾。洗罢脸，坐在椅子上，本打算闭目养养神，可眼前总是浮现出阿骨打那俊美、英气勃勃的身影，挥之不去，情窦初开的心嘣嘣跳个不停，难以平静。过了一袋烟的工夫，英儿推开房门，见小主子似乎正在想心事，于是轻声道："格格，该用膳了。"

乌古伦随口应了一声，身子却没动，英儿走到近前关切地问道："格格，是不是累着了？走吧，先用膳，回来好好儿歇歇。"

乌古伦站起身来，跟着英儿去了饭厅，草草扒拉几口就回房了。她躺在炕上，不光想着阿骨打，也思虑着部落目前的处境以及如何能说服父亲。如果父亲能听进去的话，依阿骨打所言去办，恢复与完颜部的关系，倒也不失为良策……

阿骨打与乌古伦分手后，怕二叔和阿浑惦着，飞马往回返。刚到大营前，乌雅束正准备带人去找他，见已回来了，遂长出一口气道："我的好弟弟呀，你可急死人了，还以为出什么事儿了呢！"

阿骨打把乌雅束拉到一边道："阿浑，我今天可开眼了，看见了一桩奇事。"

乌雅束问道："啥事儿呀，那么稀奇，还神神秘秘的？"

阿骨打便一五一十地将两军交战时，与乌春的女儿对射之情景说了一遍，乌雅束惊愕得大睁双目道："此事若是真的，那女子必是大福大贵之人，要不怎能彩凤接箭呢，太不可思议了，会不会看走眼了？"

阿骨打忙摆手道："不会，不会，千真万确！"

这时，颇刺淑也带人出来寻找阿骨打，见其正跟兄长唠着呢，也就放心了。

第五章　乌古伦劝父和军民联欢
意缠绵两相悦花好月圆

　　转天，乌古泰三兄妹来到正厅，跪地向父亲请罪。乌春抬抬手道："胜败乃兵家常事，况且是天公不作美，并非尔等之过，起来吧，坐下说话。"

　　三人起身落座，乌古伦开口道："阿玛，被完颜部掠去的族人不知怎么样了，若能放回，可否与其讲和？现在女真各部皆已归顺完颜部，惟吾部起兵叛离，削弱了女真的力量，这种情况下，节度使当然要问罪。但他们来到后，并没有攻打我们的城堡，而是于城外列阵。究其原因，估计有两种可能：一是担心城池坚固，武器不如咱，伤亡过大。二是等待时机，刺探我部实力，观察官兵的反应，看看能不能内变等。也怪咱太急躁，而致天不护佑，突降大雨，或许只是巧合。不管怎样，我们以一部之兵难以与完颜部抗衡，到最后会是什么样的结果，请三思。"

　　乌春叹了口气道："咳，我们不能出城打猎、放牧、收割，庄稼已被完颜部抢收，城内的粮草只够维持几个月。这样下去，就算完颜部不攻城，族人、牲畜也得饿死。原先想得挺好，以为他们一怒之下必来攻城，在保卫战中可发挥大炮的威力，消耗其实力，可人家偏偏不这样做，出乎咱的意料。开城交战吧，兵力肯定不如完颜部多，赔等着吃眼前亏，想想看，有何良策？"

　　乌古泰说道："儿以为不妨向完颜部提出要求，只要放归所掠之族人，可依前缴纳贡物，还算明智。继续撑下去，将士饥馁，必生怨言。若对方考虑到我方的处境维艰而提出更苛刻的条件议和，其曲在彼，吾部之民将会对完颜部越发不满，支持此次反抗行动，即使不得已决　死战，也会尽力的。"

　　乌古禄接过了话茬儿："阿浑所说不尽然，我曾亲耳听到有的族人讲：'原本就不该叛离，结果惹出了麻烦，这可倒好，打也不是，守也不是，骑虎难下。事已至此，还有啥辙？只能听天由命了。'士气低落，怎么与完颜部决一死战？那不白白送命嘛！"

乌春听罢，沉思良久，点了点头道："好吧，就依你们，再商量一下如何去议和……"

翌日头晌，乌春令属下聚集来全城百姓，大声动员道："父老乡亲们，我部放牧、收割之人皆被完颜部掠去，至今未归。希望大家拿起武器，随我到阵前与对方谈判，没本酋长的命令，不许擅自行动。若是完颜部答应将吾部族人放回，使得家人团聚，咱们照常纳贡；若不同意放还或被掠后遭到伤害、虐待，拼死也要跟他们斗到底，生死存亡在此一举，大家以为如何？"

部民一听欲向完颜部要人，谁不希望阖家团圆哪，遂异口同声道："没说的，听酋长的！"

乌春随即率领军民出城，来到完颜部大营百步之外列阵，传令官去大营前通禀道："请完颜部主帅答话！"

守营哨兵报于中军，颇剌淑立马整顿队伍，出营列阵。乌春见此，恐对方不知来意而攻之，一拍马肚子行至两阵之间，高喊道："温都部酋长请国相答话！"

颇剌淑一看，乌春单人独骑而来，忙令三军勿动，拍马迎上前去。因其常去女真各部落，主要与酋长打交道，各酋长带人到完颜部送贡物时，作为国相也得接待，所以互相都认识，于是拱手道："盟弟，久违了！"

乌春亦在马上拱手还礼，继而说道："盟兄，小弟因一时糊涂得罪了大邦，在这儿赔不是了！若能将掠去之族人放归，定当俯首认罪，继续纳贡。若不想这么做，小弟能容，恐将士、部民念亲之情不能容，必抗争到底。"

颇剌淑笑道："人非圣贤，孰能无过？我家太师一向宽宏大量，不会责其小过也！所掠之民尽数俱在，毫发无损，在吾部的待遇如何，他们自会说清的。惟昨日有来袭我之官兵，双方互有伤亡，这是无法补救的，至于降兵也一块儿遭还。"

乌春一听，喜上眉梢，连声致谢道："谢谢，谢谢了！"

颇剌淑掉转马头回到阵中，令属下将所掠之人、降兵以及牛、马、羊等牲畜放回，又把所收割的庄稼运至阵前，请乌春点收。

温都部族人见此，感激涕零，欢声雷动，乌春双手抱拳相请道："请国相率部队进城，吾等当尽地主之谊，犒赏三军！"

颇剌淑心里犯了嘀咕："这乌春是不是打算先骗我军进城，用酒灌醉，然后再反击之？还是小心为上。"想至此，说道："承蒙厚爱，军队不便扰民，不妨就地进行一次军民联欢如何？"

乌春也在思摸："噢，明白了，这是怕我们不讲信用，来个关门打狗哇！"随即爽快地表示道："好吧，依国相之意办！"

于是双方各自准备酒食，很快办毕，互为祝福，饮酒作乐，欢庆和平。到了傍晚，点起篝火，载歌载舞，热闹异常。为表示军民和睦，两帅移酒案于两军中间阔地，旁立侍役，互相敬酒、交谈。少顷，阿骨打来至案前，单腿跪地道："二位元帅，为祝两军重结盟好，请允许小将为元帅敬酒，祝两部联盟如巍巍长白山，永久长在。"

乌春和颇剌淑听罢，互觑一眼，皆笑着点头表示同意。阿骨打站起身来，把盏执壶，敬献二帅后，又为自己倒了一杯，继而端起酒杯道："小将仅以唐朝李白的诗章为今日之祝酒词：'欢言得所憩，美酒聊共挥。长歌吟松风，曲尽河星稀。我醉君复乐，陶然共忘机。'二位元帅与军民同乐，是大家的福气，请满饮此杯！"说罢三人共同举杯，一饮而尽，阿骨打遂立于颇剌淑左侧。

乌古伦此时站在乌春身后，见阿骨打已脱去盔甲，一身族装。头戴裘帽，身穿皮袍，腰系红色狮銮带，少了些英雄之气，多了些文雅之风。跪地如堆着的金山，端庄严肃；站起如临风玉柱，挺拔俊逸。一双大眼炯炯有神，嘴唇稍厚而红润，吐出铿锵有力连珠之妙语，心中愈加爱重，于是也走至案前，说道："二位元帅，今日军民联欢，小女愿舞剑以助酒兴，祝两部友谊如松柏，万古长青！"

乌春见女儿愿为酒宴舞剑助兴，不禁喜形于色，忙向颇剌淑介绍道："盟兄，这是小女乌古伦，来，给完颜伯父见礼！"

乌古伦走到颇剌淑跟前，两腿微屈，双手合于右侧上下点动，口中吐出银铃般的声音道万福。

颇剌淑侧过头冲乌春笑道："盟弟真有福气呀，生了这么个天仙般的女儿，好让为兄羡慕啊！"然后又对乌古伦说："格格肯定身怀绝技，请尽情舞之，大家拭目以待！"

此时，两军将士听说小姐要舞剑，纷纷围拢过来。只见她面若桃花，朱唇微闭，凝神于手中之剑。刹那间剑光闪烁，似流星坠地，矫健迅疾；衣裙飘舞，身轻如燕，像仙人乘鹤飞翔；转身宛若游龙戏水，艳丽宛若嫦娥下凡，芳香向四处溢散，剑声传向八方野田。结束时，剑光收于一身，如大海顿息波澜。舞剑初始，三军将士全神贯注，收剑后掌声响起，目送着乌古伦回到原地，酒宴至半夜方散。

第二天，颇剌淑与乌春互送礼物，互道珍重，依依不舍而别。颇剌淑率军回到会宁府，一刻未敢耽搁，带着乌雅束、阿骨打来到太师府复命。劾里钵听罢，非常高兴，当即给予了奖赏，随后让两个儿子回去歇息，对颇剌淑说："二弟，咱哥儿俩再聊一会儿，到内室坐坐。"

二人进了内室，脱鞋上了炕，坐于炕桌前，拿懒氏吩咐侍女奉上香茗，也搬把椅子坐于炕边。劾里钵端起杯子呷了一口茶道："目前，女真各部基本稳定，总算可以松口气、安排一下自家的事了。近些日子我一直在想，一大把年纪了，应在生前多见几个孙儿。乌雅束已有了妻儿，阿骨打也到了成婚年龄，该抓紧才是。二弟，替哥在外头访访，最好是模样儿漂亮、颇为贤惠的女子，给你侄子张罗张罗。"

拿懒氏笑着接茬儿道："是呀，这得麻烦二弟了，谁让你是他叔呢！"

颇剌淑说："真是巧了，阿浑和阿沙[①]若是不提，我正打算跟你们商量呢！此次出征，见到了温都部酋长乌春的女儿，名儿叫乌古伦，长得挺标致，武功不错，还懂礼节。她在舞剑助兴时，我坐于案前观瞧，余光能感觉到站在侧边的阿骨打不错眼珠儿地盯着看，口里不时发出喝彩声。舞罢，格格款款向其父身后走去，目不斜视，却单单飞快地瞟了阿骨打一眼，看上去二人似乎蛮有意呢！听乌雅束讲，激战中，阿骨打曾向她发出一箭，却被一只彩凤将其拨落，可见一准是个大福大贵之人，理当玉成此婚姻。"

拿懒氏听罢，双眼笑成了一道缝儿："太好了，福贵不请自到，二弟真是有心人。等过几天，带嫂子去温都部拜访酋长和福晋，顺便看看那闺女。"又转过脸问劾里钵："老爷，你看行吗？"

劾里钵也是乐不可支，连连道："行，行，就这么办！登门不能空着手，该带些什么礼品早早备下，礼数是不可缺的。"

第三天，拿懒氏在儿子阿骨打的陪同下，带着两盒干果、两匣点心去乌春府上"认亲"，拜访酋长和福晋，见到了以礼相迎的乌古伦，喜欢得不得了，当即说明了来意。翌日，额尔敦氏带着女儿来劾里钵府上回访，见到了英俊潇洒的阿骨打，双方聊得十分尽兴，话不落地，互相皆很满意。后由颇剌淑夫妇做媒，登门牵红线，两家儿女的婚事就算定下了。

---

① 阿沙：女真语，嫂。

时入初冬，一日，劾里钵对夫人说："二小子的事儿别拖了，腊月就迎娶吧，聘礼置办得怎么样了？要是备齐了，明儿个带着去温都部乌春府上订婚期。"

拿懒氏笑道："这些不用老爷操心，早交代给大管家了，放心吧，哪样儿也少不了，尤其不能忘了那四小礼。"

劾里钵一时蒙住了，问道："哪四小礼呀？"

拿懒氏数着指头道："大葱、艾蒿、粉条、发面馒头。艾蒿即象征着好结亲，恩恩爱爱；粉条即长流粉，永远相濡以沫；葱即生下的孩子聪明、顽壮；发面馒头即预示未来发展、发迹、发达之意，总之是祝愿婚后幸福、吉祥。"

劾里钵听罢，点了点头，冲屋外唤道："扈尔汉！"

大管家进得门来，躬身问道："老爷，有何吩咐？"

"前些日子让你购置聘礼，办得咋样了？"

"回老爷，该过的礼已按太太的吩咐备妥了，四盒大礼是黄金、白银、东珠、人参，首饰包括金手镯、金耳环、金耳坠各一副，玉石手镯、玛瑙手镯各一副。除此还有胭粉匣子，丝绸衣裤，上好的布帛、锦缎四匹，其中花布两匹，苏州锦缎两匹，老爷是否过目？"

"抬过来吧！"

扈尔汉转身退下，没一会儿，与两个家院抬来了聘礼，夫妇二人一一查验，拿懒氏边看边问："老爷，怎么样，还不错吧？"

劾里钵说："嗯，挺好的，该置备的都有了，一样儿没落。扈尔汉哪，还算尽心，赏你十两银子，去账房领取吧！"

扈尔汉躬身致谢道："谢谢老爷，谢谢太太！"

拿懒氏提醒道："还有哇，那四样儿小礼现在可以备了，全用盒子装好，明儿个就用了。"

扈尔汉应了一声："喳！"

次日头响，劾里钵夫妇带着随从、大管家并聘礼，坐上四马拉的轿车，老板子甩着响鞭吆喝着，兴高采烈地向温都部驶去。将至温都城时，劾里钵见城门外站着一堆人，仔细一瞧，原来乌春已领着夫人、儿女、部将等候在那里。到了跟前下了轿车，双方见礼寒暄后，一块儿向城内走去。过了一袋烟的工夫，到了酋长府邸，亲家公、亲家母双双而入，进了大厅分宾主落座，扈尔汉及随从则被让至旁边的客房喝茶。四人唠了一会嗑儿，劾里钵吩咐扈尔汉和随从把聘礼抬至厅内，说道："亲

家，这是完颜家的聘礼，另有一笔钱，请清点。"

乌春和夫人一一看过后，唤来管家，让其把聘礼抬到格格的闺房，然后说道："咱两家不外道，孩子结秦晋之好也是缘分，何必过这重的礼呢？"

拿懒氏道："男大当婚，女大当嫁，一辈子就一回，喜庆点儿好。"

额尔敦氏接茬儿道："对嘛，此乃儿女们的大喜事，喜庆，喜庆，办喜事就应该喜庆！"

劾里钵说："是呀，是呀，阿骨打和乌古伦早已到成婚年龄了，不妨今冬选个黄道吉日，把亲事办了吧！"

乌春表示道："好，好，就依亲家。"

劾里钵又道："我已请萨满挑了日子，定在腊月初四，亲家以为如何？"

乌春夫妇连连道："行，行，双月双日，不错。"

这时，一侍女走到乌春的夫人跟前，附耳小声儿嘀咕了几句。额尔敦氏听罢，侧过头对拿懒氏说："亲家母，让他们先聊着，咱姐儿俩到内室坐坐。"

拿懒氏边答应边跟着向内室走去，劾里钵与乌春除了聊些儿女之事，又唠了唠当今辽廷、宋国、朝鲜及女真各部落的现状。过了半个时辰，二位福晋才从内室出来，拿懒氏低声问丈夫："老爷，可以走了吗？"

劾里钵嗯了一声，于是说道："承蒙酋长抬爱，与敝府结亲，不胜荣幸！现在已是万事俱备，只等着摆喜酒了，完颜氏家族又要添人进口了，谢谢亲家养了个好女儿。部里事情很多，我们得回去了，就此告辞了！"言罢站起身来。

乌春急忙挽留道："哎，这可不行，便宴已备好了，喝两盅再走不迟。"

劾里钵赶紧解释道："部里确实有事急待处理，耽搁不得，喝酒有的是时间，来日方长。"

额尔敦氏说："既然亲家忙，也不便强留，后会有期！"

四人出了大厅，走到府门外，互道珍重，乌春夫妇看着劾里钵夫妇坐上轿车驶出很远方返回。路上，劾里钵问福晋："夫人，亲家母请你去内室，所为何事？"

拿懒氏回道："你那未过门儿的二儿媳等在屋里呢，问问婚礼都有哪些程序和规矩，怕两个部落的风俗不同，再弄两岔去。"

"噢，原来是这样，一个习文练武的姑娘倒对风俗、规矩蛮细心的，不错嘛！"

"我把完颜部的古老婚俗及程序告知后，你猜乌古伦怎么讲的？"

"讲啥了？"

"她说基本上可照古俗进行，就是进了洞房踩高粱袋子不行，唱词不好听，需改改。还有新娘从炕上下来，小叔子拉下炕、打三拳的词儿也得改。"

劾里钵问道："你答应了吗？"

拿懒氏笑了笑道："答应了。"

劾里钵又问："怎么改的？"

拿懒氏一捂嘴道："哎哟，外头风真大，回家再说吧！"

转眼间进了腊月门儿，太师和酋长两家都忙活开了，劾里钵亲自指挥家中上下人等又扫院子又净屋，搭灶，立鼓乐棚子，张灯结彩，张罗桌子、椅子准备摆喜酒。乌春则把兄弟姐妹及孩子的舅舅、舅母、姨、姨夫等亲戚接到府邸，腊月初三启程，到会宁府附近的亲友家住下，这是事先安排好了的。

初四一大早，乌古伦就起床了，由四个侍女侍候着，净面、梳妆、插花、佩戴首饰，再穿上红色的上轿裤子、绿色的上轿袄，外披"拉草衣"。侍女给乌古伦头发上插的是几朵红绒花，这叫"富贵荣华"；在胸前别了一根新针儿，这叫"真心保国"；登上黄布帮儿鞋，这叫"富丽堂皇"。穿戴整齐，乌古伦对着镜子左照右照，觉得挺好看，心里美滋滋的。

刚进辰时，迎亲的彩轿便到了，新郎阿骨打等在院外。他身着崭新的皮袍儿，头戴貂皮帽，脚蹬温得[①]。艳丽的大红绸花在十字披红的胸前微微颤动，骑着一匹白马，很有武将风度，显得格外精神。伴郎也是一身儿盛妆，骑着没有杂毛的浅棕色马，陪新郎官儿候于彩轿前，吹鼓手站在轿后。待新娘子出得门来，娘家哥哥乌古泰将其抱上轿，娘家的亲友、屯邻也都穿着新衣笑容满面地分别上了车。娶亲婆必须是夫妻、儿女双全的土命人充当，只听她拉长声儿喊道："起——轿——"吹鼓手立即奏起欢快的迎亲乐曲，新郎在前，伴郎在后，护拥着花轿向会宁府而去。马头两边的彩带随风飘舞，马脖子上的銮铃锃光发亮，走起来玎玲

---

① 温得：女真语，长筒靴。

玲作响，十分悦耳。那个时候，女真族的彩轿不是用人抬，而是马拉的轿车。即大车上面用秫秸扎成人抬之轿样儿，外面围一层红布，冬天则用羊皮或棉被围裹，外面罩红布。彩轿顶上的照妖镜反射着太阳的光芒，从轿顶散落至轿车四角的四条红绸末端系成牡丹花饰，装在车身边缘的流苏摆来摆去，在白雪的映衬下显得特别鲜艳。长长的送亲队伍浩浩荡荡，锣鼓敲起来，唢呐吹起来，欢歌笑语响彻四面八方，真是祥光铺大道，喜气满乾坤哪！

快到会宁府了，从城内传出了噼里啪啦的鞭炮声、欢快的喜乐声，聚集于府门外的男女老少纷纷向迎亲队伍拥来。走在最前面的劾里钵夫妇带领亲友向女方亲友施礼问安，四个小伙子上前给女方的车老板儿打千儿请安，对方还礼并把鞭子交给小伙子。这时，娶亲婆拉着长声儿喊道："走轿喽——"

男方亲友向两旁闪开，彩轿径直驶到太师府门前。新郎、伴郎分别跳下马，蒙着盖头的新娘由伴娘扶着下了轿，轿前的地面早已铺上了红毡，娶亲婆又喊道："福星高照——红光大道——"

新娘由伴娘挽着，踩着红毡往新房走，娶亲婆小声儿告诉她："大点儿步跨过滴水檐。"接着照前喊道："福星高照——红光大道——"来至新房前，门的两侧贴有一副对联儿："国有贤才应世运，光摇烛影看新人。"进了屋，新娘重新梳洗打扮一番后，伴娘将其扶上南炕，坐于炕的中间，这叫"坐帐"，又称"坐福"，坐福时不能下地。此刻，院外有人卸车，骡马卸套，牵到木槽前喂上草料。代东的将女方送亲的让至客房，圆桌上早已放好糖果、点心、瓜子，辞不失、颇剌淑、乌雅束等陪着他们唠嗑儿。

过了一袋烟的工夫，阿骨打的弟弟吴乞买走进新房，一旁的娶亲婆仍然拉着长声儿道："小叔子拉一把，富丽才女登大雅。"

吴乞买拽着乌古伦的两条腿至炕沿边，娶亲婆又道："小叔子打一拳，花好月圆。"

吴乞买在乌古伦的后背轻轻拍了一下，娶亲婆接着道："打两拳，福寿绵绵；打三拳，子孙永传。"

吴乞买连续拍两下后，新娘下了地，新郎手执大红绸一端，蒙着盖头的新娘手握红绸的另一端，新郎牵引着新娘出屋走到天地桌前，这叫"牵红"。天地桌上摆着一对儿红蜡烛，上写金字"乾坤交泰，琴瑟和谐"，蜡烛旁放有两只宝瓶壶，两侧的桌案前坐着双方长辈。新郎、新娘站在天地桌前，左边是伴郎，右边是伴娘，司仪高声道："一拜天地——二拜高堂——夫妻对拜——送入洞房——"

一对儿新人拜过，新娘由全乎人，即父母子女俱全的娶亲婆挽到洞房门前，门槛儿放一马鞍子，上有两串儿铜钱。新娘跨过马鞍子，象征着她将同新郎一样盘马弯弓，精骑善射。进入洞房后，伴娘从马鞍子上拿起铜钱，给新娘一个肩头搭一串儿。站在洞房门内的小女孩儿两侧腋下各夹一个宝瓶壶，内装米和钱，壶口儿用红布扎着。伴娘回过身，从小女孩儿手中接过宝瓶壶，给新娘子一个腋窝夹一个。炕上的被褥是由全乎人中的年长妇女铺好的，上撒五谷，四周放着红枣、花生、桂圆、栗子，取"早生贵子"之意。新娘把两串儿铜钱从肩上取下，连同宝瓶壶放在桌案上，继而脱鞋上炕等待新郎入洞房，屋内之人退出。

几个年轻后生把糖果撒去，擦擦桌子，开始摆酒席。乌古伦的舅舅来到厨房，向几位上灶的打千道："各位色夫，对不起，我们先偏了。"此乃客套话，即在师傅之先享受美味之意。

厨子们面带微笑道："亲家客气了，请慢用，吃好喝好。"

用罢丰盛的喜宴，乌古伦的舅舅去了新房，对外甥女说："孩子，以后就是完颜家的媳妇儿了，不可像在自家那样任性。要孝敬公婆，夫妻相敬如宾，相濡以沫。我们回去了，学乖点儿，有什么话三天回门时再说。"

乌古伦点点头道："舅舅，知道了，放心回吧！"

拿懒氏见此，忙冲门外唤道："扈尔汉，给拿离娘走、离娘肉没有？""走"即猪肘子的谐音。

扈尔汉应声儿道："太太，带上了，一样儿没落！"

有人把骡马牵出，重新套上车，一切准备停当，代东的请女方亲友上车。劾里钵领着家人送出院门外，互道珍重，挥手告别，直至马车拐过山脚方回。

待自家的亲朋好友全部散去，天已傍黑儿，阿骨打才来到洞房。一进屋，见新娘蒙着盖头端坐于炕，不由得心怦怦直跳，用早已备好的秤杆儿轻轻挑起盖头。嚯！眼前的乌古伦与以往大不一样，手上戴的、脖子上挂的金银首饰在油灯的映照下闪闪发光，头发上插的金簪、绒花红得耀眼，俊俏的脸蛋儿又涂了一层脂粉，显得愈加亮丽。凝神细观，是眼前这个盛装的乌古伦好看呢，还是往日那个没有经过修饰的乌古伦好看呢？正琢磨着，乌古伦开腔儿了："哎，傻瞅什么呀，不认识了？"

阿骨打红着脸笑了笑道："若不是在我屋里，还真不敢认，哪家的疯丫头打扮得如此花枝招展的？"

乌古伦一挑眉毛道："怎么，不好看吗？"

阿骨打摇摇头道："没有初次见你时好看。"

乌古伦故作生气道："都是艳儿那几个丫头涂抹的，把本姑娘弄成这个样子，看回去怎么收拾她们！"

阿骨打忙道："千万别！盛装有盛装的艳丽，戎装有戎装的俊美，便装有便装的淡雅，各有特点。"

乌古伦问道："那你喜欢什么样的装束呢？照实说。"

阿骨打回道："记得你喜读老庄学说，崇尚自然，我也是，还是淡雅好些，不要人为地矫饰。"

乌古伦吩咐道："过来帮我一下，还以本来面目。"

阿骨打一时不知所措，伸出手小心翼翼地刚要去摘绒花，乌古伦又道："去去，笨手笨脚的，老爷儿们干这个不行，坐那儿喝茶吧！"说罢麻利地摘下绒花、头饰，又舀了半盆水洗去脂粉，重新对镜梳了梳头。

阿骨打笑道："嗯，不错，方才是逗你玩儿的，可别当真哪！还有啊，新媳妇儿尚未过门呢，竟敢向我额娘提出要改婚俗，而且娶亲之日就这么做了，胆儿不小哇！"

乌古伦头一扬道："都啥年代了，什么时候说什么话，那全是老规矩了。踩高粱袋子得说成步步登高，你没忘苏轼的《水调歌头》'高处不胜寒'之句吧？想让我冻成冰块儿呀！即使登上了高处，山顶最高吧？到了顶端再往前走是什么呀？那是下坡啦！"

阿骨打赞同道："嗯，所言极是，当然是脚踏实地为好，不要妄图一味登高。噢，对了，听说还把'打三拳、拉一把'后面的词儿也给改了，亏你想得出！"

乌古伦道："原先说成是'拉一把，又有骡子又有马；打一拳，有金有银又有钱。'你听听，土气得直掉渣儿，哪有'富丽才女登大雅、花好月圆、福寿绵绵、子孙永传'好啊！"

"那打'三拳'呢？"

"我怎能让小叔子白打三拳哪？那可亏大了，非得叫他给嫂子唱祝福歌才行。"

阿骨打嘴一努道："你还关照轻轻打？"

乌古伦扮个鬼脸儿道："哼，吴乞买要是打重了，看我不揍他！"说到这儿，忽见窗外有人影儿晃动，遂去东墙取过宝剑，一边喊："有贼！"一边往门外冲。

阿骨打忙制止道："哪来的贼呀，是听墙根儿的，新娘子今晚不许出洞房！"

乌古伦紧接着回了一句："我要撒尿！"说着已蹿出门外，几个听墙根儿的后生可吓坏了，撒丫子就跑。乌古伦在原地跺着脚，装出狂撵的声儿，口里喊道："看我不抓住你们的，全塞到炕沿底下，使劲儿听！"

阿骨打也出来了，拉了拉乌古伦道："行了，大小姐，外边冷，别冻着，赶紧进屋吧！"

乌古伦扑哧一笑道："逗他们玩儿呗，黑灯瞎火的，我才不追呢！"

第六章 纥石烈称节度妄图篡权
玉奴儿执婚姻天结良缘

阿骨打婚后第四天，劾里钵用罢午膳，便去书房浏览卷宗。没一会儿，侍从进屋呈上了窝谋罕部酋长纥石烈哇啦呜的来函，展开详阅，内曰：

> 尊敬的节度使大人：
>
> 很遗憾，你已经不是节度使了，之所以仍这样称呼，只是给留点儿面子罢了。本人才是真正的节度使，辽道宗皇帝指派的钦差大臣萧海里刚刚授权与吾，你仅是完颜部的成员而已。函至之日，请马上交纳贡赋，否则天兵一到，玉石俱焚，勿谓言之不预也。
>
> 窝谋罕部纥石烈手书

信的右下角盖有节度使大印。劾里钵盯着函件思忖片刻，抬起头来，吩咐侍从去请国相。不大一会儿，颇剌淑急匆匆地进了屋，见礼毕，劾里钵示意其坐下，并把桌案上的信函递给他。

颇剌淑接过，看罢说道："大哥，此事真伪不难辨别，待我亲自跑一趟，去晋见道宗皇帝，一切便可分晓。重要的是必须加紧训练军队，并派出斥候探听窝谋罕部的动静，以备不虞。千万不可轻举妄动，因为对方的城郭修得如金城汤池一般，如果去围攻，正好中了他们的圈套。"

劾里钵点点头道："所言极是，暂时只能冷眼旁观，秣马厉兵，看窝谋罕部是什么反应，以静制动，待二弟回来再做打算。"

兄弟二人仔细合计了一阵子，颇剌淑方起身告辞，回到家打点行囊，次日一早便启程了，前往临潢府。

过了两天，劾里钵又接到了窝谋罕部纥石烈的来函，说是到今天尚不见完颜部的贡赋，限三日之内务必送到。倘若违限，你将受到什么样的惩罚，不用本节度使提醒吧？

劾里钵放下函件，召三弟盈哥、长子乌雅束，次子阿骨打、三子吴乞买以及大臣撒改前来议事，先把信的内容讲了一遍，然后说道："现在国相已在去辽国的途中，行前我俩商量过，颇剌淑之意是不管纥石烈所言如何粗鄙，都不能动怒。惟一要做的就是抓紧训练我们的兵卒，刺探窝谋罕部的军情，以静制动，各位以为如何？"

撒改第一个开了腔儿："臣以为国相的见解很高明，咱不主动攻其城池，如果对方离开了乌龟壳前来打我们，便可在野外消灭之。"

劾里钵望向三弟和诸子道："你们怎么想的？说说吧！"

盈哥道："从当下看，国相所言不无道理，按其意行之颇为妥帖。"

乌雅束、阿骨打、吴乞买也表示赞同，劾里钵说："既然大家都同意按此法儿做，那就各自加紧训练属下的部队，一日不可懈怠。每时每刻必须有哨员执勤，不得漏岗，由盈哥统一部署、调动。"

第五日，劾里钵再次接到纥石烈的来函，要求完颜部速送贡品，声称别指望着训练军队准备抵抗，那是自讨苦吃，还得罚罪三等！转天四接来函，内曰："劾里钵，凭什么趾高气扬的？不就是仗着有众多的女真军队，让士卒为你卖命么，其心何忍！要是有胆量，完颜氏和纥石烈氏一对一，一决胜负。也有更简单的，你劾里钵和我哇啦呜单打独斗，我输了，自认倒霉；你输了，速来进贡，没啥说的。地点在两部交界处的河边，若不敢来就是孬种，什么太师呀，在家抱孩子算了！"

劾里钵阅罢，气得脸色铁青，无论如何忍不下去了，当即提笔写道："纥石烈哇啦呜，好大胆子，活腻歪了吧？竟敢跟老子叫板。明天你去两部交界处河边等着，在家把脖子洗干净了，免得玷污本太师的大刀……"

这时，撒改走了进来，见节度使一脸怒气，正在刷刷点点地书函，已猜出了大概，便站在一旁静静地待其写完，这才跪拜道："请大人三思，何必跟一匹夫之辈斗气？保重您的千金之躯乃完颜部的福气，纥石烈的鲁莽自大也是远近闻名的，决不能上其当！"

劾里钵不以为然："若不是这样的主儿，总认为威猛无敌，我还不去呢！"说罢唤来信使，递上信函，令其速送窝谋罕部。

撒改知道太师的脾气，一时又想不出更好的办法加以劝阻，急得直搓手。劾里钵又道："撒改，大可不必担心，没事的。不过要记住，如果此去真有什么不测，由你辅佐盈哥暂时处理部内诸事，等国相回来再交给他，以后颇剌淑继任节度使。"

撒改感到十分无奈:"噢,微臣知道了,太师此去定会旗开得胜!"

翌日头响,劾里钵整肃衣冠,身背强弓,腰别利箭,手握大砍刀,骑着追风黄骠马,早早站在两部交界处,等候纥石烈前来。直至下响了,也不见其人影儿,却见撒改和诸将从树林内走了出来,来到跟前说道:"太师,回府吧,哇啦呜根本不敢与您单打独斗,那不过是只纸老虎。"

劾里钵问道:"谁让你们来的?"

撒改笑道:"怎么,我们不上手,参观还不行吗?这可是难得的真假英雄聚首啊!"

转天,纥石烈第五次来函,言称实在抱歉,小可突感微恙,不能赴约,让大太师白等了一天,失敬,失敬!如感兴趣,明日再来,本节度使定当奉陪。

劾里钵看完,对来使说:"稍等一下,我马上书函,由你带回,省得这种无聊的信件还得派专人传送。"然后提笔写道:

纥石烈哇啦呜:

当谁是三岁的小孩儿任人糊弄着捉迷藏哪,这下明白了吧?你肚子里有几根儿蛔虫我都知道。如果昨天本太师不去,尔必将在女真各部中哇啦哇啦说个不停,诬吾怯懦无能。往后啊,对不起了,老爷不陪你玩儿啦!

书罢,盖上节度使大印,折好交由信使带回。信使回到窝谋罕部,将函件呈上,纥石烈拆开仔细看了一遍,放在桌案上,那张脸已变成紫茄子色了,心里开始犯嘀咕。怎么回事呢?原来此前,纥石烈哇啦呜曾与温都部酋长乌春联络过,打算共同起兵进攻完颜部。未承想完颜部不待他们最后定夺,便去征伐起来反抗的温都部,之后乌春和劾里钵两家还结了亲。纥石烈得闻此情,气急败坏,单丝不成线,只有等待机会。正巧萧海里占领了阿典部,遂派人给他送去一封信和节度使大印,说是道宗皇帝任自己为钦差,令纥石烈以窝谋罕部为主,总领女真各部。纥石烈大喜过望,多少年来篡权的愿望一直未能实现,终于等到这一天了,于是立马派人送信给劾里钵。本想激怒其前来攻城,以便消耗完颜部的兵力,另外也看看萧海里属下的部队是否去讨伐完颜部。

可是不管纥石烈采用千般妙计,信函不断,劾里钵就是不动声色。而萧海里说得好听,却躲在阿典部不出来,只凭窝谋罕部这点儿兵力,怎么敢去同兵马众多的完颜部对阵呢？现在倒好，反对完颜部已成事实，节度使大印究竟是真是假，纥石烈心里也没底了。萧海里真是钦差还好办，若是冒牌货，那可是自找灭亡了，纥石烈只能身坐愁城等待萧海里的消息。

萧海里何许人也？本是辽军都监，其小姑和他年龄差不多，后来嫁给了赵王耶律习泥烈。萧海里归宁时，诸事交代毕，前去参见小姑。进屋之后，二人刚唠了几句嗑儿，两个太监推门进来了，竟胡诌萧海里与小姑有染，扬言要禀奏皇上。祸从何起呢？因为萧海里进府时，未给守门的太监塞钱，对方十分不满，认为未把自己放在眼里。随即唤来另一太监，串通一气，诬陷姑侄俩。萧海里和小姑在经验上与老谋深算的太监相比毕竟欠缺，或许不明白太监之所以这样做，目的是为了索贿。或许想到了该掏钱奉之，又怕太监索要无厌，会说什么你们既然清白，为啥送我们银子？无奈之下，只能向太监解释。可对方不依不饶，一口咬定所见为真，最后与太监大吵起来。当天晚上，小姑苦于在丈夫面前有理说不出，弄得不清不白的，觉得没脸见人，于是含冤上了吊，萧海里则率所部连夜东行来到阿典部。其时，女真各部基本上没有战争，平安无事。萧海里领兵乘夜突然偷袭，将阿典部的酋长和部分将领囚禁起来，胁迫部族兵丁为他们干杂务。

过了些日子，萧海里遣细作①去窝谋罕部送一纸信函，谎称自己是辽帝亲派之钦差，委任纥石烈为节度使，并给以自刻的节度使大印一枚，令其讨伐完颜部。由于阿典部的族人不甘心归附，使萧海里犯了难，暗地里思摸道："原打算唆使窝谋罕部去攻打完颜部，本人先静观之，然后率阿典部及属下乘机彻底击垮完颜部。如有可能，再把窝谋罕部也灭掉，逐渐统一女真诸部。有了地盘儿，实力逐渐强大了，便可与辽国抗衡了。眼下，最好的办法是把阿典部的兵丁安插到属下的军队里，分散管理，再去攻打完颜部。可谁敢保证阿典部不与完颜部串通啊，到时候不杀女真人，专杀契丹人，那怎么办？要是把阿典部刨除在外，只率领属下军队联合窝谋罕部去围剿完颜部，必然得留下一些兵勇看管阿典部。多留吧，去打完颜部的人就少，很可能会致使窝谋罕部对自己失去信心。少留吧，万一阿典部起而反之，将留下的兵勇击垮并夺回本部的地盘儿，我连站脚的地方都没有了。实在不行，把阿典部的人杀光呢？这很

---

① 细作：女真语，送信人。

容易办到，可往后谁给我们送粮食吃呀？再者说了，女真诸部也会知道阿典部被我灭掉，女真人都得反对我、攻击我，将来还有活路吗？现在窝谋罕部迟迟不动，似乎是在观望，等待时机。一旦借刀杀人之计被纥石烈识破，或知道所谓钦差是假的，恼怒是轻的，没准儿反过来起兵攻我，那就更糟了。事不宜迟，得趁窝谋罕部未醒过腔儿之前，拿出个万全之策。"他双眉紧皱，冥思苦索，忽然眼前一亮："哎，有了，干脆来个一百八十度大转弯，先派信使联系完颜部，表示愿与其和好。他们若是起兵反辽，我的军队可以策应，助一臂之力，将来或许能平分天下呢！"想至此，走到桌案前，提笔书函毕，唤来信使，令其飞马送达完颜部。

闲言少叙，劾里钵很快接到了萧海里的信函，阅后得知其是自封的钦差，也能看出他不会攻打完颜部。那么，如果我部去窝谋罕部攻城略地，萧海里会怎样呢？沉思片刻，决定请来使暂时留在城内，好吃好喝待之，然后派人将萧海里的信函送到窝谋罕部。

酋长纥石烈哇啦呜接到信展开一看，竟然是萧海里同完颜部商计准备反辽，当即如遭霹雷，呆若木鸡，愣怔半晌方回过神儿来，只听细作开口道："节度使大人让我转告你，萧海里派出的来使现在我部扣押，酋长如果感兴趣可去验证一下，告辞了！"说罢转身就走。

纥石烈张了张嘴，既未吱声儿，也未阻拦，待其出了二门，窝了一肚子的火儿才发泄出来，大骂萧海里不是东西，根本不干人事儿！骂够了，令亲随将夫人莫里阿、闺女玉奴儿、长子玉龙、次子玉虎及教师爷唤来。不一会儿，五人皆到，各自落座，纥石烈从桌案上拿起萧海里写给自己以及完颜部的信读给他们听，然后说道："我真浑哪，当时咋就那么轻信萧海里的话呢？明明是拨弄吾部跟完颜部对打，他好从中渔利，却愣没看出来，肠子都悔青了。你们琢磨琢磨，眼下咱没能力攻打完颜部，看看怎么办更为妥帖。"

屋内的人皆沉默不语，过了一会儿，夫人莫里阿打了个唉声道："咳，事已至此，埋怨也没用了。惟一要做的是赶紧向节度使认错儿，表示歉意，求得谅解。温都部起事失败了，乌春主动将自己的女儿许给阿骨打，劾里钵不仅既往不咎，还成了亲家。前事不忘，后事之师，实在不行，咱把玉奴儿许给劾里钵的三儿子吴乞买吧，不知闺女愿意否？"说着侧过头看着女儿。

纥石烈觉得此议甚好，然并未马上表态，很想听听女儿怎么说。玉奴儿早就闻听阿骨打威猛、英俊，文武双全，乃难得之才。前几个月来催要贡赋时偶得一见，果然名不虚传，可谓十村八寨也挑不出的美男子，但对其弟吴乞买却一点儿不了解。考虑到今年已十九岁了，正是谈婚论嫁的年龄，早晚都得离开家，便笑着说出了心底的愿望："额娘、阿玛，小女出嫁可以，不过那吴乞买一点儿没看上眼，只看阿骨打好！"言罢红着脸跑回内室了。

教师爷自然不好说什么，玉龙、玉虎也未表示反对，纥石烈当即展开宣纸，提笔饱墨写道：

> 尊敬的节度使大人台鉴：
> 　　吾因一时昏了头，误听奸人的挑唆，做了错事，大人有大量，望饶过小可一回。另有一事相商，我家玉奴儿年方十九，愿嫁你家二阿哥阿骨打为妻，如果能相中，立马将贡品奉上。
> 　　　　　　　　　　　　　　　窝谋罕部酋长纥石烈

劾里钵接到了纥石烈的来函，阅罢不禁哈哈大笑，随手递给夫人道："快看看，未承想咱二小子走桃花运了，还真有女人缘呢！"

拿懒氏接过，看后摇摇头道："这不成啊，阿骨打已经有媳妇儿了，别的子弟行不？"

"不好说，婚姻非儿戏，得看人家闺女愿不愿意。"

"明儿个我先去瞧瞧，如果模样儿不错，说话得体，通情达理，给宗雄、宗翰他们做老婆不挺好吗？"

劾里钵逗趣儿道："这可是趟美差，非夫人莫属，依你！"

转天一早，劾里钵令宗雄、宗翰带几名武功高手为随从，保护福晋前往窝谋罕部拜访。一行人到了窝谋罕部城外，宗雄高叫道："城上诸位听着，完颜部太师福晋前来拜访酋长福晋，速去通禀！"

话音刚落，一军卒迅速下了城楼，向酋长府邸跑去。纥石烈的夫人莫里阿得报后，一面吩咐管家头前带路，一面唤上女儿玉奴儿出城迎接。打开城门，见太师福晋已下得轿来，左右两边各站一位小伙子，身后是几位随从，便走到拿懒氏跟前行跪拜礼道："福晋驾到，有失远迎，一路辛苦了！"

拿懒氏弯下身边扶边道："二位请起！"

母女俩站起身来，拿懒氏又道："给你们介绍一下，这位叫宗雄，那位叫宗翰，皆为太师的近支，因不放心我一个人出门才陪着来的。"

相互施礼问安后，莫里阿做了个手势道："请！"

于是两位福晋在前，其他人在后，一块儿向城内走去。到了府邸，进入客厅，宗翰、宗雄及随从们在此喝茶、歇息，由纥石烈的两个儿子玉龙、玉虎陪着，莫里阿母女则引领拿懒氏去了侧厅。进屋后，莫里阿随手关上门，请拿懒氏上坐。拿懒氏坐定，开口问道："这就是玉奴儿吧？"

玉奴儿躬身道："回福晋，正是小女。"

拿懒氏边仔细端详边道："格格长得可真俊，水葱似的，我要是哈哈呀，早向贵府下聘礼了！"说得莫里阿、玉奴儿都乐了。

三人唠了一会儿家常，谈性很浓，颇为融洽，接着拿懒氏话头儿一转道："随来的那两个小伙子不错，不光我喜欢，太师也喜欢，不知福晋和格格能相中哪一个？"

玉奴儿一听，以为节度使福晋没看上自己，便未吱声儿，借故起身回绣房了。

莫里阿忙解释道："请莫怪罪，女儿家有点儿害羞，不好意思说，我去问问好吗？"

拿懒氏点点头道："好哇，去问问吧！"

莫里阿进了绣房，问道："闺女，人家问你相中哪一个了，为啥不回答就走哇？"

玉奴儿回道："哪个也没相中，我只嫁阿骨打，除了他谁也不行！"

莫里阿赶紧捂住女儿的嘴："这孩子，小点声儿，生怕人家听不见哪？"随即出了绣房，回到侧厅，坐在椅子上，对拿懒氏说："非常抱歉，小女就这脾气，执拗得很，一再表示非阿骨打不嫁。"

拿懒氏很是无奈："阿骨打已经婚配了，不能娶二房啊，这事儿以后再说吧，告辞了！"

莫里阿一时没了辙，只好站起身来，带着两个儿子将节度使福晋一行送出府外。

单讲劾里钵自打夫人离府前往窝谋罕部，心里一直不落体，不知结果能怎样。到了后晌，便来到书房坐等，随手翻着档册，却无心细读。过了半个时辰，忽听房门响，抬眼一看，夫人回来了，遂起身迎上前问道："怎么样，顺利否，有收获吗？"

拿懒氏回道："小模样儿长得蛮漂亮的，但脾气执拗，声言非阿骨打不嫁。"

话音刚落，乌古伦走了进来，施了个蹲礼道："儿媳给二老请安！儿媳失礼了，昨儿个背着阿玛偷看了窝谋罕部纥石烈酋长写来的信函，知道这事儿与阿骨打有关，今天又来听声儿，请二老惩罚吧！"

拿懒氏显得很不自在，一时不知说啥好，便道："行了，女人对这事没有不心细的，不用罚了。"

乌古伦又道："请二老准儿媳出趟门儿，去会会那个玉奴儿，还声称什么非阿骨打不嫁，我问问她怎么嫁！"说罢不待公公、婆婆回话，急匆匆地出了书房回到自己屋里，除去钗环，换上戎装，右手提单刀，左手持盾牌，系在腰间的宝囊内装满绣花针。然后来到院中，从马棚牵出胭脂马，骗腿儿而上，一溜烟儿地向窝谋罕部驰去。

此时，阿骨打和宗雄、宗翰正在院子里闲聊，忽见一个人骑马冲了出去，好像是乌古伦，心里很是纳闷儿，出什么事儿了？急忙进屋问个究竟，拿懒氏遂将始末缘由讲了一遍，阿骨打对父亲说："阿玛，请拨儿兵马前往窝谋罕部，我不能眼睁睁着自己的萨里甘[①]出危险！"

劾里钵当即许儿以令牌，阿骨打点了百名兵马，带上大刀、弓箭，一声号令，飞马而去。

乌古伦来到窝谋罕部城下，高声叫道："小贱人玉奴儿，阿骨打明媒正娶的萨里甘到了，给我滚出来，别像耗子似的钻进洞里不敢见光。小贱人也想跟姑奶奶争爱根，想得美，小心把你脑袋上那几根毛拔光喽！若是心痒难挠在家呆不住了，去窑子呀，那儿有的是男人，管你够！"她就这么左一个小贱人、右一个小贱人地骂个不停。

城上哨员见此，赶忙去通禀酋长，刚好莫里阿和女儿也在。玉奴儿听罢，没说什么，进屋披挂起来，顶盔贯甲，手提钢刀，背上镖囊。然后出得门来，到马厩牵出坐骑，扳鞍认镫，向城外冲去。纥石烈夫妇知道女儿有能耐，并不阻拦，只是集合一部分官兵，率队随之。

玉奴儿出了城，见乌古伦正在马上叫骂，随即一扬手，三支飞镖嗖嗖嗖飞向对方。乌古伦听到飞镖响，忙举起盾牌去挡，钢枪的尖儿又到了。说时迟，那时快，只见乌古伦以右手单刀将枪拨开，回身用盾牌向玉奴儿磕去。

玉奴儿一侧身躲过，见先下手为强的两招儿皆未奏效，心里有些发

---

① 萨里甘：女真语，妻子。

慌。因为以前曾同家人商议过攻打完颜部，对其实力比较了解，知道乌古伦的弩箭和绣花针十分厉害，总不能晴等着吃眼前亏呀，于是头也不回地打马向深山驰去。乌古伦岂肯放过？双腿一夹马肚子，松开缰绳紧追不舍。阿骨打赶到时，发现乌古伦向深山追去，恐其有失，便跟在后头撵。纥石烈率官兵从城里出来，四下一瞅，见山道烟尘滚滚，马蹄踏踏，也紧随着进山了。

跑在最前面的玉奴儿正准备把乌古伦引到猎人挖的陷阱处，忽然传来几声虎啸，所有的马当即屁滚尿流、瘫倒在地了。继而又刮起一阵狂风，众人皆伏卧于地，不敢起身。待狂风过后，再各自去找本部落的人，发现除了纥石烈家的玉奴儿和完颜家的阿骨打没了踪影，其他人都在。大家谁也不去管两个部落间的事了，全忙着寻找自己的亲人，呼喊着，高叫着。直至天完全黑了，乌云遮住了月光，伸手不见五指，仍一无所获，只好互相搭帮返回本部。

阿骨打和玉奴儿被刮到山坳里，四周一趸摸，自己的坐骑、兵刃皆不见了。空中乌云密布，耳边狂风呼啸，天昏地暗，根本不辨东南西北。定下心神凭记忆仔细回想，觉得此地从未来过，一时竟不知从哪个方向返家是对的。天渐渐黑了，浑身疲乏无力，便想找个背风之处先歇歇。可天公不作美，又刮起了凉风，二人身上除了甲胄，就是单衣，冷得直打牙，只好互相依靠着借体温取暖。直到东方露出鱼肚白时，大风停息了，浓重的乌云散了，两人才看清对方。阿骨打不认识玉奴儿，而玉奴儿认识阿骨打，遂扑哧一笑道："我知道你是完颜家的二阿哥，小女就是那个声称非阿骨打不嫁的玉奴儿，此乃天意，也是你我的缘分，要不怎会把咱俩吹到这儿来呢？"

阿骨打听后，并未接茬儿，只是上下打量着玉奴儿。见其尽管衣衫不整、头发蓬乱，却掩饰不住那凸凹有致的身材、姣好秀美的容貌，言谈举止大方得体，丝毫没有矫揉造作之感，是个颇为招人喜欢的格格，于是笑了笑道："早闻大名，今得一见，或许是天意吧！不过咱女真人的规矩是一夫一妻，很遗憾，前不久本人已经娶亲了。"

玉奴儿一仰脸道："女真人怎么了？你又不是不知道，那些有钱有势的汉人、契丹人哪个家中不是三妻四妾？说实在的，我见过不少哈哈，除了你，还真没动过心。我喜欢你，不图别的，图的是才气，周围的男女老少没有不夸的。小女想过了，即使如了愿，也难以与泼辣的乌古伦同住一府。只要你答应在窝谋罕部成婚，部里的人都知道我的爱根是阿骨打，以后能常来这儿就行了。我不想拆散你和乌古伦，可像往常一样在会宁府过安稳日子，但你的父母，兄弟得承认玉奴儿是你媳妇儿。以后咱俩有了孩子，小时候我带着，长大点儿你接去负责教育。孩子们若是想额娘了，随时到窝谋罕部拜望，求之不得，你看成吗？"

阿骨打思摸道："目前萧海里仍占据着阿典部，如果拒绝了玉奴儿，必将被惹恼，不仅与完颜部成了仇家，而且窝谋罕部会跟阿典部联手攻打我们。眼下，女真各部尚不那么齐心，稍有风吹草动，一些部落倒向哪边难以预料。不如答应她，何况十分可人，皆大欢喜，共同对付萧海里，这样才能稳操胜券。"想至此，轻轻揽过玉奴儿道："以前未曾见格格的尊容，也不知有多大能耐，今天开了眼界，果然不凡，乃世上少有的敢干敢恨之女子，咱俩的婚事如果按你方才所言就好办了……"

阿骨打和玉奴儿被狂风刮到山坳的当夜，银须白发的完颜聪飘然而至会宁府城外，用密音传入劾里钵耳中，让他出城一见。躺在炕上一直未睡的劾里钵听出是二叔的声音，连忙起身披衣下地出了屋，来至城外，见到完颜聪倒身下拜："二叔一向可好？侄子迎接来迟，望见谅！"

完颜聪扶起劾里钵道："咱爷儿俩聊几句，我没时间进城，再者也不方便。"

劾里钵顺从地跟随二叔向林边走去，完颜聪边走边道："大侄子，谁与谁是否有缘分很难说得清，那得看天意。窝谋罕部的玉奴儿和乌古伦皆为松花江龙女，以前是独角龙王之妻妾，看样子阿骨打得娶玉奴儿，还有几位也会陆续到此，这是拆不开的。女真人的老规矩虽然目前尚未打破，但不敢保证将来不打破，世界总是不断变化的，究竟怎么变，谁也不知道。完颜部须承认玉奴儿这个媳妇儿，往后还会有格格来到阿骨打的身边，照此办就是了。她们所生的子女毫无疑问是完颜氏家族的后代，你要像其他孙儿一样看待，一切依阿骨打说的做便行了。"

劾里钵听了二叔这番话，一时是丈二和尚摸不着头脑，刚要发问，完颜聪却一闪身不见了。急忙四下寻摸，踪影全无，只好转身回到家中，将夫人唤醒，学说了方才见到二叔之情景。拿懒氏听后，半信半疑："能有这样的事儿么，不是在做梦吧？"

劾里钵说："真的，直到这会儿阿骨打也未回来呀，肯定与玉奴儿在一起呢，咱一直提溜的心可以落地了。"

这时，一脸焦虑的乌古伦走了进来，说道："阿玛、额娘，孩儿很是担心阿骨打，不会出什么事吧？我得去找他！"

劾里钵知道儿子是安全的，立即阻止道："不用去了，黑灯瞎火的，上哪儿找哇？吉人自有天相，大小伙子了，不会有事的。待天亮之后，大家一块儿出城寻，你一个人去，我们怎能放心？再急也没用，可别阿骨打未找到，自己先折腾垮了，回屋歇着吧！"

乌古伦没辙了，只得退出回了屋，和衣而卧。因心里惦记着夫君，翻来覆去睡不着，直至寅时一阵困意袭来，才迷迷糊糊进入了梦乡。

第二天一早，阿骨打回来了，进门便到二老的房间拜望。劾里钵夫妇见儿子安全返家，喜上眉梢，拿懒氏急不可待地抢先道："听人讲一阵狂风把吾儿吹到山坳里了，而且是和玉奴儿在一起，对吧？"

阿骨打遂将昨晚的事一五一十地讲了一遍，然后问道："额娘、阿玛，你们怎么知道的，听谁说的？"

劾里钵笑道："猜猜看！"

阿骨打手摸后脑勺儿琢磨了半天，也未猜出此人是谁，只好摇了摇头。劾里钵夫妇乐了，异口同声道："聪明一世，糊涂一时，当然是你二爷啦！"

第七章

爱至深情至切暗暗忌妒
细思量胸豁达朗朗乾坤

乌古伦一觉醒来，睁眼一看，太阳已爬上树梢儿。急忙掀开被欲下地，忽见阿骨打乐呵呵地推门进了屋，说是昨儿个被狂风刮到山坳里迷了路，当夜黑得伸手不见五指，好不容易挨到天亮才找回家，惟一没讲的便是和玉奴儿在一起。乌古伦听罢，很是高兴，爱根总算平安无恙，所有的担心顷刻间烟消云散了。

翌日头晌，阿骨打告诉妻子："奉节度使差遣，我得去与辽使接洽，啥时候回返说不准。"

小夫妻俩可是新婚，乌古伦即使有万般不舍，夫君为部落之事离家也得放行啊，只好点了点头并叮嘱一番。送走阿骨打后，她天天掐着指头算，十天过去了，仍不见回，心里犹如十五个吊桶打水七上八下的，再也坐不住了，寻思道："按说只是与辽使接洽，早该回来了，用不了这么多天哪！夫君此行到底所为何事，想必二老是知道的，不妨去问问，省得惦念。"想至此，起身整理一下衣裙，重新梳了梳头发，又照了照镜子，认为还算得体。随即出了屋，款款来到公婆堂前，推金山倒玉柱，飘飘下拜，深深道了个万福："儿媳给阿玛、额娘请安了！"

拿懒氏抬了抬手道："坐下说话。"

乌古伦在旁边的椅子上坐定，说道："阿骨打这么多天没回来，让孩儿很不放心，是不是发生什么事了？要不二老派人去看看吧！"

劾里钵告诉她："阿骨打此行只是随完颜希尹去历练历练，与辽使接洽又不是以他为主，不会出啥事，放心吧！阿骨打毕竟年轻，以后将有许多要务需实际去做，现在得先看别人怎么做。光有书本知识是远远不够的，应向有经验的老前辈学习，待他们陆陆续续地走了，向谁学呀？尤其是与外国、宗主国之间的交往，谈谈笑笑中，或许蕴蓄着云波诡谲的斗争，必须得锻炼遇事沉着、临场应变的能力，这些在书本里是找不到的。"

乌古伦点点头道："阿玛所言极是，想得也很周到，趁老前辈都在，年轻人是得多向他们学点儿东西。在实践中身体力行，积累经验，长辈方能放心将权柄交之，儿媳懂了。"

乌古伦拜辞后，反身回到自己的房间，越寻思越感到有些蹊跷，凭直觉，阿骨打此行与窝谋罕部的纥石烈酋长之女玉奴儿有关。然公公这么说，作为儿媳只能听着，不好再追问。待到日落黄昏时，清冷的月亮懒洋洋地爬向空中，稀疏的星星眨着疲倦的眼睛似乎在告诉人们："一天又过去了，该歇息了，等待下一个白日的到来。"戌时刚过，乌古伦穿上夜行衣，把挠钩、套索、弩弓、绣花针一并装入背囊，手持短刀出了院门，避开更夫来到城墙上。将挠钩固定好，挂上绳索，顺绳而下。着地后解开绑绳上的活结，将挠钩、套索重新装入囊袋，施用陆地飞行术，来到窝谋罕部城下。把挠钩扔到城墙垛口处，又拉了拉绳索，确定不会滑落，再迅速爬上城头。四下一瞅，幸好巡逻的哨兵此时没有转悠到此，立马下了城墙，直奔城内惟一的瓦房，即酋长的府邸而去。到了院外，越墙而入，沿着窗根儿弯腰慢行，细听每间屋内的动静。见东厢房仍亮着灯，便凑到跟前用舌头舔窗户纸，继而以指尖戳出一个小洞，双眼贴着小洞朝屋内观瞧。里面的人正是阿骨打，在地上背着手来回踱步，玉奴儿则盘腿坐于炕梢儿。她不由得气冲头顶，刚欲踹开窗户进去，看丈夫该如何解释，转念又一想："不可莽撞，先听听他们说什么，然后行动也不迟。"勉强压下满腔怒火，冷静下来，便听阿骨打开口道："出来整整十天了，明儿个必须回去了，部落里有许多事等着我处理呢！"

玉奴儿莞尔一笑道："咱俩已经举行了婚礼，窝谋罕部的男女老少皆知我是将军夫人，是阿骨打正大光明迎娶的，玉奴儿知足了。你和我不一样，是干大事的人，作为萨里甘，怎么能把爱根拴在身边呢，回吧！"

阿骨打说："不得不承认，我喜欢你和乌古伦，你们两个对我都很好。退一万步讲，即使不是这样，窝谋罕部因为两家的联姻而归附了完颜部，从此女真人以这种亲属关系作为纽带联合起来，也是值得的。待有了孩子，更是密不可分的骨肉之情了，各部落携起手来共同对付辽国，那才叫痛快呢！我和乌古伦亦是如此，如果我俩不结亲，温都部的酋长乌春不一定真心与完颜部和好。幸运的是当初我看上乌古伦了，她也相中我了，大家皆很满意。"

玉奴儿感叹道："是呀，女儿家都一样，今生最大的期盼就是能找到个如意郎君，真羡慕乌古伦姐姐呀！希望你二人恩恩爱爱，白头偕老，至于我嘛，只要你心里有就行了。"

乌古伦听到这儿，心想："原来玉奴儿已经成为完颜家的儿媳了，可并没有丝毫嫉妒大房儿的意思，还希望阿骨打与我相亲相爱，百年好合，怎么能啥也不顾愣闯进去呢？何况这里不是自家，而是窝谋罕部，不能鲁莽行事。真要惊动了府邸上下人等，将给完颜部、温都部带来不必要的麻烦，对自己也没丁点儿好处，还是回家琢磨琢磨咋办吧！"于是屏住气蹑手蹑脚地走到院墙前，身子向上一纵跃出院外，疾步返到城楼儿垛口处，顺着绳子滑下城墙，整理一下衣衫，仍采取陆地飞行术神不知鬼不觉地回到会宁府。

乌古伦悄没声地进了屋，脱鞋上炕和衣躺下，只觉得头昏脑涨，火气冲顶，心烦意乱，根本理不出头绪。过了好一阵子，才稍稍冷静下来，思考着此事应该怎么办。首先想象着明日阿骨打回来后，夫妻二人这场对话咋进行："一见面，我得询问这些天去哪儿了？他会回答和完颜希尹一块儿与辽使接洽了。紧接着我必还一句：'你是在编瞎话儿吧？'他定会坚持：'确实如此！'我就把今天晚上前去窝谋罕部酋长府探看的情况和盘托出。他无法解释，只能承认娶了玉奴儿做二房儿，吾当质问为什么背叛我们之间纯真的爱情？他会讲出一番大道理为自己的行为辩解，我能怎么样？如果以女真人的一夫一妻制与其争论，他不可能服气，只会口角不休。如果耍女人的小性子，一哭二闹三上吊，依平日对阿骨打的了解，这个一心想让女真人富强起来、且有统一女真诸部壮志的硬汉是没有耐性奉陪无聊之举的。若以儿女情长加以感化，他或许能做到卿卿我我，但不可一高兴就忘乎所以，老话重提，缠磨起没完。那样的话，他会尽量躲而避之，实在受不了了，甚至发起狠休了自己。如果不戳穿这件事、装作不知道呢，那不得把人憋死呀，心中的疙瘩怎能解得开？你阿骨打既然口口声声说喜欢我，而且大迎大娶，不管什么原因，也不该不顾我的感受，以牺牲神圣的爱情来达到什么冠冕堂皇的目的，不忠于妻子就应该受到惩罚！得怎么惩罚呢？阿骨打可不是一般的平民，而是节度使家的二阿哥，不久的将来会成为节度使的继承人，我有什么权力、什么能力惩罚他？弄不好到头来自己落得一身不是。除此之外，还能有啥辙呢？我是嫉恨玉奴儿，因为爱情是自私的，她抢走了我的最爱，分去了丈夫对我的深情。那么，用点儿心计能否拆散他们呢？好像很难办到，仅从公婆的态度和说出的话看，二老不但知道此事，而且支持阿骨打这么做。凭完颜氏的家族势力，不希望也不允许随便拆散美满姻缘，况且不单单是阿骨打和玉奴儿两个人的事，更主要的是通过联姻达到政治的需要。自己在山洞里读了那么多书，又听师父讲了不少秦汉以后的联姻故事，这些事应该比谁都清楚。要是将玉奴儿除掉呢？恐怕不那么容易，她不是软柿子，一身的武功。即便达到目的了，其结果很可能是窝谋罕部、完颜部以及阿骨打本人都成了我的对立面，不但笼不住丈夫的心，反而会越推越远。"

乌古伦冥思苦索，辗转反侧，既想不出什么办法解决现状，又无法掌控阿骨打的心及其家族的势力，内心的痛苦、忌妒、怨艾和自认为被人愚弄、失去自尊的耻辱感无法排解，复杂、微妙而难以理喻，难道两情相悦的柔丝就这么容易折断吗？所谓的爱竟然像烟波浩渺的天空不可测吗？现实完全不是自己想象得那么美妙，转眼间甜蜜变成了苦涩，真是月不长圆花易落，春不常在秋易凋。哪个赫赫不希望爱情的幸福影子永远不离身边？却不愿去想黑夜无灯、无月亮之时，亦是影子消失之时。唉，谁不说我乌古伦天生丽质，知书达理，聪明贤惠，无论从容貌、品德、才分等方面与其他女人相比皆高出一筹，可谓受到众人瞩目，倾慕我的哈哈不计其数。如果哪个女人新婚不久丈夫移情别恋，我背地里会嘲笑她没有能力笼住男人，未承想这种事情而今竟落到了自己头上，真是天大的讽刺！一时间，她对美好未来的向往、悱恻缠绵的无尽忧思、前途渺茫的瞻前顾后、付之以全部热情的骤然失落、希望的破灭、怅惘、焦虑、愤怒、仇恨交织在一起，在胸中迅速弥漫开来，像铺天盖地的野草盘根错节又生机勃勃。本想驱赶这些令人困扰的思绪，可不论怎样努力，就是赖在脑中不肯离去，烦乱得无法入睡。索性起身下地，拿件袍子披上，开门出屋去户外走走。

乌古伦信步来到凉亭，坐在长椅上，尤感到深夜幽幽，孤独凄凉。抬头上望，无边无涯的天空轻云飘忽，随风吹荡，月亮的银光毫不吝惜地洒向人间。定睛细瞧，那月光似乎是在以其犀利的怒气去惩罚风流倜傥、玩世不恭、背叛了曾经与自己心心相印的负心汉。甚至觉得阿骨打被责罚得縠觫，龇牙咧嘴，无地自容，正痛心疾首地忏悔过失，乞求宽恕。她决心不理会丈夫的悔悟，也不想看那副可怜相，这样方能自爱自重，维护女性人格的尊严。然而阿骨打被谴责、惩治的快感瞬间便消失了，乌古伦紧了紧外袍，晃了晃头，唉，不寻思了，还是想想令人愉快的事吧！初婚之夜，宾客散去，油灯闪亮。新房之中，新娘浓妆艳抹，貌若天仙，芳香袭人，世间难以找出这样的美女来：含黛之眉，横波之眼，鲜花般的笑容，直而挺的鼻子，红润的樱桃小口，苗条的体态，诱人的风韵，穿着华丽的婚装，满面笑容，正在焦急地等待那一幸福时刻的到来，以痴情而真挚的心接纳准备托付终身之人。新郎则含情脉脉地挑起盖头，报之以男人宽厚的胸膛，体贴温存，目言眉语。用恰当的语言夸赞她的美丽，用调侃的笑料形容她的泼辣，用搜罗到的嘉许之词肯定她的通达贤良，用渊博的知识滔滔不绝地说着她爱听而又不谄谀的话语……

乌古伦想至此，脸上露出了些许笑容，换了一下坐姿又琢磨开了："未出嫁前，额娘曾语重心长地告诉我：'闺女，找阿骨打这样的丈夫，将来令你烦恼的情况很可能出现，就是会有一些赫赫向他示爱，弄不好你得吃醋、嫉妒甚至被抛弃，要有心理准备。因为你眼中的优秀男人，别的女人同样也会看好他，肯定不想错过。'事实证明，此话被母亲言中了，姜还是老的辣呀！我不妨一狠心离开阿骨打，再找一个如意郎君，好好儿气气他，让其也尝尝嫉妒和酸醋的滋味，那一定非常痛快，可这样的哈哈能找到吗？虽然世上有很多男人，但优秀者颇少，何况个个早有媳妇儿了。如果真的离开完颜家，回到温都部，表兄吉安第一个便会闻风而至。像他那样的男人登门求婚可以排成队，我何曾正眼瞧过呀！惟有一点好处，即他会对你百依百顺，恨不得供起来，丝毫不必担心别的女人会抢走你的丈夫，对于保护爱情是胜算的。不过那也太对不起自己了，嫁个看一眼就觉得恶心的男人，还不如不嫁呢，想找一个比阿骨打更好的人实在是太难了。想当初，小女曾引用两首诗，借以向夫君表示坚贞纯洁的爱情观，一首是：

> 枕前发尽千般愿，
> 要休且待青山烂，
> 波光水上秤锤浮，
> 直到黄河彻底枯。

另一首是：

> 白日参辰现，
> 北斗回南面，
> 休即未能休，

且待三更见日头。

现在阿骨打没说休妻呀，这是发的哪门子神经啊，可他做的事就对吗？我当时以吟诗代替誓言，既是真情实感的流露，也想引发阿骨打立誓。未承想这家伙鬼得很，只称吾什么聪明好学、巾帼英雄、花中魁首，不讲一句像我那样傻乎乎的话。"想到这些，心里越发堵得慌，加之感到有些凉意，遂起身回屋，坐在几案前提笔写下了几句打油诗：

> 多情却又似无情，
> 惟觉樽前笑不成。
> 欲哭无泪忧愁苦，
> 矛盾往来心事重。

书罢，挑了挑灯芯，双手拄着下巴思摸道："贫苦人家也有许多相貌不错、身材魁梧、有一定文化、讲道义的沙音①哈哈，与这样的人结婚，不用担心其再娶一房儿，更不会违忤自己。可常言道：'贫贱夫妻百事哀'，且不说一年到头辛苦劳作，官府的随意差遣、沉重的赋税、部落豪强的欺凌、生活所需钱粮的不足、甚或债主强催逼迫，便会压得喘不过气来。加之亲戚朋友需要交往，父母需要赡养，子女需要抚育等，都得顾及，所遇难处不胜枚举。在阿骨打这里，艰难困苦不会有，一家老小生活所需之一切物品、钱粮与本部民相比是充足的，优良的，完全不用女主人操心，日子悠闲而舒适。但不知为什么，作为萨里甘，总觉得对爱根不那么了解，也未吃透。阿骨打有时显得憨厚、朴实、诚笃、和蔼可亲，有时黠慧、诡谲、多思、深不可测；有时小心谨慎、细致入微，有时坚决果断、勇敢刚强；有时关心、体贴人、给以理解、同情、相爱相怜，有时冷若冰霜，不容置疑，为部落而不是为个人的利益坚守原则；有时谈吐诙谐、风趣、逗人发笑而意味深长，有时庄重、严厉、坚定地下达命令。细细品之，从其性情和待人处事看，绝不是那种涎皮赖脸、黏黏糊糊一味追求赫赫的人，也不是窃玉偷香、始乱终弃、玩弄女性的人。他单骑到窝谋罕部与玉奴儿成婚，足以证明没打算离开我，不过是寻求两全其美的办法而已。如果自己假装不知道，就当是嫁给了有三宫六

---

① 沙音：女真语，好。

院、七十二嫔妃的宋、辽皇帝，反倒会风平浪静，和爱根亲亲热热地过日子，只要不去找他的麻烦，阿骨打定会像以前一样对我的。从长远考虑，夫君所做的一切，不但对本部落有好处、有利于女真人，自己也是其中的受益者，给后代打下了一定的基础，让子子孙孙在辛辛苦苦积累的根底上建设美好的家园。如果他不这样通过友情、婚姻、义气及女真人认可的道理去团结族众，那么女真部落就会各行其是，成为一盘散沙，不但希望会破灭，而且所有的女真部落将是辽的属国，永远被契丹贵族所奴役，永远是辽国皇帝砧板上的肉。他们愿意什么时候剁，就挥刀劈砍，想用什么方法烹饪，就上锅蒸煮煎炸，怎么糟蹋都得忍受。我不该只为一己的私利、虚荣、追求一夫一妻的甜蜜而纠缠不休，应予以理解、宽容，并尽所能全力帮助他，辅佐他。用掌握的知识提醒他可能想不到的事，两个人思虑的总比一个人全面，二人同心，其利断金。让他一心一意地施展才能，努力奋斗，实现理想，成就伟大的事业，使女真各部富强起来。对，就这么办，正是：心胸狭窄嫉妒，昼夜皆无路；襟怀宽广明达，时空尽可行。噢，明天阿骨打就回家了，我得穿上漂亮的衣裙，风采要胜过所有赫赫，给他焕然一新的感觉，使其心真正在我这里。"想至此，赶忙站起走到柜子前，翻出阿骨打喜欢的端庄、淡雅的衣裙穿在身上，对着镜子左观右瞧。只见自己两颊绯红，双目含情，不由得心怦怦直跳，一种兴奋、喜悦、慌乱以及充满神秘的幸福感和对未来的憧憬错杂交织，在胸中起伏跌宕……

第二天早晨，太阳升起老高了，乌古伦方醒。后悔睡得太晚，醒得太迟，没有去公婆那里请安，连忙起身穿衣、梳洗。这时，侍女艳儿慌慌张张地跑了进来，说道："格格，出大事了，留可城的杯乃率兵联合窝谋罕部攻打我们，大军已到城外了！"

第八章　留可城杯乃叛战前骂阵
玉姣儿春心动求姊说亲

乌古伦听罢，也顾不上梳妆了，急忙拉着侍女道："艳儿，走，去城楼儿瞧瞧！"

主仆二人三步并作两步出了府邸，来到大街上，将士们个个手持兵器，雄赳赳气昂昂的，正在整队待命。于是抄近道儿跑到城墙下，沿着台阶登上城楼，见盈哥和几位明昂、穆昆达①已在上面了，乌古伦走到盈哥跟前福了一福道："侄媳给叔叔见礼了！"

盈哥答应道："噢，乌古伦来了，快看看吧！"

乌古伦手扶城墙向下望去，竟然黑压压一片，一排排全副武装的队伍，个个弓上弦、刀出鞘，杀气腾腾，气势汹汹。前边一员大将骑在马上，持刀高声叫骂，以激怒城里的完颜部出战。依次朝后看去，队尾立着一员年轻小将，金盔金甲，胯下卷毛玉花骢，手持丈八钢枪，这是阿骨打呀！和他并排的乃骑着胭脂马、身披红袍的玉奴儿，遂回过头对盈哥说："叔叔，您向最后一排瞅，那是阿骨打和玉奴儿！"

盈哥走到墙边朝后望去，果然是他俩，心中很是纳闷儿："咦？怪了，有点儿蹊跷，先等等看。"

这是怎么回事呢？昔年桓赧、散达为乱时，劾里钵率军奋勇进击，二人败逃，桓赧的部将赛罕因保护主子撤退而战死。赛罕的弟弟活罗被俘，劾里钵宽大为怀，当场将其释放。尽管如此，活罗仍恨透了劾里钵，因为他目睹了哥哥被劾里钵杀死的惨状。第三天，活罗乘人不备，忽然闯入府内，把刀横在劾里钵的脖颈上，压低声音道："赛罕死于你手，今日必取人头，偿还欠下阿浑的血债！"

此刻，正值赛罕的灵柩经过府邸前，劾里钵冲门外努了努嘴道："当时不是我杀死他，就是他杀死我，别无选择。这种情况下，如果是你，

---

① 穆昆达：女真语，族长。穆昆是女真的一种父系血缘组织，多以祖先名字及住地命名，组织成员公推一人为头儿，管理内部事务，这个头儿即穆昆达。

应该怎么办？我对你们部落受伤的人员派郎中给以治疗，死亡的则备办棺椁盛殓发丧，难道这会儿要去祭奠一下你哥哥及属下兄弟的灵魂都不允许吗？"

活罗略一犹豫，收回刀道："也罢，暂时留你性命，以后再说！"

活罗祭奠完阿浑回家后，知道劾里钵对自己有了防备，仍用突然袭击的方法是不可能得手的。琢磨了半天，只好前去投奔留可城，求见酋长杯乃，痛哭流涕地跪地央告道："酋长大人，我阿浑死得好惨哪，请务必帮忙报此深仇大恨吧！凭您的英武果敢，兵充粮足，岂能安心受劾里钵的摆布？"

杯乃手捻胡须思忖片刻，点头答应道："好吧，慢慢等机会，本酋长一定替你出这口恶气！"

十多年过去了，一日，杯乃的斥候前来禀报："窝谋罕部酋长纥石烈受驻于阿典部的辽国钦差大臣萧海里的委任，已成为女真各部的节度使，现在要求完颜部劾里钵交纳贡品，然不知双方怎么解决的。"

杯乃听后大喜，立马唤来活罗，说道："报仇的机会来了，拨你五百部民，抓紧训练，并尽快熟悉所属部下，等候我的命令。时机一到，会合窝谋罕部围攻完颜部的会宁府，杀了劾里钵，不但给你兄长报了仇，而且从此就是咱们的天下了！"言罢，吩咐首相麻产去窝谋罕部联系，探听情况，若是属实，回来再共同商议出兵事宜。

麻产来到窝谋罕部，参见纥石烈，单膝跪地施礼道："尊敬的酋长，此次专程前来，恭贺大人荣升节度使！"

纥石烈心想："看上去这家伙尚不知真实内情，不妨顺着他的话说，听其能讲出些什么。"于是客气道："多谢，多谢，大家同喜，请坐下说话。"

麻产起身就座，试探道："完颜部的劾里钵一向是个不知进退的蠢货，或许学聪明了，乖乖地顺从节度使大人了？"

纥石烈哼了一声道："按说呢，落魄的凤凰不如鸡，可他还硬撑着不肯俯首。"

麻产听后，觉得时机到了，手一摆道："这不难，只要节度使大人能遵从杯乃酋长之意，并且不用我们纳贡，他愿出兵协助节度使攻打完颜部，逼迫劾里钵俯首称臣。"

纥石烈摇摇头道："若是说不用留可城交纳贡赋了，连你和杯乃酋长都不会相信，因为每年上缴的贡赋是有数额的，你们总得有人替交。我若揽下了，自然就落到了窝谋罕部头上了，否则辽廷不答应。要是各部落像留可城一样，贡赋由吾部替交，我当这个节度使干什么用？顶多是在你们帮助本节度使并立有功劳的情况下给以奖赏，或者让别的部落多交些贡赋，留可城少交点儿，这样总行吧？如果不愿意也没啥，徒单部和蒲察部已表示愿意出兵相助，萧海里钦差说是一个月后，辽廷可以派兵支援。"

麻产问道："我们出兵了，能减多少贡赋？"

纥石烈回道："不好说，得看立功大小而定。"

麻产起身道："节度使大人，待我跟酋长合计一下再给回信儿，告辞了！"

纥石烈说："好吧，我部静候佳音！"

麻产走后，纥石烈唤来了阿骨打，把方才麻产所言复述了一遍，并征求其意下如何？

阿骨打说："以小辈愚见，不妨顺着杯乃，两部一同出兵，以他们为前队，我们为后队。待其与完颜部交锋时，咱从背后袭击之，一举将这颗毒瘤除掉。"

纥石烈一拍大腿道："主意不错，贤婿果然了得，就这么定了，你和玉奴儿一起披挂上阵！"

转天，麻产又飞马疾驰到了窝谋罕部，向纥石烈叩拜道："节度使大人，杯乃酋长已派兵来了，就在城外。"

纥石烈高兴地说："兵贵神速，你部先行，我召集队伍随后就到！"

这便是乌古伦所见情况的原委，此前麻产往返于窝谋罕部之举，完颜部当然不知。盈哥先是令兵丁各就各位，防备叛军攻城，随后走到垛口处，听听活罗在叫骂什么，清晰的破锣嗓音立马传入耳鼓："劾里钵，快拿命来，本爷替兄报仇的日子到了，有胆量赶紧出来受死，不然就攻城了！"

盈哥认识活罗，是他差点儿没刺杀哥哥，由于其兄被斩，前来复仇不奇怪，可阿骨打为什么在后队呢？想不出所以然来。又听活罗继续骂阵："劾里钵，你已经不是节度使了，再也神气不起来了。现在的节度使是窝谋罕部的纥石烈酋长，留可城的兵马是奉节度使之命前来讨伐你们的，出来吧，别猫在城里当孬种了！"

盈哥这下听明白了，原来活罗是受留可城杯乃之命，借窝谋罕部纥石烈节度使的势力前来寻衅的。心里不禁暗暗庆幸，几天前，如果不是阿骨打和纥石烈的闺女玉奴儿结了婚，使窝谋罕部与完颜部之间的嫌隙得以消释，今儿个的麻烦就大了。同时也知道侄子、侄媳为啥在后队了，只要我部与留可城的部队交锋，阿骨打便会指挥窝谋罕部的兵马从后面袭击之。

恰在此时，一件意想不到的事发生了，那活罗骂得正来劲，顺脸淌汗，刚刚摘下头盔，冒着热气的脑袋突然离体骨碌出老远，随之鲜血犹如一道红光喷起三尺高，身子向前一扑倒在地上，一个骑着高头大马、膀阔腰圆的黑脸大汉手握的大刀往下滴着血。这是谁呢？盈哥仔细一瞧看清了，竟是自己曾经救过的伊里金，只听他高声喊道："恩公，我就是八年前被您救过的伊里金，已将这个不知好歹的混账砍死了。身边的部民都是好兄弟，不会与我为难的，奉命行事而已。率队的哈番①已掉了脑袋，没人指挥了，让他们回去吧！"接着又回过头冲留可城的部民问道："你们还想与完颜部打仗吗？与哪个人有仇吗？"

众人异口同声道："我们不想打仗，也没有仇家！"

"既然没有，为啥要给活罗卖命？兄弟们，回去吧，告诉杯乃，就说伊里金杀了活罗，投完颜部了。我是不回留可城了，你们就不一样了，家中老小还等着呢！"

部民们听伊里金这么一说，想想也是，本与完颜部无冤无仇，当官的小命都没了，谁管他们的恩恩怨怨哪，此时不跑，待城里的官兵一出来，还跑得了嘛！于是一窝蜂地拔腿向留可城方向逃去，几个管事的直着嗓子喊："不许跑，不许跑，赶紧回来！"可喊也是白喊，根本没人听，四下一寻摸，只剩几个人了，咱们也逃吧，撒丫子便没了踪影。

盈哥下令大开城门，下了城楼儿来到城外，上前拥抱伊里金道："一晃八年不见，变化挺大呀，又膀又壮啊！"

伊里金笑道："恩公也一样，看上去蛮不错，比以前富态多了。"

二人说话间，阿骨打走到盈哥跟前，躬身施礼问候，盈哥介绍道："伊里金，这位是我的侄儿阿骨打，乃太师之次子。"

阿骨打与伊里金互相见礼后，请示道："三叔，您看侄儿是否将窝谋罕部的部队带回去，继续留在假节度使身边，观察留可城的动静，我们也好有个照应？"

盈哥点点头道："嗯，想得很周到，就按你说的办！"言罢回身与伊

---

① 哈番：女真语，官。

里金手拉着手走进城门，前往太师府。

此刻，乌古伦没有下城楼儿，而是等待着夫君。未承想阿骨打没打算回家，竟同玉奴儿一块儿翻身上了坐骑，掉转马头并辔前行，有说有笑地回返窝谋罕部，众官兵紧随其后。望着二人那亲密交谈的样子，心中不免怅然若失，像被掏空了似的，欢喜登时变成了愤怒，遂气冲冲地下了城楼儿，径直回到会宁府自己的房中。

那么，伊里金何许人也？原先是留可城的人，裴满氏。二十岁那年秋末，他在集市上看到两个从南方来这儿收购山货的商贩，与卖者讲价时，对方若是女真人，他们就说女真语，二人之间交谈则说汉语。伊里金感到很新奇，便主动上前搭话，请求二位大哥教自己汉语。两个商贩在留可城呆了三个月，伊里金向人家学了三个月，日常交流用语已掌握得差不多了，心里打起了算盘："南方人能到北方来，北方人为什么不能到南方去？他们之所以来留可城收购人参、鹿茸等，说明这些药材南方没有或者少见。我守家在地的，便于采集人参，再攒点儿鹿茸一块儿带到南方卖掉，买些丝绸带回北方，一个来回能挣不少钱。"此后他积攒了一年的人参、鹿茸，到了秋末用包袱包好系在腰间，带些干粮向南方走去。到了幽州，发现这里有汉人、契丹人、女真人、朝鲜人，正是学习汉语的好地方，便决定留下。

伊里金在幽州一呆就是五年，每天于集市上以物易物，把参茸换成了丝绸，然后雇辆车拉着朝家乡奔。到了东京，卖掉了丝绸，怀揣银子继续往北走。离开东京七十里左右，遇上了一伙儿强盗，怀里的银子和衣兜儿内的吃食被抢个精光，幸好没有反抗，给他留了条命。抬头一看，这荒山野岭的，百里无人家，想乞讨都没地儿，只有认定家乡的方向前行。走了两天也未见屯落，饿得前腔儿贴后腔儿，两眼冒金花，双腿铅砣一样沉，加之北风呼啸，大雪纷飞，冻得瑟瑟发抖，不知啥时候竟昏倒在雪窝子里。

说来也巧，正赶上盈哥乘马车从东京公干回来，见到路边的雪窝子里躺个人，赶忙跳下车跑到跟前蹲下身扒拉扒拉，那人没反应，伸手试试鼻息还有气儿。于是同车夫一块儿将其抬到车上，到了旅店住下后，请来郎中给以医治，把他救活了。回到会宁府，盈哥领着伊里金前去叩见太师，劾里钵像跟本族人一样唠家常，并希望他能留在完颜部。伊里金诚恳地表达了谢意，没齿不忘救命之恩，只因父母年迈，需要赡养，所以必须得回留可城。临走时，劾里钵送给他五十两银子贴补家用，伊里金再次千恩万谢，眼含热泪离去了。

伊里金回到留可城，此次不得不遵杯乃之命，随部民来到完颜部城门外。当听到活罗于阵前指名道姓地大骂劾里钵时，当即气冲头顶，那可是他的恩人哪，遂悄悄从队列中闪出，驱马前行，往活罗身后凑。此刻的活罗只顾骂阵了，时不时地观察城楼上的动静，根本不往后瞧。伊里金站在其身后，见活罗骂得正来劲，唾沫星子四溅，早已怒不可遏，欻的一声抽出刀来，手起刀落，活罗的脑袋便掉了。在会宁府的正厅里，伊里金向劾里钵和盈哥表示道："二位恩公，小的父母已经过世，留可城没有可牵挂的人了。从今往后，我就随你们了，干啥都行。"

劾里钵说："你在幽州逗留五年，汉语、契丹语皆通，汉学也掌握一些，在女真人里称得上秀才了。想请你当老师，教授汉语，大伙儿全得向你学。"

伊里金有点儿不好意思了，挠挠脑袋道："此生可是头一回当老师，行，只要信得过，我就教。"

劾里钵问道："伊里金，据我所知，裴满氏是大家族，你与家族的关系怎样？"

伊里金回道："没错，裴满氏的确是大家族，因我家几代都是单传，所以在血缘上离得较远，关系还算挺好。"

劾里钵又道："能否找个适当的机会与家族人等见个面，讲讲这里的情况？你有所不知，初始，窝谋罕部的酋长纥石烈受了萧海里的蛊惑，曾以节度使的名义要求完颜部进贡。其实呢，萧海里是从辽国逃出来的叛臣，自称是辽国皇帝派出的钦差，任纥石烈为节度使，并占据了阿典部。所言皆有据，你看，这里有萧海里写给我的信。"说着拉开抽屉，找出那封信递给伊里金。

伊里金接过，阅罢说道："眼下已到深秋了，留可城的族人每天需出城打猎，我在树林中等他们，一定能把这里的真实情况告知。"

劾里钵冲盈哥吩咐道："三弟，你到门外看着点，别让不相干的人进来。"

盈哥答应一声出了屋，守在门口儿，劾里钵接着道："伊里金，告诉你个秘密，我的二小子阿骨打已经娶了妻，就是温都部酋长乌春的女儿乌古伦。未承想没过多久，窝谋罕部酋长纥石烈的闺女玉奴儿也看中我儿了，声称非阿骨打不嫁。为了部落间能和睦相处，我思虑再三，便瞒着儿媳让阿骨打去窝谋罕部与玉奴儿成亲，现今还在那儿呢！方才听盈哥说，带领窝谋罕部军队前来的即是我二儿和二儿媳。你想想看，甭管活罗是否骂阵，真要打起仗来，能有留可城好吗？"

伊里金恍然大悟："噢，明白了，恩公是希望裴满氏家族知道这里的真实情况，别受杯乃的哄骗，不要与完颜部作对。如有可能，将杯乃干掉，由裴满氏掌握大权，使留可城与完颜部重归于好，对吧？"

劾里钵笑道："所言极是，真聪明！行了，我没事了，午膳已备好了，去把盈哥唤进来，咱们可以边吃边聊！"伊里金乐颠颠地出去了。

第二天一早，伊里金拜别了劾里钵，出得会宁府，来到留可城外，藏身于猎户经常走的道旁树林中。当裴满氏族人路过时，他从林内出来请族长雅里安借一步说话，将完颜部的详情告知。雅里安听罢，说道："估计杯乃还得联络窝谋罕部攻打完颜部，因为想占领完颜部的野心已暴露无遗，骑虎难下了。除此之外，他真以为纥石烈是辽廷认可的节度使，打算借其手除掉一直耿耿于怀的劾里钵。活罗死了，杯乃必将让自己那三个儿子率领部民上阵，若不然还不是像上次一样跑回来？等他们出城到达完颜部时，我带着裴满氏家族中的男男女女，只要能打仗的一个不落全出动，把杯乃及其眷属控制住，敢于反抗者立即除掉，他的三个儿子和麻产就由完颜部收拾了。"

伊里金表示赞同，二人又详细合计一番后，伊里金才返会宁府。雅里安则回到留可城，将老伴儿、女儿及四个儿子召集到一起，把伊里金的话和打算说了，要求他们分头秘密通知裴满氏的族人。

单讲雅里安族长有个闺女名叫玉姣儿，听说了完颜部的内情后，心里像揣个小兔子似的嘣嘣直跳。咋的呢？她曾按父之命在留可城暂住等待贡品，巧的是阿骨打也去了，刚一碰面一眼便相中人家了，当时就琢磨着今生要是能嫁给这样的后生做妻子，那该多有福气呀，也不枉来世上走一回。这次得知两姨姐姐玉奴儿已嫁给了阿骨打，现在住在窝谋罕部，心里不免有些着急，暗自思摸道："别人能嫁，我也不差啥，为何不能嫁？正好明儿个是玉奴儿的生日，不妨带着礼物前去道贺，乘机跟姐姐说说自己的所思所想，请其帮忙，不是没有可能。"想至此，起身去了额娘房中，把心事和盘托出。母亲听了心里没底，又跟丈夫雅里安商量，最后决定可让玉姣儿去窝谋罕部酋长府。

转天，玉姣儿骑马来到窝谋罕部城下，叫开城门，向守兵说明身份、来意，遂被引领到酋长纥石烈府邸，请门丁通报玉奴儿。

玉奴儿听说两姨妹妹来了，非常高兴，赶紧出外迎接，一见面便喊道："哎哟，我的好妹子，多日不见，真想你呀，快进来！"

玉姣儿随玉奴儿进了府门，来到东屋，笑嘻嘻地福了一福并拉着长声道："祝福晋生日快乐，福如东海，寿比南山，与大将军白头偕老！"

玉奴儿笑道："行了，别没正经的，还一套一套的呢，快上炕暖和暖和！"

二人上了炕，侍女端来香茗放于炕桌，姐儿俩对面而坐，玉姣儿端起杯呷了一口茶后，不无埋怨地说："前几天才得知姐姐结婚了，这么大的事怎么不知会一声，妹子也好前来贺喜呀！"

玉奴儿连忙解释道："不是不想知会，而是你姐夫再三叮嘱不要惊动外部落的人，一是怕他老婆乌古伦知道，二是暂需保守和萧海里之间的秘密，让一些蠢蠢欲动、想乘机夺节度使之权的人露露相。如果那时候告诉你了，各个部落的人全知道了，留可城的杯乃能公开跳出来吗？"

玉姣儿点点头道："嗯，姐夫想得挺周全，是这么个理儿。"然后从里怀掏出个小红布包递给玉奴儿："姐姐过生日，没什么好送的，刚好哥哥采了几颗东珠就拿了来，不成敬意，请笑纳！"

玉奴儿边接边道："妹子，咋还客气上了，来了姐就高兴，干吗非得带礼物啊，没有就不登门了？"

玉姣儿眉毛一挑道："姐姐说哪里话，部落里谁不知道咱姐妹俩最亲，好得像一个人似的，我的东西就是你的，你的东西就是我的，不是吗？"

玉奴儿笑道："那是，那是，姐先谢了！"

玉姣儿说："姐姐，这回咱俩离得可近了，想你骑马就来了。如果有一天妹子远嫁他乡，整年见不上一面，姐姐能想我吗？"

"怎么不想？你最好嫁到离姐近的地儿，便能常在一起了。"

"我也是这么打算的，守家在地多好哇，可谁知命运怎么安排呀？"

"命运要靠自己掌握，相中了附近部落的哪个小伙子，跟姨娘说一声不就结了嘛！"

玉姣儿故作神秘道："不瞒姐姐，妹子真看好了一个，不过一打听，人家有媳妇儿了，总不能对他说：'本姑奶奶相中你了，赶紧把家里的老婆休了吧，我嫁你！'"说着自管自地笑了起来。

玉奴儿点了一下玉姣儿的脑门儿道："鬼丫头，以为我听不出来呀，是在旁敲侧击你姐呢，不过我可没让阿骨打休了乌古伦哪！"

玉姣儿做了个鬼脸儿道："要不咋说是好姐妹呢，两个人想的一样，

都相中了别人的丈夫，真可谓心有灵犀呀！看来姐姐能这么做，妹妹照着做也未尝不可。"

玉奴儿问道："告诉姐姐，你相中谁了？"

话音未落，玉姣儿的脸腾地红了，张了张嘴又把话咽了回去，心想："在家寻思得好好儿的，这会儿到了姐姐跟前，咋觉得说不出口呢？还是算了吧！"转念又一想："不行，好歹得说出来，否则不白跑一趟了？再者也得看看姐姐是什么态度……"

玉奴儿见其欲言又止、似有心事的样子，便道："怎么，还不好意思说呀？干脆让姨娘给你随便找个哈哈嫁了得了！"

玉姣儿忙道："那可不行，嫁人是一辈子的大事，无论如何也得说了，不过得求姐姐帮忙才成，不知愿否？"

"咱俩谁跟谁呀，不用讲外道话，姐姐答应你，一定帮！"

"真能帮？"

"咳，啥时候跟你有过假话呀？一言既出，驷马难追！"

"那我可说了，妹子就看好……看好你的夫君、我的姐夫了。"

玉奴儿听罢，不禁吃了一惊，心里思摸开了："这小妮子，真有你的，竟打起姐姐的主意了。但话已说到这个份儿上了，又答应帮忙了，总不能出尔反尔吧？再者说了，今后阿骨打娶几房儿谁能管得着？原先就有乌古伦，时候不长娶了我，再来一个也不多，娶谁还不是娶呢！"想至此，笑了笑道："好哇，妹子真有眼光，这回咱姐儿俩别提什么离得远近了，而是永远不会分开了。阿骨打正巧得闲，在书房呢，我去把他叫来！"

玉姣儿未承想玉奴儿能如此痛快，非常高兴，赶忙致谢道："妹子谢了，谢谢姐姐大人大量！"

姐妹俩下了炕，玉奴儿走进书房，见阿骨打正坐在案前低头看书，便道："夫君，打扰了，我的妹妹从留可城来，想要看看你，可以吗？"

阿骨打边答应边站起身，随玉奴儿进了东屋，玉姣儿微微一笑施礼道："姐夫万福，妹妹这厢有礼了！"

阿骨打回礼毕，抬起头来，上下打量着玉姣儿。见其春山含黛、柳眉放情、樱桃小口、银牙微露，一对儿杏眼左右流盼，羞答答芙蓉颜面红过耳，娇滴滴燕语莺声如弹筝，正琢磨此来何意呢，玉奴儿抢先开口道："夫君，这就是我曾提起的妹子，乃亲姨的女儿，裴满氏，名叫玉姣儿，从小我俩玩在一块儿。她久仰将军大名，崇拜之至，爱慕有加，却无缘相会。今儿个特为祝贺拙妻生日而来，幸亏将军昨天欲返完颜部而因事未归，你二人才得以见面。玉姣儿天资聪颖，颜如西施，知情达理，这样美丽而又可爱的女子与将军也应有美满姻缘。拙妻愿与妹妹同事一夫，和睦相处，共谋大业，不知意下如何？"

阿骨打表示道："谢谢妹妹的高看和夫人的美意，虽然以前未曾与妹妹谋面，但听你姐姐介绍过，今得一见，的确不一般，百里挑一。至于能否结为夫妻，需要回到完颜部向阿玛、额娘禀告后再答复，请妹妹见谅。"

玉姣儿摆摆手道："不急，不急，当然得请示二老了，小女静候佳音。还想告知一个好消息，那天在完颜部城下刀砍活罗的伊里金是小女的远房哥哥，已同我阿玛商量好了破敌之策，不日便可实施！"继而又详详细细、如此这般地把计划讲了一遍。

阿骨打听后，心中大喜，表面却不露声色，说道："的确是个好消息，谢谢雅里安族长，还有裴满氏的家人。噢，对了，你们姐妹俩多日不见，有的是贴心话，接着唠，我先告辞了！"言罢转身出屋回书房了。

回头再讲那日留可城的部民跑回城，杯乃听了门军禀报气坏了，恨不得把他们全杀了。转念一想，觉得不妥，一是不可能，自己加上三个儿子和亲兵、侍卫拢共不过十几个人，能斩得了那么多部民吗？二是还需让这些部民缴纳贡赋并利用他们攻打完颜部呢！于是下令开城，好言抚慰，让其回家歇歇，养养精神，打明儿个起照常训练。又吩咐仨儿子每人领一队，练习攀爬、攻城、打巷战，强调一日不可懈怠。

过了二十多天，杯乃遣麻产前往窝谋罕部，与酋长商议会攻完颜部。纥石烈答应出兵，麻产回城复命，杯乃说道："养兵千日，用兵一时，这次就看你的了。本酋长任命你为中军统帅，有权调动部队，大显身手，胜利而归！"

翌日，麻产和杯乃的三个儿子领命率军来到窝谋罕部城下，会同纥石烈的队伍浩浩荡荡开往会宁府，依麻产的计划是直接攻城。

伊里金从留可城回来后，把与族长雅里安商量的结果向劾里钵做了详细禀报，故而麻产率队刚刚出城，完颜部的侦探马上便将消息带回，劾里钵下令列队出城迎击，并对部下说明此仗应注意的事项："窝谋罕部的军队一律穿黑色衣服，裴满氏族人皆系蓝色腰带，这些皆为我们的人，除此格杀勿论！"

两军交战后，完颜部的官兵奋勇当先，杀得留可城那些只经短时间训练的部民哭爹喊娘，连滚带爬。劾里钵见此，及时下了命令："决不放过麻产和杯乃的三个儿子，其余的只要投降，不许屠戮！"

这场仗正像劾里钵事先估计的那样，以留可城部民的彻底失败而告终，麻产和杯乃的三个儿子战死，杯乃哪敢呆在城里呀，连夜逃向深山，从此再也不露面了。过了几天，阿骨打回到会宁府，叩拜二老并详细禀报了玉奴儿代两姨妹妹玉姣儿求亲之事。劾里钵沉思片刻，说道："既然玉姣儿是留可城裴满氏族长之女，伊里金应该了解这孩子的品性、为人如何，你去把他请来！"阿骨打应声而去。

不大一会儿，伊里金随阿骨打来到府邸，拜见节度使，劾里钵抬了抬手道："请坐！"

"谢太师！"伊里金撩衣于左侧的一把椅子上落了座。

劾里钵说："之所以请老师来，是想打听个人，留可城裴满氏的玉姣儿你肯定熟悉，可否介绍一下？"

伊里金回道："玉姣儿是老族长雅里安的独生女，从小跟我这个远房哥哥学契丹语、汉语，天赋机敏，伶牙俐齿，颇有教养，孝敬父母。"

劾里钵点点头道："嗯，果然不错，是老族长调理得法呀！现在呢，杯乃已经得到了应有的下场，留可城不可一日无主，烦请老师跑一趟，宣布授予雅里安酋长之职。另外还要告知老族长，完颜家准备给裴满家下聘礼，请他们在留可城为阿骨打和玉姣儿筹办婚事。"

伊里金起身单腿跪地道："小的遵命！"

第九章 萧海里据一隅苟延残喘 阿典部助完颜围歼反寇

　　话接前书。单讲颇剌淑按劾里钵之意来到辽国临潢府，晋见道宗皇帝，行罢三跪九叩大礼，耶律洪基开口道："贤卿请坐，大老远地跑来，所为何事？"

　　颇剌淑谢过坐定，说道："回皇上，萧海里不仅占据了阿典部，而且派使者带其亲书的信函来到完颜部，宣布撤销劾里钵节度使的封号，要求完颜部给他们进贡。因未接到圣上下达的谕旨，所以暂时没有从命，究竟是真是假，特来问个究竟。"

　　道宗听罢，异常愤怒，拍案道："萧海里胆大妄为，违逆纲常伦理，又叛逃到阿典部，还假传圣旨，真乃罪恶滔天，定将严惩不贷！大辽眼下正在对辖嗠用兵，必须全力以赴，暂时抽不出兵力。朕授权于完颜部，由你率队讨伐萧海里，功成后再行封赏。"

　　颇剌淑言道："陛下，封赏不敢企及，自太祖灭了渤海，即不允许女真人养兵，完颜部如何去征伐萧海里？"

　　耶律洪基有些不悦："如何征伐？尔部打败了叛贼散达、桓赧是怎么用的兵？平定温都部起事是怎么用的兵？别当朕不知道！"

　　颇剌淑解释道："陛下，散达、桓赧原先皆为完颜部部民，我们临时组织起来与之对抗的全是未经训练的部族成员，没有铠甲，没有兵器，用的是镐头、砍刀、木棒。平定温都部起事也是如此，并采用了通婚的方式去讲和，打的不是什么大仗。再者说了，当时桓赧、乌春只是叛民，怎么能跟训练有素、久经沙场的将士相比呢？"

　　耶律洪基沉思良久，遂下谕旨道："朕允许尔部募兵千人，自造武器、铠甲，抓紧训练，待时机成熟，前去征讨萧海里。"

　　颇剌淑一听，心中大喜，终于能正式组建辽廷认可的军队了！然表面上却不动声色，表示道："请皇上放心，愚臣谨遵圣命，一定倾尽全力去办！"言罢退下。

颇剌淑昼夜兼程，打马回到会宁府，把同辽道宗的对话向兄长复述了一遍。劾里钵听罢，高兴极了，笑道："好哇，从此咱完颜部的军队可以公开亮相了，再不用偷偷摸摸训练或躲躲闪闪了。"

颇剌淑说："阿浑，即使有了军队，也不给耶律洪基卖命。实在催得紧了，可去辽廷应付一下，声称吾部力量太弱，根本不是萧海里的对手，等着让他们自己打自己，咱在一边看热闹。另外，我们只能装备正式的军队一千人，剩下的继续穿民服，千万不要暴露内部的实力。"

劾里钵赞同道："二弟所言极是，应该想得周全些，就这么办！"

辽大安八年，劾里钵因病离世，临终留下遗言："当以长君治国，因其阅历多，经验丰富，慎重老成。幼君往往只看表面现象，不察实质，不分析客观情况，主观臆断。即使能独揽大权，有时也会不理智，意气用事或偏听偏信，易被他人所牵制。定下兄终弟及制，以现有弟、子排列如下：颇剌淑，盈哥，乌雅束，阿骨打，吴乞买，完颜杲。"

颇剌淑担任国相期间，常常被派去处理联盟与契丹的矛盾，故而谙熟其症结所在。即位后，首先着手缓和两者之间的关系，尽量相安无事，暗中韬光养晦，发展实力，后来契丹便授予他"详稳"的称号。

辽大安十年，颇剌淑病故，其弟盈哥接任节度使，以撒改为国相。不久，辽道宗下旨，令四捷军都监阿离懑率领契丹军征伐占据阿典部的萧海里。阿典部的据点四周全是峭壁，中间稍平，有个直上直下的洞口，放下吊桶能打出清甜的水来。只有一条路通向山寨，乃经人工一级级凿成的，易守难攻，可谓一夫当关，万夫莫开。每年一到秋收时节，萧海里便令兵丁四出抢粮食，地里的庄稼割光了，再去其他小部落收贡赋。过了深秋，开始猫冬了，一般是不下山的。

阿离懑自恃勇猛无敌，亲率千骑前来攻寨，到这儿一看傻眼了，想不出更好的法子上山，只得命兵丁站在路口儿叫骂，以引萧海里下山。萧海里可有老猪腰子，任凭辽兵个个喊得口干舌燥，把祖宗八代都翻腾出来了，他像未听见似的，就是不动地儿。到了后晌，萧海里俯瞰山下，辽军将马散放于旁边吃草，将士们或躺或坐，叫骂声儿也没了，这才率一队精兵迅速下山，挺枪就刺，挥刀就砍。阿离懑连忙一骗腿儿上了坐骑举剑抵挡，萧海里抡起大棍先磕飞了阿离懑的剑，随后顺势拦腰扫去。阿离懑两手空空，虎口流血，眼见大棍已到跟前，无法躲避，急忙甩镫离鞍下马，在两个亲随的护卫下逃向密林。手下的众兵丁一直未能吃上饭，口也渴了，肚子也饿了，浑身无力，哪还有精神头儿与对方交锋啊，加之当官的又跑了，只随便应付几下便也跟着蹽了。萧海里的属下真不留情，砍瓜切菜般地追着打，辽兵被砍死、刺伤无数，尸体狼藉一片。

阿离懑钻进密林后，幸亏萧海里只顾追杀大股部队不管他了，才捡了一条命，但始终躲在里面不敢出来。直至听到萧海里收兵回山的锣声，阿离懑方慢慢腾腾地出了林子，召集残兵败将，去了死的、重伤的，还有将近五百人，怎么办？死的活不了，伤的上不了战场，咋向皇上交代呀？寻思了半天，觉得这种情况实在难以复命，只能先去会宁府见一见节度使再说。咳，如果来之前去趟会宁府，完全可以以宗主国的身份对其吆五喝六，要求完颜部出兵一起攻寨，或许不至于败得如此惨。可那时自己要抢头功啊，生怕被完颜部抢了先呢，现在已经败北了，说什么都晚了。不管怎么样，宗主国就是宗主国，小小的藩邦不惧我，总得怕皇上吧？打起精神来，不能让他们小瞧咱！于是让众兵丁去河沟儿洗洗脸，整理一下衣装，受伤的暂时在此待命，一切就绪，带着队伍向会宁府驰去。

完颜部派出的斥候回城了，向节度使禀报了阿离懑兵败的经过，盈哥高兴地说："很好，再探！"

斥候转身出屋往城门那儿走，正赶上阿离懑率军到了城外，仰脖儿高喊道："城上哨兵听着，吾乃四捷军都监阿离懑，赶紧让你们节度使前来迎接！"

斥候立即返回府邸，将此情通报之，正在阅卷的盈哥边穿官服边道："告诉他，说我知道了，马上就到！"

盈哥很快出了府门，来到城外，冲阿离懑抱拳道："恭迎都监大人！"

阿离懑面有愠色："我是上差，为什么不跪拜？"

盈哥问道："有圣旨吗？"

阿离懑答曰："没有！"

盈哥不屑一顾："吾乃大辽皇帝钦命的节度使，按品级论，尔当向吾跪拜才是。我不挑你的礼，反倒说我的不是，也罢，本节度使回城了！"言罢反身就走。

阿离懑知道自己理亏，忙上前两步，换了一种语气道："且慢！节度使大人，莫怪本将鲁莽无知，敬希见谅。您不看僧面看佛面，看在吾皇的份儿上，也应接我进城。"

盈哥说："实在抱歉，会宁府太小，容不下大军，请在城外安营，都监可以进城。"

阿离懑寻思道:"此一时,彼一时,现在是来求救兵的,要不得横。人家若不出兵,我也没辙,总不能领着五百败兵回临潢府吧?"想至此,勉强挤出一丝笑容道:"谢了,就依节度使大人。"

阿离懑随盈哥进了城,来到府邸客厅落座,侍女奉上香茗,盈哥明知故问道:"不知都监因何事到敝府?"

阿离懑回道:"吾奉当今皇上的差遣,命同完颜部一块儿出兵,擒拿占据阿典部的萧海里。"

盈哥说:"四捷军英勇善战,都监屡立战功,尽人皆知,无不佩服。精兵尚且被打得死伤无数,四下逃散,我们这些藩邦小民怎么能打败强大的顽敌?"

阿离懑初听盈哥夸赞四捷军,钦佩都监,心里美滋滋的。忽然话锋一转,揭了他失败的底儿,顿时两颊绯红,恼羞成怒,气得一时竟说不出话来。过了一会儿,方强压火气道:"皇上令完颜部出兵会剿,如果大人不愿从命,本将只能回去如实禀报。"

盈哥说:"都监误会了,不是不想帮您,只是有个请求,不知能否应允?"

"请讲!"

"萧海里所占据的阿典部,是我女真的一亩三分地,不是他的地盘儿。倘若出兵能获胜,必将萧海里的头割下,由都监带回去报功。而据点的所有降卒及山上的钱物须全部留下,因为降卒皆为女真人,钱物皆为女真部落的财产。"

阿离懑听罢,心里合计开了:"让我把萧海里的人头带回,也能交差了,打仗损失军卒是常事,想必皇上不会怪罪。若是不答应,很可能把我和盈哥的关系弄僵了,或者去了不出力,或者找别的麻烦,我能把他怎么样?"于是便道:"行,全依节度使大人。"

盈哥又道:"此次征伐是不是这样进行:刚才由于萧海里打赢了,自然不会把都监放在眼里,众兵丁可照样去骂阵。等他的部队下山时,与其打上几个回合后,再往回跑。他们必然紧追不舍,待到进入了我方的埋伏圈儿,你再回军助我击敌,都监意下如何?"

阿离懑乐不可支地说:"此计甚好,就这么定了,今儿个歇息,明儿个攻寨。"

次日,阿离懑按计划行事,仍让兵丁站在路口儿叫骂。山上的萧海里往下一看,这阿离懑没脸哪,吃败仗上瘾了,故伎重演,当即欲要率军下山出战。其弟萧敌里阻止道："大哥，你歇歇，在咱眼里，那不过一帮蝥贼，让我去杀他一场！"

萧海里一挥手道："去吧！"

萧敌里也真够与盈哥"默契"的，率军下山与辽兵打了几个回合，见其转身便跑，随后猛追，自觉自愿地进入了完颜部的埋伏圈儿，结果军卒被乱箭射死一半儿，剩下的跪地投降了。盈哥将萧敌里的首级砍下交给阿离懑，阿离懑接过看了看道："这头不是萧海里的，是他弟弟萧敌里，还得攻寨，必须拿获萧海里。"

盈哥说："怎么攻？还看不出来吗，他弟弟有来无回，这下任你骂他八辈祖宗，萧海里肯定蹲在山上不下来。"

阿离懑想了想道："不攻寨只能继续骂，萧海里若不下山，我令军卒换班儿骂，直至把他骂出来！"

盈哥点点头道："就依都监，不过我可提醒你，想让萧海里第二次进入埋伏圈儿比登天还难。吾部待你把他骂出来再出兵不迟，放心吧，决不会让你们吃亏的。"

阿离懑为了向皇上交差，也想不出别的办法，惟一能做的即是令军卒站在路口儿轮番骂阵。

朱伯西要交代一下，颇剌淑在世时，曾让阿骨打和四弟完颜杲扮成普普通通的阿典部族人同其部族的各个小部落联系。一日，阿骨打对阿典部族人莫也李说："咱们都是女真血脉，可谓一家亲，怎么能帮着契丹人打本族人呢？再者说了，那些契丹人，尤其是任头领的萧海里正是辽国皇帝征讨的叛贼，若是跟他们穿一条裤子，待到兵败之日，同样会被当作叛贼诛灭的。"

莫也李叹了口气道："唉，谁愿去帮助契丹人哪，也是实在没辙了。萧海里扣留了吾部的酋长，并且将一些十岁左右的小男孩儿抓到山上去了，以此来胁迫我们。"

阿骨打问道："有没有机会和山上的族人联系？"

莫也李回道："机会倒是有，到了秋末，他们得下山抢收粮食，那时可以遇到。"

阿骨打又问："山上的契丹人穿什么颜色的衣服？"

莫也李答曰："夏天穿草绿色的，冬天穿白色的。"

阿骨打说："要想办法跟山上的族人通气，让他们夏天穿蓝色的衣服，冬天穿黄色的，为的是将来与萧海里交锋时容易辨认。告诉他们，女真人互相之间不能为敌，到时候我们见了穿着阿典部衣服的族人不会真打的，只是装装样子，希望阿典部人也是如此。"

莫也李点点头道："嗯，记住了，放心吧，我一定转告。"

阿骨打和完颜杲挨个儿小部落联络，重复着与莫也李说过的话，皆立下了交战时不真打的约定。

此时的萧海里坐在山上愁眉紧锁，手下的契丹兵只剩三百来人，怎么办呢？山上的粮食仅够吃半年的，即便不出战，对方攻不上来，这样下去也得被困死。思来想去，终于有了主意，阿典部的一些男孩儿在我手里，可扣留在山上做人质，让其父辈出去打仗，倘若敢反水，就杀了他们的孩子！于是便去了阿典部酋长唐括氏何卢观那儿，说道："想必你都听见了，阿离懑天天在山下叫骂，该给他点儿颜色看看了。你带着部民下山吧，如能杀个片甲不留，退了这股辽兵，我们都有活路。谁也说不准将来会怎样发展，如果我做了皇帝，你们这些功臣皆为王侯将相。反之，你的族人若和他们勾结，别怪我不客气，先杀了山上的孩子，何去何从，请酋长大人酌量着办。"

何卢观思摸道："族人的命在他手心儿掐着，如果拒绝下山，肯定活不成。好在此前已和完颜部有了约定，不打女真人，即或有辽兵，完颜部也不会坐视不救，比在这里硬顶着强，到时候再说吧！"想至此，便道："将军吩咐，小部焉敢不从？现在就下山！"说罢起身出了屋，下令集合队伍。

萧海里冲着阿典部的部民大声说道："你们看好了，这些孩子可全留在山上了，别想跟我耍花招儿，否则后果自负！"

何卢观没吱声儿，随即一挥手，带领三个儿子和独生女及其部众下山了。阿骨打站在土丘上，看见下山的是穿蓝色衣服的部民，便走到阿离懑跟前说："都监大人，请您及手下的部队到后面观阵，待本将率军杀将去如何？"

阿离懑求之不得，当即令部队后撤，随自己到阿骨打方才站的土丘上观阵。阿骨打率领军队装模作样地同阿典部的族众交手了，对方一年轻将领和他过了几招儿后，旋马向左侧跑去，阿骨打心想："可能因这里有辽兵，说话不方便，故而调我到远处讲讲山上的情况，或者打算商量一下破萧海里之计？"遂打马紧追了去。转过一道山弯，阿骨打突然闻到一股异香，顿时觉得脑袋昏昏沉沉的，不由自主地栽下马来。待醒转时，已是动弹不得，浑身上下被绳子捆得紧紧的。只听年轻将领问道："你叫什么名字？"

阿骨打寻思道："看他穿的衣裳是蓝色的，肯定是阿典部的人，好像没有取我性命的意思。若想加害于我，完全可以趁刚才昏迷时一刀砍了，还能活到现在吗？"于是答曰："我叫阿骨打。"

年轻将领似乎不太相信，又问："你当真是阿骨打、当今节度使的侄儿？"

阿骨打回道："没错，正是。"

年轻将领长出了一口气，说道："我想帮你捉拿萧海里，但是必须得先成为我的亲人，若不是亲人，凭啥帮你呀！"

"怎么帮？"

"真啰嗦，别管怎么帮，先回答愿不愿意做我的亲人？"

"拜把子？"

年轻将领摇摇头道："不是。"

阿骨打有些不耐烦了："哎呀，痛快点儿，直说吧！"

年轻将领脸腾地红了，显得有些羞涩，很快头一扬道："实话告诉你吧，本将是女儿家，要你成为我的丈夫。"

阿骨打听罢，十分惊诧，待细细打量，见其长得腰圆背阔，体格健壮，两条胳膊比自己的还粗。一手叉腰，一手握着单刀，相貌还算英俊，行为举止根本不像个女子，便笑了笑道："明明是哈哈，为啥说是赫赫，逗我开心吧？"

年轻将领上前把刀背往阿骨打脖子上一横道："别废话，行还是不行？回答我！"

"哎哟，难道你不知道吗？我有媳妇儿了！"

"知道你有媳妇儿，也听说你和纥石烈家玉奴儿是怎么成亲的，就照她的方法办！"

阿骨打又瞟了瞟对方那健壮的身躯，商量道："捆得怪紧的，手脚全麻了，解开再唠呗！"

年轻将领把手中的刀往下按了按道："想得美，解开绳子你就跑了，快说呀，到底行不行？别怪没提醒你，放老实点儿，只要我的手一动，就让你跑阎王爷那儿报到去！"

阿骨打一看这架势，要是说真话肯定没命，死得也太不值了，只好连连道："行，行！"

年轻将领步步紧逼："不能光答应，那不算数，得起誓！"

阿骨打睁大双目道："起誓？我还不知道你姓甚名谁呢，起哪门子誓呀！"

年轻将领自报家门："小女唐括氏，名叫宛如，乃阿典部酋长何卢观的女儿。"

阿骨打这才起誓道："本人诚心诚意娶宛如为妻，愿与其生儿育女，白头偕老。若违誓言，天打雷劈……"

宛如一手抽回刀，一手连忙去捂阿骨打的嘴："呸，呸，住口，何必发这么毒的誓呢？"说着开始解绳索，边解边道："捆得太紧了，疼了吧？等会儿给你揉揉。"

阿骨打待绳索完全去掉，抻抻胳膊、撂撂腿道："姑娘，说说看，打算怎么帮我？"

宛如早已成竹在胸："回去告诉尔部之人，前边的赶紧倒下，意为中了我的迷魂香，剩下的往回跑。吾部装模作样地追杀一阵，回过头再把所谓中迷魂香的人捆上，当然会松点儿绑，系的是活扣儿，一拉就开。押解到山上后，在向萧海里请功时，你们便会知道谁是萧海里，一拉活扣儿绑绳即解，阿典部和完颜部携起手来就地将契丹人消灭掉。怎么样，此计可行否？"

阿骨打思忖片刻，点点头道："嗯，甚好，百余人足够了，多了容易引起怀疑。"

二人不敢耽搁，一前一后打马回到山下，阿骨打走到队伍中间，对身边的军卒说："向前传，看见我朝下一挥手，就地躺倒。"又吩咐另一军卒："向后传，见到前面的倒下，立即往回跑，也可装成负伤倒地的样子。"估计一一传到后，阿骨打朝下一挥手，军卒们皆按命令行事，前边的躺倒了，后边的往回跑。阿典部族众则装作追杀之态，宛如趁机把自己和阿骨打订亲的事儿向父亲说了，何卢观听了大喜。

阿离懑站在土丘上，眼看完颜部败了阵，干着急愣没辙。他以前和萧海里打过交道，知其利害，认为那是些除了死拼再无其他活路的亡命徒，打起仗来不要命，还是别惹他们了，保全自己要紧。于是令手下兵丁下了土丘，隐藏在右侧的树林内，免得被追兵发现。

阿典部酋长何卢观亲自率族人追了一阵子，直至完颜部的部分军卒逃得没影儿了，方鸣金收兵，将躺倒在地的军卒用绳子捆绑。何卢观故意推搡着阿骨打走在前面，小声儿说了几句什么，阿骨打会意，不露声色，一队满怀胜利喜悦的阿典部族人押着垂头丧气的完颜部军卒上山去请功。

萧海里站在高处看得真切，自从上山后，就听说唐括氏有一绝技，即以"迷魂香"制服对手。也曾暗自庆幸多亏采用突然袭击的方法，控制了阿典部的酋长及其家眷、亲属，若不然很有可能反被阿典部人用迷魂香将自己擒拿，好危险哪！他后来经常防着这一招儿，想了很多办法妄图将迷药和解药弄到手，结果却白费功夫。今儿个见到打了大胜仗，乐得嘴都合不拢了，满脸堆笑地迎下山来。

何卢观先是悄悄儿把捆绑阿骨打绳子的活扣儿拉开，然后走到萧海里跟前，撩衣单腿跪地下拜。萧海里连忙弯下身搀扶，何卢观乘机死死抱住萧海里的两条腿，以头向前拱。阿骨打迅速上前挥拳砸向他的面门，萧海里仰身跌倒，阿骨打随即掐住其咽喉，几个阿典部族人按的按、捆的捆，结结实实地绑上了。与此同时，阿典部的人手持长矛，完颜部的军卒从腰间抽出短剑，一同冲向了辽军。契丹兵一时是丈二和尚摸不着头脑，全蒙圈了，不知所措。阿骨打令会契丹语的亲随大喊道："契丹的弟兄们，别做无谓的抵抗了，放下武器投降吧！回去也交不了差，会被皇帝处死的，家中的老小都在等着你们呢！"

契丹兵此时才明白是怎么回事，见周围全是持刀仗剑的女真人，只好扔下武器乖乖跪地请降。

宛如领着阿骨打来见何卢观，为其介绍道："这是阿典部的酋长，也是小女的阿玛。"

阿骨打跪倒在地叩道："完颜旻拜见岳父大人！"

何卢观笑道："将军请起，不必客气，从今往后，咱们就是一家人了。"

宛如又给阿骨打引见了自己的两位兄长和一个弟弟，互相施礼，互致问候。少顷，阿骨打率领军卒下山了，将萧海里的人头交给了阿离懑。阿离懑只留下回去的粮草，余下的全给完颜部了，高高兴兴地返京了。

转天，阿典部大摆酒宴，一是庆祝把辽人萧海里捉住并砍了脑袋，阿典部从此恢复了自由，二是为阿骨打和宛如即将成婚贺喜。大家频频举杯，有说有笑，舞之蹈之，其乐融融。

第十章 | 天祚帝催猎鹰辽官逞凶
多罗女留情郎动用心机

寿昌七年，辽帝耶律洪基驾崩，遗诏由辽燕国王、总北南院枢密使事、中书令、天下兵马大元帅耶律延禧即位，称天祚帝。此人未即位前，平时最爱的是吃喝玩乐，知道只有当上了皇帝，才有更大的权力，才没人敢管他，才能玩儿得尽兴，所以便顺从道宗之意，学习治国安邦之策。每当皇帝召见时，无论问什么，总是对答如流，谈得头头是道，道宗听了很是满意。为何能这样呢？因之前是做了准备的，其师根据当时的形势，皇上可能问什么、该如何回答都写在一张纸上，他已背得滚瓜烂熟，显得胸有成竹。

如今果然如愿以偿，坐上了皇帝的宝座，天底下他是老大，认为完全不必再顾忌什么了。耶律延禧最喜欢玩鹰，道宗在世时，每十年向女真部征调一次海东青。现在轮到他了，玩儿起来没够，尚未到征调时日，即想提前征调，并规定每五年交一次，将以往每次交两只改为五只。征调前，天祚帝询问大臣们的意见，看看派谁去合适？众臣纷纷举荐人选，一下提出十几位，最后枢密使萧奉先奏道："皇上，微臣以为征调海东青，非鹰障官耶律有才莫属。"

耶律延禧思忖片刻，点头允准了。这耶律有才可是个人物，在投机钻营、阿谀奉承方面颇有才，由于对萧奉先一直极尽讨好儿之能事，故而谋到了鹰障官之职。得令后，立即带人出发来到会宁府，传皇上的旨意，一个月内交纳海东青五只，违者斩。

耶律有才摆的谱儿真够大，盈哥小心伺候着，心里盘算着派谁去捕鹰呢？因为完颜部所在地没有海东青，只能到五国部，即蒲聂、铁骊、越里笃、奥里米、剖阿里去拉鹰。所派之人，其一必须是拉鹰技术熟练，其二要体格健壮，武艺出众。当天夜里想好后，翌日一早，便令随从将阿骨打、宗翰、呼实布、曼都里、尼楚赫请来，对他们说："天祚帝征调海东青催得紧，特派辽官前来，要求一个月内上交五只。思索再三，决定由你们几个去拉鹰，要特别注意与五国部处好关系，这样方能顺利交差。"

五位将官领命，刚欲退下，正赶上驿馆的驿长急匆匆地跑到府邸前，向门军说道："请快快通报节度使大人，出事了！"

屋内的人全听见了，盈哥忙道："进来吧！"

驿长进了屋，扑通一声跪地叩头道："大人，不好了，辽国派来的鹰障官不见了！"

盈哥眉头一皱道："慌什么？越怕出事越有事，何时发现的？"

驿长回道："昨天晚上，鹰障官领着两个随从欲出门，小的上前好言劝阻，请其不要走，他们将我推开径自离去。等了很长时间也未回返，小的怕影响大人歇息，故而没有及时禀报，直到现在仍不见影儿。"

盈哥对在场的五位将官说："寻人要紧，你们稍耽搁一会儿，带人在会宁府找找看。"

于是盈哥带领自己的卫士、五位将官各自率部下分成地段儿挨门挨户地搜索，查至晌午，才发现穆昆达石鲁和阿阁版失踪了。询问石鲁的家人，其阿玛说："昨晚家中来了位辽国的官员，还带着两个侍从，进屋先寻摸了一圈儿，见我女儿大丫在收拾碗筷，两眼便直勾勾地盯上了，遂以命令的口气道：'未承想鸡窝里飞出了凤凰，这姑娘长得真不赖，跟本官到驿馆去一趟！'我一听着急了，连忙跪地求他，说是孩子还小，没见过世面，怕侍候不好大人。辽官不容分说，抬脚将我揣倒，拉起大丫就往外走，大丫哭喊着往后挣。躺在炕上的石鲁肺儿几乎气炸了，腾地起身跳下地，一拳将辽官打倒，用手掐住其脖子提溜起来朝外走，那两个侍从随后跟了出去。这时，阿阁版听到大丫的哭叫声赶来了，那两个侍从并未上前救，估计一是怕动手照样会挨揍，二是怕石鲁的大手一使劲儿，能把官员的喉咙捏断，回去无法交代。我叮嘱石鲁轻点儿，别把那畜生弄死了，闹出人命就麻烦了，后来也不知他们去了哪里。"

盈哥听罢，令五位将官回府，再作商议。一行人进了屋，盈哥说道："我琢磨着各位先去五国部拉鹰，部里打发人继续寻找，即使鹰障官出了事儿，咱们把海东青全额奉上了，也好交差。时间很紧，事不宜迟，不妨现在就去。噢，差点儿忘了，每人到账房儿支百两纹银带着，你们看如何？"

五位将官没有提出异议，去账房儿支完银子，便出门向五国部而去。途经陶温水时，见这条路有二里多长，是在石壁上修成的，上面望不到山峰，下面看不见谷底。他们正走着呢，忽听路旁下面有人带着哭腔儿哀求道："小爷呀，小爷，饶了我这回吧，以后再不敢了！"

五人立即停下脚步，一起循着声音往下瞅，见下面倒吊着一个人，拴着两腿的绳子系在路边的粗树枝上，仔细一瞧，正是寻找多时的鹰障官。这时，只听身后有人说："不能把这个色鬼放了，待回到辽国，在皇上面前指不定给咱编什么瞎话呢！"

阿骨打听出这是石鲁的声音，回过头来，令其将鹰障官放下，然后招呼几个人就地坐下商量一下，他长出一口气道："谢天谢地呀，这家伙总算没死，一切皆好办。"

宗翰摇摇头道："我看未必，恰恰相反，此事很难办，放又放不得，杀又杀不得，咋整？"

石鲁接过了话茬儿："没啥难办的，就把他吊在这儿，啥时候没气儿了，出窍的魂儿再出坏主意吧！"

阿骨打问道："石鲁，那两个侍从呢，你把他们弄哪儿去了？"

石鲁往道左一指道："绑在树上了，这两个人倒挺老实的，虽未助纣为虐，但也怕他们跑了，阿阁版看着呢！"

阿骨打想了想道："这不是咱的权限所能处理的事，不如由宗翰和呼实布把三人押回去，交给节度使，省得没有目的地到处寻找，咱也不必派专人看管他们。石鲁和阿阁版跟我去五国部拉鹰，用不着一看鹰障官就来气了，弄不好再惹祸，各位以为如何？"

大家皆点头表示赞同，为把握起见，宗翰、呼实布没有放开三人，而是用绳子捆着往回走。到了会宁府，宗翰向节度使如实禀报，盈哥长出了一口气，下令给三人松绑，暂时关押在驿馆。为防逃跑，屋内放便桶，门窗钉死。送饭时，把窗纸捅个窟窿递入碗筷和吃食，下次再送时，方撤掉用过的碗筷。还特派一头领带二十名军卒看守，要求半步不许离开，若是把三人看丢了，拿你们是问！安排毕，又书就了一封信，让完颜希尹带着去辽，将此事的来龙去脉讲清楚，请天祚帝示下。

再说阿骨打一行到了奥里米，经商议决定，每人去一个部落，跟本地的酋长联系。曼都里在奥里米，石鲁去剖阿里，阿阁版去越里笃，尼楚赫去铁骊，阿骨打去蒲聂，尽全力拉鹰。无论是否有收获，二十天后在此聚齐，根据情况再定下一步怎么办。

五人分手后，阿骨打前往蒲聂部，先到酋长家拜访。酋长仆散氏，名叫跋葛，不仅热情地接待了他，还让住在自家。恭敬不如从命，阿骨打住下后，向酋长请教怎么抓鸽子。跋葛告知："不用抓，我家有，明天就可以踩点挖洞。因为拉鹰的人经常在山上等，还得喂鸽子，所以得挖个洞避风雨。"

第二天一早，阿骨打手提镐头、肩扛铁锹出了门，按照跋葛的指点前往东山梁。到了那儿，四下左观右瞧了一阵子，终于选好地儿挖了起来。半个时辰过去了，忽听有人关切地问道："二阿哥，累了吧？你先歇歇，我挖一会儿。"

阿骨打抬头一看，站在面前的是个小伙子，那人扑哧一笑，自报家门道："吾乃跋葛的儿子，名叫多罗，家中只有我们父子俩。"

阿骨打说："谢谢，我不累，还是自己来吧！"

多罗上前一把抢过阿骨打手中的铁锹道："二阿哥，咋这么外道呢？让开，我挖累了，你再接着干。"

阿骨打无奈，只好站在一边，看着多罗挥锹铲土。二人互相替换着连挖带刨，由于石头多，两天才挖出仅能容下两个人躺坐的小洞，铺上草便成屋子了。多罗说："怎么样，还行吧？以后咱俩就住这儿了，我跟你做伴儿。"

阿骨打问道："家里没活儿需要你干吗？"

多罗回道："现在没什么活儿，闲着也是闲着，咱俩说说话儿、唠唠嗑儿多好，省得闷得慌。"

"这可太麻烦你了，还得陪着我，真不好意思。"

"见外了不是？咱俩谁跟谁呀，不用说这个。"

阿骨打又道："鸽子天天放在这里当诱饵，晚上睡觉前，别忘了带回洞内给它饮水、喂食。"

多罗答应道："放心吧，我知道，忘不了。二阿哥，请问今年多大了，能有二十五六了吧？"

阿骨打笑道："老资格喽，三十一岁了，孩子都仨了，你呢？"

多罗回道："我二十岁了，比你小十一岁，尚未成亲。"

阿骨打仔细打量一下道："看上去顶多十六七岁，根本不像二十岁，长得够少相。"

多罗说："是吗，多谢夸奖！二阿哥，咱先吃点儿东西垫补垫补，这黄米面饼子是昨天烙的，放在哈什①里有点儿硬了。本想熘熘，又怕粘

---

① 哈什：女真语，仓房。

到一块儿，就这么拿来了。"

"硬点儿有嚼头，咱除了等鹰来，什么事儿都没有，慢慢嚼呗！"

"二阿哥，快坐下吃呀！"

"小老弟，这洞太小了，我还是到外头吃吧！"

"洞里背风，外头风大，容易呛着。"

于是二人坐在洞内嚼起了黏米饼子，一边吃，一边天南海北地闲聊。阿骨打问道："你除了拉鹰、打猎，还会干什么？"

多罗掰着指头道："洗衣服，煮饭，种菜，耕地，啥都会，以后你衣服脏了我给洗……"

过了几天，二人渐渐熟了，阿骨打脱下脏衣，多罗拿回家洗干净再给他换上。到了夜晚，北风吹来，凉飕飕的，两个人挤在一块儿，以体温取暖。一日，多罗依偎着阿骨打问道："二阿哥，告诉你一个小秘密，想听吗？"

"想听，说吧，什么秘密？"

"我问你，咱俩白天一起吃，晚上一起睡，已经七天了，没觉出什么来？"

"没有哇！"

多罗把阿骨打的手拉向自己的前胸道："傻小子，你摸摸。"

阿骨打的手刚一碰，冷丁一激灵，立马抽了回来，这哪儿是哈哈呀，分明是个赫赫！赶忙起身欲推开多罗，多罗却不撒手，就势将前胸紧紧贴在阿骨打的胸口，两个人的心嘣嘣直跳……

一个夜晚过去了，转天照样等待海东青，那只作为诱饵的鸽子悠闲地吃着谷粒。突然，只见它猛地起飞，结果被系在爪上的绳索拽了回来，又起飞，又拽回来，一次次地挣扎着。不大一会儿，东山头出现个小黑点儿，越来越大，竟是一只海东青飞来了！二人屏气凝神静静地等待，手里握着扣网的总绳。海东青先是在上空盘旋两圈儿，随后双翅一收，箭一般扑向鸽子。多罗乘机一收扣网，将其罩住，海东青在网内扑棱着企图逃出去。多罗用一根长木棍压住网，一点点儿前移，逐渐把鹰逼到一边是木棍、一边是网的小小空间中，使其再也动不了了。她吩咐阿骨打赶紧的，一手压住木棍，一手收网绳。自己则把双手伸入网中，拢起鹰的翅膀，一只手攥住翅膀根部向上一点，另一只手顺着翅膀移向鹰的两腿并攥住，这才让阿骨打松开网绳和棍子，用布条儿缠住两个翅膀。少顷，翅膀被缠贴在一起，系上活扣儿，再用布条儿把两条腿也缠在一块儿，系上活扣儿，鹰和网至此分离。两个人高高兴兴地带着鹰回了家，分别在鹰爪上部缠上布条儿，把余下的一段布条儿连接到一根绳子上，绳子的另一端系在庭院内的一棵杨树干上，再解开缠住翅膀和两条腿的布条儿。多罗告诉阿骨打："我喊一二三，喊到三时，咱俩同时松手，迅速离开大树。"

阿骨打照做后，只见那鹰飞起来便被绳子拽回，再飞再拽回，直至折腾累了，方站在树枝上不动了。第二天头晌，喂它一小块儿用麻缠紧的肉，这是为了让鹰掉膘，瘦下来便不那么折腾了。但也不能饿得太瘦，太瘦没有力量捕捉，根本抓不住猎物，此适宜度只有鹰把式才把握得最准。喂罢鹰，阿骨打对多罗说："这些天你累了，在家歇着吧，我得去看看那几位兄弟有没有收获。"

多罗眉毛一挑道："你才累了呢，我也去，给你带路！"

阿骨打问道："咱俩都走了，家没人不行啊，谁看着？"

多罗回道："稍等一会儿，待阿玛办完事转回，再走不迟。"

工夫不大，跋葛回来了，阿骨打和多罗出了家门，先后去了四个部落，得知尼楚赫他们尚未捕到海东青。阿骨打有些着急，冲多罗说："时间不等人，咱俩立刻回家，还去东山梁拉鹰。"

多罗摇摇头道："二阿哥有所不知，这种鹰非常稀少，各自都有自己的捕食范围，再过一个月也不会来了。"

阿骨打很是无奈，打了个唉声，只好随多罗返回。到了家，跋葛见两个年轻人的举止行为显得十分亲密，心里明白了大概，便借故放山，即挖人参去了，为的是给他们倒地方。

一晃又过了半个月，阿骨打坐不住了，说道："多罗，我的心一直不落体，还得去看看那几位兄弟拉到鹰没有。"

多罗表示道："好哇，我也去！"

阿骨打摇摇头道："不行，你走了，那只海东青谁喂呀？"

多罗说："这有何难？请邻居照看着点儿就行了。"

安排妥当，阿骨打和多罗第二次前往那四个部落，还算不错，曼都里、阿阁版、尼楚赫皆拉到一只海东青，惟石鲁无收获。阿骨打说："只剩三天了，无论拉到拉不到，咱们也得回去了。"遂与四人约定，三日后到仆散氏家相聚。

多罗跟从阿骨打回来的路上，显得似有心事，一句话不说，过了半天方开口道："二阿哥，再多呆几天行吗？这一走不知啥时候才能再见呢!"说着眼圈儿红了。

阿骨打忙安慰道:"你是知道的,公务在身,一天都不能多呆。不过我可以保证,待忙过这阵子,一定会抽时间来看你的。"

时间过得真快,转眼三天的期限到了,石鲁先赶来了,紧蹙双眉对阿骨打说:"二阿哥,你走的第二天,我好不容易拉到了一只,可是昨晚又飞了。"

尼楚赫、曼都里、阿阁版随后陆续到了,全愁眉苦脸的,前脚刚一迈进门,便急不可待地告诉阿骨打昨天晚上,他们所拉的鹰都飞了。

阿骨打很是纳闷儿,暗自思摸道:"真够怪了,拉到的鹰用布条儿拴着,怎么能飞呢? 如此看来,不是被故意放走的,就是被人偷走了。如果继续拉,多罗曾讲过,个把月内是不会有海东青来的。再者交鹰日期迫近,现拉已经不赶趟儿了,怎么办呢?"

五个人各想各的,皆闷闷不乐,谁也不言语。多罗走进屋内,向大伙儿打招呼,却没一个应声儿的,遂问道:"咋了? 出啥事儿了,把你们愁成这样?"

阿骨打回道:"不知怎么了,他们四个拉到的鹰昨晚都丢了,正愁去哪儿找呢!"

多罗听了,摇摇头道:"这可不好办,又是活物,哪儿那么好找哇? 人是铁,饭是钢,出多大事儿总得填饱肚皮呀,先吃饭,然后再合计咋办。"说着反身出屋去了厨房,把饭菜一样样儿端了进来,放在桌子上,招呼大家围桌而坐。一个个哪有心思吃饭呀,光上火了,根本不觉饿,只胡乱扒拉几口就撂筷了。多罗边拾掇碗筷边道:"我想出个办法,可先让你们把五只鹰带回去,以解决辽廷催要的燃眉之急。"

大伙异口同声道:"啥法儿呀? 快说说!"

多罗不紧不慢道:"急什么呀,等我把这些碗筷拾掇下去,喘口气再讲。"

阿骨打站起身道:"我来收拾,你跟他们说,保证把碗筷洗干净。"

多罗微微一笑道:"行了,坐下吧,这哪是男人干的活儿? 也快,不差这一会儿。"

多罗拾掇毕,洗罢碗筷,又拿起笤帚把屋地扫得干干净净,这才坐了下来,说道:"我想出的这法子也是实在没辙了,没有太大的把握,不一定能办成,尽管如此,还得答应一个条件……"

阿骨打插言道:"别卖关子了,快点儿讲吧,把我们急死了。"

多罗说："我打算去求有鹰的人家，把自家的鹰交给你们带走，不过得付钱，或者待拉到鹰再还也成。我毕竟是酋长的女儿，舍下脸张一回嘴，估计众乡亲能给面子。还需讲明的是各家养的乃经过训练的熟鹰，你们以后再拉的乃未经训练的生鹰，两者之间是有差距的。再就是此地的鹰把式全靠鹰捕猎养家，早还也好，晚还也罢，此期间肯定耽误人家挣钱。"

阿骨打想了想道："为图省事，不如干脆花钱买，一只鹰得多少银子？"

多罗回道："我可说不好，你得问卖主，兴许给多少钱都不卖呢！"

这时，尼楚赫站起身来道："你们先合计着，我回去再找找，两不误事。"

阿骨打说："也好，去吧！"

急性子的石鲁接过话茬儿道："那就请妹子去问问，出多少钱他们能卖？"

多罗头一扬道："让我去问倒容易，可还没提条件呢！"

石鲁忙道："说吧，什么条件？"

"如果成了，你们把鹰带回，但阿骨打得给我留下。"

阿骨打一听，恍然大悟，立马来了气："噢，明白了，原来那四只鹰是你让人偷走的，竟以此要挟我们。这个贱女人，有两下子嘛，什么损招儿都能想得出，小瞧你了！"

多罗的气性更大，脚一跺道："真是不识好人心，主动帮你们忙，却帮出一身不是。行，我贱，你贵，贱女人怎么敢高攀贵客？别玷污了你们，给我滚，痛快滚出去！"

曼都里见状，赶紧扯了一下阿骨打的衣角儿，赔着笑脸儿道："妹子，别生气，二阿哥不是冲你发火儿。辽廷对鹰贡催得太紧，咱又惹不起，眼瞅着最后期限已到，手中无鹰能不急嘛，才说了伤你的话。请千万别往心里去，原谅他吧，大家再想想办法好不好？"

多罗不依不饶："本姑娘说话一向直来直去，之所以提出留下阿骨打，不过是想试试对我是否有情意。各位大哥都看见了，这才几天哪，他就冲我吹胡子瞪眼睛的。怪不得挨骂，我是瞎了眼才跟了他，你们走吧！"

阿骨打刚要上前掰扯，曼都里忙将其拉到一边，小声儿劝道："稳当点儿，先别急，一急准坏事儿。多罗说得不是没有道理，一个女孩子把自己的终身托付给你了，应该想得周到些、对她好才是，不要辜负了姑娘的一片心意。何况鹰是怎么丢的尚未弄清楚，或许是别人偷走了呢，你却平白无故一口咬定是多罗，岂不冤枉了人家？赶紧给道歉！"

经曼都里这么一劝，阿骨打冷静下来了，仔细思量也是，怪自己的性情太急躁，遇事乱发脾气，竟将临行前叔叔嘱咐的话全抛到了脑后。他一再告诫必须与五国部的酋长及百姓处好关系，争取得到他们的支持，不仅拉鹰能够顺利，也有利于女真各部的团结和统一，像现在这样等于白白努力了两个多月。另外，多罗是个招人喜欢的姑娘，质朴、诚实、正直、泼辣，以后必将成为完颜部的好帮手。可我呢，一上来脾气，为图一时痛快，几句戗人的话便冲出去了。特别是"贱女人"仨字儿太伤人心，把多罗那原本粉白的脸气得通红，柳叶眉、杏核眼变得横眉怒目，樱桃小口里的两排白牙咬得咯咯响，黑得发亮的头发抖颤起来，和善而温存、热情而娇媚的情态变得犹如仇敌，并且从其眼神中可看出对自己爱的付出有些许后悔。想到这儿，阿骨打恨自己修养太差，有错儿就得改，随即走到多罗跟前深深施礼道："是我不好，今儿个也不怕别人笑话了，如果需要的话，愿跪地给你赔不是。请原谅，消消气，万一气坏喽，我会心疼的！"说着就要跪下。

多罗扑哧笑了，连忙弯下身扶住阿骨打道："男儿膝下有黄金，千万别跪，我是闹着玩儿的，还当真了？咱们有话好商量。"

此刻的尼楚赫并未走，找鹰？明知道那是寻不到的，他早看出了其中的奥秘，不过是想出屋梳理一下思绪罢了。"首先，四只鹰肯定是多罗暗中弄走的，因为鹰丢之时，正是要回会宁府之时，又是同一天丢的，还提出帮助我们解决困难是有条件的，待把条件摆出后，或许就更清楚了。其次，多罗姑娘一眼相中二阿哥了，且诚心诚意对他好，这是毫无疑问的，没有丁点儿恶意。再次，不答应所提之条件，鹰是带不走的，最紧要的是想个什么法儿把多罗稳住，既可将鹰带走，又不伤和气……"正寻思呢，忽听屋里姑娘提出了条件，即帮忙可以，得将阿骨打留下作为前提。这就难了，但事情总得解决，真的没有两全其美的办法了？琢磨了半天，方反身而回，一进门恰好看见多罗扶住欲跪地赔礼的阿骨打，遂上前一步道："多罗，你是个好姑娘，情意深重，为人仗义。这些天来，你和族人帮了不少忙，大伙儿特别感激，本应好好谢谢才是。方才二阿哥因为一时情急，说出了很失礼并让人伤心的话，真是对不起。你很快就原谅他了，说明是个不计较小事、识大体的女中豪杰，值得敬佩。依我看，事关紧要，大家不妨平心静气地合计合计，既能把鹰找回来带走，你俩的情分也能长久。大哥倒想出一辙，酌量一下是否可行，就是让二阿哥在这儿陪妹子个把月，我们四个把鹰带回去，你看如何？"

多罗笑道："大哥真会说话，听了心里舒坦，谢谢您的好意，我怎么能把干大事的人留在自家呢？二阿哥是全女真的英雄，眼下女真各部皆传讲阿骨打乃真龙天子，今后必将是解救女真人出水火的大救星。小女之所以看好他并愿意以身相许，永远与其在一起，正是基于此，能有个全女真都在期盼着大展宏图并作为爱根的人在身边，心中是多么快乐、多么满足啊！如果我什么都不顾及，为了一己的私情而独占他，那便是全女真的罪人，这种事不能做。再者说了，就算是能留住他人，能留住他心吗？方才只用话试了一下，马上就跟我翻了脸，证明阿骨打救国救民之心胜于儿女情长。他不是没有情，其情是关心、救护全女真之国情，而少想个人的私情。他不是没有爱，是把其爱给了黎民百姓，很少想自己的小家之爱。方才我只是开个玩笑而已，不过在这儿多呆两天不会误事的，但不能长住。如果真把二阿哥留下了，他的乌古伦哪、玉奴儿呀见不到丈夫，必然找来，还不得把我撕碎喽？"

在场的人听她讲得头头是道，句句在理，很受感动，这么好的姑娘谁不喜欢呢？尼楚赫又道："多罗，大哥可不是说着玩儿的，而是真心诚意想把二阿哥暂时留在这儿。既然妹子这顾全大局，以后他一有机会，肯定会来看你的。"

多罗说："阿玛曾讲过：'辽皇不思国政，贪恋畋猎，热衷于吃喝玩乐。催征海东青，既不能当饭吃，又不能富国强兵，仅能帮着捕猎。从中可以看出耶律延禧是个昏君，玩物丧志，只顾享受，容易被打败。我们应当帮助完颜部拉鹰，也算为取得胜利出了力，惟有携手打倒昏君，建立自己的国家，才会有好日子过。'请各位想想，若不是族人出手相帮，你们能顺利拉到鹰吗？乡亲们想留大伙儿多住几天，也是为了表达一番心意。二阿哥是知道的，我阿玛放山去了，让他先陪陪我。等阿玛回来了，立即让他回去，行吗？"

五人听罢，被五国部乡亲们的真情感动得热泪盈眶，曼都里表示道："没说的，当然行了，谢谢乡亲们！"

多罗拍板道："那就这么定了，各位回到先前的地方，丢失的鹰会归原主的。"

尼楚赫等人分头回返各部落，转天，四人皆带着海东青来到酋长家，多罗已预备下酒菜为他们送行。大家边吃边聊，曼都里说："二阿哥，你安心在这儿陪多罗，节度使那儿只需把实情讲清楚就行了，相信会谅解的。"

阿骨打自言自语道："节度使倒是能谅解，可那……"

多罗插言道："我替你说吧，那乌古伦一定会刨根问底，对吧？"

尼楚赫想了想道："可称五国部有了纷争，二阿哥留在那儿调解各部的关系，等基本安定了再回转。"

阿骨打点点头道："嗯，这个理由还说得过去。"

石鲁、阿阁版、曼都里也都纷纷表示让二阿哥放心，我们会把话编圆全的，肯定不能漏兜。

吃好喝得了，尼楚赫等四人起身告辞，带着海东青回返完颜部。到了会宁府，向节度使详细禀报了此次拉鹰的经过，也讲了阿骨打暂时未归的缘由。盈哥听罢，感慨万端，说道："一个没读过书、没练过武、一直生活在大山沟里的女真姑娘尚能如此重情义、明事理，且一心想着女真部落的大事，委实令人钦佩。说明女真人的心是连在一起的，推翻辽国、打败辽军指日可待，大有希望！"

话音刚落，完颜希尹也从辽国回来了，禀报道："天祚帝得知细情后，另遣鹰障官耶律奴来女真部落常驻，令节度使大人派兵押解耶律有才、带着海东青进京复命。"

盈哥说："很好，一路辛苦了，你先回家歇歇，我将亲自迎接鹰障官并安排驿馆。三天后，还得请你跑趟辽国，完成上交海东青和沟通女真与辽国关系的使命。"

完颜希尹双手抱拳接令，转身退下。

第十一章 | 贼桓赧鼓簧舌游说徒单
智盈哥静应变稳妥周旋

　　女真内部又出现了纷争，徒单部和乌骨伦部分别组成了十二个小部落的联盟，蒲察部组成了六个小部落的联盟，准备共同攻打完颜部的十二部联盟。缘何如此呢？原来天祚帝担心完颜部过分强大，往后难以治理，便派钦差大臣给各个小部落发放牌符，每三个小部落归一个联盟长统领，联盟长有权用牌符调遣下辖的小部落。牌符用铜、铁铸成，有狮、虎、狼等形状，一分为二，惟两块合一，文字、图案严丝合缝方为真符。联盟长手中持两种牌符，一种归完颜部派用，一种归辽廷派用。在辽廷和完颜部同时调遣军队时，服从辽廷，而不服从完颜部，以防备其借节度使之权反叛。这样一来，使得完颜部既能替辽廷收取贡品，又能被女真各部落所牵制，并直接归辽廷指挥。眼下，这三大联盟的联盟长由于不愿意给完颜部纳贡，故而互相勾结，假辽廷之命反对完颜部。除此，还有一个重要原因，就是桓赧的挑唆和到处游说。

　　前书讲过，颇剌淑带着阿骨打从辽国返回时，桓赧、散达率叛匪于半道儿劫杀，结果被虎神吓跑，部下遗散，有的径直逃回家，有的躲进会宁府附近的山林中观察动静，待知道村中一切正常才返家。桓赧和散达身边只剩下十几个随从，待狂风停息了，便隐蔽下来等候，可三天过去了，也不见有人归队。他们不敢驻扎于完颜部直辖的部落，只能凭借着山林的遮挡，边打猎边向温都部移动。到那儿之后，终于以三寸不烂之舌，说服了乌春，扯旗造反，他俩却脱身逸去。

　　桓赧一行躲藏在完颜部与温都部之间的密林内，时时观察双方的情况，打算待完颜部攻打温都城时，从其背后袭击。若完颜部吃了败仗，他们立马返回会宁府，召集旧部夺取之。然完颜部偏偏不去攻城，桓赧也想不出什么办法应付，只能静观其变。后来见乌古泰乘月黑夜偷袭完颜部大营，心中大喜："完颜部的营寨修得再坚固，照样禁不住大炮的轰击，碎石就会将其砸得稀巴烂，吾可乘机夺取会宁府。"然天公不作美，竟下起了大雨，道路泥泞难行，大炮更是动弹不得，温都部大败亏输。桓赧看得真真切切，眼瞅着好机会失去了，无奈地叹了口气，率领随从出了林子，一边走一边思摸："还有哪个部落实力比较强呢？只有徒单部了，辖下三小部，周围的九小部全都看其眼色行事，兵力足可与完颜部相抵。"想至此，遂令大伙儿抄小路奔徒单部而去，到了城下，日已西斜，找了个屯子住下，歇息一晚。

第二天，桓赧吩咐侍从去集市买回了十几套新衣裳，让随从们换上。又从囊袋里拿出两套往日会客时穿的衣裳，将其中的一套递给散达道："咱俩也得穿得像样点儿，精精神神的，省得人家瞧不起。"

待一个个穿戴好了，桓赧和散达在前，随从在后，大摇大摆地向徒单部走去。到了城根下，见徒单部的城门已开，商贩、猎户等纷纷出了城，去忙各自的营生。他们顺利地进了城，直至徒单部酋长撒里克府邸前停下，两个壮年门丁迎了过来，桓赧上前拱手道："二位大哥，吾乃完颜部国相雅达的长子，有重要的事情需与贵府酋长相商，可否麻烦向大人通禀一声？"说着从怀里掏出两锭银子给门丁一人一锭道："小意思，买点儿茶喝。"

门丁得了银子，互相交换了一下眼色，其中一人反身进了府门，来到侧厅，向酋长禀报道："大人，门外有完颜部国相雅达家的大阿哥求见。"

撒里克早已得知桓赧去温都部游说之举，当时曾派侦探前去探听情况，而今又跑这儿来了，很是生气，一挥手道："去去，什么鼠辈都想见我，快把他赶走！"

门丁碰了一鼻子灰，只好退下，出来对桓赧说："真是不巧，酋长不在家，请回吧！"

桓赧听罢，便带领一行人到对过儿的客栈暂住，并吩咐随从注意点儿，观察酋长府邸前出入之人。

撒里克尽管轰走了门丁，心里却痒痒的，总觉得放不下。因为他早就觊觎节度使的职位，但不知完颜部的内情，所以一直不敢轻举妄动。此番桓赧一来，不免犯起了寻思："这小子犹如丧家之犬，仍不死心，始终在煽动各部落反对完颜部。温都部的酋长乌春曾上过其当，不仅没反成，还吃了败仗。然桓赧毕竟是完颜部的人，对本部的情况了如指掌，比我们只知其皮毛强多了，大有可利用之价值。"想至此，决定找首相商量一下，遂唤道："来人！"

门丁跑了进来："大人，有何吩咐？"

撒里克命道："赶紧去请首相！"

门丁应诺道："喳！"转身退下。

不一会儿，徒单部首相熙和急匆匆地进得侧厅，叩道："小的参见酋长大人！"

撒里克一摆手道："过来，坐下说话。"

熙和站起身，坐在右侧的靠椅上，问道："不知大人唤小的所为何事？"

撒里克说："方才门房来报，完颜部的桓赧求见，被我回拒了。想必他不会死心，也不会回返，依然呆在城里，依你看，见还是不见？"

熙和略一思忖，答曰："小的以为见一见无妨，听听他能不能说出对我们有用的内幕，只要不上其圈套就行了。"

撒里克说："凭吾多年的阅历，桓赧即便使出浑身解数，那张嘴再怎么能讲，咱也不至于被假话和手段所哄骗，来人！"

门丁进屋跪叩道："请大人吩咐！"

撒里克命道："赶紧的，去附近旅店察看一下，桓赧走了没有？"

门丁应诺道："喳！"心里好快活："嘿，又有银子赚了！"

过了一会儿，门丁回到侧厅，通禀道："大人，小的查到了，桓赧没走，住在对过儿的客栈内。"

撒里克微微一笑道："果不出所料，行了，下去吧！"门丁转身而退。

次日，桓赧用罢早膳，第二次来到酋长府邸前，对二位门丁说："请问大哥，酋长大人是否回来了？"

其中一门丁回道："大人昨晚返府较晚，稍感劳顿，还未起床呢！"

桓赧说："烦请大哥多去照应儿遍，待贵酋长可以见客时，告知一声，我就住在对过儿的客栈。"说着掏出两块银锭递上："请二位笑纳！"

门丁接过，表示道："放心吧，我们一定尽力。"

将近未时，一门丁跑来客栈找到桓赧，说道："快去吧，酋长大人正在客厅等着呢，不过看样子似乎很不高兴，你得小心点儿。"

桓赧跟着门丁来到府邸，进了客厅，见酋长斜靠着太师椅、眼望天花板在想心事，根本没理会进来的人，于是跪拜道："完颜部国相雅达之长子桓赧叩见大人！"

撒里克待答不理道："噢，贵公子来了，起来吧，站着好说话儿。"

桓赧站起身来，一看他那傲慢的样子，还不赐座，能不生气嘛！可哪敢发作呀,只能强压心中怒火道:"大人身体康健,精神抖擞,乃吾等小辈儿的福分。但是凭着大人的英武之姿、超人智慧、雄兵上千、部民数万却居人之下,每年须向完颜部进贡,真替酋长抱不平!"

撒里克听后,脸色突变,双眼一立睖道:"住口!你去温都部油嘴滑舌地一顿鼓动,让人家起来造反,结果呢?不仅吃了败仗,损失不少人力物力,还得低三下四地向完颜部求和,反倒不如徒单部现在这样心安理得。别给本酋长戴高帽儿了,故伎重演,我可不吃那套!"

桓赧赶忙解释道:"请大人息怒,吾辈哪敢惹您老人家生气呀,若哪句话说得不对,大人大量嘛!吾辈之意是仅以徒单部之力,难以成为完颜部的对手,总充当吃亏的角儿。本人愿去蒲察部、乌骨伦部,凭诚心感动他们,奉贵部为尊,携手一同反对完颜部。只需请大人许诺,一定平等待人,不向其索取贡赋。"

撒里克心中暗想:"反正对吾等没啥影响,不妨先答应他,等打败完颜部再说。"遂道:"既然贵公子想试试,那就去吧,本部静候佳音,送客!"

桓赧连口茶都未喝,便被轰出来了,可谓又气又恨,但也有稍许安慰:"唉,总算许下了,证明他一直有野心,这就好办,慢慢来吧!"

桓赧走后,撒里克唤部下议事,待人到齐了,开口道:"桓赧的来意各位都知道了,吾已答应他去蒲察部、乌骨伦部游说,我部静待佳音。倘若此去能够说服两部,奉吾为尊,我以为不失为良策,各位怎么看?"

熙和首先竖起大拇指道:"酋长大人了得,聪明绝顶,当今圣贤。如果没理解错的话,只需坐等,不需动用人力物力。他成功了,我们跟着得到好处;他失败了,我们没有丝毫害处,真乃高明啊!"

众人则异口同声地表示赞同,极尽谄媚之能事,纷纷向酋长讨好儿。

盈哥也未闲着,把完颜部和各个部落的头领召集到一起,商量如何应付眼下的局势,说道:"今得到确切情报,三个大联盟利用辽廷所发的牌符,假诏命令各小部落攻打吾部,准备七八天后集结。面临大敌,怎样做才能将其击败,今儿个请诸位来就是集思广益,拿出个切实可行的办法,谁想好了先说说。"

乌雅束言道:"虽然我十二部兵强将勇,但三大联盟的人数多,寡不敌众。建议组织、动员部民坚壁清野,各村尽早把水井封好,让敌方找不到井在哪儿。然后移居城内,深沟高垒,暂取守势,等待时机。可出其不意,攻其不备,袭击或劫夺敌军粮草,夺不来就设法烧掉,断敌粮道。他们攻城不下，又无粮无水，旷日持久，必将疲惫，士气低落。到那时，我们再进击，或可出奇制胜。"

盈哥竖起大拇指道："此计甚妙，必须抓紧时间，不能拖。马上组织有说服能力的官兵到各部去宣讲，帮助群众搬移至城内，并要深挖城壕，修葺城墙，多造防守器械，做好充分准备。"

其他首领也都各抒己见，大家衡量来衡量去，最后一致同意按乌雅束的计策实施之。盈哥当即分派诸将各负其责，待一切就绪，召阿骨打进府，问道："你的事办得怎么样了？"

阿骨打回道："前些日子已跟岳父乌春敲定了，意思是如果熙和拉你加入他们的联盟，当场即以与完颜部不和为由大发牢骚。对方若不向你问计，则不必开口；若向你问计，可为其推荐一通事，我部将密切配合。"

话音刚落，盈哥兴奋得一拍大腿道："好小子，行啊，看来是真动脑子了，准了，去吧！"

阿骨打退下，盈哥又召见完颜希尹，完颜希尹施礼毕，问道："不知叔父唤侄所为何事？"

盈哥说："前些年给辽国进贡，每回都少不了你，总是随国相一块儿去。你二叔当政时，也是派你去的辽国，可谓对其十分熟悉，且通晓他们的语言。眼下，我部所面临的形式是严峻的，准备派你去辽国，一是请求救兵，二是抓捕贼首，需如此这般……"

完颜希尹听罢，双手抱拳道："侄子遵命！"转身退下。

这日，温都部的王府内，徒单部的熙和正在同乌春对饮，熙和喝了一口酒道："多年来，我们这些小部落得给完颜部进贡，完颜部再向辽国进贡，中间被其留用了多少，谁也不知道。不如小部落联合起来攻打完颜部，力量大了，咱就可以自主了，不必给任何人进贡。即使力量不足以抵御辽国，我们可直接向辽廷进贡，何必让完颜部横在中间抽头儿呢？"

乌春用鼻子哼了一声道："只怕大家联合起来击败完颜部之后，徒单部取而代之，小部落转而再给你们进贡，我们仍然不会少拿。"

熙和说："来之前，本部王爷特意嘱咐我，咱可以歃血为盟，对天起誓，决不做第二个完颜部。"

乌春不信任地摇摇头，熙和又道："我知道，酋长和完颜部有姻亲，所以不愿意和我们联盟。也罢，缺了温都部一个鸡蛋，照样做槽子糕，不过几个联盟胜利后，你可别后悔！"

乌春发起了牢骚："什么狗屁亲戚，贡品哪年都得照数交，完颜部的军队还常来我部村庄劫掠财物和放牧的牲畜呢！"

熙和迎合道："这倒是真的，我来时，看到完颜部的官兵在村子里抢东西，那你差啥呀？"

"差啥？想过没，即便攻取了完颜部，能打败辽国吗？倘若辽廷派来援兵支持完颜部，联盟必将被击溃，这样的傻事谁干哪！"

熙和点点头道："所言没错，确实是个难题，别的部落也为此担心。"

乌春瞟了一眼熙和道："怎么样，难住了吧？咱目前还是安分守己好些，先忍忍吧！"

熙和说："我以前跟本部酋长讲过此情，但撒里克表示只要能击败完颜部即可，给辽国进贡我们认了。"

乌春道："你别忘了，这些年皆由完颜部去辽国进贡，辽人当然会听他们的。只怕辽军一到，温都部、徒单部全玩儿完，想向辽国投降都晚了。回去吧，别异想天开了，你不要命，我还想活着呢！"

熙和回到徒单部，酋长撒里克急不可待地问道："怎么样，此番联系温都部进展如何呀？"

熙和把乌春的话一句不落地学说了一遍，撒里克又问："你没有向乌春问计吗？"

熙和摇摇头，撒里克接着道："乌春既然想得这么细，肯定对完颜部有仇恨心理，早就琢磨出应该怎么办了。不妨趁热打铁，你再跑一趟，问问他。"

熙和领命而去，到了温都部王府，又一次拜会乌春，宾主见礼后，乌春问道："你怎么又来了？"

熙和答曰："噢，自然是受我家主人的派遣，想听听贵酋长的高见。"

"我能有什么高见？连低见也没有，要是有辙，早就不给他们进贡了。"

熙和忙道："请不要推辞，酋长一向老谋深算，在各部可是出了名的。"

乌春说："别捧着唠了，不过此乃关系到咱们各自利益的事，要容我好好儿想想。但是有一条，真若击败了完颜部，不许碰我女儿一根汗毛！"

熙和表示道："当然不会，请酋长尽管放心，这么多兵丁保护你一个女儿还不容易吗，一定做到！"

乌春继续道："今晚我仔细琢磨琢磨，看看能不能想出什么好招儿，明儿个咱们再议。"

熙和只好告辞，次日头晌再次来见乌春，就座后谦卑地问道："想必老酋长已思谋妥了？"

乌春反问道："熙和，撒里克以前没打算直接和辽国接洽吗？"

熙和回道："怎么没想过？天天都琢磨，可是不能成行。一是语言不通，对方说啥听不懂，无法交流。二是到了辽国，两眼一抹黑，谁也不认识，怎能跟他们联系上呢？但凡有个通事，我们早就走这条路了。"

乌春两手一摊道："这可不好办，我这儿倒是有个人，虽然会契丹语，但让其担当此重任却差得远了，一个平民怎么能见到皇帝呢？"

熙和问道："此人现在住哪儿？"

乌春回道："就住在一个小部落里，前几年干了不少杀人越货的勾当，攒了些钱，跑到辽国。然恶习不改，在契丹赌输了，又干起了老行当，结果被官府通缉，在辽国实在呆不下去了，不得不跑了回来。"

熙和听罢，两眼直放光，笑道："这便成了，只要他既通女真语，又会契丹话就行了。其中的原因你是知道的，辽廷发牌符的时候，给每位联盟长画了像，只要本人亲自去，辽廷将会凭着画像和牌符而定出下一步怎么做。"

乌春说："推荐之人的情况已如实相告，至于你们怎么用他，我就不管了。"

熙和回到徒单部，将乌春的话原原本本地向酋长复述了一遍，撒里克大喜。熙和又道："酋长，思来想去，有一事令人担忧，不知当讲不当讲？"

"尽管放心大胆地讲，即使说错了，也不会怪罪的！"

"我一直在琢磨，如果酋长一个人去，辽帝若不信任，到那时怎么办？"

撒里克嘿嘿一笑道："这你就不懂了，也不必问为什么，我只带一个得力的随从便行了。"说此话时，心里却盘算着："很简单，要是以超出完颜部一倍的贡物献给辽国皇帝，他能不支持我吗？只要辽廷给以全力，到时候就不是什么假诏，而是光明正大的节度使，其他部落谁敢不听我的！"

转天，撒里克派人分别告知三位联盟长："为了请辽廷支持我们而不出兵帮助完颜部，我部酋长即日前往上京，回来后再兴兵不迟。"随后又让熙和把温都部那个通事找来，备办了些值钱的礼物，带了一位身体强壮、武艺高超的亲随，三人骑马向辽国出发。他们白天歇着，夜间行路，辛辛苦苦走了两宿，见前面有座高耸入云的大山挡住了去路。撒里克问通事："这得怎么走呢？"

通事回道："如果走大路，五天能到，走小路三天即可。"

撒里克见辽帝心切，当即下令道："走小路！"

通事忙道："酋长大人，小路崎岖难行，很多地方得下马用步量。"

撒里克说："最盼着能早到上京，此外还有个好处，大山里没人看见，白天也可以赶路了，又能下马活动活动腿脚。"

于是通事在前引路，撒里克居中，随从在后，三人一手攀着岩石，一手牵着马，艰难地走着。正这时，不知从哪儿突然飞来十多支箭，不偏不倚，径直钻入撒里克和随从的体内，通事回身夸赞道："好箭法！"

完颜娄石领着二十名神箭手和通事会合后，于路旁暂歇，等待完颜希尹。

完颜希尹到了上京临潢府，先去拜会枢密使萧奉先，后去拜会都统耶律章奴，二人再引其去叩见天祚帝。耶律延禧接见毕，让他去驿馆歇息，然后召集百官议事，说道："眼下，鞑靼磨古斯起事，我们的主力部队正在全力剿除。东丹、徒单等部也很不安分，蠢蠢欲动，对此众卿有何良策？"

萧奉先第一个开了腔儿："东丹完颜部日益强大，恐日后难制，一些小部落联手攻伐之，正好可以削弱其力量。依臣之见，不妨让他们自己打去，互相杀伤，朝廷也不必过多担心了。"

耶律章奴则持反对态度："臣以为不然，如果完颜部或徒单部任何一方胜了，势力会愈加强大，往后将更难以制服。不如派使者去黄龙府，令我军将士见机行事，必要时带兵出面，劝他们和解。这样一来，女真内部始终保持势均力敌，只有相互矛盾，才对朝廷有利，方可高枕无忧。"

天祚帝思虑再三，一锤定音道："朕觉得还是都统的策略较好，就依此计。"

第二天，天祚帝召见完颜希尹，说道："实不相瞒，目前鞑靼磨古斯起事，军队全部赶赴肃清，抽不出人手帮助完颜部。你们可自行处理此事，必要时到黄龙府求援，朕会授意他们的，赶紧回去吧！"

完颜希尹只得下殿，回到驿馆，带着随从会同娄石、通事回返完颜部了。

盈哥听了完颜希尹的禀报后，立马召集诸将，派撒改驻守会宁府，乌雅束带精兵三百走徒单部南面，阿骨打率精兵三百走徒单部北面。还叮嘱二人只去各小部落酋长处没收其牌符，并告知此次调他们出兵攻打完颜部是撒里克假传圣旨，辽国皇帝已将他处斩了，如果不信的话，可去会宁府城门上看。

这些部落的部民听说不打仗了，个个喜笑颜开，欢呼雀跃。

第十二章 众志城抖精神大天联军 颁政令扩编伍粗具规模

　　盈哥亲自率军直奔徒单部驻地，到了那儿已是傍晚，遂于道边林内安营扎寨。第二天一早开始攻城，先施放炮弹猛轰，碎石纷飞，城垛被轰塌，临近城墙的房屋被砸垮。

　　此时，熙和暂时管理本部各项事务，分派重兵力守城门。大炮的轰鸣声停止后，盈哥令将士们担土背柴，将堑壕填平。执旗者站在高处观察对手动静，只要发现哪个方位出现徒单军，战旗就往哪个方向指，大炮当即轰隆一声巨响，那些徒单的士卒连滚带爬地躲进城楼儿里。护城河填平后，完颜部的众官兵在盈哥的指挥下，推着冲车攻城。熙和站在城头令手下发箭，箭矢如雨，纷纷落在冲车的前后左右。完颜军虽有伤亡，但后面的又替补上来，冲车照常前进。过了护城河，大家凭借着城壕土形成的斜坡一起用力，推着冲车向城墙急速冲去，随即听到闷雷似的一声巨响，城墙被撞开了一个缺口。盈哥一马当先，众官兵紧随其后，挥舞手中的刀枪向城内杀去。

　　熙和见状，急忙跑下城楼儿，命手下截击，拼死抵抗。完颜军冲进城后，盈哥远远望见一人正在左右挥旗，知道是个指挥官，便拈弓搭箭，嗖的一声飞出，正中熙和的左眼，眼珠子冒出，翻身倒地。徒单军见指挥官被射中，立马慌了神儿，有的回身就跑，有的偷偷躲入民宅。完颜军在盈哥的率领下奋勇拼杀，尽管遭到了一些徒单军的抵抗，然终不是完颜部勇士的对手，被击毙的、受重伤的不计其数，大多举起武器跪地投降了。

　　盈哥率队肃清抵抗的徒单军后，下令检点伤兵，予以医治，阵亡的就地掩埋，并写下花名册，日后给以抚恤。接着将徒单部的降兵编入完颜部的队伍，打开仓库，给贫苦之民发放衣物、粮食等。一切就绪，留完颜希尹之父查兀带人镇守徒单，然后率大部队返回会宁府。

　　乌骨伦部酋长乌兰木正微闭双目坐在府内的靠椅上，庆幸与徒单部、蒲察部结成了联盟，从此再不受完颜部的气了。这时，突听门丁来报："大人，窝冷回来了，请求马上见酋长。"

乌兰木一挥手道："让他进来！"

窝冷进得门来，躬身施礼道："大人派小的去完颜部打探虚实，昨天傍晚，完颜军开到了徒单部城下。今儿个一早攻城，仅用半天时间就将城垛轰塌，推着冲车撞开城墙，杀进徒单城里，酋长撒里克的头颅已挂在会宁府城门上了。"

乌兰木听罢，瘫倒在坐榻上，半天才缓过神儿来，心里思摸道："完颜部一定得知了几个小部落的联盟，说不定明后两天就会来围攻我部，得赶紧想个办法应对才是。"可左思右想了好一阵子也没个结果，无奈地打了个唉声道："咳，还是去找蒲察部的酋长商量商量吧，徒单部灭亡了，他也不会得好儿。"于是站起身来，气急败坏地喊了一嗓子："备马！"

乌兰木带着两个随从无精打采地来到蒲察部，酋长奇也南接见了他，落座后，乌兰木开口道："不知酋长知否，咱们的联盟计划已经暴露了，徒单城今早被攻破，撒里克的头颅就挂在会宁府的城门上，您看该怎么办？"

奇也南听了，如五雷轰顶，一时不知所措："啊？未承想会这样，让我仔细寻思寻思再合计吧！"

乌兰木说："我在来的路上想过了，从目前情况看，只凭咱两部的实力远远不够。高丽国王早有侵占女真之心，惟愁力量不足，曾经派人同吾部联络。那个时候，我作为酋长当然要维护女真人的面子，所以没有答应。现在已顾不了那么多了，此地离朝鲜近，不妨带上厚重的礼物请其出兵相帮，我们总不能坐以待毙吧？"

奇也南思忖片刻，点点头道："嗯，别无他法，只能这么着了。高丽国王贪财好色，咱给他弄去十几个美女，再送些人参、东珠作为见面礼。城破之日，会宁府财物归高丽，土地归我们，估计他会出手的。时间紧迫，耽误不得，现在就办！"

乌兰木说："我们可否乘完颜部大军刚刚打完一场仗、尚未休整之时，去围攻会宁府，端其老窝？"

奇也南认为不妥："谈何容易？现在得立马召集各部落，还得派人前去请求高丽出兵，待准备停当，人家早休整完了。"

乌兰木又道："就算他一切如常了，凭咱两部人马，再加上高丽军队，要比完颜部多出几倍，一个会宁府还攻不下来？再说了，已经走到这步了，干也是死，不干也是亡，为什么不轰轰烈烈干他一场呢？打胜了，大家都有好处；打败了，同等着完颜部来打我们的下场一样，总比那痛快吧？"

奇也南叹息道："唉，别讲没边儿的话了，只好如此了。"

完颜军返回会宁府的第五天，东方的乌骨伦、蒲察等几个小部落集合官兵齐聚会宁城下，挥师攻城。盈哥下令严守城池，立在炮台上的大炮专向攻城兵丁密集的地方轰，滚木礌石带着轰鸣声儿纷纷而下。由于城高池深，防守严密，联军的数次进攻皆被击退，城外留下了无数尸体。

高丽国王遣军千人由韩烈率领赶来了，接连猛攻了好几天，城中坚守如初。无奈之下，三位领军统帅聚在一起，商议破城之策。乌兰木首先开腔儿道："我们已攻城几天不克，骑虎难下，会宁府即便是铁铸的，也要攻取之，否则还得被完颜部所制，甚至性命不保。"

韩烈说："我军所带粮草不多，不宜长期消耗，宜在速战速决。此地已被完颜部坚壁清野，众官兵连口水喝都没有，只能化雪水为炊。这数九寒天的，将士们攻城出了一身臭汗，歇息下来浑身冰凉，容易得病。不如暂时退兵，待春暖花开之时，准备充足再来攻打，继续下去将一无所成。"

奇也南摇摇头道："吾以为不然，我军颇为疲惫，敌军也未必轻松。聚兵于会宁不易，在此之前，方方面面需要做很多准备，岂能轻言放弃？不分胜负就撤退了，各小部落人心离散，定会重新归附完颜部，所有的努力则将前功尽弃，太不值了。"

乌兰木接茬儿道："不如这样，从今儿个起猛攻三天，如不能克，再退兵不迟。"

韩烈见二帅态度坚决，难以说服，只好不吱声儿了。

翌日，联军集合队伍准备攻城，只见城头增高了一层冰城，乃盈哥令将士们连夜担水浇在城墙上冻结而成的。韩烈走到乌兰木跟前，问道："云梯是放不上去了，怎么办？"

乌兰木想了想道："可把两架云梯连在一起，强行攻城，拼死也要打上三天！"

韩烈转身退回，却按兵不动，只是站在一旁观望。

乌兰木、奇也南临阵组成了一支督战队，整饬纪律，强调有畏缩不前者，当即斩首。军卒们冒着纷飞的炮石和箭雨将云梯架上城头，鱼贯而上，皆被击回，伤亡惨重。各部落的官兵恨透了这两位联盟长，都想回家，谁也不愿在此卖命了。到了夜晚，初始或三人、或五人偷偷溜出军营，后来竟一个部落一个部落地走掉了。

天亮后，乌兰木、奇也南又下令集合队伍攻城，可仔细一看，除了本部落的兵丁之外，其他部落的人皆未到场列队，奇也南便令亲随去催："快去喊他们前来集合，否则军法从事！"

须臾，亲随返回禀报道："大帅，帐内已是空营，连个人影儿都没有。"

奇也南气得跺脚大骂："这帮孬种，全是吃屎的货，看我回去怎么收拾他们！"

话音刚落，忽见城门大开，完颜部的骑兵如潮水般涌了出来，以风驰电掣的速度冲向联军。乌兰木见状，吓得麻爪了，呆愣片刻后，急忙掉转马头向东逃去。奇也南见乌兰木跑了，寻思道："好汉不吃眼前亏，我也别在此等着当炮灰了，那可傻透腔儿了！"遂拨马向西逃去。

从城内冲出来的骑兵以阿骨打为将，岂能容二叛贼遁走？于是催马急追。乌骨伦和蒲察两部之兵乱成一团，各自争相逃命，无一敢回头迎战，结果被完颜部骑兵冲散。

阿骨打驱马紧盯着乌兰木直追下去，乌兰木不敢回本部，生怕连累家属，慌不择路，只顾沿道而跑。恰在此时，前方驶来一辆大车，坐骑转而奔向树林，被绊马索绊倒，忽地上来十多个人七手八脚地将其绑了。阿骨打随后来到跟前，冲那十几个人问道："你们是哪个部落的？"

其中一人看似领头儿的，指着乌兰木答曰："我们是这个家伙的属下，他平日凶得很，逼着大伙缴纳猎物。谁若交得不及时，就把人抓去百般折磨，还要求必须与完颜部对立，此仇不报，更待何时？多亏你们打败了他，部民才有出头之日，真是感激不尽哪，谢谢啦！"

阿骨打笑道："说哪里话，应该谢你们才对，各位是愿意随我当兵呢，还是想回家？"

那些人纷纷道："我们不想别的，只要全家人在一起，能过上安稳日子就行了。"

阿骨打摸了摸内怀，摇了摇头，又看了看身后站着的骑兵，说道："弟兄们，乌兰木已被这十几位大哥捉住了，应该给以奖赏。可我出府时，身上没带钱，你们谁带了？"

骑兵们异口同声地回道："将军，我们也没带。"

阿骨打说："这样吧，请众位大哥随我到会宁府领赏。"

那位领头儿的表示道："完颜部为我们除了大害，感谢还来不及呢，怎能反过来要赏银？弟兄们，咱们走吧，回家！"说着带领大伙儿进入林中。

奇也南向西猛逃，乌雅束率骑兵在后紧追不舍，偏巧又遇见阿骨打押解着乌兰木从东边归来。情急之下，奇也南慌忙拨马向岔路逃去，只听咕咚一声响，连人带马摔入猎人捕捉野兽挖的陷阱。骑兵们将其拽出，用绳子绑了，押回城中。

韩烈眼看着两部之兵已经溃散，自己手下又全是步兵，只好下令撤退，自己骑马断后。盈哥见城下只剩高丽一支队伍，立即点起城中之军，直冲其后队，完颜部骑兵在副将完颜娄石的率领下去劫杀高丽军。韩烈跟盈哥交手了，往来大战十多个回合后，渐觉力不能支，只能架隔遮拦，毫无还手之力，便乘两马离开之际向北逃去。盈哥哪里肯放？将长刀一横，打马直追。

那些高丽兵失去了指挥官，跑又没马快，被完颜部骑兵马踏刀砍，不到一个时辰，只剩下一半儿了。高丽兵虽然语言不通，但十分清楚继续抵抗下去会白白送命，只好双手举起兵器跪在地上听天由命。完颜部的军卒向来知道怎么处置降兵，没收了他们的武器，让其站成一排，暂时看管起来。

盈哥追赶韩烈直至大山深处，由于榛莽藤蔓纵横，藏身其中难以被发现，寻摸了半天毫无踪迹，不得不旋马而归。到了城门外，命将士们打扫战场，将愿意留下的降兵分派各部，从而壮大了队伍。

完颜部大获全胜，城内百姓奔走相告，欢声雷动。盈哥决定严惩叛军头领乌兰木、奇也南，下令就地斩首，然后分别将其头颅悬挂于乌骨伦部、蒲察部的城门上示众。通告各小部落的头领只准归附完颜部，不准另组联盟，有私下联盟者一经查出，立即讨伐。除此之外，又把原来的牌符收回完颜部熔掉，另铸牌符发至各部。将徒单部、乌骨伦部、蒲察部编入完颜部，每十户设一十户长，每百户设一百户长。每十户选出一名精壮勇士充军，十名兵丁的头领叫穆昆达，百名兵丁的头领叫明昂，每五百名兵丁为一猛安或一谋克，总编为两猛安、两谋克。猛安的头领由尼楚赫、洛索担当，谋克的头领由乌楞古、呼实布充任。每十户选两名壮士为后勤，专门负责喂马、铡草、搭帐篷、修路、搭桥等杂物，统归猛安、谋克支配。

完颜部宗室子弟成年后称贝勒，在贝勒中挑选出的阅历丰富、足智多谋者为勃极烈，勃极烈的总头领即节度使，称都勃极烈，继承人称谙版勃极烈。遇重大事情需要处理时，由都勃极烈召集勃极烈会议并制定出行动计划，由贝勒具体实施。贝勒一般情况下，只学文习武，不统领部队，由各猛安、谋克的头领组织军事训练。惟有在执行差务时，由勃极烈会议决定某贝勒去统领某猛安、某谋克，或几猛安、几谋克。

各部落的十夫长、百夫长、千夫长由国相兼管，平时带领部民打猎、捕鱼、放牧，战时随军队在后方五十里放牧。前线兵丁阵亡，由后勤递补，后勤缺员由部落内选壮士递补。前线将士个个身强体壮，武艺高超，能骑善射，皆可以一当十。兵丁们有战事时杀敌，无战事时训练，年节可回家团聚。由于部民一直随军而行，住的全是帐篷，易于管理和统一调动，所以完颜部军队始终不会缺员。还通过勃极烈会议定出政令、军令，用以约束诸部，如有违犯，以律治罪，严惩不贷。

再说桓赧和散达带着十几个随从经过几年的上下串通，总算如愿结成了三部大联盟，共同对抗完颜部，并住在蒲察部中的一个小部落里静候佳音。然而做梦没想到等来的却是徒单部的灭亡，桓赧不信，又派随从萨里布、斯汗去完颜部附近探听消息。二人到了会宁府城外，看见的是乌骨伦部、蒲察部、高丽军队失败的惨状，不由得不信。萨里布、斯汗从小便耍玩在一起，是最要好的朋友，彼此可谓多个脑袋不差姓，谁心里想什么对方都知道，想说啥说啥，啥也不避讳。萨里布小声儿告诉斯汗："此前我回部探听过了，咱们家的衣食住皆跟以往一样，所不同的是周围有人监视着，不得随便外出而已。另外就是长期在外的家人回去了，不许隐瞒不报，必须向部里告知。咱俩离乡十多年了，家人肯定想我们，跟着桓赧、散达永远不会有出头之日了。"

斯汗点点头道："是呀，不仅没有出头之日，连面儿也不能露，长此下去怎么行？"

萨里布又道："再怎么讲，咱和完颜部同是一个祖宗的子孙，看他们对家人的态度，不会过重处罚咱的，而且听说对随从是不问罪的。"

斯汗思忖片刻，说道："既然如此，咱俩干脆不回去了，直接返完颜部吧！"

于是二人回到会宁府家中，其父母领着他们去见盈哥，萨里布拉着斯汗跪叩道："太师，大人不计小人过，您一向宽宏大量，请饶了我们因年轻不懂事而做的错误之举吧！我俩不辨好坏，跟着桓赧、散达仇视完颜部，这是不可饶恕的罪过，只因原先就是其部下。说实在的，他们对我俩也像亲兄弟一样，同甘共苦，故而始终没有勇气离开。现在终于想通了，回来了，如果太师打算处罚，那就处罚吧，我们毫无怨言。"

盈哥笑道："什么处罚不处罚的，回来就好，大家都欢迎。你们还可以回去告诉桓赧、散达，让他俩也放心大胆地回来吧，我保证不会怪罪的，说话算数！"

二人及其父母千恩万谢回了家，家里人个个乐得合不拢嘴，高高兴兴地摆上丰盛的酒宴欢庆团聚。

次日，斯汗来找萨里布，一进屋便道："昨晚我躺在炕上睡不着便琢磨，咱俩今天就去见桓赧、散达，不过不能直言相告是自己主动回乡的，那样他俩还不得认为咱背叛了他们，心里不定怎么恨呢！"

萨里布想了想道："说得也是，干脆让咱的家人和太师对外扬言我俩是被完颜部抓回来的，这不就好讲了嘛！"

斯汗点点头，反身回了家，跟家人如此这般地交代了一番，又让父母去跟太师说，二老答应了，这才和萨里布一块儿向蒲察部走去。到了那儿，叩见桓赧、散达，斯汗将蒲察部、乌骨伦部、高丽军队被打败的惨状描述了一遍。桓赧听罢，黯然神伤，自言自语道："难道这是天意吗？吾自认为智勇双全，决不比颇剌淑、盈哥差，为什么事事不顺呢？"

萨里布开口道："大阿哥，实不相瞒，我和斯汗在偷窥时，被完颜部的人捉去了，押到了盈哥面前。太师说：'不要怕，放心吧，谁也不会伤害你们，而且可放你俩回去，劝说二位阿哥回城，家里人太想他们了。'太师还允许我俩回家看看，家人都好好儿的，同以前没什么两样。"

桓赧心里思摸开了："十几年来，费过多少心思，吃过多少苦头儿，看过多少白眼，结果却是徒劳一场，日暮途穷，又能去哪儿呢？"想至此，便对散达说："看来咱俩所有的努力全是瞎子点灯白费蜡，天意如此，谁也躲不过，没准儿明儿个完颜大军就来接管蒲察部。唉，回去吧，看看阿玛、额娘也好，随他们处治，大不了掉脑袋，还能给咱来个万剐凌迟不成？"

散达摇摇头道："这可难说，实在不行，向西逃投奔辽国吧！"

桓赧提醒道："别忘了，盈哥可是辽国的节度使，这些年肯定讲了咱不少坏话。到了那儿，不仅不收留，或许把我俩五花大绑送回来也未可知。再者说了，咱是女真人，怎能投靠契丹人呢？就这么定了，回去，反正咋的都没好儿了。"

转天一早，桓赧、散达带领随从回到完颜部，将上身脱光，让随从把自己反臂捆上，并在后背绑了两根红钉子，来到太师府跪在地上向节度使请罪。盈哥站起身来，走上前亲自为其松绑，然后说道："之所以选择不处治而是饶恕，不因别个，只是看在叔、婶的面子上。自打你俩走，老人家就眼泪不干的，我不能让白发人送黑发人。但务必告知你们俩，从今往后，须老老实实，规规矩矩，若再有半点儿非法举动，别怪老弟不客气！"

桓叔、散达连连点头，诺诺称是。

第十三章　顾大局赴邀约有惊无险
志相同道相合两相情愿

这日，盈哥召开勃极烈会议，开言道："诸位皆知，自辽军占领我渤海后，年年须向辽国进贡。活剌浑水部今年的贡物迟迟没有送到，派人去催，回禀说是其酋长，即与窝谋罕部酋长同名的纥石烈声称女真各部落凭什么给辽廷进贡？以我们的力量完全可以击败辽军，若再有谁来催要贡品，莫怪本酋长不客气！大家商议一下，看看应该咋办？"

阿骨打说："持此见者乃井底之蛙、夜郎自大，动不动就嚷嚷不该向辽廷进贡，却不知辽国兵力的强大，妄逞匹夫之勇。纥石烈或许以此为托词，不贡是假，打算脱离联盟、直接与辽廷联系是真。建议派一支足以打败他们的军队，直逼活剌浑水部城下，先向其讲明道理，答应交出贡物则退兵，若不交则兵戎相见，决不容许女真内部分裂！"

乌雅束反对道："依我看，应以和为贵，不该大动干戈。反正咱们也得把活剌浑水部送来的贡物上交辽廷，不妨向黄龙府说明此事，让辽人自己前往催贡。如果他们不去，咱何必多此一举呢？完全可以不管。"

阿骨打说："我以为纥石烈一直以来很不安分，野心勃勃，甚至欲借辽人的力量来压制完颜部，争夺节度使之位。他拒不上交贡物，辽廷得怎么想？会认为这件事儿节度使都不能处理，占着茅坑不拉屎，要你有何用？另立一个吧，到那时我们后悔也晚了。"

盈哥环顾一周道："各位有何高见？"

众人纷纷表示阿骨打所言极是，为维护女真内部的团结，以儆效尤不失为良策。

乌雅束又道："既然如此，我愿与二弟同去。"

盈哥说："诸位若没有异议，就这么定了，立即集合队伍。以乌雅束为元帅，阿骨打为副将，率领两猛安及骑兵、炮兵前往活剌浑水部，见机行事。"

工夫不大，部队开出了会宁府，盈哥亲自送到城外，叮嘱两个侄子道：“要切记，以安抚为主，攻打为副。”

乌雅束率军行了两日，离活刺浑水部三十里扎营，埋锅造饭并派人前去打探城内外的情况。过了约半个时辰，探子回来禀报道：“一切正常，只是把守城门的岗哨检查甚严，不便进入。此城三面环山，西面是开阔地，地形复杂，城高池深，不易克取。”

乌雅束说：“知道了，去歇息吧！”继而扭过头问阿骨打：“你看该怎么办？”

阿骨打回道：“明天头晌到城下列阵，暂不攻打，看看纥石烈有何举动再说。”

翌日一早，完颜军整队出发，一路疾驰，来到活刺浑水城下，列成方阵。酋长纥石烈听了门军禀报后，也下令点起兵将，出城列阵。前排是长枪手，年轻力壮，雄赳赳、气昂昂地持枪而立；第二排是弓弩手，个个怒目而视，箭搭弦上；第三排是身穿黑衣黑甲的神臂弓手，皆具百步穿杨之功，听令待发；两翼是骑兵，腰悬佩刀和短剑，紧勒缰绳挺胸坐于马上。

乌雅束观察了一会儿，对阿骨打说：“看见了吧，纥石烈所摆的阵势是守而不攻，我方如果主动出击，必将有很大伤亡，何况炮车滞后尚未到达。若向对方喊话，百步之内定会发箭，百步之外又听不清，怎么办？”

阿骨打思忖片刻，说道：“对方不知我们咋想的，为了表示安抚之意，最好相持不战。待到剑拔弩张之时，会有短暂的松弛，可乘机向其射出箭书，先礼而后兵。到那时，咱的大炮也运到了，再进攻不迟。”

两军相持了两个时辰，谁也不动，乌雅束遂令后队兵丁搭营帐，排鹿角，挖堑壕。一切妥当，全军进入营帐，对方见此便鸣金收兵了。这时，中军来报：“城中派出一信使，现在帐外，求见都统大人。”

乌雅束一扬手道：“请他进来！”

信使进得大帐，双手拿着信函举过头顶跪叩道：“大人，本部酋长差小的送书一封，请将军展阅。”

侍从走到跟前取过信函呈上，乌雅束吩咐道：“给来使看座，奉茶。”

侍从·伸手道：“请！”信使起身谢坐。

乌雅束把信函拆开，见上面写道：

　　都统台鉴：
　　请明日派一位代表至城中与本酋长商议，不知敢进城否？

活刺浑水部　纥石烈

乌雅束放下信函，取过文房四宝，提笔写道：

纥石烈酋长启阅：

　　皆是女真一脉，骨肉相连，必不见欺，有何不可？

完颜部都统　乌雅束

书罢递于侍从，侍从交给信使，信使把函件放入内怀，拜别而去。

乌雅束让侍从请来了阿骨打，兄弟见礼毕，乌雅束把纥石烈的来函递给阿骨打看过，然后说道："我明儿个去活剌浑水城，由你统帅三军，若两天后不得我的消息，你可酌情行动。"

阿骨打反对道："阿浑，我不同意，也很不妥。你是统帅，身系三军安危，在尚未弄清纥石烈何意之前，岂可身临险境？"

乌雅束说："我思量过了，想必纥石烈只是虚张声势，不敢把我怎么样。"

阿骨打忙道："那可说不准，谁知他是不是蛇蝎心肠？如果一定要去，从大局出发，也应由小弟前往，决不负完颜部众望。"

乌雅束想了想道："二弟若去也行，但要记住'镇定'二字，千万不要被对方的不友好语言所激怒，怒中有失。尽量不用激切之辞，若安抚不成，必须保证全身而退。"

"记住了，阿浑放心吧！"

"噢，为安全起见，我派太师特意遣来的卫士银术哥与你同行。"

"谢大哥！"

次日，阿骨打、银术哥内着软甲，腰悬佩剑，只在马鞍后置放了弩机，没有带长兵器，大步流星地来到活剌浑水城下，冲城上高喊道："军卒们听着，我二人应纥石烈酋长之邀前来，速去通报！"

守城的兵头儿似乎早有准备，当即下令打开城门，同时派人去王府禀报。阿骨打和银术哥进城后，见大道两旁排列着整整齐齐的队伍，戈矛森森，刀枪林立，战马嘶鸣。首领们虎视眈眈，军卒们横眉怒目，凶气逼人。二人有万夫不当之勇，岂能被此吓住？只是相视微微一笑，照样并辔从容前行。之前，乌雅束早已和他俩定好，进城后如遇危险，立刻手按鞍后弩机，向上空发射三支红色响箭，完颜部的兵马皆埋伏在西城外树林中。大炮当晚已运到，安放在攻城的最佳位置，上面覆盖着掩蔽物。只待城中发出响箭，立刻攻城，待炮声一响，阿骨打和银术哥即冲向西门开城。他俩骑马正向前走着，见迎面来了三人，前头那位骑着枣红马，身后两位骑着白马，前头的那人在马上拱手道："将军驾到，有失远迎，酋长大人请二位到府内一叙。"

阿骨打也在马上拱手还礼道："谢酋长礼遇，请前面带路。"

于是骑枣红马的在前，阿骨打、银术哥居中，骑白马的在后，一行五人很快到了王府前，身穿部落长服、面如大枣、颏下一绺黑须的纥石烈站在门外迎候。那三人见此，赶紧跳下马，冲阿骨打介绍道："这位是酋长大人。"

阿骨打、银术哥下得马来，阿骨打上前跪拜道："伯父，折杀小侄了，何敢烦劳吾父的故友亲迎？"

银术哥引见道："酋长大人，这位是现任太师的亲侄、前任节度使劾里钵大人的二阿哥。"

纥石烈边扶阿骨打边道："都是自家人，理所应当，千万别客气。我与前任节度使亲如兄弟，你称我伯父，也就愧领了。"说着拉起阿骨打的手并行，走到大门前，两人互让，最后还是一块儿进了门，银术哥随其后。

三人径直来到内府，纥石烈请阿骨打、银术哥入座，银术哥哪里肯坐？坚持立在阿骨打身后。侍从奉上了香茗，纥石烈请阿骨打品茶，自己呷了一口后，放下杯子道："不瞒将军说，原本是想写信给节度使，但又怕书信中途被辽军劫去，只好用这种方法请你们来。我女真人勇武顽强，不乏英雄豪杰，怎能长期忍受辽人辖制、奉贡称臣？今儿个屋内只咱三人，肯定不会走漏风声，如果节度使有意脱离辽廷羁縻，本酋长愿与尔部互为婚姻，今后活刺浑水部永为完颜部下属，缴纳应交贡赋。若只想贪图眼前安逸，听之任之，得过且过，恕小邦不能奉陪。"

阿骨打说："伯父真乃当世英雄，豪气冲天，小辈钦佩之至。吾家族先祖即有此志，怎奈辽国眼下仍然相当强盛，女真的力量还很弱小，组成一支几千人的军队尚可，而辽军却有百万，兵力、财力相差悬殊。故而迟迟不能有所举动，只能暂且忍辱负重，小心服侍辽廷，尽量协调女真各部之间的矛盾。只有女真内部政令、军令统一了，各部落精诚团结了，才有希望打败辽国，以雪亡国之耻。目前要紧的是发展生产，积蓄物力，培养部队中的年轻一代，待辽廷腐败到一定程度并引发内乱之时，方可兴兵。"

纥石烈又道:"我之所以提议两部联姻,一是可消除我们之间的猜忌,二是可借此得知节度使究竟怎么想,欲要达到什么目的……"

刚说到这儿,侍从走了进来,径直来到纥石烈跟前,俯耳小声儿嘀咕了几句,纥石烈点点头,也回了几句。侍从退下后,纥石烈不再说话了,而是仰起头大睁双目盯着天棚。待听到棚顶稍有动静,忽然抡起右胳膊,随之一支袖箭脱手而出,飞向棚内,然后说道:"对不起,本府潜入了奸细,请二位跟我到门外去瞧瞧。"

阿骨打、银术哥随同纥石烈走到房门外,抬头向上望去,只见房顶站着两个手持钢刀的护兵正在低头下视,原来房顶铺的瓦被揭开,现出个窟窿。须臾,只听窟窿里发出轻微的响声,紧接着从底下冒出个人头!说时迟,那时快,护兵一抬手,钢刀刷地向人头削去,却是一顶帽子,继而一个人蹿了上来,穿房越脊朝西逃去。站在地上的银术哥见此,转身向西飞跑,跑到十字路口,在街头的一家房檐下停住了。那人见房子两边皆有兵丁追赶,身后的路又被堵住了,只好继续往西逃,然十字路口是无论如何也跃不过去了,不得不跳了下来。哪知刚一落地,就被一双大手逮个正着,那便是银术哥。众人跑到近前一看,全都认得,这不是猴崽子么?因为平时大伙儿总这么叫,竟把他的真名儿给忘了。纥石烈也赶到了,气呼呼地命令道:"来人,给我绑了,押回去审讯!"

话音刚落,猴崽子却从内怀掏出一张银牌,手指纥石烈大声说道:"是银牌使者令我监视这个老家伙的,他企图反叛……"话未说完,脑袋已被银术哥拧了下来。

纥石烈见状,不由得捏了一把冷汗,暗自庆幸道:"好险哪,多亏拧的不是契丹人,否则可惹大祸了!"于是上前收了银牌,命兵丁把猴崽子埋了,然后与阿骨打和银术哥往回走。

三人进了内府,分宾主落座,纥石烈开口道:"这可咋办,此事大街小巷的人都知道了,怎么向银牌使者交代呀?"

阿骨打说:"好在他尚未讲出什么时,脑袋就掉了。现在可以拿这块银牌去见银牌使者,就说我们抓住个小偷,结果从他身上搜出张银牌。这还了得,在我的部落里竟发生了此等事,必须处治,当即把那贼砍了,银牌送回。"

纥石烈有些犹豫:"这样行吗?如果银牌使者声称猴崽子是本人派去执行命令的,又该怎么办?"

这时,从后堂走出一位红脸男青年,个头儿比纥石烈还高出一寸,长相也酷似，只是没有胡子。他走到纥石烈身边，说道："阿玛，咱部落的老老小小皆知猴崽子是个惯偷，这家伙会做出什么出格的事来谁能说得准？或许是他自己胡编乱造出来唬人的也未可知。"

银术哥瞅了一眼阿骨打，见其会意并点了点头，这才说道："酋长有所不知，二阿哥见过银牌，并能辨真伪。因为每位银牌使者来时，必须将银牌交给节度使验看，认可后，方能执行皇帝的命令，能否把银牌拿出来给二阿哥瞧瞧？"

纥石烈一边答应着："好，好！"一边从怀里掏出银牌，双手递给阿骨打。阿骨打接过，翻来覆去看了个仔细，然后递还纥石烈道："这张银牌是假的，造得很粗糙，并且文字也是胡乱刻上去的。"

纥石烈听罢，长出了一口气，自言自语道："谢天谢地，总算能交代下去了。"

银术哥又道："酋长大人，敢问是否有什么把柄被辽廷抓在手里？"

纥石烈摇摇头道："没有。"

银术哥继续道："很有可能是银牌使者买通了猴崽子来刺探我们，小偷自然怕死，为防止被抓后受到严惩，向银牌使者请求过带一银牌做护身符。而银牌使者不会轻易把证明自己身份的牌符给别人，一旦弄丢了，就像当官的丢了印信一样，不仅官位不保，还会被治罪，因此猴崽子不得不做了一张假银牌揣在怀里。另外，银牌使者探听女真各部落的内幕只能在暗中进行，既然酋长大人觉得辽廷不曾掌握自己反辽的证据，就更不用担心了，我们只不过是处死一个冒充持有假银牌的小偷而已。"

纥石烈的眉头舒展了，三人又聊了聊关于如何促进女真各部团结和睦以及向辽廷缴纳贡物等，唠得差不多了，阿骨打起身道："伯父，小辈须返营了，将把您的提议转达给都统大人，很快就会有回音的，告辞了！"

纥石烈说："好吧，我就不多留了，二位保重！"

阿骨打和银术哥回营后，向乌雅束禀告了面见纥石烈有惊无险的经过及其联姻之意，乌雅束高兴得拍手叫好儿道："太好了，求之不得呀，这真是女真族的福音哪！"接着便与阿骨打合计翌日回返会宁府诸事。

第二天一早，乌雅束起身正欲洗漱，军士来报："门外有一后生，自称是纥石烈之子，求见都统大人。"

乌雅束吩咐道："快请！"

军士退出，引领一红脸青年走了进来，小伙子躬身施礼道："吾乃活剌浑水部酋长之子，阿玛希望你们晚回去一天，有要事需同都统大人商量。"

乌雅束说道："老伯父之意，做小辈的哪有不从之理？可以。"

红脸青年又道："本人想请昨天去王府的卫士跟我出去一趟，游览一下活剌浑水部的山水，不知都统大人能否答应？"

乌雅束笑道："准了！"随后冲门外唤道："银术哥！"

银术哥匆忙走了进来，双手抱拳道："小的在，大人有何吩咐？"

乌雅束手指红脸青年道："这位阿哥有请，要与你出去散散步，跟他去吧！"

银术哥一时怔住了，摸了摸后脑勺儿，这才单腿跪地道："喳！"

二人一前一后出了营帐，顺着大路向山上走去，银术哥开口问道："有一事不明，以前与阿哥素不相识，为什么单单叫我出来陪着散步？"

红脸青年回道："我是二老的独生子，喜欢舞弄棍棒，平生最仰慕英雄。昨天见大哥抓猴崽子身手不凡，敏捷而机智，且所言头头是道，不由得打心眼里敬佩，很想交个朋友，便请你出来聊聊。"

银术哥说："我不过是节度使身边的卫士，而你却是堂堂酋长大人之阿哥，地位相差悬殊，岂敢高攀交友呢！"

红脸青年并不接茬儿，转移话题道："自我介绍一下，本人名讳八麻儿，以后就这么称呼好了，你叫什么？"

银术哥回道："吾名儿银术哥，是完颜部普通部民的儿子，母亲生下我们哥儿两个，弟弟叫银术深。"

八麻儿说："我从小跟阿玛、额娘学了点儿武艺，只想为本部族争口气，痛恨契丹人骑在咱头上拉屎。这些年来，契丹人把女真人当成什么了，简直是奴隶，凡是我们有的，他们没有不要的。平时见到了契丹人，必须得毕恭毕敬的，不可多言，我真受够了。大丈夫生而何欢，死而何惧，即或是在沙场上战死，也比受窝囊气强！"

银术哥似乎受到了感染，竖起大拇指道："所言极是，讲得好！记得二阿哥阿骨打曾说过：'女真的后代是得为本族争口气，然目的是让契丹人死，我们生，首先得设法保护自己。'像现在这样如同一盘散沙，跟契丹人硬拼、蛮干，到头来只能是我们毙命了，人家乐了，这可太不值了。当然了，打仗免不了会死人，活着的要给为了女真的尊严而为国捐躯的勇士树碑立传，永远纪念他们，还要对其家属进行抚恤，使得老有所养，少有所育。女真人只有团结一心，统一调动，敢于冲锋在前，跟着将领奋勇杀敌，才能取得最后胜利。我行我素，各行其是，不能拧成一股绳，是打不败辽国的。"

八麻儿点点头道："嗯，我也是这么想的，要不怎能让阿玛骗你们到本城呢？"

银术哥恍然大悟："噢，原来如此，你真是个鬼灵精！阿哥有所不知，我也是个打起仗来不要命的人，谁能知道活着比死了好呢？谁又能知道死了比活着好呢？一个人顶多活百岁，有谁能逃脱死神呢？早死晚死又有什么区别？但是总要死得值。我曾不止一次地想过，有一天到战场去拼杀，追得契丹人望风而逃，那该是多么快活的事！"

两个人越唠越投机，话匣子一经打开，说也说不完，根本收不住。八麻儿接着问道："卫士，今年多大了？"

银术哥答曰："不多不少，二十整。"

"成婚了吗？"

"没有。"

"打算找个啥样儿的做婆娘？"

银术哥想了想道："起码得找个个头儿跟我差不多的，对方若是娇小玲珑的，还不得把人家吓着了？"说到这儿，偷偷瞄了一眼八麻儿，又道："要是能遇到个说话、脾气、秉性跟我合得来的就更好了，不知有没有那造化……"

话未说完，忽然跑来一个白面青年，拉着八麻儿的手便往回走："我大舅找你呢，快回去吧！"

八麻儿十分不舍，又很无奈，只好跟从，边走边回过头向银术哥挥手告别。

再讲乌雅束看着红脸青年和银术哥双双出帐后，赶紧洗漱，换上了都统服，坐下刚要用膳，门军来报："大人，有两位活刺浑水部的差官前来求见。"

乌雅束起身道："请进来！"

二位差官进门后施礼道："都统大人，本部酋长派我们来，恳请大人和二阿哥一起去王府一叙，望能给个面子。"

乌雅束爽快地答应道："好吧，请稍等。"随即出帐安排了营内诸事，令猛安的头领尼楚赫暂时代管，如此这般交代一番后，这才唤来阿骨打，随着差官前往酋长府。

一行人进了府门，纥石烈笑呵呵将他们迎进客厅，说道："今天没有什么事，略备小酌，以尽地主之谊，随便聊聊。"

三人刚刚坐定，侍女奉上了香茗，请客人品茶。过了一会儿，纥石烈的亲随进来施礼道："大人，家宴已备好，请用膳。"

在亲随的引领下，他们起身来到餐厅，桌面上摆满了丰盛的佳肴，香气扑鼻，纥石烈伸手恭请道："都统大人、二阿哥，请坐！"

乌雅束同样伸出一只手礼让道："请伯父先坐！"

三人相继就座，边吃边聊，谈了些关于辽人和女真人之间的矛盾哪，目前各国的形势呀，辽国皇帝如何昏庸啊，官吏如何营私舞弊呀，女真诸部各揣心腹事，等等。就这么唠着、喝着，不觉间已近响午，八麻儿走了进来，恭恭敬敬地向乌雅束和阿骨打施礼后，走到纥石烈身边，冲其耳语了几句后便退下了。纥石烈笑道："都统大人，我有个不情之请，不知能否答应？"

乌雅束忙道："伯父只管讲，凡是能办到的，晚辈一定尽力。"

纥石烈说："我有个独生女，名叫八麻儿，就是方才进来的红脸青年，从小被她额娘惯坏了，最爱着男人装。八麻儿看中了节度使的卫士银术哥，并请都统大人做媒，成全他们两个呢！"

乌雅束笑道："这可是件好事，成人之美谁不愿干哪，此媒我保定了！不过银术哥眼下只是名卫士，无法与贵府的格格相比。好在他这几年始终恪尽职守，未出任何差错，还立了三次功。待我回部禀告太师，也该给他个官职了，以后有功再逐渐提升，会与格格相配的。"

纥石烈赶忙致谢道："谢谢，谢谢都统大人！此外，贵府若有未婚男女，也可与我部通婚。"

乌雅束回谢道："谢谢伯父美意！"

膳罢，乌雅束和阿骨打起身告辞，纥石烈送至府门外。二人回到完颜军营帐，乌雅束下了命令："各队做好回师准备，明日启程！"

转天头响，大军开拔了，一路浩浩荡荡，烟尘滚滚，两日后到了会宁府，乌雅束和阿骨打先去拜见额娘。老福晋见两个儿子平安回来了，很是高兴，让他们坐下说话。乌雅束把此去活刺浑水部的情况三言五语介绍了一下，又将酋长纥石烈的态度以及欲与完颜部通婚，并愿将自己的独生女八麻儿许给银术哥的事儿详细说了一遍。老福晋出于慎重起见，没有马上表态，而是吩咐道："阿骨打，去请你老叔来，大家一块儿商量商量。"

阿骨打应声而去，很快便与盈哥返回，叔嫂见礼毕，各自落座，老福晋让乌雅束把纥石烈联姻之意再向老叔复述一遍。盈哥听罢，无比激动："谢谢苍天助我女真，活剌浑水部与完颜部联姻，不但增强了女真内部的团结，而且未婚子女的婚事也有了着落。吴乞买已近二十岁了，二哥的女儿纹纹也该出嫁了，正是时候呢！让我好好儿想想，为对得起八麻儿格格的一片诚心，银术哥只当个卫士肯定不行。他忠心耿耿，勤勤恳恳，又立过三次功，可以担任穆昆达，管理会宁府的卫士。以后再立功，根据能力和表现继续提拔，步步高升。小伙子的确是块好坯子，也不怪八麻儿看中了，真有眼力。这两年我总想让他领兵打仗，到前线锻炼锻炼，可又有点儿舍不得，看来不能一味地护在身边哟！"

老福晋听小叔子如此一说，方表态道："这么的吧，明儿个让你二嫂领着纹纹，我带着吴乞买去一趟活剌浑水城，瞧瞧纥石烈家族的子女。如果有般配的，孩子们也愿意，就为其成婚，他叔，你看行不？"

盈哥回道："但凭嫂子做主。"

转天，劾里钵的夫人拿懒氏、颇剌淑的夫人富察氏、吴乞买、纹纹、阿骨打、银术哥等有坐车的，有骑马的，欢欢喜喜地出发了，向活剌浑水城而去。到了那儿，在城里盘桓了四五天，才定下了银术哥和八麻儿的婚事，纹纹与纥石烈的侄子也定了亲。

第十四章 | 春捺钵保尊严宁受杖责
祈上苍佑夫安赋诗寄怀

辽乾统三年正月，盈哥患重疾离世，劾里钵长子乌雅束继任都勃极烈，辽授其为节度使，阿骨打晋升为都统。

初春时节，乍暖还寒。一日，阿骨打来到乌雅束处，建议道："阿浑，我这几天一直在琢磨，认为应该对以前的政策进行改革。近些年来，山上的野兽逐渐减少，江河内的鱼、蚌由于经常打捞而不能大量繁殖，人口却逐渐增多。往后不能单靠渔猎来维持生计，欲富国强兵，必须先增加国民收入。"

乌雅束说："具体讲讲看，怎么富国，怎么强兵？"

阿骨打接着道："富国的办法：一是奖励开荒，垦殖农田，两年内不需缴纳任何费用。第三年丈量土地，发给部民地契，垦荒者有永久的经营权、收入权，按田亩的质量交税。二是开矿、晒盐、冶铁，国家派官员管理，收入归国有。招收工人，按每月完成的工作量多少、质量优劣发给钱粮，既增加了国家收入，又使部民有了谋生之路。强兵的办法：一是在温都部高价聘请能工巧匠，于临近的铁矿之地设立炼铁厂，铸造大炮，制造冲车、弓弩，研制精良兵器。也可鼓励部民自己冶铁，制作农具，突出者给以奖赏。二是派将官到各部落挑选年轻、强壮者充军，教以攻守之法，严明纪律，发给养家之资，使其无后顾之忧。"

乌雅束听罢，思索再三，说道："此议很好，准了，明日即颁布实施。噢，还有一事，天祚帝准备召开各国联谊会，并举行春捺钵活动，要求女真部派使节参加，我想烦劳二弟去趟辽国，如何？"

阿骨打表示愿意前往，领命回家后，告诉妻子乌古伦："夫人，节度使派我去上京参加各国联谊会和春捺钵活动，需抓紧时间收拾行囊，明天一早上路。"

乌古伦听了，先是一愣，继而有些不安。因为她十分清楚，女真部虽然年年向辽国进贡，但辽帝却时时提防女真人造反，他们的谍者和银牌使者经常来部落无端找茬儿。女真部派使节去辽地，犹如进了虎穴狼窝，根本没有安全感，便不无担心地说："夫君，我知道，节度使差遣不能不去。出门在外，要处处小心，不可麻痹大意，以防不测。"说着早已泪珠儿涟涟，转身进了里屋，打点行囊去了。

阿骨打自去张罗贡品以及送给萧奉先、耶律章奴等权威大臣的礼物，待回到府第时，乌古伦已在门外伫候多时了。她呆呆地看着门前的柳树，枝条被风吹得飘来荡去，心里思摸道："大柳树啊，若能伸出枝条将夫君缠住该有多好，我就可以此为借口，不让他千里迢迢去异国他乡了……"

这时，阿骨打轻轻走到乌古伦近前，见其两眼直勾勾的、一动不动地站着，遂小声儿问道："夫人，想什么呢？"

乌古伦抬头一看，原来是夫君回来了，勉强挤出一丝笑容，回道："噢，瞎琢磨呗，我在想用什么办法能留住你呢！"

阿骨打说："夫人，别胡思乱想了，我又不是毛头小伙子遇事不知轻重、思虑得不周全，早过口嗓，沉稳着呢，放心吧，没几天就回来了。走，赶紧进屋吃饭，肠子、肚子早打架了。"

夫妻二人边说边进了餐堂，侍女已摆上了晚膳。阿骨打洗完手后坐在椅子上，乌古伦把盏执壶为丈夫斟满了酒，又给自己倒了一杯，然后端起酒杯道："愿夫君此去一路顺风，多多保重，平安归来！"说完一口喝干，阿骨打的整杯酒随之也下了肚。

乌古伦刚要起身斟酒，阿骨打忙按其肩膀道："夫人，你坐着，我来。"边说边拿起壶，先为乌古伦斟满，又给自己倒了一杯，继而端起酒杯道："愿夫人身体康泰，精神愉悦，多给爱根生几个秃小子！"

乌古伦扑哧一笑，伸出食指点了一下阿骨打的额头道："你呀，永远长不大，啥时候都忘不了贫嘴！"

二人饮干后，阿骨放下杯子问道："宗弼去他姥姥家有些日子了吧？"

乌古伦回道："差不多一个月了，怎么，想了？"

阿骨打嘿嘿一笑道："谁的儿子谁不想？若不是我的，我才不想呢！"

乌古伦撇了撇嘴道："那可没准儿，要我看哪，不是你的照样想，头几天吴乞买的大小子宗磐去他姥姥家，你还总念叨呢！"

阿骨打又问："不知宗弼在温都部待得习惯不？"

乌古伦说："净操没用的心，若是住不惯，还不得嚷着回家呀，阿玛早给送回来了。"

"宗敏呢？"

"在外玩儿乏了，回屋扒拉几口饭就上炕了，这会儿睡得正香呢！"

"宗强呢？"

"吃完奶也睡了，等醒了又该四处乱爬了，没一会儿老实时候，再大点儿准是个淘气包儿！"

"淘好哇，顽皮的孩子大多是将才，我小时候就淘。"

"从小看大，这三个孩子的脾气、秉性全像你，没一个像我的。"

阿骨打做了个鬼脸儿道："哎哟，幸亏不像你，若是像的话，那不都成女子难养也了嘛！"

乌古伦笑道："又耍贫，快吃吧，一会儿菜就凉了。"

夫妇俩用罢膳，起身走出餐堂进了卧室，见已满周岁的宗强刚刚睡醒，阿骨打上前欲抱，乌古伦忙拉了他一下道："先别抱，小心尿身上！"随即冲屋外唤道："艳儿，把尿盆儿拿来，快点儿！"

话音刚落，侍女艳儿端着尿盆儿跑了进来，为孩子接完尿后，阿骨打将宗强抱在怀里，亲昵地用胡子扎他的小脸……

转天头晌，阿骨打出得府门，从马棚里牵出了卷毛玉龙狮子骢，带上贡品，在亲随及一哨女真兵的护卫下出发了。这匹坐骑为阿骨打所心爱，只因在每次战斗中，都是它驮着主人打了胜仗。此马很有灵性，在沙场上可据情势跳跃猛冲，往来驰突，躲避突然射来的冷箭，根本不需主人指挥。战毕，阿骨打常常牵着它去河边饮水，喂它嫩草，有时还去察看槽里的草料是否干净，为其刷洗身上的灰尘，总是亲力亲为，不用随从去做。

闲言少叙，一队人马顺利地进入了辽国的沙漠地带，行进间，忽然刮来一阵狂风，卷起地上的沙尘飞向天空，连太阳也遮没了，飞沙打在脸上火辣辣地疼，大家只好闭上眼睛。良久，狂风渐渐息了，见远处有三个人一面四下趔摸着，一面向这边走来。不一会儿到了近前，方看出是一对儿身穿破皮袍子的中年夫妇，领着一个十多岁的男孩儿，孩子仰起脸冲阿骨打问道："军爷爷，看没看见十几只羊从这儿过？"

阿骨打说："方才一阵儿大风刮得睁不开眼睛，有羊群经过也看不见呀，周围肯定没有，到别的地方找找吧！"继而转身问身后的兵丁："你们看见了吗？"

一军士忽然往西一指道："快看，那边影影绰绰的好像是羊！"三人立马跑了过去。

阿骨打抬头望了望天，已近黄昏，心想："这里既有人，又有羊，附近肯定有水。"待三人赶着羊回来，阿骨打问道："请问大哥，你家离这儿有多远？我们想在住地附近宿营。"

中年男子回道："不远，随我来吧，过了前头那片沙丘就是了。"

于是夫妇俩赶着羊群在前头领路，阿骨打把男孩儿抱到马背上，兵丁们紧紧跟随，一块儿向东走去。刚过沙丘，眼前一亮，好像到了另一个世界，一条小河弯弯曲曲地向北延伸，岸边长着绿茸茸的青草，十几座帐篷零零星星搭建在小河两旁。阿骨打令护兵支起帐篷，埋锅造饭，然后随夫妇俩去了他们的帐篷。一进去，便见地上铺着薄薄一层干草，还有四五张羊皮，角落里堆放着几样儿炊具。中年男子抱歉地说："军爷，真是对不起，连碗奶茶也没有，又挺脏的，没法儿请您坐。"

阿骨打拉着中年男子一屁股坐在干草上，问道："大哥，您贵姓？"

那人回道："免贵姓韩，名继宗，汉族，祖上是被契丹人掠来的。"

"家中只你们三口儿吗？"

"哪儿呀，大儿子被契丹兵抓走了，闺女也被绑去了，身边只剩下小儿子了。"

阿骨打接着问道："大儿子叫什么名字？为啥被抓走，犯罪了吗？"

韩继宗答曰："他的契丹名儿叫蒙哥儿，汉名儿韩念南，一向老老实实，能犯什么罪？就因让其去当兵，吾儿说啥也不去，便被摁在地上五花大绑带走了。"

"女儿为啥也被绑走了？"

"那是辽廷派来的太监所为，见我闺女模样儿长得俊，说是让她去侍候皇上。"

阿骨打十分不解："女儿、儿子都为国家效力，想必已给了你们报酬，日子怎么仍过得如此苦呢？"

韩继宗打了个唉声道："咳，到现在都不知道儿女究竟被抓到什么地方去了，更不要说报酬了。"

阿骨打站起身道："大哥，天黑了，你们该用膳了，不打扰了。"

韩继宗忙道："不急，军爷能在这儿陪我们说会儿话，求之不得呀，还能忘了饿。"

阿骨打又道："粮食不够，家中不是有羊吗，可以宰了吃肉哇！"

韩继宗说："军爷有所不知，只这十几只羊，每年还得向皇家交两只，一年能下五六只羔儿，敢那么吃吗？杀一只羊，掺和些野菜，要吃好多日子呢！"

阿骨打听罢，不由得长叹一声，告辞后回到自己的帐篷，吩咐亲随把所带之口粮和肉干儿给韩家送去些。

次日一早，一哨人马继续赶路，在沙漠里跋涉，辛苦自不必说，终于到了上京。阿骨打让亲随安排护兵们在驿馆里住下，自己也顾不得歇息，带着礼物前去拜见了枢密使萧奉先、都统耶律章奴等权贵，并向他们打听何时向皇帝进献贡品以及举行春捺钵活动的具体时间。

三天后的头晌，春捺钵活动在京郊举行，辽国皇帝耶律延禧的御座置于土丘之上，两边分别是大宋、西夏、党项、回鹘、吐蕃、高丽、各奚国、各室韦之位。辽帝未到之前，各国使节早已恭候在此，一边喝着奶茶，一边互相交谈着。过了一会儿，仪仗队走过来了，明晃晃地金瓜锤、白如雪的鹅毛扇、指日旗、指月旗、凤舞旗、飞虎旗一排排闪过。黄罗伞下的龙辇上直挺挺地坐着戴着皇冠的天祚帝，一张被酒色掏空了的灰黄脸膛儿没有一丝笑容，绣在衮服上的金龙被风吹起的尘土衬托着，好似腾云驾雾一般。龙辇的后面，数十个递送各种用品的侍女紧紧跟随，威风凛凛的武士腰挎战刀骑在马上缓缓前行。这时，各国使节离座跪伏在地，高呼万岁，万岁，万万岁！御驾到了土丘之上，天祚帝下了辇，在侍女的搀扶下坐在早已备好的龙椅上。

轰隆、轰隆、轰隆，三声炮响过后，一队队骑兵弓上弦、刀出鞘，铁甲闪亮，迈着雄壮的步伐进入场地。马蹄踏踏，卷起的尘雾致使节们睁不开眼睛，有的干脆将皮袍下摆撩起蒙在头上。

良久，检阅完毕，尘埃散去，太阳露出了耀眼的光芒。各国使节前的桌案上摆好了金樽，里面斟满了御酒，只只玉盘内盛着珍馐美味。一队身穿色彩鲜艳衣裙的美女伴随着优雅动听的乐曲舞了起来，天祚帝只看了几眼，便侧过头冷冷地大声问道："女真使节何在？"

阿骨打赶忙起身离座走至御案前，匍匐在地叩拜道："女真完颜部都统阿骨打在下，皇上万岁，万岁，万万岁！"

天祚帝脸上的横肉动了动，说道："今日借春捺钵活动的喜气，天子与臣民同乐，你也下场吧，和那些美女共舞，以助酒兴。"

阿骨打一听，很是生气，暗自思量道："让堂堂的都统与女子同舞，供天祚帝及各国使节取乐，这不单单是羞辱我本人，主要是羞辱整个女真族！"想至此，禀道："皇上，恕小臣愚钝，不会跳舞。"

天祚帝勃然大怒，手指阿骨打吼道："如此桀骜不驯，胆敢违抗朕的命令，推出去斩喽！"

萧奉先、耶律章奴等权贵平时接受完颜部许多好处，一看这等情势可着急了，慌忙一起跪地为其求情："万岁，阿骨打多年身处异域，教化尚缺，言行欠考虑。请看在骁勇善战的份儿上，赦免此次无礼之罪，否则恐失万邦向化之心。"

天祚帝缘何发这么大的火儿呢？原来令其恼恨的是完颜部没收了辽国发给各部落的牌符，今天正好借此机会泄泄心中的怒气，并向各国使节展示一下天子的威风。见众位大臣跪地求情，转而又道："死罪可免，活罪难饶，杖责五十大板！"

话音刚落，上来两名壮实的军卒，将阿骨打摁倒在地，举起棍子抡开了，各国使节吓得战战兢兢，不敢正视。

当天祚帝和群臣及所有在场的人听着执行刑罚的军卒数着板数打完五十大板后，再看去时，阿骨打已是浑身鲜血淋漓，动弹不得。其中一军卒伸出手试试鼻息，然后跪地禀道："万岁，此人气若游丝，奄奄一息，快不行了。"

天祚帝命道："拉下去！"两个军卒遂将阿骨打薅起架走了。

阿骨打的亲随把他抬回驿馆放倒在炕上，见浑身上下鲜血直流，忙解开衣服脱下，欲请郎中诊治。护兵们也围了过来，一看，人人惊诧，个个称奇，都统的身上竟然半点儿伤没有，毫发无损！大家高兴极了，欢呼雀跃，跪地磕头，感谢苍天保佑。

这是怎么回事呢？原来上京的城隍见真龙天子要受刑，坐不住了，心想："在我主管的地面上竟发生此等事，还了得，玉皇大帝定会怪罪的！"遂急忙唤来大小二鬼和狐黄二仙，宣道："大鬼、小鬼听令，速去京郊，代替执行刑罚的军卒抡杖，大棍只管快起快落，但不准碰到真龙天子，数完五十板立即撤回。"

大小二鬼抱拳道："得令！"

城隍继续宣道："狐黄二仙听令，赶紧弄些鸭血来，洒在真龙天子身上，然后附着其躯体受刑。"

狐黄二仙抱拳道："得令！"

四位神仙腾云驾雾而去，到了京郊便依城隍之意行事，故而阿骨打被两个军卒摁倒后，昏昏欲睡，对所发生的一切毫无知觉。虽然没有伤着，但得做做样子，需在炕上躺几天。

话分两头。自打阿骨打走后，乌古伦好像变了个人似的，脸上没有了往日的笑容，整天双眉紧锁，啥也干不下去，站不稳、坐不安、心神不宁的。阿骨打又不是头一回离开会宁府出使辽国，早已习惯了，可她觉得从未像此次这样苦苦思念、惦记夫君，饭也吃不下，觉也睡不好，眼皮总是跳个不停，惟恐出什么闪失。

一日，全家用罢了晚膳，乌古伦给宗强加了件衣服，唤来侍女艳儿，抱着儿子去庭院散步。宗强高兴极了，下了地后，在艳儿的逗引下，尽管迈步还不稳，却挓挲着胳膊往前跑，转而又笑着扑向母亲，乌古伦急忙上前扶住道："好孩子，自己走，自己走！"

艳儿领着宗强玩了一会儿，乌古伦说道："艳儿，天还很凉，带着强儿回去吧，哄他睡觉，我溜达溜达。"

艳儿答应一声，弯下身抱起了宗强，孩子似乎意犹未尽，直往怀外挣，她赶紧跑着进了屋。

乌古伦信步向院中的凉亭走去，上了台阶坐在长椅上，不由得打了个唉声，愁绪萦怀。仰头上望，见一对鸟儿从头顶飞过，不一会儿又飞了回来，围着亭子绕来绕去，心里思摸道："鸟儿都不愿分开，成双成对儿地飞舞嬉戏，自由而快乐。夫君因肩负使命，只能告别家人赴辽，可十多天过去了，连个信儿都没有，也不知是吉是凶，真让人惦记呀！咳，我要是只鸟儿就好了，可以直接飞到上京去探望，何必想得如此苦呢！夫君哪，夫君，你在辽国好吗？春捺钵活动什么时候结束？遭到耶律延禧的非难没？但愿一切顺遂。阿布卡恩都力[1]呀，保佑阿骨打平安无事吧，他是女真人的希望，族众和府中上下人等都期盼他快些归来呢！"想至此，收回目光，紧了紧衣衫，听着呼呼的风声，看着眼前枝枝丫丫有花无叶的梅花，远望山头在一轮明月的映照下那尚未融化的白雪，更觉伤感，思绪万千。忽而又想到了文人们常以风花雪月为题抒发情怀，此时闲得无聊，何不也写几首排解一下心中的烦闷？于是起身走下凉亭回到屋内，取过笔墨纸砚坐在桌前，双手拄着下颏冥思苦索，浅吟低唱，字斟句酌，沉思良久，方提笔写道：

风

无行无影又无踪，

有气有力有神通。

喜时和气吹舒缓，

---

[1] 阿布卡恩都力：女真语，天神。

暴怒拔树瓦飞空。
满布空间无厚入，
丝微缝隙亦能容。
有史以来即存在，
天地之间任我行。

花

姹紫嫣红杏满园，
田野山川亦遍开。
种种名花竞斗艳，
个个园丁心中甜。
渊明隐逸偏爱菊，
敦颐君子独慕莲。
不知诸君喜何花，
我敬庄稼不争妍。

雪

飘飘洒洒遍天涯，
白白晶晶六角花。
多种形态无限美，
一股威力毒虫杀。
滋润大地生万物，
伴随太阳喜蒸发。
三态变化随天理，
永久循环宇宙家。

月

朔日无月星满空，
望时银盘天地明。
心静浪威海天阔，
意动潮涌鬼神惊。
吴刚辛苦砍桂树，
嫦娥寂寞广寒宫。

缺思哀叹友离散，

花好月圆人相逢。

书罢刚撂笔，艳儿哄睡了宗强从小暖阁走了出来，见女主人坐在桌案前，遂笑道："太太，又想老爷了吧？"

乌古伦故意面露愠色道："这丫头，胡说什么？看我掌你嘴！"

艳儿伸了一下舌头道："可别，可别！"随即往桌面儿一瞅，见放有两页纸，上面似乎写了几首诗，刚欲凑前看个仔细，乌古伦忙用手捂住道："不许看，哪儿都少不了你！"转而又道："艳儿，我本想打发家丁给老爷送几件衣裳，又怕已经在回程的路上了，两下碰不到。离府有些天了，音信皆无，你说能不让人担心嘛！"

艳儿安慰道："太太，不必多虑，老爷福大命大造化大，肯定不会有事的。天不早了，歇着吧，没准儿明儿个一睁眼，老爷就站在太太面前了。"

乌古伦没再吱声儿，把两页纸折好收起，在艳儿的搀扶下回了卧室。

第十五章 | 设圈套困都统逼婚嫁女
出奇兵战高丽东境暂宁

　　春捺钵活动结束后，阿骨打自然不会立马踏上归途，而是有意拖延了几天，方向天祚帝辞行，带领亲随及护兵回返会宁府。经过连日的辛苦奔波，终于到了女真地界，处于高度紧张状态的神经总算得到了缓解。看看天色已晚，遂令护兵于林边搭帐篷，埋锅造饭。一切就绪，伙夫端上白酒和香喷喷的饭菜，阿骨打招呼大家过来，无论是亲随、护兵，还是伙夫、打杂的，坐在一起进餐，一醉方休。

　　正喝得高兴之时，突然无数支冷箭从暗处飞向帐篷，阿骨打立即操起长枪出帐寻找坐骑，却见卷毛玉花狮子骢已被乱箭射倒在地，连忙避开来箭方向闪到一棵大树后面。待四下观瞧，发现放箭之人都躲在树后，影影绰绰不知有多少。对方见一哨人马正拈弓搭箭寻找目标，也搭着箭不动，双方僵持着。天渐渐黑了下来，阿骨打尽管估计不出这股敌人是从哪儿来的，然周围的地势却在脑海里清晰显现，毕竟是女真地界，以前来过。离这儿二十余里即是女真人和汉人居住的村寨纳葛里，如果村子的居民知道我们困在这里，肯定会前来援救的。可眼前的这些人皆穿女真和汉族服装，若是纳葛里的村民发起叛乱可就糟糕了，他们既不喊，又不露面，根本无法辨认。看看周围的亲随和护兵，有的受了伤，轻重不等。自己的后背也中了两支箭，幸亏黄金锁子甲有护身作用，虽然疼痛，但还能动。由于坐骑目标太大，又是散放着，结果突遭乱箭齐射，躲避不及而纷纷倒在了地上。阿骨打思摸开了："倘若这些坐骑还活着，骑上马冲出去，很有可能化险为夷。现在是身上带着伤，还得步行，怎能迅速突围？"正在苦思冥想退敌之策时，忽听喊声震天："不要让契丹人跑喽，见到就射，千万别误伤自己人！"

　　喊声未落，只见躲在树后放冷箭的人一齐闪出，回身去对付围上来的救援队伍，阿骨打对众护兵命道："冲出去！"

　　能够辨认清的是契丹人都骑着马，前来救援的女真人和汉人皆为村民，没有马。他们一看来了这么多村民，黑暗中吵吵嚷嚷、灯笼火把的，一时根本不知道究竟有多少人，领头儿的打马向西逃去，其余的也跟着跑了。

阿骨打和随从以及众护兵向村民们施礼致谢道："谢谢，谢谢乡亲们施以援手，把契丹人吓跑了！"

其中一位首领是汉族人，名叫萧文英，走上前问道："请问哪位是都统大人？"

阿骨打抱拳施礼道："恩公，阿骨打是也。"

萧文英说："如果不嫌弃，请大人带上一哨人马去纳葛里，分散到各家歇着吧！"

阿骨打回过头冲护兵们一挥手道："收起帐篷，随恩公走！"

大家一同进了村寨，乡亲们纷纷请护兵到自家，拿出草药为其疗伤，安顿他们歇息。

萧文英对阿骨打说："进了村子如同到了家，请都统大人放心吧，您去我家住。"

阿骨打点点头，随萧文英并肩而行，走至院门前，互相谦让后，还是阿骨打先进了院儿。推开房门，进入内室，萧文英说道："大人请坐，箭伤误不得，我得把您后背的箭拔下来。"随即冲门外喊道："老婆子，赶紧备膳，越快越好！姝丽，去拿点儿药粉和敷料，再兑些盐水来！"

姝丽是萧文英的女儿，动作很快，没一会儿便按父亲的吩咐，怀揣药粉、敷料，端着盐水进了屋，一并放在桌子上。萧文英说道："大人，先把甲胄脱下来，轻点儿。"

阿骨打脱下甲胄，被飞矢射穿的甲叶随之掉了下来，箭也应声而落。萧文英瞅了瞅伤口道："万幸，万幸，没出多少血，扎得不深，很容易愈合。"然后用盐水洗洗伤口，敷上药粉，以白布包之，又让姝丽找了件干净衣裳给阿骨打穿上。

这时，萧文英的老伴儿手拿抹布进了屋，边擦桌子边吩咐道："姝丽，去厨房端菜，小心别烫着！"

少顷，冒着热气的饭菜摆在了桌子上，还烫了一壶酒。萧文英冲里屋唤道："恩公，请出来用膳吧！"

话音刚落，从里屋走出一人，阿骨打定睛细看，哎哟，认识，此乃耶律章奴府上的管家图音！立马迎上去施礼道："大管家，一向可好，请受小可一拜！"说着撩衣就要跪地。

图音连忙将其扶住道："都统大人，您别客气，都是自家人，没那么多礼数。"

萧文英相请道："恩公、都统大人，请就座，咱们边喝边聊。"

三人坐定，萧文英把盏执壶斟满了三杯酒，一起饮干后，图音放下杯子道："都统大人有所不知，天祚帝初始以为你被打死了，春捺钵活动结束好几天了，又见你去辞行，方知仍活着。大人离开上京后，皇上令卫队换上女真装于归途劫杀你，非除掉不能回去。巧的是我家大人前去觐见天子时，刚好听见了天祚帝吩咐卫士劫杀之语，待回府后，立即派我将此信儿送出。"

阿骨打听罢，恍然大悟，说道："噢，原来是枢密使萧大人救了小可，真是感激不尽，不久定将到府门致谢！"

图音摆摆手道："千万不可，最好以后也别去了，那会引起天祚帝怀疑的。我原本是打算去会宁府报信儿的，正巧路上遇到了萧文英，因这些年总带人来纳葛里收人参，所以很熟，相交多年，是信得过的人。他当时问我这么急匆匆的，要去哪儿呀？我便把你的危险处境以及准备去会宁府报信儿的事儿说了。萧老英雄想了想道：'事不宜迟，去会宁府来回最快也得一个昼夜，恐怕不赶趟儿了。我去召集村民，虽然没有刀枪，但有种地的家巴什儿，一定能把都统大人救出来。那可是纳葛里村寨百姓的大恩人哪，如果不是大人收留我们，这些年不知漂泊到什么地方呢！不仅建了村寨，分给耕地，还派发耕牛、种子，大家才有今天的好日子过。眼瞅着都统大人将遇险情了，哪能坐视不管呢？老天爷给了次报恩的机会，决不能错过！'说到做到，这不，他们真就给你解围了。"

阿骨打听了，十分感动，于是起身离座向二位拜谢！三人吃饱喝足，嗑儿也唠得差不多了，这才各自回房歇息。

翌日头晌，图音向阿骨打和萧文英告辞，阿骨打拿出身上所带的东珠递上道："暂且只有这么多，送给萧大人和大管家，聊表心意。来日方长，见面的机会很多，救命之恩往后再补报吧！"

图音不客气地接过道："谢谢，请放心，会把都统的心意转交给我家大人的。"说罢出得院门，一骗腿儿上了坐骑，打马而去。

送走了图音，阿骨打向萧文英辞行，对方极力挽留道："都统大人，虽然您的伤势颇轻，但有的护兵却很重。众乡亲希望你们多住几天，待伤稍好些，再启程不迟。"

阿骨打请萧文英头前带路，去各家各户看看护兵们，顺便向家主致谢。走了几家，发现个别兵丁伤势确实较重，需要调养，只好决定住几天再说。二人转回后，萧文英说："都统大人，香茗沏好了，您先品茶，我有点事儿得出去一下，暂不能相陪，望不要怪罪才是。"

阿骨打忙道："恩公请便！"

萧文英走后，阿骨打回忆起昨晚所发生的事，想理出个头绪来。这时，一位身材丰满、面容姣好、脸颊两边各有一个小酒窝儿的女子扭动着腰肢从里屋缓缓而出，走到阿骨打跟前福了一福道："都统大人，给您请安，小女这厢有礼了！"

阿骨打抬头一看，原来是萧文英的女儿，便起身还礼道："听恩公叫你姝丽，不知我应怎么称呼，看年龄唤妹子总可以吧？"

姝丽莞尔一笑道："大哥，就叫姝丽好了。"

阿骨打问道："请问芳龄几何？"

姝丽抿了抿嘴，两个酒窝儿显得更深了："实不相瞒，小女三十六岁，不知都统大哥英年几何？"

阿骨打回道："比你大一岁，今年三十七岁了。"

姝丽又道："大哥，您该换药了。"

"噢，等令尊大人回来再换。"

"爹爹出去办事了，一时半会儿回不来，妹子给您换。"

"这……不太方便吧？一天不换药不要紧，还是等着令尊大人吧！"

姝丽说："难道女真人也有那么多穷讲究吗？我来到此地后，见你们兄妹之间你帮我扶是常事儿，连孟子都说过，有些可以从权处理。既然称妹妹，就没什么方便不方便，赶紧把上衣脱下来。"

阿骨打连连摆手道："不妥，不妥，怎敢劳驾妹子呢，令堂大人在吗？"

姝丽回道："上地里摘菜去了，她再也不能给您换药，眼神儿不太好，一旦不小心碰着伤口岂不更糟？"边说边上前将阿骨打摁坐在椅子上，开始为其脱上衣。

阿骨打没辙了，只能顺从，说道："妹子，对你家的大恩大德，我真不知道怎么报答呀！"

"都是自家人，谈什么报答呀，小女还想求大哥帮忙呢！"

"我能帮你什么呀？"

此时，姝丽已为阿骨打从外至里脱下了三件上衣，两手小心翼翼地轻轻揭下纱布，口中言道："帮什么？很简单，教我武艺呀！"

　　"学武艺得能吃苦，也不是一天两天能学会的，基本功我就练了两年。"

　　姝丽一边换药一边说："小女不怕吃苦，基本功已跟父亲练过了，只想向大哥学几套枪法。"

　　"妹子有所不知，我的武术套路不同于其他人，颇为特别。"

　　"怎么不知道？正因为大哥的武术套路很特别，我才想学的。"

　　"妹子是汉人，汉字一定写得不错，我的武术套路恰是依照草书笔画设定的。"

　　姝丽已为阿骨打换完了药，帮他把衣服一件件穿上，然后问道："我只会楷书，不会草书，那怎么办？"

　　阿骨打说："我掌握的草书是按字帖学的，家中若是有，照字帖练就行了。"

　　姝丽摇摇头道："只可惜没有，小女的楷书是跟母亲学的，请大哥教教草书吧！"

　　阿骨打爽快地答应道："成！反正伤不重，写字还是可以的。"

　　姝丽高兴地拍手道："太好了，太好了，我这就去取文房四宝！"说着去了书房，很快便拿来了，放在桌子上。

　　阿骨打问道："妹子，读过唐诗吗？"

　　姝丽回道："读过，但不多。"

　　阿骨打说："我先用草书写一首孟浩然的《下江陵》，你照着临摹，要求不高，初始能顺着笔画动起来就不错了，慢慢会熟练的。若想让大伙知道你的套路，达到配合默契，必须得经常找人对练，才能在实战中运用。临战时，大多是按对手的套路来破解，且只有在发起攻击时，方可施展所掌握的套路，效果极佳。"

　　姝丽练了起来，时不时地与阿骨打说着话，看似不经意地问道："都统大哥，尽人皆知，您非比寻常，身边不止一位福晋吧？"

　　阿骨打回道："一共五房儿，其中已经迎娶的四房儿，尚未迎娶的一房儿。"

　　姝丽略停顿了一下，接着又问："她们全住在会宁府吗？"

　　"不，只有福晋居于会宁府，另四房儿住在娘家。"

　　姝丽不再问了，双方都沉默了，屋内静了下来。萧姝丽一笔一笔地练字，阿骨打背着手来回踱步，有时看一眼姝丽的字写得怎么样。过了许久，姝丽终于忍不住了，重又开腔儿道："都统大哥，这么半天了，一直是妹子问您，您怎么不问问我呀？"

阿骨打怪怪地看着她："问你什么呀？"

"问我婚姻呗！"

"看你梳妆打扮像个大姑娘，可年龄已三十六岁了，我怎好意思问哪，应该早就嫁人了吧？"

妹丽放下笔道："大哥，您哪儿都好，就是说起话来顾忌太多，不干脆。告诉你吧，我订过婚，但迎娶那天，新郎没到女方家接亲，而是其妹抱着公鸡来的。我爹很生气，坚持必须新郎亲自来，否则是不会让女儿上轿的。为此两家大动肝火，争吵不休，后来竟交起手来，还出了人命，把新郎的远房侄子打死了。我爹吓坏了，亲戚们也慌了神儿，大伙儿只好携家带口连夜向北逃去，直至此地落了脚。为使日子过得安稳些，避免误伤人命之事败露，防止节外生枝，加之刚来时语言不通，与人交谈不便，小女便再未找婆家。"

阿骨打十分好奇，问道："妹子，迎娶那天，新郎为什么不去接亲？"

妹丽回道："新郎患了肺痨，病得快要死了，人家是准备接我去冲喜的。"

阿骨打说："难怪当时你爹坚决不让上轿，上了轿就成人家的媳妇了，得乖乖伺候那个病秧子，脱身不得。听说汉族有个规矩，丈夫去世了，媳妇儿不允许再婚，得在婆家守一辈子寡，天天伺候老的、照顾小的，跟个仆人差不多，是这样吗？"

妹丽答曰："没错，是这么定的。"

"你们老家在哪儿？"

"幽州三河县。"

"在此地定居多年了，前事早已烟消云散，用不着提心吊胆了，为啥仍不结婚？"

"现在语言倒是通了，可年龄越来越大，想嫁人除非找二婚的。光棍汉大多家境不好，基本是被扒拉来扒拉去挑剩下的，宁肯赖在家里，也不能嫁这种人不是？再有就是本村的汉族人中，同我一起来的皆为近亲，无法成婚。"

二人这么一问一答地聊着，接下来又是一阵沉默，萧妹丽练字，阿骨打踱步。过了两袋烟的工夫，还是妹丽打破了沉默："唉，我的手怎么老是抖哇？都统大哥，求你帮妹子握着笔练好吗？"

阿骨打为难了，很显然，坐在妹丽的对面握笔根本无法写。若和她同坐一个方位，身体离得太近了，也不妥，便未动地儿。

姝丽又道："大哥，你可真是的，妹子总算张了一回嘴，咋这么难求呢？"

阿骨打听罢，犹豫着向前迈了一步，不过还是觉得挺难为情的，随即又退回半步。姝丽有些着急了，干脆拉着阿骨打的手拽到自己身后，将背部靠在其怀里。阿骨打一看躲不开了，只好握着姝丽的手练字，脸颊几乎碰到对方的头了，一股脂粉气、头油味儿直冲鼻孔。这时，姝丽的上身又向后靠了靠，阿骨打的前胸紧贴着对方的后背了，心不由得怦怦直跳，是拒绝她，还是依从她？一时下不了决心，一个劲儿地打鼓，终于还是开腔儿了："妹子，这样不妥吧？若令尊、令堂大人回来看到多不好意思，亲戚们撞见也会说闲话的。"

姝丽的脸腾地红了，突然转过身紧紧抱住阿骨打道："放心吧，二老都安排好了，我爹是不会转回的，我娘在大门外看着呢，肯定不会放亲戚们进来。今生能碰到你是小女的福分，即使做六房、七房也认了，只要大哥心里有我就行……"

话未说完，萧文英和老伴儿推门走了进来，阿骨打急忙挣脱姝丽的搂抱站起身，此刻屋内的空气似乎凝住了，尴尬，无言……

过了一分钟，萧文英打破了僵局："都统大人，既然我闺女已是您的人了，老朽别无所求，望能明媒正娶，用花轿抬到会宁府成亲。"

阿骨打思忖片刻，说道："恩公，不是我有意推卸责任，此情此景，您的心里比谁都明白，不想多做解释。女真族是一夫一妻制，一般情况下，除了正妻，别无小妾。可以坦白地告诉你们，此前在我的身上发生三次类似你家姝丽这样的事，然三位女子至今仍于娘家住着，是不能去会宁府的。缘何呢？皆因女真族的规矩不能打破，拙荆又是厉害的主儿，恐怕去了也难以相处。"

萧文英试探道："那怎么办？如果可以的话，老朽前往会宁府找节度使大人讨个说法？"

阿骨打两手一摊道："我既没啥办法，又不想阻止恩公所为，只能听之任之。至于节度使怎么处理，家中夫人如何闹，可由着他们。"

萧文英听后，心想："阿骨打毕竟是节度使的亲弟弟，其福晋更不是个善茬儿，那女人若不依不饶地跟我耍横，肯定是个麻烦事儿。其兄地位显赫，吾乃小民，能把人家怎么样？弄不好连自己的老命都保不住，咋办呢？"思量了半天，忽然眼前一亮，有了！折中倒是个好招儿，于是便道："都统大人，事已至此，不仅老朽的闺女往后无法嫁人，村寨里的风言风语也受不了。咱们商量一下，能不能这样，我呢，就不去找节度使大人了。您方才讲了，共有四房儿妻妾，除了福晋住会宁府，另三房儿皆住娘家。我闺女也不能例外，须在村寨举行隆重的婚礼，让纳葛里的男女老少皆知姝丽嫁给了都统，婚后仍住在娘家，这总行了吧？"

阿骨打表示道："行倒是行，不过有个条件，不知恩公能否答应？"

"说说看。"

"此事不要过于张扬，最好低调些，别让家中夫人知道。有了孩子，由吾出钱抚养，稍大点儿就到会宁府读书、练武。至于姝丽，只能长期住在娘家，我有时间会来看她，自然不会忘了恩公的救命之恩。"

萧文英听罢，转着眼珠子沉思半晌，方点点头道："也罢，只能如此。"

过了几天，经一番准备，萧文英把全村寨的人请到家中喝喜酒，庆贺都统大人和自己的闺女成亲。待忙完了婚事，他不忘叮嘱老伴儿道："老婆子，我得提醒你，千万别把'那事儿'透漏给姝丽，小两口儿恩爱情深，什么话都可能跟丈夫讲。"

老太太说："知道了，别啰嗦了，我才不会犯傻呢！"

那么，萧文英口中的"那事儿"指的是什么呢？原来他们全家以及亲戚来到纳葛里的原因是真是假不得而知，几千里地也无法查实，但此次阿骨打及护兵归途被围、暗箭伤身却是萧文英精心策划的。由于阿骨打是完颜军的都统，在所有女真部中数第二号人物，萧文英便瞄向了他。后来听说现任节度使身体欠佳，若真有一天撒手人寰了，已定下由阿骨打接任，暗地里便开始盘算着怎样能把闺女嫁给他为妻。思来想去，绞尽脑汁，也没琢磨出什么好办法来。偏赶上阿骨打去上京，参加辽国举办的春捺钵活动，因违圣意被天祚帝下令杖责了。萧文英得知此情后，眼珠儿一转，计上心来，立即启程前往临潢府，于都统府的旁边找了一家旅馆住下，专门盯着出入都统府的人。次日头晌，萧文英看到一个穿着比普通家奴阔绰的中年男子出了院门，似乎在吩咐门丁什么事，猜想这肯定是管家，于是大摇大摆地走上前，躬身施礼道："大管家，一向可好？"

还真被萧文英猜着了，此人正是都统府的管家，名叫图音。见有人跟自己打招呼，赶紧回过头来，仔细瞅了瞅，不认识，遂问道："你是谁？从未见过呀？"

萧文英赔着笑脸道："要不咋说贵人多忘事呢，小可认识大管家容易，您怎么会记得小可呢？如果肯赏光，请到对过儿的酒楼喝一杯，好好儿聊聊，如何？"

图音心想："反正诸事已经安排完了，都统大人刚刚外出，估计一时半会儿回不来，去喝一杯也无妨。"遂对门子说："我到对过儿酒楼，如果老爷回府了，你赶紧去知会一声，别忘了。"

门子连连道："忘不了，忘不了，放心吧！"

萧文英将图音请至酒楼雅间坐定，唤跑堂的拿菜单，恭恭敬敬地递给图音道："大管家，请！"

图音并未接："啥都行，你点吧！"

萧文英坚持请图音点，图音照菜单点了几样菜，还有两壶酒，然后放下菜单道："一块儿同桌共饮，尚不知尊姓大名，你是女真人，还是……"

萧文英忙道："小可是汉人，姓萧，名文英。"

"做何营生？"

"经营东珠、人参、鹿茸，贩卖牛马。"

"经常往来于女真各部落喽？"

"小可在女真部有耕地。"

这时，跑堂的端来了酒菜，摆在桌子上道："二位请慢用！"

萧文英站起身提起壶为图音斟满酒，再给自己倒上一杯，放下壶后双手端杯道："大管家，咱先干了这杯！"

图音一句客套话没有，端起酒杯就喝，咕嘟一声下了肚，萧文英随之，接着问道："大管家，听说完颜部的阿骨打与都统大人很熟，常到府上拜访，是真的吗？"

图音吹嘘道："没错，他不敢不来，若稍有闪失，我家老爷一句话就能要他小命！"

"是否可以这么说，要他命容易，一句话救他命也容易？"

"那当然。"

萧文英便把春捺钵活动结束后，阿骨打将返归途，自己打算如何做和盘托出，并道："小可恳请大管家，只需当面告诉阿骨打，是您家老爷发话救了他的命就行了。"说着从怀中掏出用红绸包着的十颗晶莹剔透的东珠奉上："请笑纳！"

图音毫不客气，接过东珠边瞧边道："多大个事儿呀，好办！"

萧文英满脸堆笑道："哎哟，如果没听错的话，大管家答应小可的请求了？"

"答应了！"

萧文英咧开大嘴乐了："谢谢，谢谢大管家！能否告知准备如何实施呢？"

图音把东珠包好揣入内怀，说道："阿骨打向皇上请返前，必须得去都统府，拜辞我家老爷。这些天我争取不离都统左右，阿骨打啥时候辞行、啥时候上路皆能知道，再向老爷告两天假，偷偷动身前往纳葛里，就可以帮你了。"

萧文英听罢，心里有底了，又是一番千恩万谢！

一个时辰后，二人酒足饭饱，出得楼来，萧文英施礼告别，打马返家，一进屋便迫不及待地告诉老伴儿："老婆子，我已经谋划好了，把妹丽许给阿骨打。因其总有一天会继任节度使，咱闺女便是堂堂的节度使福晋，我们家的名利也就全有了。现在是万事俱备，只欠东风，需要发动亲戚和村寨的人共同实施。明儿个赶紧去找你大哥，我去找老叔，让其帮咱想办法，他们在家族中的威望蛮高的。"

老太太一听乐坏了，满脸的皱纹似乎都开了，拍手打掌地答应了。

翌日，萧文英拎着果匣出了家门，前去拜望老叔萧淳义。进了屋，先施礼问候，然后将礼品递上，萧淳义接过道："大侄子，来就来呗，还拿东西干啥？快坐吧！"说着回身把果匣放在地柜上。

萧文英撩衣坐在椅子上，说道："孝敬长辈是应该的，只要有了余钱就能办到，若是没有，想孝敬也拿不出来呀！"

萧淳义笑道："叔侄俩何必这么客气？家里日子过得挺好的，啥也不缺，想吃啥买啥。"

萧文英说："大多数家户丰衣足食，可谓仰仗节度使和都统的洪福，将来若能和都统大人结亲，岂不更好？"

萧淳义睁大双目道："能吗？别异想天开了，在说梦话吧？"

萧文英遂将自己的计划告知，并道："这件事只能跟老叔说，请帮忙参谋参谋，看看做得做不得。"

萧淳义思忖片刻，说道："没啥做不得的，我明儿个去找本家兄弟、侄辈、孙辈们，可以向他们明讲，但不能告诉女真人实底。只称都统大人及其护兵被围，契丹人想要他们的脑袋，咱不能坐视不管，全村寨的人必须出手相帮。"

萧文英一听老叔表态支持，心中窃喜，又道："前去围困之人必须是咱的近亲，假戏要演得逼真，先射马，后射人，而且得使他们受伤。如果毫发无损，不仅人家自己感到奇怪，前去援救的女真人也会不解。把马全部射倒后，射人时要掌握好分寸和部位，只能伤，不能死。尤其是阿骨打务必得受伤，否则无法留住他，计划随之跟着泡汤了。"

萧淳义点点头道："嗯，我看行，想得挺周全。不管怎么说，往后真与完颜家结成姻亲了，咱萧氏家族便会比普通人家高出一等……"

这日，阿骨打见护兵们的伤势大有好转，完全可以骑马而行了，便向萧文英一家和众乡亲告辞，带着一哨人马踏上了归途，一路马不停蹄。快到会宁府时，正在院子里忙着的乌古伦听见嗒嗒的马蹄声由远而近，急忙跑出大门一看，原来是夫君一行回来了，喜悦的泪水无论如何也止不住了，始终悬着的心总算落了地。

进了会宁府，阿骨打没有回家，而是径直去见节度使。二人见面，互行兄弟之礼，乌雅束上下打量了阿骨打一番后，方道："坐，快坐呀！"

二人坐定，乌雅束说："已得知二弟此次辽国之行不辱先祖，不负众望，彰显了女真族的骨气，了不得！耶律延禧太不像话，出于私心和怨恨，致你忍受笞杖之苦，险遭杀身之祸，为兄深感不安。"

阿骨打笑了笑道："没什么，吾乃完颜氏的子孙，如果是阿浑赴辽，为保尊严同样会这么做的。"

乌雅束又道："我没有把你在辽地遭杖责之事告诉弟妹，怕她知道了心里难受，本来就食不甘味、夜不能寐的。另外，昨天接到急报，一股高丽骑兵在我边鄙部落抢劫财物，并伺机攻打城池。正好你回来了，还要烦劳二弟不辞辛苦前去追剿，以保边境安宁。"

阿骨打想了想道："目前，辽廷对咱没收其发放的牌符之举，本打算兴师问罪的。之所以一直没有行动，只因不得不对前来侵袭的鞑靼用兵，一时抽不出人手对付我们而已。倘若吾部与高丽针锋相对，则将两面受敌，不如与其讲和为好……"

乌雅束插言道："讲和是可以的，但此次必须得给他们点儿颜色看看，使其知道女真人是不可欺的！"

阿骨打接着道："兵家往往以诡奇取胜，只怕讲和之后，高丽军乘机攻击我后方。依弟之见，立即召集部民修筑城池、要塞，有了高城、深池、险隘，少数兵力即可固守，东方才能暂时无忧。"

乌雅束说："好吧，东方诸事交给二弟了，由你全权酌情处理。"

第二天，阿骨打率领骑兵出发了，一路疾驰，直趋边境，以截断高丽兵的归路。三日后到达乙离骨岭，即今摩天岭，并安下营寨。次日一早，阿骨打正欲派人去打探高丽兵所在何处以及劫掠的有关情况，军士来报，说是发现一支高丽援军向边境开来，离这儿已经不远了。

阿骨打听罢，立即命令全体骑兵整队出发，并作战前动员道："将士们，必须猛打猛冲，不给对方留下一点儿喘息的时间。要尽快将这支援军消灭掉，争取在于此地四处抢劫的高丽强盗赶来夹击我们之前结束战斗，有信心没？"

众骑兵异口同声道："有，定叫兔崽子们有来无回，全去见阎王！"

那些高丽兵在将领韩烈的率领下，经过一昼夜的行军，早已饥渴难耐，疲惫不堪，一个个无精打采地驱马向前走着。忽然听到嗒嗒的马蹄响，尘土起处无数精骑从天而降，高举刀剑呼喊着杀将过来。韩烈曾在完颜军大破联军之战中，被盈哥追杀得落荒而逃，可不长记性，未承想完颜部骑兵来得如此神速，所以在行军时根本未做战斗准备。慌乱之中，赶忙摆旗指挥兵卒后撤，然阿骨打的枪尖儿已直指其咽喉。他还算机灵，一闪身躲过，下巴颏儿却被戳掉一块皮，鲜血顺着脖子往下淌。韩烈此时像一头暴怒的黑熊，气急败坏地提刀便与阿骨打交手了，眼见枪尖儿向自己面部划来，忙横刀去挡，却不知这是个虚招儿，枪尖儿缩回复又刺向软肋。待再欲以刀去拨时，只听扑哧一声，枪尖儿深深捅入了胸膛，随着一声惨叫摔下马来。众兵卒见当官的死了，立刻乱成了一锅粥，吱哇直叫，抱头鼠窜，四散逃去，跑不迭或吓瘫了的扔下兵器跪地请降。

那么，高丽援军缘何能与完颜军脚前脚后到达边境呢？抢掠女真边民财物的高丽骑兵首领叫朴成立，此前已经得到了阿骨打率兵赶赴边境进剿的探报，于是赶紧派人向国内求援，想把抢来的财物运回去，还得意扬扬地对手下说："天知道，阿骨打那样的庸才也能领兵？这不拱手把兵卒往咱包围圈儿里送嘛！援军一到，本将抄其后路，两面夹击，看他往哪儿跑！"

这日一早，朴成立尚未起炕呢，侥幸逃脱的韩烈亲随慌慌张张地跑来报信儿："不好了，完颜部神兵天降，韩将军阵亡了，援军遭散了！"

朴成立不听则已，一听差点儿尿了裤子，一屁股坐在地上，打了个唉声道："咳，返境路被截断，援军又被击败，咋办呢？好在多了个心眼儿，已把抢来的财物藏进了山洞，他们一时半会儿难以发现。只要兵员不受损，撤离转移乃上策，往后再来取未尝不可。"随即下了命令："赶紧集合队伍，绕开完颜军，取便道回国！"

这股高丽骑兵带着三天的粮草轻装后撤，快到国境时，见完颜部的精骑从后驰来，个个吓得浑身发软，头皮发麻，朴成立声嘶力竭地喊道："快呀，快跑哇！"

由于高丽兵走的是便道，路不宽，马匹没法儿跑得快。完颜部骑兵尽管紧追不舍，战马同样快不了，一直追到熊津江，高丽国王派来的船只已在江边等候。高丽兵纷纷弃马涌向船只停靠之处，争先恐后，你推我搡，生怕上不了船。一些被挤倒在地的不仅没人扶，还从其身上踏过去，不是被踩死，就是被踩伤。待完颜骑兵赶到时，大多数已登上船，惟有少数军卒和受伤者留在了岸边，地上还有几具横躺竖卧的尸体。阿骨打命令属下向已起锚的船只发箭，高丽兵以盾牌抵挡，站在船边的中箭者落入江中，没有来得及上船的为了保命，只能投降了。

阿骨打率军回到营地后，开始着手征集民夫，动员部民修筑城池、要塞，置烽火台，增备船只，既为自卫，也防高丽偷袭。过了月余，高丽国王派来使节，经与阿骨打打几番磋商，签订了互不侵犯条约。

待一切四脚落地了，阿骨打留下少数部队驻防，完善了装备。要求各女真部落酋长配合驻军保境安民，沿途设驿站，如有边警、急情，必须保证一天之内送达。交代完毕，号令将士上马，回师会宁府。

第十六章 | 银牌使要蛮横强抢新娘
夫妇俩感深恩一心报国

辽天庆三年夏末，乌雅束病故，阿骨打继任都勃极烈，辽授其为节度使。

阿骨打一上任，便选择易守难攻之地修筑城堡，外挖堑壕，制造兵器，积储粮草。与此同时，加强对兵丁的训练，教以攻城、防御、突袭、野战之法，还派出会契丹语者去辽国打探情况。

当年，女真西方部落酋长阿疏率族人逃往辽国，将阿骨打积极备战、组织练兵等情况禀奏了天祚帝。耶律延禧初始不信，后遣人到女真部落查看，果然阿疏所言属实。于是下旨，妥善安置阿疏和族人，可到水草丰美之处定居，并令萧挞不也为使，去完颜部向节度使问罪。

萧挞不也一行来到会宁府，阿骨打请其于客厅落座，萧挞不也态度十分傲慢，以咄咄逼人的口气问道："节度使大人，有一事不明，你们为啥没收辽廷发放给各部落的牌符？"

阿骨打回道："因叛匪借天祚皇帝名义私自调兵，制造内乱，乃不得已而为之。"

萧挞不也又问："为什么私自筑城、练兵？"

阿骨打答曰："一为防部民起事，二为上国调吾部出兵时，可及时出发，为朝廷效力。"

萧挞不也用鼻子哼了一声道："不要巧饰言词，那唬不了人，要我看哪，分明是想造反！女真部的阿疏酋长已将你告到了吾皇那里，禀称节度使蓄谋已久，反叛朝廷，你知罪否？"

阿骨打毫无惧色："这就怪了，阿疏带领族众跑去辽国，本太师正准备呈奏章索回逃人，怎么反诬我有叛逆之罪？请朝廷速将逃人遣回！"

萧挞不也一听阿骨打口气强硬，当仁不让，振振有词，句句叩理，立时语塞了，脸憋得通红，却想不出该如何应对。无奈之下，只好气急败坏地拂袖而去，返回上京，到天祚帝跟前摇唇鼓舌、添油加醋去了。

辽国皇帝将女真部视为藩属，规定每年向朝廷进贡细布五万匹，粗布十万匹，马一千匹，东珠五万颗，貂皮五千张，海东青五百只。完颜部地界没有海东青，只能向五国部索取，结果跟五国部发生了矛盾。天祚帝之所以为难完颜部，目的就是千方百计地给女真各部制造摩擦，使之失和，从而有利于对他们的管辖和治理。

宋朝有位转运使，名叫秦旒缋，挨风缉缝地走动于皇亲国戚、宦官之门，打探徽宗有什么嗜好。后来知其喜欢奇花异草、怪石、古玩、名人字画以及珍珠等，这些皆由宦官去采办，并专门设立了搜刮宝物的官衙。然大宋地产的珍珠颗粒小，纯度不够，质量也不好，与东北女真部地产的东珠比差远了。女真人采的东珠都给辽廷进贡了，百姓家里并不存珍珠，而契丹人也没拿东珠当什么稀罕物，秦旒缋便以便宜的价格从契丹人手里买到了珍珠。拿回府后，用锦匣装好，通过皇上身边人的引见得以面圣，恭恭敬敬地高举锦匣跪奉。宋徽宗接过打开一看，嚯！从未见过这么大个儿的晶莹剔透、闪闪发光的东珠，喜欢得不得了，爱不释手，一高兴给秦旒缋连升三级。

此事一经传出，那些贪蠹官吏、富豪子弟上心了，谁愿去战场冲锋陷阵获取功名啊，谁愿十载寒窗苦读去科考哇，有终南捷径为何不走啊？于是纷纷前往辽国购买东珠。契丹人见东珠这么吃香，未承想竟成宝物了，岂能便宜了他们？遂十倍二十倍地涨价。辽国皇帝得报此情况后，高兴极了，拍手大笑道："太好了，天助朕也，真是财源滚滚来呀！"他逼迫女真人进贡凭的是强权，要多少就得给多少，做的是无本买卖，从此开始变本加厉地向女真部索取。

更让女真人不能忍受的是辽帝派到女真部的银牌使者犹如太上皇，说一不二，不仅贪得无厌，疯狂勒索，有些好色之徒还要求赫赫侍寝。并且不讲门第高低、富贵贫贱，只要他看中了，认为此女美艳漂亮，甭管愿不愿意，登门硬抢。

银牌使者萧昂乃枢密使萧奉先之长子，有一天带着二十名随从来到会宁府，阿骨打与属下迎接参拜，接风洗尘，送至驿馆，派统领伊兰率兵护卫。伊兰来到驿馆刚刚布置完毕，就听萧昂直着公鸭嗓子喊道："护卫统领在哪儿？"

伊兰连忙进屋躬身抱拳道："末将在，不知有何吩咐？"

萧昂命道："赶紧的，去挑几个美女来，好好儿伺候伺候本使者。"

"喳！"伊兰先是退着走了几步，然后转身出了房门，到了外面也摆起了官架子，高声唤道："阿里！"

阿里疾步走到近前，伊兰说道："去趟妓院，挑几个漂亮窑姐儿来，伺候使者。"

"喳！"阿里应了却不走，伸出一只手像要接什么。

伊兰不解，问道："你没听见哪，发哪门子愣啊，怎么还不去？"

阿里反问道："统领，我空着手去，老鸨子能让领人吗？"

伊兰掏出两锭银子递给他："这回可以了吧？"

阿里一边点头，一边双手接过银子，小心地揣进怀里走了。没一会儿，带回三个窑姐儿，把他们交给了伊兰。伊兰将其引至门内，禀道："贵使大人，美女送到，请笑纳！"

萧昂上下打量一番，三个女子姿色一般，很不招人待见。不过因旅途中好几天没机会碰女人了，这会儿正欲火中烧，能将就则将就着用吧，便左搂右抱地拥到内室去了。

次日头晌，萧昂像狼嗥一样连声唤道："伊兰，伊兰，护卫统领何在？"

伊兰急忙进门跪拜道："末将在，贵使有何吩咐？"

萧昂气哼哼地说："你成心要我是吧？从哪儿弄来的那几个破货，本使要的是大姑娘！"

伊兰劝慰道："请贵使息怒，末将不敢，据我所知，此地只有这几个是最年轻的了。"

萧昂吼道："放屁！偌大个会宁府，难道没个大姑娘？鬼才相信！"

伊兰一口咬定："贵使，很遗憾，确实没有。"

一旁的副使伊鲁布接茬儿道："别跟他费嘴皮子了，咱们自己找去，四处游逛游逛也不错嘛！"

伊兰提醒道："请原谅，如果贵使出了驿馆，不属末将所管，一旦发生什么事，我可担待不起，最好不要出去。"

伊鲁布不以为然："这好办呀，穿上银牌使者的官服，我就不信哪个敢惹咱，除非吃豹子胆了。"

萧昂连连点头道："好，这个主意好，伺候更衣！"

侍女走到床前为其穿好衣服，扶着下了地，萧昂和伊鲁布带着十个随从大摇大摆地出了驿馆。他们在会宁府大街上逛了一圈儿，也未见到一个漂亮姑娘，正想进哪个府门去瞅瞅是否有千金小姐呢，忽听唢呐、锣鼓声由远而近。萧昂回头一看，竟是接亲的队伍，不由得笑道："来得早不如赶得巧，不用找了，有了，那新娘子不就是最好的嘛！"

话音刚落，副使伊鲁布忙吩咐随从两旁而立，自己往当街一站，大声喝道："迎亲的，快将新娘子送入驿馆，银牌使者看上了，要和她亲近一番！"

迎亲和送亲的男女老少一听，呼啦一下围了过来，纷纷指责道："这是什么官哪，光天化日之下竟敢撒野，真没王法了！"

"岂有此理，凭啥呀？哪有这个道理！"

伊鲁布十分蛮横："道理？谁跟你讲道理呀，我们大辽使者说的话就是道理！"

人群中有人喊道："太不像话了，狗嘴吐不出象牙，根本不懂人语，咱们拦住他！"

伊鲁布两眼一立睖："怎么，不服是吧？给我抢！"众随从应声儿向花轿奔去。

迎亲的新郎不是别个，乃银术哥的儿子，今天正是迎娶的日子。他一看，欲抢新娘的是官府之人，上前阻拦必引出祸端，好在离家不远了，忙让一后生飞马去告知家父。

正在家中招呼着客人的银术哥听了后生的学说，怒从心头起，疾步出了门，一骗腿儿上了坐骑。到了大街上，果见伊鲁布摆出一副不可一世的架势，众随从像疯狗似的围住了花轿，遂把马向前一提，伸手将大喊大叫的伊鲁布捏着脑袋抓了过来，对周围的民众说："这小子不识好歹，太欺负人了，今儿个算是活到头了！"

"打死他！打死他！"人群在高喊。

此刻的银术哥气得眼珠子都红了，管你是谁呢，将伊鲁布倒提溜起来两腿咔嚓一掰，立马成了血人扔到地上。

说实在的，这些年来，银牌使者欺负女真人已到了不能忍受的地步。大家见银术哥领头儿了，有的挥舞着拳头，有的抄起木棍，有的顺手捡起砖头瓦块呼喊着向银牌使者和众随从冲去。萧昂见势不妙，转身就往驿馆跑，可苦了那十几个随从了，他们得保护主人哪，一个个被愤怒的女真人打得鼻青脸肿。当其哇呀呀叫着跑回驿馆后，已被吓破胆的萧昂不是好声儿地命道："快关门，快关门，赶紧抄家伙在门旁看着，有跳墙过来的，给我往死里砍！"

随从们乖乖听令，手握长刀和短剑，死死守在门内。待到人群散去，萧昂才长出了一口气，整个下晌未敢出屋，认为此非久呆之地，并吩咐随从赶紧收拾行囊。到天黑时，一行人偷偷溜出了城，见没人追赶，打马向西返上京了。

单讲新郎把新娘子迎进家门，银术哥也顾不上举办婚礼了，急匆匆地来到太师府大堂，跪地请罪道："对不起，今天我给节度使大人惹祸了，请将小的绑上，送到驿馆随银牌使者处置吧！"然后便把事情的来龙去脉一五一十地讲了一遍。

坐在太师椅上的阿骨打听罢，思忖片刻，开口道："银术哥，你我亲如兄弟，怎忍心那么做呢？再者说了，根本不怨你呀，谁摊上了都得动手。这样吧，我现在就去请老福晋为你儿主持婚礼，大婚应高高兴兴才是，不必为此有什么负担，回去吧，宾客们全等着呢！"

银术哥心情沉重地答应道："喳！"转身告退了。

阿骨打唤道："伊兰！"

伊兰连忙近前跪地叩头道："太师，这是小的之错，请将我绑缚向辽廷请罪吧！"

阿骨打说："你能拦得住银牌使者吗？他想干什么，连我都无法劝阻。去请各位勃极烈来大堂，如果我不在，让他们稍等一下，我去老福晋那儿请示一下。"言罢起身出屋，向颇剌淑福晋富察氏府中走去，到了院门前对门丁道："快去通禀，就称太师有要事与老人家商量。"

门丁小跑着进去禀报，很快转回，躬身道："太师，老人家有请。"

阿骨打进得府门，走到客厅，见富察氏端坐在厅堂上，侍女站在身旁侍候着，遂双膝跪倒叩头道："二婶儿，侄子不孝，今天惹大祸了！"

富察氏轻声道："我的侄儿，起来吧，坐下慢慢讲。"

阿骨打站起身，坐在右边的椅子上，将方才银术哥所讲的话复述了一遍。富察氏说："噢，原来是这事儿，你与勃极烈们商量着办吧！我们长期受契丹人的欺负，怨气郁结于胸，一旦迸发，似洪流滚滚，是无法遏止的。"

阿骨打又道："还有呢，侄儿想劳驾您老屈尊到银术哥家，为其子主持婚礼，我不想因此而耽误他们的大喜事。"

富察氏笑着点点头道："行啊，婶子虽然老了，但主持婚礼还是可以的。放心吧，这就去，兰儿，给我梳洗梳洗。"

阿骨打回到府邸，见谙版勃极烈吴乞买、国论勃极烈完颜杲、忽鲁勃极烈完颜阇母、阿舍勃极烈完颜希尹、昊勃极烈完颜昱、移赉勃极烈完颜萨哈、阿买勃极烈习不失等齐集议事厅，于是同各位打了招呼后坐在太师椅上，开门见山道："情况大家已经知道了，副使丧命，银牌使者和随从被打，当晚跑回了上京，咱们说啥都晚了，辽廷必会兴师问罪的，看看怎么办好？"

谙版勃极烈吴乞买开口道："别无选择，只有一条路，乘机反了吧！"

都勃极烈阿骨打道："反倒也行，不过我们只有两千人马，而对方何止百万，兵力相差悬殊。"

阿买勃极烈习不失说："事情既然发展到这种地步，也没啥可怕的，惟一要做的即是号召女真人起来反抗，那样力量就大了。"

阿舍勃极烈完颜希尹补充道："应让女真人皆知，辽军一来，将玉石俱焚，不要说性命了。而今之计，只有团结一心，拼死抗争，方有活路。我建议，不妨派人分头到各猛安、各谋克的驻地，向军卒和百姓说明此事的严重后果。另外，本人每年出使辽国，深知其内情。辽国兵连祸结，国库空虚，官员腐败，民不聊生，貌似强大，实则一堆朽木也。据我所知，那耶律章奴久蓄异志，一直在等待时机。如果女真人和契丹人开战，耶律章奴必乘乱夺取政权，他们的内讧，正是我们进攻的大好机会。"

阿骨打赞同道："所言极是，吾曾两次赴辽，深知其弊端。别看他们国土广阔，人马众多，声威势大。但皇帝昏庸，将领懦弱无能，官员一心谋私，这样的国家和军队是不堪一击的。时间不等人，现在就按阿舍勃极烈的话去做，赶紧行动吧！"

第二天，众位勃极烈分头去各猛安、各谋克驻地进行宣讲，方知此事昨天就在女真人中传开了，个个摩拳擦掌，要求参战。勃极烈们又请众位乡亲到各部落去讲，扩大宣传，以激起民愤。女真人多年来深受契丹人的压迫，只因力量不足无法反抗，不得不忍气吞声。这会儿完颜部的勃极烈到此一说，自然是干柴遇烈火，一点即燃，呼喊着要与辽人死剋到底。

勃极烈见群情激奋，暗自高兴，继而鼓动道："女真人一直给契丹人进贡，没有他们要不到的东西，真乃欺人太甚！如果有一天不给辽人进贡了，这些东西自己用，那该多好！可即便这样，人家还嫌不足，硬抢咱的女人，大伙说这还能忍吗？"

民众嚷嚷道："不能，再也不能忍了，跟他们干了！"

勃极烈又道："要知道，若想打败辽国，也不是那么容易的事。他们至少有上百万训练有素的军队，我们这样乱哄哄的，还不得被人家像苍蝇一样拍蒙啊！因此必须携起手来，听从指挥，步调一致，方有把握取胜，总不能白白去送死吧？我们要打，就必须打胜，也才有活路。"

各猛安、谋克的头领、明昂、穆昆达带头在群众中呼喊道："对，团结一心，步调一致，听从都勃极烈的统一调动！"

各酋长也表态道："坚决服从，有违令者，任勃极烈处置！"

这日晚上，银术哥和八麻儿躺在炕上谈起了头天发生的事，八麻儿感慨道："唉，说实在的，当时真担心你让太师绑了送给辽廷。试想一下，如果那么做了，我可咋办呀？"

银术哥笑道："事实上没有如果，太师不仅未处罚我，还请老福晋为咱的儿子主持婚礼，这可是从来没有的举动哟！"

八麻儿说："别看老福晋那么大岁数了，精神头儿蛮足的，说起话来一套一套的，很让人佩服呢！"

银术哥点点头道："嗯，讲得没错，你丈夫的命又是都勃极烈给的，应该怎么报答好呢？"

八麻儿表示道："那还用说吗，明儿个咱俩就向太师请求上前线，拼着命跟契丹人斗，立下战功报答呗！"

银术哥说："吾以为这不单单是都勃极烈的事，你想啊，太师不处罚我，只有知恩图报，但是反抗辽廷，那可身系整个女真族的安危呀！"

八麻儿想了想道："不如这样，我明天回去跟阿玛说，让他派兵帮助完颜部。"

银术哥赞同道："妙哉也，是个好办法，多个人多份儿力嘛！"

八麻儿又道："哎，若能让我舅舅那个部落也来，岂不更好？"

银术哥摸摸后脑勺儿道："我想起一件事，一直想问你，当年那日拽你回去的小伙子是谁？"

八麻儿回道："噢，是我姑的儿子。"

银术哥道："当着真人不说假话，实不相瞒，我咋总觉得你们二人的关系有点儿不同一般呢！"

八麻儿拍了一下银术哥的肩膀道："去你的！当年我要跟他成婚了，你还能娶到这么可心的媳妇儿吗？"

银术哥道："这就是你的事儿了，真若放不下他，现在也可以回去。"

八麻儿故作生气道："放屁哪，我要有心和他好，到你这儿来干啥？还男子汉大丈夫呢，一点儿不大度，心眼儿比针鼻儿都小，这么多年过去了还没忘。"

银术哥晃晃头道："我也不知怎么弄的，说不清楚，总怕你让那个小白脸儿给拽走喽。"

八麻儿扑哧一笑，搂着夫君道："以为我傻呀，早就明白了，你是怕媳妇儿跑了，说明心里有我……"

翌日清晨，夫妇俩洗漱完毕，前去拜见阿玛和额娘。银术哥撩衣跪地叩头道："阿玛、额娘，儿子给二老磕头了。"

八麻儿福了一福道："儿媳给阿玛、额娘见礼了，祝二老福寿安康，吉祥如意。"

阿玛道："儿呀，你的命是都勃极烈给留下的，要没齿不忘大恩大德呀！"

银术哥说："阿玛所言极是，昨晚我们俩已经商量好了，您老放心吧！"

阿玛又道："去跟太师说说，你二儿子今年十八岁了，让他也去当兵，不把契丹人打败，我们谁也活不消停。"

二人辞别了父母，来到太师府，因为银术哥是卫士们的头儿，所以不用通报，径直走了进去，面对太师叩头致礼道："小的拜见都勃极烈！"

八麻儿福了一福道："八麻儿这厢有礼了，祝愿都勃极烈万福金安！"

阿骨打抬抬手道："银术哥，起来吧，不用太拘礼节。你们家添人进口，应该回去跟孩子们热闹热闹，这几天不用前来伺候了。"

银术哥禀道："蒙太师再造之恩，小的万死不能相报，请求上前线杀敌。另外，小的转达阿玛之意，想让他二孙子也来当兵，望大人恩准。"

阿骨打说："前线固然重要，但你在吾身边的差务更重要，我离不开你。你的二儿子不必充军，因为大儿子已经当兵了，得给爷爷、奶奶留一个孙子在身边，方便照顾老人。"

八麻儿插言道："大人，我打算今儿个回娘家，跟阿玛说说，让他派兵帮助完颜部，共同反辽。"

阿骨打说："谢谢你有这份儿心，不过用不着太急，过几天再讲不迟。如果能派兵来求之不得，挑选百名壮士即可，身体瘦弱的不收，请二位回去吧！"

第十七章　如暴风似骤雨痛击契丹
众妯娌共联手惩戒老三

辽天祚帝耶律延禧每日浑浑噩噩，专事游猎，不务国政。疏远忠臣，亲近奸佞小人，喜听谄谀献媚之词，难进正直劝谏之语。滥用刑罚，不问青红皂白，对有功者吝于赏赐。常常对外用兵，征调壮士，毫无计划可言。赋税繁重，徭役千万，致使百业凋零，民怨沸腾。

银牌使者萧昂从女真部跑回来后，添油加醋地向父亲哭诉道："差务没法儿干了，女真人不服管造反了，我的副使无缘无故被他们撕成两半儿，儿也差点儿被打死……"

萧奉先听罢大怒，起身离府径直去面见天祚帝，奏道："圣上，女真完颜部造反，派去执行公务的银牌使者险些被打死，副使已丧命。"

耶律延禧啪地一拍龙案道："这还了得，真是反了，萧挞不也！"

萧挞不也出班道："末将在！"

耶律延禧下令道："赶紧带兵去征伐浑河以北诸军，再拨尔八百精骑，驻守宁江州①，伺机进剿女真完颜部。"

萧挞不也双手抱拳道："遵命！"

阿骨打召开勃极烈会议，说道："探子来报，辽廷已派兵驻守宁江州，近日有可能向完颜部进攻。根据敌我形势拟订了一个作战方案，之所以现在拿出来，是请诸位仔细斟酌，以保必胜。"继而详详细细地讲了一遍作战方案的内容，大家听了以后，认为不错，有的放矢，并做了些必要的补充。

辽鹰障官耶律奴在会宁府常驻，名义是督催海东青，实际上兼侦察完颜部的行动。这日，随从来报："今儿个头响，阿骨打在太师府召开勃极烈会议，然不知具体讲些什么。"

耶律奴点点头道："知道了，去吧，再探！"

---

① 宁江州：今吉林省扶余县东。

耶律奴对这几天发生的事想起来就心惊胆战，活活的副使竟被撕成了两半儿，银牌使者也逃了。越寻思越坐不住，便起身去了内室，对夫人说："眼下，两方形势十分紧张，一触即发。而我们孤处完颜部，若女真人举兵，必将成为其刀头之肉。又不敢回上京，因没有接到皇帝让返京的命令，总不能干等啊！不如这样，趁此机会以向宁江州报信儿为由离开此地，圣上问起来也好解释。事不宜迟，赶紧收拾收拾，直奔宁江州！"

夫妇俩正在大包小包地装着从女真部勒索的财物时，突然哐啷一声响，门被踢开了，闯进数十名女真兵将二人摁倒，五花大绑地送往都勃极烈府。

是夜，黑沉沉的，宁江州城的人皆已进入了梦乡，时而传来巡城兵丁敲刁斗的声儿。何为"刁斗"？乃古代军中的用具，铜制有柄，能容一斗，白天可用来烧饭，夜晚巡逻可敲击报时。此刻，女真兵在完颜宗翰、完颜骨舍、尼楚赫、移烈、完颜娄室的率领下，正在缘绳往城上爬，将及垛口处，被哨兵发现了，当即大喊道："不好了，不好了，有人攀城！"

说时迟，那时快，完颜娄室身子一纵跃上城头，手中的短剑随之一闪，刺进了那仍在喊叫着的哨兵的胸膛。攀上城的女真兵迅速杀向城楼儿，执勤的哨兵慌忙抵挡，伤者的呻吟声和兵器的碰撞声惊动了宁江州的守军，萧挞不也指挥将士整队向城楼儿增援。到那儿一看，把守城门的哨兵全被砍死，城门大开，女真兵已进入城内，于是双方展开了激战。刀剑在格斗中发出"噗噗""咔咔"进入人体的声响，血雨四下横飞，伤兵连滚带爬，哭爹叫娘，喊杀声震天动地。

黑暗中，萧挞不也不知女真来了多少兵马，惟恐把守不住再丧了命，见众官兵已冲向对方，便转身偷偷溜了。手下亲兵眼瞅着他逃了，谁愿白白送命啊，遂以保护长官为名跟着跑了。有些奸猾的军卒一开始就藏在角落里，萧挞不也的溜走，他们看得清清楚楚，也悄悄奔向城外。正在抵抗的辽兵发现指挥官没了，立马乱营了，啥也顾不得了，争相着往外逃，由于拥挤、踩踏，死伤不计其数。及至到了城门，未承想已被对方控制，城门关死了，后面又有女真兵大喊着追来："缴枪不杀！"一个个只好扔掉兵器，跪地请降。

宁江州失守，辽廷颇为震惊，萧奉先请发诸道兵马前去讨伐，天祚帝说道："小小女真，何劳大军前往？可发契丹、奚军各三千名，中京禁军二千名，再招募二千武勇即可。守司空萧嗣先为东北路都统、静江军节度使，萧挞不也为副都统，戴罪立功，率马、步兵驻军于鸭子河①。虞候崔公义为都押官，控鹤指挥使邢颖为副押官，领兵屯驻于出河店②。"

阿骨打占据宁江州后，遍请城内郎中为伤员治疗，安抚百姓，并命侦探四出了解敌情。当得知辽军增兵万人，分别驻守于鸭子河、出河店时，立即做出决定，亲自校阅三军阵法，抓紧训练兵丁划船、登岸等战术，不日抢渡鸭子河。第四天头晌，萧嗣先发现女真兵乘船从南岸驶来，便令众军士向其放箭。对方边用盾牌遮护边回射，划船的照样摆桨，毫无惧怕之意，偶有受伤者，同船兵丁马上替补。萧嗣先从未见过这样不要命的军队，迎面而上，眼看即将登岸了，自己先吓麻爪了，跨马就逃。辽兵见主帅跑了，恨其平日在军卒面前吃五喝六，作威作福，故而根本不想抵抗，纷纷缴械投降。

阿骨打将这些降兵收编，女真的队伍顿时壮大了，人数已达八千名。一切就绪，他问降兵："你们之中，谁认识萧嗣先的传令兵？"

一辽兵指着身旁的年轻人回道："大人问正当了，这位就是。"

阿骨打唤道："银术哥！"

银术哥跑至近前抱拳道："末将在，太师有何吩咐？"

阿骨打命道："你与这位传令兵同去出河店辽军驻地，面见副押官崔公义，假传萧嗣先指令，称女真军在鸭子河南岸准备渡河，望尔部速来，待对方半渡而击之。"言罢又问传令兵："小伙子，记住没？"

传令兵回道："大人，小的记下了。"

阿骨打说："复述一遍！"

传令兵复述道："萧大帅有令，女真军已至鸭子河南岸，需与你部乘其半渡而击之，时间不等人，速去会师。"

阿骨打一挥手道："好，出发吧！"

那么，阿骨打为何令银术哥执行此任呢？因其武艺高强，万马军中仍能杀将出来，而且会契丹语，所以成为不二人选。银术哥和传令兵走后，阿骨打开始部署军队，于半路设下埋伏。

此时，崔公义、邢颖、耶律佛留等已在出河店深沟高垒，建好了营地，分兵驻守。萧嗣先的传令兵到后，他们都认识，听完所传达的命令，见其身旁站着位武士，以前没见过，崔公义问道："这个人是谁？"

---

① 鸭子河：即松花江。
② 出河店：今黑龙江省肇源西南。

传令兵答曰："乃萧元帅在上京新选的武士，由于担心小的途中有闪失，故而派其来保护。"

崔公义点点头，随即下令集合队伍，向鸭子河进发。行至半道儿，突然从两旁草丛中飞出箭矢，致不少兵丁伤亡，他知道上当了，中了埋伏，急忙问身边的亲随和侍从："传令兵哪儿去了？"

亲随、侍从皆摇头表示不知道，崔公义、邢颖、耶律佛留等很是无奈，只好挥舞兵器指挥军卒迎战，想办法突围。然三面是女真兵，一面是鸭子河，哪里能容他们冲出去？可谓犹如瓮中之鳖。这一仗，崔公义、邢颖、耶律佛留三将战死，军卒死伤无数。完颜阿骨打再次收降了辽兵，编入女真军，发展至万人。

一日，阿骨打走进营帐，见一降兵正在磨刀，遂道："小兄弟，坐下歇会儿吧！"说罢先席地而坐，又拍拍身旁的地儿，双眼亲切地看着对方，降兵这才敢坐下来。

阿骨打问道："来到完颜部觉得怎么样，吃得好吗？生活习惯不？"

降兵回道："这里比辽营强多了，当官的也好，当兵的也罢，皆把我们当兄弟看，吃得饱，穿得暖，心里感到热乎乎的。辽营可不是这样，当官的在军卒面前总不忘摆臭架子，动不动非打即骂，有时还找茬儿体罚我们。每到埋锅造饭时，当官的大鱼大肉，当兵的却填不饱肚皮，常常挨饿。"

阿骨打说："这怎么行？待兵丁如此差劲儿，连吃饱穿暖都保证不了，哪来的战斗力呀，能愿意去前线打仗嘛！"

二人聊着时，几个降兵见一大官模样的人竟与一同投降的小兄弟亲热地交谈着，觉得挺新鲜，纷纷围拢过来，其中一人插言道："谁愿意有家不呆而上前线打仗啊，没辙呀，只因那些哈番逼迫我们，不得已才当兵的。"

阿骨打抬头看了看他，问道："你叫什么名字？"

降兵答曰："回大人，我叫蒙哥儿。"

阿骨打噢了一声，似乎在什么地方听说过此人，思忖片刻，呼啦一下想起来了，又道："你还有一个汉族名儿，叫韩念南对吧？"

降兵睁大双目道："没错，都勃极烈大人，您怎么知道的？"

阿骨打继续道："兄弟，我还知道你父亲叫韩继宗。"

降兵更惊诧了："对呀，是叫韩继宗，大人真神哪！"

阿骨打便与韩念南唠起其家中的事来，待聊得差不多了，又问道：

"辽军中，像你这样家庭贫穷的兵能有多少？"

韩念南回道："在辽营里，约占一半儿吧！"

转天，阿骨打令部将将降兵的家庭情况以及在辽营中曾干过什么报个单子上来，据此将生活贫困者和奚兵、室韦兵编成一支队伍，由完颜宗望统领，剩余那些招募来的官家子弟及兵痞等分别编入其他各队。分派妥当，集合队伍，站在队列前说道："明天召开诉苦大会，你们只要把自己的身世和苦楚如实讲出来就行，能做到吗？"

韩念南首先表态道："别的不会讲，不就是说实话嘛，我会！"

旁边几个兵丁异口同声道："我们也可以讲！"

阿骨打点点头道："好吧，各自准备准备，到时候实话实说。"

次日，召集全军毕，坐在台前的阿骨打起身道："弟兄们，我们都是受辽国君臣欺压的人，多年以来，只能把痛苦深埋在心里，眼泪往肚子里咽。今天大家聚在一起，可以毫无顾忌地吐露心声，怨气泄一泄，痛快痛快，谁先讲？"

韩念南第一个跳上台："我先说……"

继韩念南之后，一个接一个地讲下去，把满腹的苦水和冤屈一股脑儿全倒了出来。控诉中，有的挥拳捶胸，悲伤难抑；有的慷慨陈词，声泪俱下；有的回忆往事，号啕大哭。听得官兵们义愤填膺，摩拳擦掌，同情、感叹、憎恨、谩骂之声不绝于耳。阿骨打见火候儿到了，大声说道："弟兄们，务要记住国恨家仇，向契丹那些当官的讨还血债。我们要拧成一股绳，劲儿往一处使，齐心合力，打出一个公平的天下来！"

将士们齐呼："打到上京去，杀死辽主！"

萧嗣先逃回临潢府后，不敢去见天祚帝，躲在哥哥萧奉先家里。辽军跑散的士卒也不敢归队，于是隐居在各村落，干起了打家劫舍的勾当。兵败的消息传到京城，耶律延禧深感不安，如坐针毡。萧奉先乘机进言道："皇上，败军四处逃散，不敢回部队，实因怕被处死。望陛下给他们以生路，准许返还，一可防其危害民间，二可防其投敌或聚众闹事。"

耶律延禧思忖良久方准奏，萧奉先一直提溜的心总算落了体，其弟萧嗣先仅仅受到免职的处分。各军将士据此在营中传言："战则有死而无功，逃则有生而无罪。"这下倒好，在后来的与女真军交战中，辽军毫无斗志，刚与对方接触，不打即溃，各自逃命。

耶律延禧又令都统萧敌里等率军在斡林泺扎营，以防女真西侵，结果却被对手偷袭，伤亡很大，萧敌里逃归，被免官。

这日，乌古伦用罢午膳，刚欲眯一会儿，忽听老四的夫人喊道："二嫂，二嫂，快出来！"

乌古伦拉开门，见完颜杲福晋跑得满脸通红，呼哧带喘，遂问道："四妹，什么事儿呀，让你这么风风火火的？"

完颜杲福晋上气不接下气地说："二嫂，三哥和三嫂打起来了，快去看看吧！"

乌古伦道："哎哟，怎么又吵上了，你去找大嫂，我马上去！"

老四家转身跑走了，乌古伦也顾不得换衣服了，急如救火地直奔谙版勃极烈府而去。到了门口儿，便听吴乞买大声吼道："你自己瞅瞅，哪儿像个女人呀，破马张飞的，就欠揍！"

"啪！"打耳光的声音。

乌古伦赶忙推门进了屋，见夫妻俩正撕扯着，遂站在二人中间将他们拉开，并道："三弟呀，有话好好儿说嘛，非得吵吵巴火的？还动开手了，多伤人心哪，也有失身份呀！"

吴乞买气得脸红脖子粗，指着夫人的鼻尖儿道："没见过你这样的老娘们儿，刁蛮粗野，修养太差，怎能称职当福晋？"

夫人当仁不让："怎么，觉得配不上你了是吧，还想换换不成？"说着上前欲抓挠吴乞买。

乌古伦一把将其拽住，推到炕边，说道："行了，你也消停点儿吧，坐下压压火儿。"

老三家坐在炕沿边儿，越寻思越委屈，鼻涕一把泪一把地哭开了。吴乞买平日里就有点儿惧这位二嫂，一则人家是都勃极烈福晋，不给面子是不行的；二则识文断字，讲起道理来一套一套的，一般人说不过她，都得甘拜下风。这么想着，喘了口粗气，也就不吱声儿了。

这时，老四家扶着大嫂进来了，乌雅束福晋坐在椅子上问道："怎么回事？放着好日子不过，因为啥闹腾啊？"

老三家擦了把眼泪道："因为啥？让他自己说！"

吴乞买扬着脑袋道："我没什么可讲的，你不是有一肚子话吗，说吧，让大伙儿听听！"

老三家道："嫂子有所不知，近些天来，也不知他从哪个窑子弄来个叫凤玲的小婊子，像狐狸精似的，两人好得如同一个人，天天恨不得黏在一块儿……"

吴乞买打断道："这算什么呀，那些有钱有势的汉人、契丹人哪个不是三妻四妾的？没啥奇怪的。"

大嫂说道："三弟，众所周知，咱女真人以前没这规矩，难道你要学外族人不成？"

吴乞买一百个不服："我同以前不一样了，现在是谙版勃极烈，娶个少夫人是应该的，无可厚非。"

乌古伦走到炕边，拉了拉老三家的衣角儿道："走，去外头！"言罢转身出屋，吴乞买福晋紧随其后。到了院子，乌古伦说："三妹，你去把完颜阇母福晋、完颜骨舍福晋、完颜娄室福晋找来，咱们教训教训老三！"

吴乞买福晋破涕为笑，点了点头，推开院门跑走了。不大一会儿，老三家领着三位福晋急匆匆赶来了，进了屋全绷着脸。

乌古伦拉了一把乌雅束福晋道："大嫂，他三叔当了谙版勃极烈便长脾气了，要是以后成了都勃极烈更了不得了，咱们女人在他眼里成什么了？"接着又冲在场的妯娌们道："三弟若是当了皇帝，还不得三宫六院、七十二嫔妃呀，谁能治得了他呀，到那时，女人就不是人喽！"

乌雅束福晋四下一瞧，众妯娌站了一屋子，心里明白了："看来大伙儿是想教训教训老三，倒也未尝不可，省得精神头儿往别处使。不过不能打坏了，老二不在家，他得主事呢，不妨让其吃点儿哑巴亏。"这么想着，便冲弟妹们挤挤眼，又朝吴乞买努努嘴。

吴乞买一见这阵势，知道要受罚，拔腿就要跑，不料乌古伦迎着面门来了一掌，打得他不由得向后一仰。乌雅束福晋乘机将其按在炕上，众妯娌一拥而上，你掐一把，她拧一把，只有脸部和手脚给留着。完颜阇母福晋说："这么拧啊掐的，不解气，还是挠吧！"

大嫂连忙阻止道："不行，万一下手重挠坏了，伤口容易溃烂，连掐带拧也够他喝一壶了。"

乌古伦转身对老三家说："三妹，他既然爱干那事儿，干脆扒掉裤子，把裆下的玩意儿割下来，省事儿了！"

完颜杲福晋听二嫂这么说，红着脸跑了，吴乞买福晋当真了，忙道："二嫂，教训教训他就得了，可别弄坏了身子。"

乌古伦笑着对吴乞买说："三弟，听见了吧，不管啥时候，还得是自己的媳妇儿向着你呀！"

吴乞买浑身被这群赫赫拧得青一块紫一块的，火辣辣的疼，不得不哀告道："大嫂、二嫂，求你们了，三弟再也不敢了，松开我吧，给各位磕头还不行吗？"

乌雅束福晋摆摆手道："不用给我们磕头，受用不起，等会儿给老福晋磕头去。"

吴乞买连连道："别，千万别，不能让她老人家操心了，倘若动了气，还不得罚我跪三天三夜呀！"

乌古伦好像突然想起什么似的："哎，那个小婊子呢？怎么把这个茬儿忘了，咱们给她也上上刑！"

吴乞买忙又哀求道："二嫂，求你了，手下留情。那是个苦孩子，被卖到妓院顶账的，看在我的面子上饶了她吧！"

老三家才不听那套呢，回身进了里屋就去拽那女子，风玲吓得筛了糠，早瘫倒在地了。老三家拽她胳膊没拽动，又去揪耳朵，薅着耳环边往外拖边道："脸皮够厚的，赶紧给我出来，还想赖在完颜家不成？"

风玲疼得只好站起，手捂着耳朵哎哟哎哟地跟了出来，乌雅束福晋上下打量一番后，说道："念你是苦出身，原谅这一回，若是再被我看见，小心捶烂了你！"继而又冲老三家道："弟妹，算了，让她走吧！"

吴乞买福晋抬手抽了女子两个耳光道："吴乞买打老婆，我得还上，不能便宜你个小婊子，滚！"

风玲忙不迭地光着脚丫子跑了，吴乞买开口道："大嫂，二嫂，到此为止吧，三弟以后肯定听你们的。"

乌古伦摇摇头道："只说不行，得起誓！"

吴乞买起誓发愿道："三弟保证，从今往后，再也不找别的女人了，说话算数。"

乌古伦又摇了摇头："蜻蜓点水呀，不行，得发毒誓！"

吴乞买接着道："我要再找别的女人，天打五雷轰，不得好死！"

乌古伦说："这还差不离儿，我可警告你，若敢娶小老婆，非把你那玩意儿割下来不可！"

乌雅束福晋给乌古伦使了个眼色，然后说道："我们走了，三弟呀，不许拿媳妇儿撒气，让阿沙知道了，饶不了你！"

吴乞买磕头如捣蒜，乌古伦说："行了，行了，再拧两把，弟妹该心疼了，走吧！"言罢拉上大嫂开门出屋，众福晋跟在身后，出了院门，一个个终于忍不住了，乐得前仰后合，肚子都笑疼了。

第十八章 | 仇副将置危殆单骑就道
美鸳侣温春梦笑语当年

　　一日，银术哥进太师府问安并跪呈一封请愿书，阿骨打接过拆阅，上曰：

> 　　节度使钧鉴：
>
> 　　明者知天达理，智者应天顺人，人归而天与也。今辽帝失政，溃决势成，群丑窃柄，怙恶不悛。民不堪命，如罹水火，呼吁周应，人神共愤。
>
> 　　都勃极烈兴问罪之师，大张挞伐，云龙风虎，共襄盛举。以战去战，我武惟扬。同仇敌忾，众志成城，为民除害，以诛惩逆。大军所至，辽兵望风披靡，如摧枯拉朽。百姓翘首企足，箪食壶浆，以迎王师。
>
> 　　如此德重恩宏，近悦远来，当早正大位，以慰民望。希都勃极烈俯顺舆情，履至尊而经纶六合，登大宝而司牧群生。

　　下面署名为完颜萨哈、完颜希尹、完颜宗翰以及各猛安、谋克的头领、各明昂、穆昆达等，共五百余人。

　　阿骨打看罢，说道："一战而胜，遂称大号，何示人浅也。"

　　当年十二月，阿骨打亲率女真军攻打宾州①。宾州守将时立慕督促军卒修城楼，架弩床，运礌石，垂檑木，守城所用之具无不齐备。又于城的四门各置兵力千人，自率马、步队万人，准备随时增援。阿骨打指挥部下用大炮轰击，冲车攻城，兵丁悬梯而上。城楼上的辽兵岂敢懈怠，冒着飞来的弹雨坚守，以弩箭、滚木礌石迎击冲车及攀登云梯的女真将士。强攻了一天徒有伤亡，毫无效果，阿骨打只好下令在南门外安营

---

　　① 宾州：今吉林省农安东。

扎寨。

时立慕遣部将、渤海人张南急返上京求援，被女真探子窥见，立刻禀报都勃极烈。阿骨打随即派出多名侦探前去扫听上京的援兵何时出发，何时到达何处，并监视祥州①辽军的动向。

天祚帝派都统萧乙薛率两万人马支援宾州，令其合祥州、宾州之兵力，歼灭女真主力。

女真侦探不辞辛苦，星夜传递军情，很快报送到都勃极烈的中军帐。阿骨打根据以往去辽国的经验，知其援军赴宾州，途中必经虎啸洞。虎啸洞并非洞，而是两侧皆为峭壁的山谷，九道弯，十多里长，站在谷底仰头上望，可看到十丈左右宽的天空。阿骨打下令仍设旗帜于帐外，只留百名兵丁守营，照样敲梆击鼓，往返巡逻。其余将士连夜急行军至虎啸洞，先用石块、粗木堵住出口，派五千人马驻守谷口。然后命大家分别到两侧的山顶准备礌石、檑木，自己则率五千精骑在虎啸洞入口西边的路上埋伏，等候辽军到来。

萧乙薛率军离虎啸洞十里扎营，尽管是辽国的地盘儿，也得小心为上，遂派两名探子前去察看动静。

探马刚至虎啸洞入口的西边，便被埋伏在此的女真兵捉获，将二人绑缚去见都勃极烈。阿骨打上下打量一番道："听着，摆在你们面前的有两条路：一是回去告诉萧乙薛，就说虎啸洞一切正常，可安心通过。这有百两黄金，赏给每人五十两，现在便可拿去。二是就地用绳子穿上二位的锁骨，吊在树上喂鹰，何去何从，自己选吧！"

两个探马毫不犹豫地表示道："都勃极烈大人，请高抬贵手，小的愿选第一条路。"

阿骨打说："这儿有两丸儿药，二位必须服下，方可放走。如果做人不厚道，耍了我们，辽军不进虎啸洞，三日后你俩因服了药导致内脏溃烂而死。如果遵守前言，成功将辽军引入谷内，事后可来吾处取解药，不会伤身。"言罢吩咐亲随舀来水，看着二探马将药服下，每人赏给五十两黄金。

两个探马离去后，各自去山上藏匿了黄金，做好记号，回到辽驻地营帐向都统报称："禀大人，虎啸洞一切如旧，无任何异常迹象。"

萧乙薛命道："再探，再报！"

---

① 祥州：今吉林省农安北。

二人离开营帐，不敢停留，乘机溜走。萧乙薛令副将仇成率军打头阵，仇成无奈，只好遵命向虎啸洞行进。将近出口，即看见谷口已被堵死，知道中了埋伏，回军不可能了，只有闯过谷口方有生路。于是令手下快马加鞭，飞跑至谷口，跳下坐骑向缓坡儿爬去。就在这个节骨眼儿上，山顶的滚木礌石骨碌碌而下，进谷的万人被砸死的足有上千。

萧乙薛督军在后，缓慢前行，时刻注意打头阵的动静。当听到礌石、檑木滚落谷中的轰隆声和伤兵的惨叫声，立刻命前队变后队，后队变前队，跑步撤退。完颜阿骨打、完颜骨舍、完颜娄室早已率军于路旁埋伏，见辽军向后转，当即发起攻击，箭矢如飞蝗，带着呼啸声射来。辽军仓皇向来的方向逃去，你拥我挤，自相践踏，死伤累累。统帅萧乙薛打马向路旁猛冲，终于跑出包围圈，向密林深处逃去。完颜娄室在后紧追不舍，由于树林藤蔓密密匝匝，看不清萧乙薛逃往何方，遂旋马而归。

阿骨打考虑到未进谷口的辽军尚有万人，而设伏的女真军只有五千人，对四处逃散的辽兵无法再行追剿。加之担心被困谷内之辽军必拼死外冲，恐守谷口之部队抵御不利，于是下令回军谷口。

谷内之女真军扔了一阵滚木礌石之后，便在山顶高喊道："你们没有生路了，赶紧放下武器，出谷投降吧！"

仇成等辽国兵将见已无路可走，只好扔掉武器，举起双手出了谷口。阿骨打一看这么多俘虏不好处置，忙令手下进入谷内，将辽军兵器、旗帜收敛在一起并送出谷外。接着将二分之一俘虏暂时圈进谷内，留给口粮，谷口垒上石头、粗木，由百名女真壮士手执利剑监视之。与此同时，把四分之一的降兵编入女真各队之中，另四分之一仍由仇成率领。又吩咐女真将士穿上辽兵的衣服，举着辽军的旗帜，将领仇成骑马在前，浩浩荡荡地开往宾州。

时立慕站在城楼儿上远望援兵已到，便命大开城门，自己也下了城楼，与众官兵夹道欢迎。待仇成近前，时立慕抱拳致礼，不料忽然从队伍中冲出几个壮汉将他绑了，其余骑兵在完颜宗望的率领下疾驰入城。辽兵见守将被擒，没了指挥官，无人抵抗，女真军迅速占据了宾州。

阿骨打进了城，仍行前策，安抚百姓，收编降兵。传令按原先的办法进行调查，登记造册，将家庭贫苦者编入女真队伍，其余的送往矿山做工，然后召仇成议事。

仇成何许人也？乃劾里钵在世时，派往辽廷的卧底。早在辽道宗与鞑靼征战那咱，辽廷派人到完颜部招募兵勇，劾里钵当即吩咐许多通契丹语的女真人应招，其中包括仇成。后来因其在辽军中表现突出，屡立战功，故而被封为指挥使。此刻，故友见面，分外亲热，阿骨打首先开口道："大哥，这些年难为你了，在辽国受苦了。现在回来，咱们的处境依然很艰难，只能东打西杀了，有什么办法呢？为了族众不受契丹人的欺凌，不在他们面前低三下四，我们选择了这条路。我坚信，只要大家团结一心，女真人一定能够取得最后胜利。"

仇成说道："为了女真族的尊严，上刀山下火海我认了，没什么可怕的。大丈夫生而何欢，死而何惧，被人欺负而苟活，那太窝囊了，不如死了呢！"

阿骨打赞赏道："说得好，有骨气，这才是我生死与共的好大哥！有件事老弟想麻烦您。"

仇成表示道："只要为了女真人的将来和命运，我都愿意去做，谈不上麻烦，说吧，什么事？"

阿骨打说："祥州守将张生远的底细你是知道的，该给兜底了，他有别的路可走吗？现在投诚还来得及。"

仇成点点头道："嗯，明白了，我明儿个就去！"

镇守祥州的将领张生远是宋朝人，其父早年过世了，寡母种着几亩薄田及纺线为生，供儿子去学堂念书。张生远没有辜负母亲的期望，头悬梁、锥刺股，没日没夜地苦读圣贤书，终于如愿以偿，荣登金榜，中了进士，选入翰林院。

一日，他在翰林院的书橱间查阅档案条目，一边翻看着，一边吟诵着苏东坡的词：

老夫聊发少年狂，
左牵黄，
右擎苍。
锦帽貂裘，
千骑卷平冈。
为报倾城随太守，
亲射虎，
看孙郎。
酒酣胸胆尚开张，
鬓微霜，

又何妨。

持节云中，

何日遣冯唐。

会挽雕弓如满月，

西北望，

射天狼。

吟罢，只听有人拍手叫好儿道："好，不错，壮哉！"

张生远侧头一看，不由得大吃一惊，竟是徽宗帝来了，慌忙跪地叩头道："吾皇万岁，万岁，万万岁！微臣不知圣驾光临，万望饶恕接驾迟误之罪！"

徽宗摆摆手道："哎，不知者无罪，方才吟诵的可是苏轼的《江城子·密州出猎》？"

张生远回道："正是。"

徽宗问道："口诵此词，可否是贤卿志向？"

张生远答曰："圣上所言极是，此乃微臣之志。"

徽宗微微一笑道："好！贤卿有此壮志，真是大宋之幸，今日被朕巧遇，英雄有用武之地了。眼下，宋江、方腊造反，辽国在北方也蠢蠢欲动。为保吾朝百姓平安，朕想派你去辽，名为随员，实际上留在辽廷，设法挑起辽与女真之争端，使其无暇南下侵宋，贤卿能办到吗？"

张生远犯了难："皇上，微臣只是区区随员，怎会有这么大能量？"

徽宗说："可假装投辽，声称大宋对自己不公，受朝臣排挤，不得重用。朕让去辽国的使臣给你留下一笔银子，作为今后的活动经费，没钱玩儿不转。"

张生远表示道："圣上，微臣必以肝胆相照，报效朝廷。然此去不知何时返归故土，望陛下能可怜家中老母、妻儿，只要衣食无忧，微臣就心满意足了。"

徽宗答应道："这个不用多虑，朕一定照顾好令堂、尊夫人及家中一切，尽可放心。"

赴辽的使者到了上京临潢府，在不同的钱庄以张生远之名存进数目不等的白银，然后将银票交之。张生远先是用这些银子疏通枢密使萧奉先的家奴，在其引见下，顺利结识了萧奉先并得其信任。宋朝使者离开上京时，张生远通过萧奉先如愿见到了天祚帝，诉苦道："宋朝政治腐败，忠臣在官场受排挤，不得志。徽宗昏庸，不理朝政，整日只知吟诗作画，赏玩各种山石、古董，迟早得被圣明的大辽天子吞并。良禽择木而栖，贤臣择主而仕，小的借此进贡之机，愿生生世世侍奉皇上，不打算回去了。"

天祚帝嘿嘿一笑，问道："想过没有，怎样才能吞并宋国？"

张生远十分肯定地答曰："将来一准有机会，因为徽宗尚未诏立太子，几个皇子正在暗中活动，拉拢朝中权贵，建立忠于自己的朋党。不久之后，必会发生争位之乱，那时大辽出兵南下，取宋土易如反掌。"

天祚帝说："尔这么识时务，主动弃暗投明，岂能不收？朕封你为录事参军，于枢密院属下为官，待立有功劳，定不负也。"

自此之后，张生远即为辽官了，出入于枢密院。他得知枢密使萧奉先的长子萧昂是个出了名的花花公子，色中饿鬼，便千方百计地与其接近。通过几次和萧昂共同出入烟花柳巷，饮酒欢歌，二人成了要好的朋友。一日，他俩从妓院出来后，张生远对萧昂说："人人皆言大公子是天底下第一风流浪子，依我看，不过徒有虚名而已。"

萧昂问道："此话怎讲？"

张生远回道："大公子寻花问柳，只是在辽国本土，一地一隅。你想啊，那些窑姐儿无论接待谁，只要肯于花钱，都能舍身相陪，乃残花败柳。而东方女真完颜部可不一样，美女如云，不知公子是否见过？他们是大辽的藩属，咱的银牌使者到了那儿，就是女真人的太上皇，向他们索要宝物或者随便玩玩儿哪个看上眼的女子，无一不乖乖顺从。"

萧昂一拍脑门儿道："对呀，提醒得太好了，咋不早说呢？"

张生远笑道："现在说也不迟呀！"

萧昂自言自语道："美差得抓紧，今晚回去就让家严出面，替我向皇上奏请。"

张生远想了想道："这恐怕不妥。"

萧昂很是诧异："为什么？"

张生远说："倘若让令尊大人出面，非但本人不会首肯，皇上也不能允准。依我看，最理想的是由别的大臣在圣上跟前推举你，那样效果会更好。"

萧昂点点头道："嗯，是这么个理儿，思虑得真周到。"

过了几天，耶律章奴上疏荐引萧昂，声称此人才华出众，威服群藩，可作为银牌使者出使女真完颜部，催缴海东青等贡物。果然不出所料，天祚帝没二话，准奏。

正如前书所言，萧昂去了一趟女真完颜部，肆无忌惮地强抢新娘，结果引起对方起兵，致使辽国损兵折将。张生远见辽廷政治腐败，耶律延禧穷奢极侈，以后必为女真人所灭。又担心自己在辽廷的活动有一天被天祚帝察觉，那将性命不保，遂慷慨请缨，表示愿为大辽建功立业，带兵去扫平女真。耶律延禧怎肯把军权交与相识不久的尼堪？思虑再三，决定只拨给他一千人马镇守祥州。

宋徽宗认为张生远的钻营确实起了作用，达到了以夷制夷的目的，对本国大有裨益。于是通过使者嘉奖了他，又送给一笔可观的活动经费，目前已将这些金银转移到祥州了。张生远一心想反辽投女真，可又羞答答地难以启齿，正琢磨着怎么办较为稳妥呢，门军来报："城外来一人，自称是大帅的好朋友，名叫仇成，求见将军。"

张生远听罢，心中暗喜："嘿，我想谁，谁就来了！"遂令大开城门，并起身亲自去迎接。

张生远三步并作两步地到了城门外，见仇成正等在那儿，忙躬身施礼道："有年不见，一向可好？不知副将大驾光临，有失远迎。"

仇成笑道："你我是兄弟，没说的，不必客气。"

张生远一抬右手道："仇兄请！"

祥州府衙内，宴席已备毕，张生远与仇成对面而坐，边喝边聊。张生远说："副将已投降女真，照理应斩首，念你我兄弟一场的份儿上，让你做个饱死鬼。"

仇成顿时来气了，腾地站起身，一只脚踏在椅子上道："我投降女真？简直是天大的笑话，这叫归队，懂吗？本将原本便是女真人，为完颜部做事，怎么能说成投降呢？至于是饱死鬼、饿死鬼且不管，今天是为兄弟的安危而来，愿意听，我就说两句；不愿听，你现在就把我杀了！"

张生远赶忙赔着笑脸道："哎，老弟开玩笑呢，你还当真了。别急眼，快坐下，喝酒，喝酒！"言罢亲自把盏执壶，为其斟满了酒。

仇成余怒未消，坐下后说："别以为你那点猫儿腻别人不知道，当真人不说假话，临来之前，我已向萧奉先将你如何挑起两方争端以及本是宋朝间谍等事抖搂个底朝上。萧奉先因你的鼓动，差点儿没送了大儿子萧昂的命，现在可是恨之入骨，正在想辙打算置你于死地。以为女真完颜部的勃极烈们真的中了你那激怒之计了吗？错了，只是恰好以此为借口而起兵，是你中了节度使的顺手牵羊之计了，还沾沾自喜呢，却不知一切行动都在我们的掌控之中。想过没？辽廷虽然催你进战，但决不会派援兵前来。还有一种可能，或是让你回京，派别人接替；或是令你带兵回京，放弃祥州，仔细琢磨琢磨吧！"

张生远听罢，额头沁出了冷汗，起身扑通一声跪在地上磕着响头道："大哥救我！"

仇成道："摆在你面前的只有一条路可走，缴械投降，接受改编。"

张生远说："请大哥在都勃极烈面前为我求情，放老弟一马，给一条生路。"

仇成上前将其扶起道："节度使气量宽宏，知你是位才子，且掌握辽廷、宋朝内幕，决定任老弟为随军参议，意下如何？"

张生远如释重负，连连致谢道："谢谢，谢谢大哥！"

话分两头。有一天，乌古伦未带侍女，一个人去完颜杲福晋处唠嗑儿，进屋脱鞋上炕便道："哎，他四婶儿，不知你注意没？咱女真人穿的皮袍子合上也好，散开也罢，是靠皮条子或系或解，还挺长的，一点儿不利落，既啰唆，又费事。到了冬季，外面特别冷，手都冻不好使了，有时候半天解不开、系不上。能不能改一下，不用皮条子，穿上时轻松扣在一起，脱下时容易解开呢？"

老四家说："我早就注意到了，也不止一次琢磨过，可一直没想出好法子。"

乌古伦道："四妹，我倒是有一辙，就是不好意思说。"

"二嫂，都半老徐娘了，什么事儿没经过？什么话没听过？再者说了，咱们妯娌俩谁跟谁呀，有啥不能讲的？说吧！"

"四妹，你想啊，男人和女人在一起总觉得热乎乎的，分开了便感到凉飕飕的，是不是有点儿像穿衣服和脱衣服，主要靠什么呢？"

"这不是明摆着嘛，哈哈和赫赫互相有吸引力！"

乌古伦吩咐道："四妹，给我找两根皮条儿来。"

完颜杲福晋随手从针线笸箩里拿出两根儿递给她，乌古伦将其中一根儿三下五除二挽成个疙瘩，剩下的两头儿握在手里，并露出一段儿，乌古伦将其放在炕上，拿起另一根儿，把两头儿合在一起成个套儿，乌古伦将那疙瘩放入套儿里，抻了抻，越拽越紧，疙瘩和套儿便分不开了。她见老四家目不转睛地盯着自己的手，遂将套儿轻轻一松，疙瘩和套儿分开了，并道："四妹，你看，这多省事。"

完颜杲福晋立马来了兴致："嘿，有你的，太好了！二嫂，疙瘩和套儿得起名儿，否则若是提到这两个物件时，无法表达呀！"

乌古伦又问："你看这疙瘩还像什么？"

老四家左观右瞧，一拍大腿道："知道了，像个蒜头儿，干脆叫'蒜头疙瘩'吧！"

乌古伦拿起套儿说道："这像什么呢？是它把蒜头疙瘩套住的，扭结在一起，就叫纽襻儿吧！"

话音刚落，乌古伦的侍女艳儿推门进了屋，给二位福晋施礼后，对主子说："太太，老爷回来了。"

乌古伦边下地边道："四妹，我得走了，改天再来！"老四家将其送出大门外。

乌古伦拿着纽襻儿、蒜头疙瘩一脸笑意地回府进了屋，阿骨打见状，故作惊讶道："哎哟，遇上啥好事儿了，把你美成这样？"

乌古伦遂把手里的两样儿东西递上，并将方才与完颜杲福晋的对话复述了一遍。阿骨打看了看，也忍不住乐了，试着扣了一下又松开，点点头道："这玩意儿还真不错，很方便，以后可以推广开去，解系再也不用那么费事了。哎，听你一说，我倒想起件事来。"

乌古伦问道："什么事儿？"

阿骨打说："别急嘛，你坐下，听我慢慢道来。"

乌古伦提起衣裙，顺从地坐在椅子上："说吧，我听着呢！"

阿骨打清了清嗓子道："想当年，额娘带我去温都城府上拜访，到那儿后，咱俩约好出去玩儿，不知怎么被你阿玛的外甥吉安知道了。他把你常骑的胭脂马牵走，偷偷换了一匹发情的骒马，拴在原来的地方。你到了马棚一看，虽然觉得不对劲儿，但不想失约，就骑着来了，我仍骑着卷毛玉花狮子骢。可倒好，我这匹马好像背上没人骑一样，突然两只前蹄竖起，向你骑的那匹马扑了过去。你赶忙甩镫离鞍跳下，回头一瞅，见我两只脚还在鞍镫里仰面朝天地躺着。这时，吉安手举大刀朝我奔来，你疾步迎上前去，死命攥住吉安的手，警告他不许胡来。吉安无奈，气呼呼地扔下刀，瞪了我一眼转身走了。我乘机将两脚从鞍镫里抽出，你把我扶起，再抬头看那两匹马时，它们正在干那事儿呢！你羞得脸腾地红了，连马都不要了，一溜烟儿地跑回家。"

乌古伦冲阿骨打的肩膀打了一拳道："去你的，没正经，快洗手吃饭吧！"

第十九章　遂民心顺天意太师登基
制法令定军规草创帝业

　　咸州[①]、铁骊、乌惹等部先后降于女真，天祚帝岂肯罢休？遣都统实娄、特烈率军两万欲夺回咸州。探子将此情通禀都勃极烈，阿骨打当即下令，命完颜骨舍率五千精骑速去支援咸州。

　　完颜骨舍带领部队至咸州北设伏，过了一个时辰，远远望见实娄、特烈二将骑马在前，两万大军在后，浩浩荡荡地向咸州方向而去。考虑到兵力与对方相差悬殊，硬拼不可取，不妨从后支解之，使其兵力分散。待辽军大队人马走过，完颜骨舍一声令下，五千铁骑从隐蔽处冲出，迅速截击，挥舞刀矛逢人就砍，遇马就刺。

　　此刻，辽军两位指挥官走在前边，有说有笑的，根本不知后边已被截去一半儿。传令兵见状，催马刚欲前去禀报，完颜骨舍眼疾手快，拈弓搭箭，嗖的一声射出，正中其咽喉，应声儿落马。后面的辽军被女真官兵那猛虎下山的阵势吓傻了，哪里还敢招架？撒丫子就跑。完颜骨舍并不去追赶逃兵，而是率领所部直击辽军大队，一部分一部分地截杀。待实娄、特烈发现女真兵冲来时，黄瓜菜早凉了，完颜骨舍已到了跟前。仓促之中，二人举刀扬剑，声嘶力竭地指挥手下同女真军大战起来。四散奔逃的辽兵见主将被围，不仅不去救，反而躲在树林中看热闹。渐渐的辽军力不能支，纷纷败溃，连实娄、特烈的亲随都不知跑哪儿去了，只剩下两个光杆司令了，也想突围出去。然完颜部的铁骑岂肯放过他们？实娄心中一慌，被完颜骨舍一枪刺中软肋挑下马来。特烈虽有勇力，拼命死战，但怎能抵挡身强力壮、经历过无数次恶仗的女真勇士？最后筋疲力尽地毙倒于刀剑之下。

　　铁骊的杨朴曾任辽国秘书郎，后投降女真，为国相完颜萨哈府中之幕僚。前几天，他书写一份请愿书，上有文武百官签名，呈递国相转交

---

　　① 咸州：今辽宁铁岭。

节度使大人。完颜萨哈展开细看，见文曰：

都勃极烈钧鉴：

天祚昏庸，纲纪废弛，横征暴敛，乖戾恣睢，近佞远贤，气数已尽，咎由自取。

节度使聪明睿智，知人善任，整军经武，明耻教战，择善而从，际会风云，兴除暴安良之师，解黎民倒悬之苦。指挥若定，群策群力，集思广益，聚雷霆万钧之力。健儿奋勇，成排山倒海之势，举正正之旗，节节胜利。除此，节度使约己爱民，布恩施惠，文治武功，四方响应。慕义向化者，先归而蒙福；迷复不远者，后至而洗心。白首扶杖，女真称颂，焚香祝福，欢欣忭跃。

今力可拔山，势可填海，革故鼎新，应称帝号。否则将失人心之望，有违天意，祸如发矢。

前有去者，必有所来，皇天景命，集于吾主。上建保世滋大之弘规，下谋长久治安之乐利，建万世之基，兴帝王之业，以卫护黎庶永远康泰。

阅罢，心中大喜，遂召集文武百官齐聚太师府门外。萨哈手捧请愿书入内，撩衣跪地，双手呈给都勃极烈。

阿骨打起身下得堂来，将萨哈扶起并请其就座，这才走回桌案边详阅。读毕，见末尾署名颇多，开口问道："国相，百官在何处？"

完颜萨哈答曰："回太师，他们皆在府门外跪请。"

阿骨打再次起身出了府门，见文武百官跪了一地，遂抬抬手道："诸位请起，请愿书已看过，容吾思之。"

百官一听，太师没有像前次那样断然拒绝，暗暗高兴，各自回了府邸。

乌古伦自打嫁到会宁府，便有意与各猛安、谋克的家眷打得火热，闲来无事时，常同他们聊天。一日，她带着侍女又到一谋克驻地，刚一进帐篷，就被浓烟呛得退了出来。帐篷内的郁嬷嬷连忙起身往出走，回过头叮嘱道："老头子，看着火，我陪福晋在外面呆一会儿！"

到了帐外，郁嬷嬷一边擦眼泪，一边给乌古伦解释道："今儿个风大，怕失火，所以在帐篷内做饭。"

乌古伦说："我阿浑曾去过东京，见那边的人用土坯垒墙盖房子，有门有窗，生火时冒的烟全跑出去了，回来想学着做，你们不妨也试试。"言罢四下瞅了瞅，接着又道："据阿浑讲，土坯很好脱，用铁锹挖土，再把干草和土搀在一起，浇上水和成泥。对了，得备些木板，你这儿没有，还得有铁锯、凿子、刨子等。"

郁嬷嬷看她那样子似乎马上就想干，不由得笑道："咳，你讲讲怎么脱坯就行了，不必实际去做。"

乌古伦忙道："我怕讲不清楚，只要做出来，不说也明白。"

郁嬷嬷说："你可以讲讲试试嘛，能明白更好，听不懂再做也不迟呀！"

乌古伦边比划边道："脱坯前，先用木板做成这么高、这么长、这么宽的小匣，上面没盖儿，下面没底儿，只有四框儿。把它在水里沾一下拿出来放在地上，然后用铁锹撮起以土、水、草和成的泥放入四框儿内，用薄木板或手按实抹平。过一会儿将木框儿轻轻提起，长方形的泥块儿便留在地上了，待干了就叫土坯。脱个上百数千块，于用木头搭好的房架子周围砌墙，一块一块地摆一圈儿，当然得留出门窗，要不怎么进入或散烟哪？门是用木板做的，上至檩，下至地。摆了一层土坯后，再在土坯上铺泥，泥上面继续放坯。一层一层地砌，房子便垒起来了，与会宁府用青砖砌的房子一样，不过是以土坯代替青砖罢了，既省工，又省钱。你想想，建造会宁府那样的房子得多少银子呀？咱这么做不用花钱，都是现成的，光动手就行。房顶用草苫，屋里用坯搭成炕，砌灶台，烟顺着炕洞窜到立在房顶的烟筒冒出去了，肯定不会像现在的帐篷里这么呛。"这时，郁嬷嬷的老伴儿也出来了，满脸带笑道："老太婆，还没弄明白呀？连我都听懂了。明儿个把乡亲们招呼到一起，请福晋给讲讲，指点指点，不用你动手。"

乌古伦说："那可不行，不亲自做，手痒痒！"

郁嬷嬷逗趣儿道："是吗，手痒痒好办呀，我给你挠挠！"说着便笑嘻嘻地张开两手欲挠。

乌古伦连忙背过手道："服了，服了，我可怕你那鹰爪子，告辞了！"

乌古伦回到府内，见丈夫坐在桌边正冲着墙壁发呆，好像有什么心事，遂问道："想什么呢？我都进屋了，你还没察觉。"

阿骨打这才回过神儿来，说道："眼下，汉人发挥了他们的长处，垦荒啊，冶铁呀，日子一天天富裕了。而女真人进步较慢，生产、生活水平仍然低下，我在琢磨着怎么办呢？"

乌古伦道："要我看哪，从今往后，强壮者上战场。国家可以收农民的地税以及冶铁的、制造工具的、经商的收入税，还可充分利用战利品，用这些来解决军饷。家属各尽所能，开荒种地，汉人能干的活儿，女真人有什么干不了的？实际上那些活儿不难，一学就会。"

阿骨打说："孩子们从小光跟着种地了，不会盘马弯弓，长大了怎么同敌人拼杀？只有进山捕猎，与野兽搏斗，方能练就一身生存的本领。我们并不愿打仗，可总有人想侵占咱的土地，抢掠咱的财富，甚至让咱永远做他们的奴隶，所以军备是万万不能放松的。"

乌古伦又道："我听老人们讲，长白山大着呢，南北从来没人走到头儿，东面也没人到过边儿。惟西面是平原，大兴安岭生长着一望无际的森林，这么广阔的地方，难道还容不下咱的家属吗？我刚刚去了一谋克驻地，他们仍住帐篷，烧火做饭直冒烟，呛得受不了。有个建议想讲出来，你觉得合理呢，就采纳，不合理算我没说。"

阿骨打道："平时快言快语的，今儿个怎么了？有话就往外端呗，谁也不能吃了你，干吗吞吞吐吐的？"

乌古伦说："此建议非同小可，改变女真人的习惯和规矩了，故而得慎重点儿。我以为往后家眷不必跟着大军，哪有那么合适的水源、那么多草甸子供你去放牧啊？不如把各猛安、谋克的家眷分到长白山、大兴安岭等处，每猛安、谋克的地方要大一些，能多住几年，野兽也不至于被猎光。这样一来，则需多编一些后备军，兵丁们放假了，全回家种地，你看如何？"

阿骨打想了想道："嗯，此办法或许不错，省得担心敌手袭击我们的家属。"

乌古伦接着道："还有一个好处，定居之后，就可以着手盖房子了，不必住帐篷了。"

阿骨打思虑再三，过了良久，点了点头。

其时，咸州盗贼很多，颇为猖獗。一日，欢都、完颜骨舍来到太师府，启禀道："偷盗者乃顽劣之人，应加重处罚，捕到即处死。"

阿骨打说："因财而杀人不妥，财者，人所致也。若无人，财从何来？谁去耕地？谁去渔猎……"

事后，阿骨打带着银术哥前往咸州暗中察访，与庶民交谈，得知多数是因贫而盗。二人回到会宁府，阿骨打下令道："自今日起，咸州勿征赋税，三年后徐图之。令下之后，倘若再有为盗者，按律治罪。"

众皆感泣，远近归心，偷盗得以遏止。阿骨打择取汉族文明风俗，增加了一些律条，如规定不许以良马殉葬等。继而又让完颜希尹仿照辽、汉文字创立女真文字，于天辅三年颁行国中，此乃后话。

完颜萨哈再次聚集文武百官请上尊号，阿骨打答应称帝，祭告天地，文曰：

> 世事辽国，恪修职贡。平乌春、窝谋罕之乱，破萧海里之众，有功不省，而侵侮之加。罪人阿疏，屡请不遣，今自立为帝，国号大金，天地共鉴之。
>
> 辽以镔铁为号，取其坚也。镔铁虽坚，但随岁月的流逝，终将变坏。惟金不变不坏，金之色白，部色尚白。
>
> 改元收国，以本年为收国元年，建都会宁府……

除此，还制定了法令、军规，予以公布。具体为今后每猛安或谋克的头领管辖一万户，明昂管辖一千户，穆昆达管辖一百户。一切政令、军令归皇帝，猛安、谋克的头领、明昂、穆昆达既是军事将领，又可管理民户。政令、军令皆以皇帝谕旨为准，谕旨到时，立即执行，违抗或执行不力者按律治罪。

组织人力，铸造金牌五十面，银牌五十面。再将金、银牌一分为二，金牌的一半儿发给猛安、谋克的头领，银牌的一半儿发给各州县招募的军队，金、银牌的另一半儿由皇帝保存。每一猛安、谋克的头领管辖由本猛安、谋克选出的千名军士，银牌一半儿的收藏者称为相猛安、相谋克，平时由国相管理。

每逢战时，由勃极烈会议制定方案，选出统帅为都统，一位都统可管辖几位贝勒。战前，贝勒到皇帝那儿领取金牌、银牌，去各猛安、谋克处接收军队。猛安、谋克的头领召集所有明昂、穆昆达聚会，验看金、银牌是否相符。若两块不符，不但猛安、谋克的头领可以拒绝指挥，而且明昂、穆昆达也有权拒绝，并将贝勒扣留，待皇帝发落。战役结束后，贝勒首先将金、银牌呈交皇帝保存，再回自家府第习文练武。

这日，阿骨打回到坤宁宫，乌古伦起身相迎，跪称万岁。阿骨打连忙上前扶起道：“哎，老夫老妻的，讲这些礼节干啥？”

乌古伦说：“咱们尽管是夫妻，你毕竟是皇上，亦应按国家礼数、法律行事。倘若皇后不率先遵守，下面的人可都看着呢，便不会把礼数、法律当回事。如果皇后做得好，起了榜样的作用，那么文武百官哪个敢不从？"

阿骨打点点头道："是呀，俗语讲得好：'上梁不正下梁歪'。我以后要勤于政事，洁身自好，做群臣的表率。还需选贤良博学之士训迪皇子、皇侄，代代保持勤俭建国的优良传统，才能长治久安。辽天祚帝若能一心为国为民，不奢侈游惰，怎么会众叛亲离、怨声载道呢？"

乌古伦说："教育子女、治国治军固然重要，但是不能忘了，想办法搅乱敌方阵脚也是目前急需要做的。我以为首要的目标应在辽东、辽泰，那儿离咱们近，而离辽国远，百姓大多是女真人，辽朝驻防的军队不多。由于山高皇帝远，免不了内部起叛乱，互相争斗。我们可乘虚而入，若占领了这些地方，便可将女真地盘儿连成一片。有了广大的土地和民众，部队兵员的补充以及粮食、布匹的供给自然会充足，就没有了后顾之忧。"

"夫人所言没错，我何尝不想这么做？可眼下忙着跟辽国打仗，扰乱其阵脚必须拿出切实可行的措施，哪能顾得过来呀！"

"我知道，现在想钻进敌方内部是很困难，也容易引起其警觉。我阿浑与在辽东一带的土匪、流氓等混得挺熟，不妨让他带些银子去试试收买或煽动作乱，那些人为了金钱和私利，什么事都干得出来。"

阿骨打笑道："还是皇后想得周到，脑袋不白给，有这样的贤内助，一定能成就振兴金国的大业。"

乌古伦说："行了，别给我戴高帽儿了，忙活一大天了，歇着吧！"

辽天祚帝几次派兵征讨女真皆失败，加之国力积贫积弱，无奈之下，只好遣耶律僧奴前去讲和，提出各守疆界，以女真称臣、贡赋减半为条件。

阿骨打亦遣赛刺为使臣复书入辽京，声称条件是归还叛逆阿疏，我们迁都黄龙府[①]。

耶律延禧认为阿疏冒着生命危险向本朝告密，获益匪浅，不能对不起这样忠心报效大辽之人，坚决不同意归还，故此和议未成。可笑的是耶律延禧竟十分闭塞，在接见都勃极烈所派使者前来辽地和谈时，方知阿骨打已称帝。当即火冒三丈，极为愤怒，率领骑兵五十万御驾亲征。还调驸马萧特末率兵马二十万为左军，燕王耶律延福率兵马三十万为右

---

① 黄龙府：今吉林省农安县。

军，直趋巴鲁古城，欲将新建立的金国荡平，一举蒇除女真之患。辽军来到宁江州西下寨，金军除坚守宁江州外，亦遣军于宁江州东下寨，便于互相援应。

阿骨打召开勃极烈会议，开言道："今接到可靠情报，耶律延禧亲率百万大军进攻我大金，诸位有何良策？"

谙版勃极烈吴乞买首先献计道："辽军尽管有百万之众，却各怀鬼胎，犹如散沙，不足为惧。金军能开到前线的虽只有两万，但众志成城，拧成一股绳，战斗力强。然毕竟兵力相差悬殊，我方处于不利地位，武器装备也有别。据此，我以为应先在要塞，即易守难攻之地广造营房，搭建帐篷，深沟高垒，多设旗帜，积存粮草。以大炮、强弩、滚木礌石为守御之备，防止辽人入侵内地，破坏我们的生产，骚扰正常的生活秩序。待其由于运输困难、粮草接济不上、因而发生内乱之机，咱再举兵进攻，方有获胜的把握。"

完颜希尹说道："辽廷内部矛盾重重，身担要职者皆为贪心不足之辈，谄谀奸佞之徒多有觊觎大位之心、伺机夺取政权之意，无一不是为一己的私利奔命，忠心耿耿事主者微乎其微。建议将俘获的辽官兵以及已安排到矿山做工的那些人放回去，不愿意回去的，可以留下。他们之中，有的是官宦子弟，贪图安享玩乐，不想为国效力。凭借着先辈的权势在军中混个官职，领取足够的俸禄，战争一打起来，只知逃命。还有一些地痞、流氓被招募进了辽军，大多恶习不改，坑蒙拐骗，狂嫖聚赌，贪欲无厌。只要给他们金钱，什么忠孝节义全然不顾，更不必说爱国热忱、民族大义了。这些人分批放回之前，需讲明如果谁能招降辽兵，或使其哈番自立山头，或探得重要的军事情报，回来将酌情给以奖赏。如何辨识情报的真伪呢？可把送回之情报相互比照，加以分析，在战事中得到印证是真的即给重赏。倘若被敌方利用，确认送来的是假情报，当事者立即斩首。如果不把这些人放回，我们还得派专人管理，供其吃穿，空耗人力、物力。退一万步讲，一旦有人逃回辽地，也不要紧，他们必会说出女真人给以的恩惠，使契丹人知道我大金对辽民的宽仁之心，只是反对残暴的皇帝，救的是受苦受难的百姓。即使辽人不信这些，也会相信主动投降，就能保住性命，因为眼见着被俘的人回来了。在生和死面前，想必选择的结果没啥区别，无一不想活着。就算这些人要求返归部队，重新当兵，只要两军一交战，便会不降即逃，很可能带动同伴也学他们。原有的辽兵见其曾被金军俘虏，现在又回来了，自然知道放下武器就不会死，必要时谁还不降呢？"

完颜宗翰接茬儿道："我方与敌方对垒时，可派二三股儿铁骑劲旅，每股儿不需太多人数，但绝对是忠诚、雄健、武艺高强之人。马匹也要选良驹，趁夜骚扰其营地，劫取、焚毁其粮草，掳掠其出外放牧、割草、打柴之人。人数少，机动灵活，进退迅速，可致辽军夜不安枕，疲于应付。待时机成熟，天时地利人和，再大举反攻。"

阿骨打又征求在座各位勃极烈的意见，皆无异议，遂决定按此方案施行。以两万金军对百万辽军的大战即将开始，欲知谁胜谁负，且听下回分解。

第二十章 守边关施巧计分化同根
奋神勇捣中军闻风丧胆

阿骨打派人去辽军进攻的必经之路巴鲁古城附近勘察地形，绘制地图，又亲自巡视了一次，决定在巴鲁古城以东地段设立防守区域。

耶律延禧率军至巴鲁古城，举目眺望，金军营帐搭建于丘陵地带，绵延十数里，旌旗招展，人马有序，不由得心悸胆寒。将部队安顿毕，第二天一早，令萧乙薛率兵两万围攻金军大营，其余的官兵列队待命，然后登上高阜处观战。

说实在的，萧乙薛从骨子里就惧怕金军，可这是他戴罪立功的好机会，不能错过。何况又有天祚帝的百万大军做后盾，胆子也壮了起来，指挥兵丁向金军营地进攻。

金营置于丘陵地带，面对辽军的却是陡峭的石壁，石壁下有一条水流湍急、深不可测的大河。萧乙薛下令砍伐树木运至河边，将粗干的枝杈砍掉立起向对岸推去，打算用此种办法渡河。

这时，金军的大炮轰隆隆响起，砲石如雨，致辽军伤亡不计其数，不得不反身逃回。过了一会儿，萧乙薛准备第二次架桥，令兵卒割柴、担土，填平大树间的空隙。他认为有了桥，不仅便于大军通过，而且到了悬崖下，即是大炮火力的死角，炮弹必失去作用。还临时组成了督战队，有畏缩不前者，立即斩首。接着分兵进取，组织了一次又一次的攻击，不过对方的大炮是无情的，徒然伤了几千军卒的性命，桥始终未能搭成。无奈之下，只好请示天祚帝，耶律延禧下令暂停攻取，回城休整。

天祚帝见金军阵地如此难攻，胸中犹如窝着一团火，站也站不稳，坐也坐不住，吃肉不香，喝茶没味儿。正冥思苦索从别的路进攻时，中军来报："圣上，我们的粮草于运输途中被金兵劫掠，并放火焚烧。全仗萧陶苏斡镇定指挥予以回击，敌方才退走，然粮草只剩下一半儿。"

次日，萧谢佛留前来禀报道："饶州渤海人古欲狗胆包天，聚众造反，自称大王，已拥有马、步兵三万余人。"

耶律延禧听罢，当即命其带兵五万前去进剿，结果事与愿违，被古欲击败。天祚帝气急败坏，将萧谢佛留免官，令南院副督代为部署，以萧陶苏斡为都统，再次率军五万进剿，又被古欲击败。萧陶苏斡见强攻难以取胜，遂派人深入饶州城内，用金钱买通古欲部下，探听各部将底细。几天后，疏文呈上，耶律延禧展开详阅：

陛下：

微臣萧陶苏斡百拜，奉命讨古欲乱贼，因军事失密，对方乘隙攻击，至我军受挫。臣观贼势方盛，跃跃欲试，不宜硬取。现已探明古欲属下有两名主要贼首，即范僭、莫爱财，皆为贪利忘义之徒。只要吾皇给以厚利，许以重爵，必然反戈，伏乞圣裁。

阅罢，提笔朱批道："送每人黄金千两，分别许以蓟①、云②二州刺史，发给印信，可率本部立即赴任。"

不出所料，范僭、莫爱财果不其然偷偷接见了辽帝派来的使者，乘夜率部下上任去了。使者回禀都统，萧陶苏斡大悦，组织将士攻城。军卒们在哈番的督催下，担土填堑，架设云梯，蚁附而上。此时的古欲只剩下五千人马了，仍站在城楼儿上指挥，未承想却被身后的部将韩苏里一刀将头颅砍下，随之提着人头高喊道："弟兄们，看哪，古欲的脑袋掉了，还守城干吗？快去开城投降吧！"

大家一瞅，韩苏里手里提着向下滴着血的人头正是古欲，不由得倒吸了一口凉气，吓得纷纷跑下城楼儿开门去了。

韩苏里提着古欲的脑袋去见辽军统领，萧陶苏斡验明正身，据实向天祚帝奏报，韩苏里被赐予寻思干刺史。耶律延禧以为这下可以一心对付金军了，正在绞尽脑汁筹谋之时，萧奉先进来禀道："皇上，河北的汉人起事，聚众围困幽州③，城内似乎有人做内应，幽州节度使飞书告急。"

耶律延禧叹了口气道："唉，真是祸不单行啊，按下葫芦起来瓢哇！"无奈再遣萧陶苏斡引军五万前去平定幽州叛乱。

身在黄龙府的阿里基传话给阿骨打："定下今日戌时，城东门以红灯笼为号，金军可进城。"

---

① 蓟州：今河北蓟县。
② 云州：今山西大同。
③ 幽州：今北京。

阿里基何许人也？乃十年前，乌雅束安插在黄龙府的内线。他通过送礼、投其所好等手段，于黄龙府内广交朋友，说服了部将梅完达。目前已定好由梅完达率本部兵马围困都统府，断绝外部与都统府的联系，阿里基则打开东门迎接金军进城。

阿骨打思虑再三，决定让银术哥、完颜宗望、完颜宗干、完颜呆领兵乘夜进城，先抢夺四门，占据出入之地，再袭击都统府。到了戌时，一切进行得十分顺利，各部派去报告请示之人皆被梅完达手下扣留，都统萧特烈根本不知道外面发生了什么事。城内各部由于得不到上司的命令，不能及时救援，使得金军很快占据了四门及街道，最后只剩下都统府了。

完颜宗望下令炮轰都统府，往外逃的一个没跑了，不是被射死，就是被逮住。萧特烈从睡梦中惊醒，轰隆隆的炮声于四周炸响，屋顶的瓦片、泥土纷纷掀落，床铺也在抖动、摇晃，以为地震了呢，唤起家眷就向外逃。刚跑到门口儿，无数的碎石从半空中撒下，忙抱着头冲出大门，当即被金兵摁倒在地，这才明白是怎么回事，只好不住地央求道："军爷，我们投降，我们投降，请不要再开炮了！"

金军停止了炮击，进入府内，抓捕所有人员。

攻克黄龙府后，阿骨打要求属下逐一审查降兵降将，记下他们的姓名、籍贯、家中成员、以何为业，并登记造册，然后分配到各部。在对萧特烈的家眷进行询问时，有个十来岁的男孩儿引起了审核官的注意，遂问道："你叫什么名字？"

男孩儿丝毫没有畏惧之感，答曰："回军爷，我姓萧，名雨年。"

"二老姓甚名谁？"

"父亲叫萧特默，母亲叫耶律葳。"

"这么说父亲是驸马，母亲是公主？"

"正是。"

审核官又问："萧特烈是你什么人？"

萧雨年回道："是我叔叔、父亲的亲弟弟。"

"家中兄弟几人？"

"只我一个，上无兄，下无弟，有两个姐姐。"

"你不在上京享福，跑到这儿来干什么？"

"上京周围不是沙漠，就是草原，早就呆腻了。这地方多美呀，有山有水，鸟语花香，很好玩儿。"

审核官问罢，没有耽搁，向皇上如实作了禀报。阿骨打觉得不能小觑这个男孩儿，或许对此战的胜利起关键作用，于是唤来完颜希尹和完颜杲，问道："降将的家眷中，有个叫萧雨年的孩子，是驸马萧特默的独生子，爱卿以为可以利用吗？"

完颜希尹反问道："陛下，打算怎样个利用法儿？"

阿骨打回道："尚未想好。"

完颜杲接过了话茬儿："臣以为不妨让他回上京，说服萧特默不与大金为敌，甚或归附之。"

完颜希尹摇头道："不可。"

完颜杲说："请讲出道理。"

"萧雨年是个不谙世事的少年，在家中既没威信，又没地位，即便我们教他说辞，也不会讲得完全。萧特烈系辽廷股肱之臣，权势不小，有独立见解，岂能轻易为孩子的话所动？"

阿骨打问道："爱卿是否有好主意？"

完颜希尹回道："以微臣愚见，不如将萧雨年留在吾部作为人质，放萧特烈回返辽营，说服其兄。咱的要求不高，只要所率之师与金军达到默契，不再继续交锋就行了。"

阿骨打表示道："嗯，可以考虑。"

完颜希尹又道："陛下，对于耶律延禧另一支队伍的主将，也可以试着分化之。"

"哪位？"

"燕王耶律延福，乃耶律延禧之兄，而道宗耶律洪基却传位于其弟，想必他心里不会服气。"

"那么如何做，能让他按我们的意思行之呢？"

"这要借陛下一块宝物。"

"什么宝物？"

"匈奴大单于的大印……"

完颜杲插言道："那是祖上的传家之宝，象征着完颜家族的兴旺，怎么能随便出借呢？"

完颜希尹说："臣以为能否得到天下，靠的是领袖人物的智慧、英明决策以及把握时机的能力，最主要的是获取民心。秦始皇当年有了金镶玉玺，怎么样？二世而亡，只做了十四五年皇帝就灭了。孟子曾言：'得道多助，失道寡助。'不决定于有无宝物，待取得天下之后，什么金印、玉印皆可顺手拈来。有道者无玉玺亦能号令天下，无道者手里倒是捧着玉玺，谁又能听他的呢？"

阿骨打点点头道："哦，爱卿所言极是，可朕将大印拿出，该怎么用呢？"

完颜希尹说："想当年，耶律洪基与萧皇后所生之子耶律濬好学知书，明达事理，得道宗钟爱，封为梁王。咸雍元年，封为皇太子，深受群臣拥戴。只有北院枢密使耶律乙辛跟太子不睦，而与道宗和宫女所生的燕王耶律延福友善，故此一心希望能立其为太子，并串通另一位权臣同知枢密院使张孝杰。张孝杰是汉人，道宗认为他办差勤勉，精明干练，故而十分器重。耶律乙辛与张孝杰相勾结，用耶律延福提供的资金收买朝中大臣，网络党羽亲信，不到一年便形成一个庞大的燕王体系。他们通同舞弊，诬陷萧皇后与伶人赵惟一有染，道宗信以为真，赐萧皇后死。耶律乙辛和张孝杰因举报有功而受殊荣，赐张孝杰姓耶律，名仁杰。几个月后，二人又串通朝臣令牌印郎君萧讹都斡，诬告枢密使萧速撒、宿直官敌里剌、宣徽使耶律挞不也等八人拥立太子政变。道宗将这八人处死，废耶律濬为庶人，投入监牢。耶律乙辛恐日后有变，一旦败露，自身难保，于是暗中派人将耶律濬毒死狱中。其后的五年中，发生了不少事，道宗方悟出耶律乙辛串通张孝杰陷害萧皇后和皇太子的阴谋，遂将耶律仁杰仍改名为张孝杰，削职为民，囚禁起来。他的儿子张勇魁逃出上京，投奔吾处，现在是我的幕僚。可以将其投入监牢，与鹰障官耶律奴囚在一起，然后促其越狱，再由他去进献大单于的大印。耶律延福早有篡位之心，若得此宝物，必然以为是天意，加之张勇魁的父亲张孝杰原先就是图谋篡位之一党，有什么话不能讲呢？到辽、金两国交兵的时候，耶律延福必将琢磨怎么削弱耶律延禧的实力，没准儿会临时起兵而自立为帝呢！"

阿骨打思忖良久，终于拍了板："好吧，明儿个即可派人将大印取来，这些事由你亲自去办。"

三日后，萧特烈被金兵押入大堂，正襟危坐的完颜希尹开口道："遵吾皇之命，放尔一条生路，可回辽营，然家眷、侄儿需暂留于此。几天来，我们是怎样对待朋友的，怎样对待敌人的，想必已看得清清楚楚。你是愿意做大金的朋友呢，还是继续为敌呢，只能自己选择了。"

萧特烈忙道："大人，小的愿做贵邦的朋友，不知有何吩咐？"

完颜希尹说："不仅希望你，包括你的兄长都做大金的朋友，朋友之间怎么能打仗呢？在战场上两军回避交锋便可。"

萧特烈点点头道："小的懂了，请放心，回去后定当说服兄长，一切按贵邦之意办。"

完颜希尹冲亲随吩咐道："给他五十两白银，另备路上所需一应用品，带人将其送出边境。"

亲随单腿跪地道："喳！"

当日，辽鹰障官耶律奴被迁往另一囚室，见此牢还关有一人。到了夜深人静之时，发现那人蹑手蹑脚地走到北墙边，蹲在地上不知干什么。过了一会儿，耶律奴起身近前细观，见其正用一根儿废铁条在抠砖缝儿，心里顿时明白了，这是想越狱呀，自己又何尝愿呆在这鬼地方？一看他的手已磨出了血，便道："老弟，你先歇歇，我来。"

那人吓得一哆嗦，见同室没有恶意，方道："好吧，我真有点儿累了。"

天亮前，两人停下了，躺在板铺上聊了起来，耶律奴问道："请问老弟，姓甚名谁？"

那人答曰："吾乃辽枢密院使张孝杰之子，名叫张勇魁。道宗皇帝曾赐父姓耶律，后来怀疑其诬告、陷害他人而囚狱中，家里被抄，我充军去戍守祥州。祥州守将张生远怕我泄露其投金叛辽的秘密，便给安上个触犯军律的罪名并投入狱中，直至今天。"

耶律奴又问："你冒险越狱，难道不怕被发现遭砍头吗？"

张勇魁说："宁肯死，也比当囚犯强，谁愿在牢中关一辈子？你想呆在这儿，没人管得了，我非得想法儿逃出去不可，家人还等着呢！"

耶律奴心中有底了，这才把自己的身份告知，表示可以一块儿挖墙越狱。

有一天，北墙终于挖通了，二人逃出，狱卒在后追赶，一直跑进深山方不见了对方的影儿，遂坐在树墩上喘口气，耶律奴开口道："现在没危险了，用不着东躲西藏了，关键是该落脚在哪里。天祚帝疑心那么重，何况曾被囚牢中，还能信任我们吗？"

张勇魁点点头道："所言没错，我也这么想，十有八九不被信任。燕王倒是与家父交情甚厚，同其兄素有嫌隙，何不去投奔他？"

耶律奴想了想道："这倒是个好办法，不过从此地去燕王府路途遥远，咱俩一无银两，二无吃食，怎么去呢？"

张勇魁说："我从狱卒的交谈中得知，天祚帝正率兵征讨金国，燕王也领兵来了，现在巴鲁古城，离这儿不远，顶多两天就到了。路上可捕猎野兽、挖点儿野菜充饥，怎么也得对付到地方，啥时候说啥话，什么罪都得受着。"

耶律奴问道："你见过燕王吗？"

张勇魁回道："小时候见过，这么多年过去了，他肯定不认识我了。"

耶律奴说："我倒是见过，可关系一般，因为怕天祚帝怀疑我与他是同党。"

张勇魁拍拍其肩膀道："老哥，咱俩是患难之交，我也不必瞒了。你能认识燕王就成，起码你们都是皇族的人，论辈分还是兄弟呢，总比我这个外人亲密吧？重要的是我有件宝贝可作为晋见礼，即匈奴大单于的大印，暂时不在手上，到时候再告诉燕王。"

这日，耶律延福正在大帐中与幕僚饮酒，中军来报："帐外有两个人求见，一位是派往女真部的鹰障官耶律奴，另一位是张孝杰之子张勇魁。"

燕王抬抬手道："请他们进来！"

耶律奴、张勇魁一前一后进帐，叩拜燕王，互诉别后之情。过了一会儿，张勇魁故作神秘道："王爷，小的在行军途中，无意间捡到一枚大印。看上去好像是匈奴大单于的玉玺，不知是真是假，便藏在巴鲁古城南树林中的一块石板底下，王爷是否看看？"

耶律延福听罢，精神为之一振，立刻令中军随张勇魁一起去取。二人去后，很快转回，将大印交给燕王。耶律延福拿在手中仔细辨认，又请幕僚中识古物者予以鉴定，然后高兴地说："勇魁，此乃宝物也，真的无疑，是不是该物归原主啊？"

张勇魁忙道："此物只有真龙天子才能担当得起，小的岂敢留下？原本就是特意前来向王爷进献宝贝的。"

耶律延福心花怒放："本王收下了，放心吧，不会亏待你的，暂时在营中充当幕宾吧！"

再说耶律延禧得闻黄龙府被金军占领的消息，气得大发雷霆，跳着脚骂。正这时，接到一封射进城里的箭书，上曰：

天祚帝：

尔承太祖耶律阿保机辛勤建国之基业，不问政务，不思励精图治，骄奢淫逸，贪图享乐。对内横征暴敛，压榨民众；对外以武侵夺，连年用兵；对藩属以强凌弱，逼交贡物；对臣僚亲奸佞而远君子，忠良之士不被重用。纵使所派官员向小邦勒索无道，也视而不见，却命令军队在藩属地镇压扫荡。小邦之民忍了又忍，只好向皇上乞求免我贡品，还我逃人，给我自尊，惟希望做个堂堂正正、顶天立地之人。

信的末尾有两个署名，一位是完颜宗翰，一位是完颜宗弼。

阅罢，耶律延禧越发来气，只觉得头昏脑涨，两眼冒火，暴怒道："哼！小小藩邦之民只配当奴隶，竟然也想做堂堂正正、顶天立地之人，那朕做什么？真是胆大包天，以下犯上，大逆不道！"随即命令枢密使萧奉先为都统，耶律章奴为副都统，各率二十万大军向西绕过金军大营，直取其都城会宁府，看他阿骨打回不回去救援！

野心勃勃的耶律章奴见时机成熟，率领本部兵马并不去攻打会宁府，而是直奔上京临潢府。与此同时，还派魏国王妃的弟弟萧谛里为使者，说服魏王耶律淳反叛。因为耶律章奴知道自己几斤几两，在辽人的心目中，他的威望远不如天祚帝和耶律淳，故而打算以魏王这块招牌取得民众的支持。

萧谛里到了魏国，面见魏王说道："眼下，天祚帝内外交困，皇位不保。姐夫应该继承先祖的遗志，护卫大辽江山，稳定社稷。耶律章奴已发兵返回上京，得手后奉你为帝，千万不要错过此良机。"

让萧谛里没有想到的是抵达魏国之前，耶律延禧已派小乙底信持自己的亲笔御书驰往魏王府，并派兵控制了府第。耶律淳很是无奈，表示道："你想过没？此举非同小可，乃窃国篡权之大罪，要掉脑袋的。再者说了，以耶律章奴之力，怎么是圣上对手？何况本人根本不想当皇帝，舒舒服服做个王爷不是挺好嘛，我才不愿操那份儿心呢！还有哇，即使登上了金銮殿，一旦发生内乱，诸王爷必生觊觎之心，我能坐得稳吗？主子是怎么打算的，朝中各位大臣是怎么思虑的，你们知道吗？行了，不必说了，回去吧！"

萧谛里一看劝不了，只能起身告辞，刚刚出了魏王宫，就被小乙底信率手下捕获了。耶律章奴见萧谛里没有回音，并未惊慌，估计是被魏王扣留了。此前，他曾想过有这种可能，早已做好了耶律淳不与自己合作的准备。于是率部队把上京临潢府抢掠一空，继而洗劫了庆州、饶州、怀州、祖州等，接着又联合渤海反辽起事者，得到军队数万人，前去围攻广平天祚帝的行宫。

耶律延禧得知耶律章奴反叛，急忙书就谕旨，派信使快马驰奔东单，命萧奉先回援上京。

耶律章奴率队去攻打天祚帝的行宫时，以为部下抢夺了为数不少的财富，得到了那么多好处，肯定会对上司感恩戴德，并且一心辅佐成就帝业。行宫的卫队长阿鹘产只带领三百名侍卫与耶律章奴所部交战，别看人数少，然个个是耶律延禧从国中精心挑选的，平时待遇极高，对皇上忠心耿耿。而耶律章奴所部虽有二十万，但大多数以前不属他管辖，抢掠的财物全装入了自己的腰包，当然卖力。不过要让他们舍出性命为耶律章奴争帝位，谁也不干，既然已经抢足了，不趁此时回家，更待何时？加之深知阿鹘产所率领的侍卫皆为天下顶尖的武术高手儿，十分厉害，谁拿脑袋往钢刀上撞啊，那不是大傻瓜么，便不约而同地悄悄溜走了。剩下些死党被众侍卫杀得七零八落，死的死，伤的伤。耶律章奴见大势已去，继续拼下去已毫无意义，只好说道："算了，大家逃命去吧，不必再争了。"

死党们听上司如此说，一哄而散，四下逃了。耶律章奴本想投奔大金，卫队长阿鹘产哪能容他走掉？亲自上前挥剑对打，只几个回合便将其擒获并捆绑起来。

当天祚帝得知耶律章奴围攻行宫已被阿鹘产的手下打败时，不禁龙心大悦，当即下令分别赏赐三百侍卫，将耶律章奴凌迟处死。

叛乱是平定了，然因此而致人心惶惶，特别是家眷在上京、庆、饶、怀、祖四州的兵丁们心里惦记着亲人的安危，都想回家看看。耶律延禧见军心不稳，士气低落，亦无心再与金军交战，遂下令退兵。

阿骨打闻听辽军退走，岂肯放过？便命金军在后面追击。此前，虽然萧陶苏斡率兵五万去解幽州之危，耶律章奴领走二十万，萧奉先领走二十万，但天祚帝中军尚有五万，而金军只有两万。要是不能迅速取得胜利，萧奉先的二十万一旦回援，那将十分不利。如果此仗打赢了，辽军需休整，左、右翼暂时不会来攻。倘若哪怕是受挫，耶律延福的二十万大军和萧特默的二十万大军必会乘机邀功，金军将处于非常危险的境地。

辽军行至护步答冈[①]时，日已西沉，耶律延禧下令扎营，埋锅造饭。阿骨打见前面的辽军已安营扎寨，遂召集诸将，说道："彼众我寡，兵不

---

① 护步答冈：今吉林省农安西。

可分，观其中军最坚最强，辽主必在其内。射人先射马，擒贼先擒王，摧其坚，夺其魁，龙战于野，其道穷也。败其中军，天祚感到危险，必然先逃。皇帝遁走，诸部定无斗志，随之大溃。其他各军明知力量不如中军，中军尚败，何况自己？另外，辽军将领皆想保存实力，有的甚至盼天祚早点儿见阎王，怎么甘心把为上司卖命的部下用在已经下令退兵的皇帝身上呢？天祚一死，他们才可凭实力争权，所以不必担心左右翼会来夹击。"言罢，命完颜杲、完颜宗望、完颜宗干、完颜宗隽乘辽军用膳之机，猛攻其右翼。少顷，锣鼓声震天，呐喊声动地，金军直向辽营冲去。

辽将一看女真人攻来了，哪儿还顾得上吃饭哪，急忙指挥军卒迎战。几经交锋，双方均有伤亡，金兵愈战愈勇，于沙场上往来驰骋。阿骨打远远望去，见其左翼向右翼增援，遂亲率银术哥、八麻儿、完颜宗翰、完颜宗雄、完颜宗弼、完颜娄石等将统队进击辽军左翼。八麻儿怎么来了呢？她几次要求参战，都被阿骨打拒绝了。可架不住这顿磨呀，最后总算允准了，方得以与夫君并肩作战。此刻，只见这两口子冲在最前面，勇猛异常。银术哥手握一对儿狼牙棒，八麻儿手持两柄大铁锤，带着风声舞动如飞，碰上者伤，撞上者亡，在辽营中往来冲杀，如入无人之境。与此同时，还时时刻刻注意金主的安危，不离左右，严加保护。

辽军左翼已有一半儿兵力去增援右翼，造成左翼空虚，尽管全力抵抗，也挡不住金军的精兵猛将棍打刀劈，枪刺箭射，渐渐支持不住了，只好边战边撤。右翼见左翼向后退去，惟恐孤军作战，陷入包围，亦向后渐退。

耶律延禧发现形势不好，果不然打马先逃，身旁的扈从见皇帝跑了，也以护驾为名催马跟进。阿骨打由于有银术哥、八麻儿等于左右全力保护，真正遇敌极少，故而有时间观察对方动向，见一大群人打马向西逃去，遂大喊道："弟兄们，天祚跑了，快追呀！"

金军乘势猛追，辽军左右两翼见辽主大败而逃，不管官兵们死活，便不是渐退，而是拔腿猛蹽了。萧特默下令将帐篷、粮草烧掉，只率轻骑向西飞奔，心里早已盘算好了，如果皇上问起为什么不前来救援？自己就说遭到金军火攻，粮草、营帐皆被焚毁，全军溃败，无法救援，微臣只能请罪了。

燕王耶律延福则选择拔寨起营，率军有秩序地缓缓行进，向沙漠以北寻找肥美的草原去了，再也不受天祚的节制了。阿骨打以两万金军力克号称百万雄师的辽军，从此创下了女真满万、天下无敌的神话。

第二十一章 | 传书信倡仁政护贤惩恶
下诱饵扰东京假手于人

金军获得了全胜，将士们异常振奋，手舞足蹈，欢呼雀跃。阿骨打面对刚刚还是硝烟弥漫的战场，喊杀声震天，这会儿已风平浪静，不禁感慨万端。在亲随的陪同下，先是查视了伤亡情况，亲自给伤员除创涂药，将捐躯沙场的官兵收敛、埋葬并祭奠、致哀。然后吩咐完颜宗弼、完颜宗强把俘虏集中在一起，说道："辽军兄弟们，朕知道，你们都是善良的百姓，愿意守家在地过日子，谁也不想出来打仗。女真人同样讨厌战争，渴望和平，向往安居乐业。之所以起而反之，全是被昏庸无道的天祚逼的，总不能伸着脖子等着刀砍斧劈吧？只有拼死一搏，以求生存。你们之中，有愿意参加金军的，站到左边登记编伍，待遇保证同原有的兵丁们一样，这一点以前投诚过来的人是知道的。不愿意继续当兵的站在原地，可以回家，发给盘缠……"

安排完降兵降将，阿骨打又令打扫战场，将缴获的舆辇、帝幄、武器、马匹、帐篷等收敛到一起装上车。正忙碌着，银术哥近前报称："圣上，皇后遣来的信使求见。"

阿骨打一愣："噢？快请！"

信使走到跟前，双膝跪倒，口呼万岁，双手呈上一纸书函，阿骨打边接边道："起来吧！"随后展开细阅：

吾皇钧鉴：

妾闻前方告捷，喜不自禁，欲见不能，心驰神往。仔细想来，此乃众臣参赞，群谋佥同，将士奋勇，陛下圣明果断，方得以成就大功，祝贺之语不尽言。

黑夜隐退，阳光明媚，残冬过去，春回大地。辽朝气数将尽，民心已失，天赐大金兴盛，将代辽为尊。天虽助我，但亦应自勉，胜利之后，定当行赏。赏罚乃皇之权柄，当然不会假手于人，可君怎能知道何人该赏、赏多少？

《三略》曰："废一善而众善衰，赏一恶而众恶归。善者得其佑，恶者受其诛，则国安而众善至。众疑无定国，众惑无治民。疑定惑还，国乃可安。一令逆，则百令失；一恶施，则百恶结。故善施于顺民，恶加于凶民，则令行而无怨。"

《六韬》曰："凡用赏贵信，用罚贵必。赏信罚必于耳目之所见闻，则不见者莫不阴化矣。将以诛大为威，以赏小为明，以罚审为禁止而令行。故杀一人而震三军者，杀之；赏一人而万人悦者，赏之。杀贵大，赏贵小，杀其当路贵重之臣，是刑上极也。赏及牛竖、马洗厩养之徒，是赏下通也。刑上极，赏下通，是将威之所行也。"

赏赐至公，则全国欢欣鼓舞，斗志激增。反之，则民怨沸腾，军心涣散。秦统一六国，军队称虎狼之师，主要原因是重赏军功。只要上阵杀死一个敌人，拿回一颗头颅，即可官升一级，故称"人头"为"首级"。细细思之，秦制亦有不妥之处：一是，容易引起杀良、杀降冒功。二是，敌方将士及百姓知道这样的军令后，便会认为投降照样死，不如顽强抵抗。一人拼命，十人难当，不仅对之后的击溃战构成障碍，也不利于瓦解敌方。只有宽大为怀，不计前嫌，辽人才会诚心归顺。

妾以为不妨请各位将领坐下来，总结一下战役获胜的经验，品评一下谁的功劳大，谁杀的敌人多，谁冲锋在前，谁退缩在后以及后勤人员是否尽力，差务完成得如何等。经过讨论，基本上没有异议，达成一致，逐级上报。这样吾皇才能做到心中有数，再开勃极烈会议，确定赏罚的等级和数额。

以上所言，或许是为姜多虑，吾皇早就思虑过了，没准儿有更高明的办法。思来想去，终于忍不住，还是把自己的想法说出来，仅供参考。

另：阿浑来信了，说是要想让那些流氓、地痞为大金做事，不塞银子肯定不行。他们一旦发现我有钱必会抢，如果带着军队去，或许就不敢了，也不敢接近我，事儿照样办不成。阿浑请求可否挑选两名体魄强悍、技艺超群、一人能当十人、百人的勇士帮助他，姜打算派银术哥夫妇去，不知吾皇意下如何？

妻乌古伦拜上

那么，乌古伦信中援引的《三略》《六韬》所言何意呢？《三略》是说弃置一个贤人，众多的贤人便会隐退；奖赏一个恶人，众多的恶人便会蜂拥而来。贤人得到保护，恶人受到惩罚，则国家安定，群贤必至。民众对政令怀有疑虑，国家就不会安定。民众对政令困惑不解，社会就不能治理。疑虑消失，困惑解除，国家才会安宁。一项政令违背民意，其他政令便无法推行。一项恶政得到实施，无数的恶果便从此结下。所以对顺民要施行仁政，对刁民要严加惩治，这样政令才会畅通无阻，人无怨言。

《六韬》是说凡是颁行奖赏，贵在诚信守诺。施行惩罚，贵在言出必行。如果能在亲耳所闻、亲眼所见的范围内，做到行赏诚信守诺，惩罚言出必行，那么即使不能在亲耳所闻、亲眼所见的地方，也莫不潜移默化地受到教育。将帅用诛杀地位高的人来树立威信，以奖赏地位低的人来体现圣明，以赏罚适当、严明来实行令行禁止。故而杀一人能使三军震惊的，就杀掉他；赏一人能使万人高兴的，就奖赏他。诛杀贵在诛杀地位高的人，奖赏贵在奖赏地位低的人，诛杀身居要职、影响很大的人物，说明刑罚能及于最上层；奖赏可到牧牛喂马的童仆，说明赏赐能达到最下层。刑罚能及于上层，赏罚能达到下层，这就是主将威信能够树立的原因所在。

阿骨打阅罢，随手递给身旁的完颜宗翰道："我正在想此事应该怎么办呢，这不，有人出主意了。"

宗翰并未接，而是推让道："这是夫妻间的私密，我怎么能看呢，不妥，不妥。"

阿骨打说："哎，让你看，你就看！别以为你二婶儿只会说两口子的悄悄话，错了，看完就知道了。"

完颜宗翰这才接过，看完后，不由得竖起大拇指道："哎哟，真不愧是皇后，了不得。言简意赅，条分缕析，说理透彻，使人顿开茅塞，豁然开朗啊！"

阿骨打说："明天就回会宁府，召开勃极烈会议，请诸位讨论一下是否可行。或许有美中不足之处，各抒己见，群策群力，订出方案，再据此下达谕旨，方好执行。"

完颜宗翰点头称是，阿骨打唤道："银术哥！"

银术哥上前单腿跪地道："末将在！"

阿骨打说:"你和八麻儿杀敌有功,应给以奖赏,擢升尔为明昂。朕命你二人立即启程,回返宫中,听从皇后吩咐!"

银术哥答应道:"喳!"

话要简说,夫妇俩回到宫中领命后,分别骑上马,并不加鞭,任由它行走于大道上。八麻儿一路观赏着秀丽山川,倾听着百鸟啾啾、清泉哗哗流淌,醉人的花香扑鼻而来,乐不可支,竟哼起了小曲儿:

> 正月里来正月正,
> 王二姐呀,
> 房中做女红。
> 打开奴的描金柜,
> 拿出来那五彩线,
> 闲来无事绣花灯。
> 嗯哪哎嘿哟,
> 显显手技,
> 敬敬明公。

银术哥说道:"我可是头一次听你唱歌,真好听,以后闲着没事儿时多唱唱。"

八麻儿笑着纠正道:"错了,本娘子有时候也哼哼两句,只是夫君未听到罢了。"

银术哥来了兴致:"给你出个谜语,愿意猜吗?"

八麻儿说:"好哇,出吧!"

银术哥拉着长声儿道:"什么弯弯挂天上,什么弯弯收割忙,什么弯弯绕村走,什么弯弯眼上方。"

八麻儿思忖片刻,随意哼唱道:

> 月牙弯弯挂天上,
> 镰刀弯弯收割忙,
> 小河弯弯绕村走,
> 眉毛弯弯眼上方。

银术哥夸赞道:"嚯,行啊,给个词儿就能唱!"

八麻儿一扬脸道："那是，小菜一碟，你也唱首我听听。"

银术哥逗趣儿道："哎哟，这可不中，粗喉大嗓的，把萨里甘吓跑了怎么办？"

八麻儿一撇嘴道："去你的，没正经，我出个谜语，你来猜：'什么晶晶花叶上，什么晶晶放光芒，什么晶晶出河蚌，什么晶晶喜红妆。'"

银术哥想了想道："露珠晶晶花叶上，钻石晶晶放光芒，珍珠晶晶出河蚌，发珠晶晶喜红妆。怎么样，没错吧？"

八麻儿笑道："算你聪明！"

银术哥又道："哎，我想起件事儿，一直没得空儿告诉你。咱俩临行前，皇后让我去后宫一趟，到了那儿，她把咱们到东京以后该找谁以及怎么办嘱咐完后，又讲了三小叔子夫妇俩……"说到这儿，忽然停住了。

八麻儿瞟了丈夫一眼道："倒是往下说呀，嗓子被啥堵住了，还是变哑巴了？"

银术哥忍俊不禁，忙扭过头望着别处道："看你东张西望的，心思根本没在我这儿，自个儿说有啥意思？"

"怎么？还得人家瞅看你脸才开尊口哇！"

"如果是你正说着，我显得没啥兴趣，不是也得住嘴嘛！"

"行了，行了，别卖关子了，我听着呢！"

银术哥接着说道："皇后告诉我，那天她去三小叔子家串门儿，刚进院儿，就听两口子吵吵起来了，老三家厉声责问道：'你没脸哪，咋仍去找那个小妖精呢？'吴乞买辩解道：'她那天让你把耳朵拽豁了，还挨了两个嘴巴子，未待穿鞋光着脚跑出去了，又被钉子扎坏了，我给送去十两银子抓点儿药敷敷，这也不为过呀！'老三家越发来气了：'胡扯，纯粹是借口，你就想法儿糊弄我吧！'吴乞买一甩手道：'不跟你说了，老娘们儿家家的，任吗不懂，不可理喻！'老三家丝毫不让：'我算是看明白了，你就是个不要脸的玩意儿，少治！'吴乞买更生气了：'我也看明白了，你真不是东西，脸皮比谁都厚，打架也不怕别人看见，少揍！'皇后一听，赶紧掀开门帘儿闯进去了，见小叔子的手已经举起来了。"

八麻儿忙问："哎呀，莫不是交上手了？"

银术哥回道："没……没有……"说着打了个喷嚏，又从内怀掏出手帕擦了擦鼻子。

八麻儿急不可待道："咳，真是懒驴上磨屎尿多，大老爷们儿还让风给灌着了，快讲啊！"

银术哥继续道："皇后进屋时，吴乞买的脸是冲着门这边的，那么大个人进去了，他能看不见吗，举起的手立马放下了。可老三家的脸是朝着吴乞买、背向皇后的，当然不知道有人来了，仍不依不饶地嚷嚷道：'咋了，瘪茄子了，你不是胳膊粗力气大吗，上手哇，再打我找二嫂去！'吴乞买眼睛瞅着皇后道：'长能耐是吧？有什么招儿全使出来，你去呀！'老三家气呼呼地喊道：'去就去，我有啥可怕的，看她不掐死你！'说着转身便往外跑，多亏皇后躲得快，若不然非撞个满怀不可。"

二人就这么说着、笑着、走着，沿途可见披着蓑衣的渔翁于水上划船撒网，担柴的樵夫哼着歌儿走下山坡，头戴斗笠的农夫弯着腰锄地，年轻的士人背着手于林边吟咏诗文。大千世界，挺拔的山峰，幽深的峡谷，奇幻的景色，司空见惯的事，接连不断地映入眼帘，新鲜而惬意。他们晓行夜宿，直奔东京城，因为皇后告知，其兄乌古泰正在城内一家最大的客栈永富楼靠南那间屋里候着。

单讲乌古泰经四下打听，找到了郝捣蛋、覃扒陵，邀其去"请尝鲜"喝酒。到了那儿，三人就座后，乌古泰开口道："几年不见，二位老弟风光了，只看这身儿穿戴便知发大财了。"

郝捣蛋洋洋自得道："那是呀，有眼力，咱哥儿们岂是久居人下之辈？"

乌古泰又道："老弟吃肉了，不能落下当哥的呀，也得喝口汤不是。"

覃扒陵夹了一筷头子菜放进嘴里，边嚼边道："大哥呀，不是老弟不愿带，我们干的是大事儿，怕你做不来。"

乌古泰不以为意："什么大事儿呀？只要能挣钱，我都愿意干。来，喝一个，这杯我敬二位！"说着一仰脖儿，满杯酒下了肚，郝捣蛋、覃扒陵随之。

郝捣蛋放下杯子道："什么大事儿？实不相瞒，小偷小摸咱不稀干。盗有钱人家的坟，绑富商大户的人，你能行吗？"

乌古泰连连摇头道："不行，不行，脑袋别在裤腰带上，万一点儿背，让衙门的差役抓住了，那还有好儿哇，我可干不了。"

郝捣蛋用筷子点其脑门儿道："咋样，我就知道你不敢，别唠这个了，喝酒吧！"

乌古泰似乎意犹未尽："我看二位老弟不仅没有显现出丝毫害怕被抓的样子，每天还在大街上横膀子逛，无人敢惹，连差役们见了都称兄道弟的，真是神了。”

覃扒陵接过了话茬儿：“这你就不懂了，其中有猫儿腻，弄来的钱不能独吞，得拿出一半儿给差役的头儿，他若捕了我们，上哪儿捞外快去？”

乌古泰如梦方醒：“噢，原来如此，每回能弄到多少银子呀？”

覃扒陵回道：“只要出手，至少也在百两左右，除了给差头儿的，自己能剩五十两。”

乌古泰显得十分好奇：“老弟，这么多钱咋花呀？”

覃扒陵笑道：“你可真够没见识的了，哪有怕钱咬手的？怎么花不行啊，去赌场，逛妓院，喝花酒，踹寡妇门，摔小姐琴……”

乌古泰插言道：“说实在的，弄这些钱也挺不容易的，还得给人家一半儿，照老弟那个花法儿，很快就用光了。听说东京新来了位留守，叫萧保先，富商大贾已向其禀告了此地的混乱状况，尤其担心自己的性命、财产随时有被盗的危险，表示情愿花重金，请求留守大人为地方除害。萧保先已经答应了，近几日很可能派人暗中察访，然后由军队实施抓捕。”

郝捣蛋说：“这些我们早想过了，此地不留爷，自有留爷处，不过是小孩儿拉屎挪挪地儿而已。”

乌古泰问道：“能往哪儿挪？什么地方留守管不着？除非跑到大山里，他们为了省事才不加理睬。”

郝捣蛋说：“那也行啊，跑到大山里以打猎为生，总比被逮住强。”

乌古泰出主意道：“我倒有个办法，不必进大山受苦，还能在城里任意所为。”

覃扒陵大睁双目道：“太好了，大哥快说，我们听着呢！”

乌古泰问道：“咱这伙儿有多少人？”

郝捣蛋答曰：“十五个，算你十六个。”

乌古泰点点头道：“嗯，足够了，人多反误事。你们闯进留守府，杀了萧保先，干完之后，提其人头到我这儿领取黄金五百两。”

郝捣蛋似乎不太相信：“此话当真？容老弟问一句，五百两黄金在你手上吗？”

乌古泰回道：“暂时不在我这儿，放一个朋友家了，如果同意这么做，咱们再商量。”

覃扒陵暗自思摸道：“五百两黄金够花一阵子了，先弄到再说，还杀那个留守干啥？待过几年，说不上怎么回事儿呢！"想至此，哼了一声道："行了，别编瞎话了，逗老弟开心是吧？你哪儿来的那么多黄金哪，要是真有，还在这儿呆着干啥，早享福去了。"

乌古泰忙道："实话告诉老弟吧，这黄金不是老哥的，而是一个大人物托我这么办的。知道缘何吗？很简单，倘若萧保先死了，他就可以当留守了。能如愿赴任了，由于你们杀前任有功，自然不会难为并给以方便了。"

听了这番话，覃扒陵的心活了，又道："不管怎么说，还是先小人，后君子，得看看是否真有黄金。如果把人杀了，祸惹下了，你跑没影儿了，我们什么也没捞着，不是被老哥耍了吗？"

乌古泰爽快地答应道："成，明儿个去城北的'五香居'，晌午必到，过期不候！"

郝捣蛋笑道："好，一言既出，驷马难追，就这么定了！"

次日，郝捣蛋和覃扒陵来到五香居，见乌古泰已等在包间了。二人走到桌子跟前，急不可待地异口同声道："大哥，早到了？拿出来吧！"

乌古泰指了指旁边的椅子道："别忙，先坐。"然后冲门外唤道："店家，上菜吧！"

不一会儿，店小二端着酒菜摆上桌，三人开始推杯换盏。几杯酒下了肚，郝捣蛋等不得了，又道："大哥，赶紧拿出来吧，让老弟开开眼。"

乌古泰弯下身，从桌下的脚边拎起一个油脂麻花的破旧包袱放在桌子上，特意露出一角儿。二人仔细一瞧，果不其然，里面装的全是金灿灿的黄金。郝捣蛋腾地弹跳起来，伸手薅着乌古泰的头发使劲儿往桌面上按，覃扒陵赶忙去拿包袱。这时，屋门突然开了，走进一个身高八尺、膀大腰圆、豹头虎眼的壮汉，上前一手掐住郝捣蛋的脖子，一手掰开摁着乌古泰脑袋的手，然后像拎小鸡似的提溜起来。乌古泰站起身来，把郝捣蛋的两只胳膊往后一背，用绳子捆在一起。

覃扒陵一看不好，装黄金的包袱也不要了，撒腿就跑，却被站在门外的人当的一脚踹了回来，同样将两手背剪捆上了。

覃扒陵扭头一瞅，身后站着一位七尺来高、红脸、柳眉倒竖、杏眼圆睁的女子，正怒视着自己。

乌古泰重又坐在椅子上，把包袱仍放于脚边，说道："哼，跟我要心眼儿，还嫩点儿！"随即冲后进来的二位招呼道："过来，饿了吧？先喝酒。"

你知道这一男一女何许人也？一位是银术哥，一位是其妻八麻儿。三人坐在桌边，八麻儿为乌古泰和夫君斟上酒，让店小二再添儿盘儿菜，边吃边聊，根本不理睬蹲在墙角儿的郝捣蛋和覃扒陵。二人跪在地上连连哀求道："爷呀，爷呀，饶了我们吧，以后再也不敢了。"

乌古泰喝道："少废话，身上痒痒了，想松松筋骨是吧？"

郝捣蛋和覃扒陵吓得磕头如捣蒜："爷爷，爷爷，我们老实跪着就是了，千万别上刑啊！"

三人吃饱喝足，乌古泰走到郝捣蛋、覃扒陵跟前，说道："给我听好了，先给你俩一百两黄金，打发那帮哥儿们。事成之后，提着萧保先的人头到东京城外树林中那块大石壁下换剩余的四百两，决不食言。倘若告密，没人相信，因为萧保先是新来的，只带十几个随从住在府内，外人根本进不去。周围的兵都是那个大人物的属下，早跟我们通光了，你俩看着办吧！"

郝捣蛋表示道："爷爷，爷爷，我们干。请快把绳子解开吧，捆得太紧了，疼得要命。"

乌古泰蹲下身来，分别为二人松了绑，又打开包袱取出百两黄金递之。

郝捣蛋和覃扒陵怀揣黄金乐颠颠地出了五香居，到城里聚齐了同伙儿，经一番商量，皆同意做这宗买卖，并说好事成之后，均分另四百两黄金。

时近夜半，十五个黑影儿翻墙纵入留守府，被巡逻的哨兵发现，一边大喊："有贼！"一边敲锣报警。

萧保先于睡梦中听到了锣声，不由得一惊，一骨碌爬起跳下炕，先令贴身侍从赶紧向副留守通禀，让其带兵前来救援，然后仗剑与亲随们冲出门去，同这伙儿歹人厮杀在一起。

此刻，户部使兼摄副留守大公鼎睡得正酣，萧保先的贴身侍从突然闯进门来，呼哧带喘地唤道："大人，快快请起，留守府潜入一帮刺客，萧大人命您速去救援！"

大公鼎听罢，并不着急，慢慢腾腾地穿好衣服，登上靴了下了地，这才让卫士去集合队伍。等了大半个时辰，众军卒方到，大公鼎命点起火把直奔留守府。进了大门后，萧保先的贴身侍从发现留守大人已躺倒在院内，人头不见了，其他随从也都血肉模糊、横七竖八地卧于四周。回身一看，大公鼎和属下皆齐刷刷地站在那儿瞅着自己，急得哭喊道：

"倒是赶紧抓贼呀，傻站着干什么？噢，明白了，原来你们是一伙儿的，怪不得磨磨蹭蹭呢！"

大公鼎二话没说，将手中的利剑往前一送，贴身侍从就一命呜呼了。继而下令，全城戒严，搜捕刺客。话音未落，卫士来报："禀大人，那些贼人在后院儿抢银库呢！"

大公鼎率领人马直奔后院儿，见银库的门已被撬开，盗贼正在往外搬银箱，立即号令全部杀掉，一个不留！军卒们蜂拥而上，喊里喀喳一顿砍，十五个歹人倒在血泊之中，并被割下头颅以证。

转天，大公鼎给天祚帝上奏疏曰："昨日午夜，萧保先惨遭歹人杀害，请办吾护卫不周之罪。凶手强抢银库，只能刀枪对阵，因其拼死抵抗，无奈之下全部诛灭，函首以献，建议再派留守赴任。"

高永昌乃渤海人，为东京府大公鼎手下副将，统领两千兵马，军卒大多是渤海人、女真人、汉人、室韦人、奚人。这日，门丁来报："将军，有人求见，声称是您的老朋友。"

高永昌吩咐道："请他进来！"

门丁退下，进来一人，身高七尺，淡黄脸色，一字横眉。高永昌抬眼一瞧，并不认识，急忙抽出佩剑制止道："站住，你是谁？再往前走，莫怪宝剑不客气！"

来客笑着说："你看，只我一人，若不放心，可令部下搜一搜是否带有兵器。"

高永昌示意左右，两个亲随上前，对来客从上至下仔仔细细搜了一遍，然后禀道："大人，搜查完毕，确实没有兵器。"

高永昌放心地坐了下来，冷冷地盯着来客，突然命令道："来人，推出去斩喽！"

此人正是乌古泰，面对淫威，处变不惊，掷地有声道："将军，我只说三个字，然后任你处治，死而无憾。"

高永昌一抬手道："你说，本官洗耳恭听！"

乌古泰一字一顿道："友、变、大，说完了，你们上手吧！"言罢从容地向门外走去。

高永昌被其举止言谈弄得一头雾水，寻思道："嘿，什么'友、变、大'呀？不能糊涂着。反正只他一人，又没带兵器，身边这么多卫士，没啥可怕的，让其解释解释听听也好。"想至此，忙道："回来，给我详细讲讲'友、变、大'三个字儿何意？"

乌古泰站住了，转过身来问道："将军是不是渤海人？"

高永昌回道："没错。"

乌古泰又问："渤海人以前是不是女真人？"

高永昌答曰："是呀。"

乌古泰双手一摊道："这不结了，我也是女真人，咱们五百年前是一家，比老朋友还亲呢，此为'友'。"

高永昌脸上现出不屑的神情："那好，你再讲讲何为'变'？"

乌古泰说："一个月前，护步答冈一战，金军以两万兵马打败了天祚帝率领的百万大军。紧接着中军都监耶律张家奴反，锦州刺史耶律术者反，燕王耶律延福引军去漠北，渤海人古欲率众反，饶州侯概反，北方鞑靼反，难道不是天翻地覆的变化吗？此为'变'。"

高永昌想了想道："这是秃子脑袋虱子明摆着，我承认，那么'大'怎么解释？"

乌古泰说："大丈夫不同凡人，顶天立地，当干一番轰轰烈烈的大事。上可应天，下可顺人，诛无道之昏君，拯黎民出水火，廓清障碍，重开尧舜之天。眼下，正是千载难逢的机会，将军岂能错过？这便是'大'。"

高永昌道："吾闻古人云：'福不可祈，德盛自至；功不可幸，人归则成。'想来我高某乃一介平民充军，今为副将，足矣！天若佑吾，其福自至。如先生所说，乃小人侥幸之道，吾不敢也。"

乌古泰摇摇头道："非也。秦始皇吞并六国，统一天下；汉高祖沛县起兵，进咸阳，楚汉相争，建立汉朝四百年基业；晋武帝伐蜀、灭吴，统一版图；唐太宗削平诸侯，北伐突厥，一匡天下；北宋太祖赵匡胤统一十国；辽太祖耶律阿保机聚合诸部，并奚族、室韦、鞑靼灭渤海；金主阿骨打起兵只有两千健儿，破宁江州，强渡鸭子河，激战出河店，收宾州、祥州，克黄龙府，以两万兵马杀散天祚的百万大军，创下了辽兵所传颂的'女真满万、天下无敌的神话'。请问，哪个不是浴血奋战得来，岂有坐享其成之道理？如今将军手握兵权，率领貔貅之士，诛大公鼎易如反掌，再向大金称臣。这样一来，北至混同江①两岸，南至大海及宋朝，东至高丽，西至大兴安岭以西，皆属大金版图。接着储积粮草，制造兵刃，增强武备，整肃三军。之后西出临潢府，南下幽州，击契丹军如风卷残云，再擒获天祚帝，代辽而主天下只是年内的事。将军身为诸

_____

① 混同江：即黑龙江。

侯，富甲一方，名扬海内，史书必记不朽之功……"

高永昌听到这儿，打断道："先生不必说了，容吾思之，送客！"

乌古泰走后，高永昌先回内室同夫人商量，让其去找娘家兄弟合计合计。然后又与心腹密议，皆认为事不宜迟，应立即起兵。翌日夜，高永昌集合队伍，命手下将巡逻兵杀掉，再于军营外面堆上干柴点起火，一千军卒箭搭弓弦站于火堆四周。可怜的契丹兵睡得正酣，大火烧到跟前方知，一个个光着屁股爬起就往外跑，有的被火烧死，有的被烟呛昏，有的被箭射伤。与此同时，另一千军卒围住留守府，派精兵闯入，见人就砍，无一生还，大公鼎自然也活不成。

高永昌令人张贴安民告示，自立为帝，建号"应顺"。

乌古泰得闻高永昌杀了大公鼎，自立为帝，知道劝其归顺已是枉然，岂肯屈居人下？遂与银术哥和八麻儿商议道："形势已是如此，难于左右，神人也没辙。请你们回去禀报圣上，趁高永昌羽翼未丰尽快剿灭，否则必成大患。我留在这儿已经没用了，暂时回温都部，与久别的家人团聚。"

夫妇二人点头称是，互道珍重，依依惜别。

第二十二章 | 藉钱财启城门攻克东京
穷途路拾残局希求议和

辽国的局势动荡不安，中军都监耶律张家奴反，锦州刺史耶律术者随之叛乱，朝廷派北面林牙耶律马可进剿，结果失败而归。天祚帝闻之，令萧乙薛、高兴顺率一万精兵征讨，前者则以年老多病为由推托不从，于是又遣萧韩家奴、张琳领兵前往。

此时，辽邦贵德州守将耶律余者也不听支使了，以广州、渤海之地归附了自立为帝的高永昌。耶律延禧见叛逆气焰嚣张，口出狂言，复派侍御司萧挞不也讨伐耶律张家奴。张家奴率部迎战，两军在祖州相遇，不到一个时辰，萧挞不也大败而逃。返回营地后，收拢残兵败将立寨，深沟高垒，只守不出，天祚帝再遣行宫都部署萧特默率军征讨。

耶律张家奴用金钱、美女诱使饶州侯概攻打高州，答应成功之后，可平分天下。辽军虽多次征讨叛贼，但皆不胜，回回损兵折将。耶律延禧决定亲自统兵出征，经过几次激战，总算生擒了侯概，荡平了饶州，然此时耶律张家奴也击溃了萧韩家奴、张琳所部。

金军得胜后，各部落多来归降，阿骨打下诏道："自破辽军，四方降者众，应予优抚。今契丹、奚、汉、渤海系辽籍女真，室韦、达鲁古、兀惹、铁骊诸部兵民或已降，或为辽军所俘获，逃遁而还者勿加罪。其酋长仍官之，且使从宜居处。"

这日，完颜杲和银术哥前来面圣，完颜杲提出鉴于目前辽各部大臣、将军纷纷自立，天祚是按下葫芦起了瓢，不得不四下征讨，我们应据此详议下一步怎么做。银术哥则把按皇后的吩咐，与乌古泰、八麻儿一起扰东京的情况作了禀报，转达了乌古泰所言趁高永昌羽翼未丰、尽快剿灭、不留后患之意。阿骨打听罢，当即召开勃极烈会议，先简略地将当前形势讲了一遍，然后请诸位发表高见。完颜杲第一个开了言："天祚正忙于调派军队与叛贼争锋，上京必然空虚，可乘机袭之，想必不难占领。"

完颜习不失接茬儿道："完颜杲之策虽好，但即使攻克了上京，也不容易固守。为啥这么说呢？因为上京离吾地遥远，辽廷派兵援助或夺回很是便利。上京四周皆为沙漠、草原，得之并无大益，反而会惹得天祚像疯狗一样回师扑救，不合算。依臣愚见，不如仿照秦统一六国时，其主所采用的远交近攻之计行之。现在，辽、金两军数次交战，辽皆被打败。其内部又战乱不息，不仅无时间和能力来征剿我们，还怕咱乘虚袭取上京。这种情况下，为避免顾此失彼，很可能暂时同吾讲和。圣上可派使臣跟他们周旋，与此同时，寻找机会前去攻伐高永昌。颇为有利的是一来东京、锦州与金毗邻，土地富饶，人口众多，物产丰富。二来天祚不会派军与女真争雄，因为辽、锦之地眼下不在契丹人手里，天祚恨透了那些逆贼，怎会出兵相帮呢？"

完颜希尹说："高永昌乃大公鼎的副将，东京之地全凭手下的一小股部队乘乱而得，人心不见得归附他。臣以为不妨派人去收买高永昌的部下，由他采用或投毒或杀戮的办法，夺其上司的命。只要高永昌一死，刺客传出消息，属下必作鸟兽散。这时，我军以炮猛轰，东京唾手可得，惟需金钱之力，不需将士冒死攻城。"

阿骨打问道："想过没？派何人去收买，收买谁？"

完颜希尹回道："思摸过，咸州降将乖剌与东京将官相识，可唤来问问。"

阿骨打遂命扈从传令，乖剌很快来到大堂，撩衣跪地叩拜道："吾皇万岁，万万岁！"

阿骨打一抬手道："平身。"

乖剌站起身来，阿骨打问道："尔曾驻守咸州，地近东京，可知高永昌是个什么样的人？"

乖剌回道："小的对他不太熟悉，见过几次面，据传讲其人好大喜功，野心勃勃。"

阿骨打又问："你与他的属下打过交道吗？"

乖剌答曰："回皇上，只是认识其中的几位。"

阿骨打再问："他们之中，有没有贪财之人？"

"世上贪财之人多的是，再者说了，有几个不爱财的。"

"朕指的是特别贪财，为了钱什么缺德事儿都干得出来，甚至出卖亲戚、朋友。"

"回皇上，北城的城门官李利就是这样的人。"

"你怎么知道的？"

"听人讲他们哥儿俩分家的时候打起来了，李利将家中值钱的东西席卷一空，跑出后连嫖带赌，很快便身无分文，只好当兵了。"

"你和李利认识吗？"

"只是一面之交。"

"你的亲戚、朋友、部下有谁跟其关系处得近些？"

"小的有个部下是赌徒，李利也是赌棍，常听他提起李利。"

"部下叫什么名字？"

"庞门。"

阿骨打说："明天头晌，你领庞门去完颜希尹处，他将告诉你俩怎么做。"

次日，完颜希尹召见乖剌和庞门，二人跪拜后站起，完颜希尹问道："庞门，你常和李利一起赌钱是吗？"

庞门回道："是。"

完颜希尹又问："现给你一千两白银，作为打通关节的经费，能使李利帮助我们吗？"

庞门想了想道："试试吧！"

完颜希尹摇摇头道："不是试试，是能，还是不能？可以告诉他，事成之后，还有两千两，这儿有五百两是你的。"

庞门心想："真是求之不得的好事儿呀，就冲这五百两银子，也得想法儿让李利上钩。"于是便道："回大人，小的敢保证，一准能让他帮咱。"

完颜希尹强调道："我可提醒你，银子不是好拿的，若办不成，小心项上的脑袋，知道吗？"

庞门连连点头道："小的知道，小的知道。"

完颜希尹啪啪拍了两下手，银术哥从后堂走了出来，遂指着他对庞门说："这位职衔是明昂，与你同去。"

庞门抬头一瞅，我的妈呀，此明昂足有一个半人高，大手像小簸箕似的，胳膊比自己的腿还粗，活脱儿是庙里的金刚，两个眼珠子一瞪，能把胆子小的魂儿吓飞喽！

完颜希尹又叮嘱银术哥和庞门一些需要注意的细节，遇有紧急情况该怎么办，二人边听边点头。

银术哥和庞门离去后，完颜希尹去见阿骨打，启奏道："皇上，我军去攻打东京时，途中需经沈州①。臣以为宁肯多跑路，绕过沈州，拿下东京之后，倘若天祚没有向沈州增兵，可另派兵与攻打东京之军南北夹击沈州。如果辽军前来增援，我们就选择有利地形于半道设下埋伏，因援军是在路上，没有城池作掩护，所以容易击溃或消灭之。到那时，沈州便是一座孤城，守城官无路可走，只能投降。"

阿骨打思忖片刻，点头应允，命令完颜杲率军一万，带上大炮，绕过沈州，向东京发起攻击。

单讲银术哥和庞门到了东京城下，庞门见李利正在神气活现地盘查行人，遂给银术哥使了个眼色，银术哥小声儿问道："他就是李利？"

"没错。"

"好，走吧，咱们喝酒去。"

二人反身进了道边的小酒馆儿，点了可口的饭菜，外加一壶老白干，吃饱喝足分了手，约定后天午时仍在此处见面。

银术哥去城北五里外的林边转了一圈儿，没听见之前讲下的联络暗号儿，知道完颜杲所率大军尚未到，便在附近的村落住下。次日下晌，他又去那片树林转悠，看到了金国的先头部队，于是拿出金牌，由先锋官领着面见完颜杲。银术哥进了大帐，完颜杲正等着他，二人互通了情况，并详细合计了一番。

转天，银术哥按时去了道边的那个小酒馆儿，庞门已点好了饭菜，吃完后，庞门去城门口儿找李利。二人见了面，互致问候，庞门拉着李利来到僻静处，问道："兄弟，怎么样啊，最近手气不错吧，赢多少了？"

李利打了个唉声道："咳，糟透了，输得底朝上不说，还欠着账呢！"

"噢？看来手头儿紧呗，很需要钱是吧？"

"谁不需要哇？这年头儿，没钱玩儿不转哪！"

这时，银术哥走了过来，庞门指着他介绍道："这位是我的朋友，手里有大把的钱，就看你要不要了。"

李利看了看虎背熊腰的银术哥，腿肚子直转筋，摇摇头道："想要，但不敢要。"

银术哥解下围在腰间的包袱，打开让李利瞅了瞅，又重新包好道："庞门所言是真，老弟若按我的话去做，这些银子全归你。"

李利眼前一亮："大哥请讲，让老弟做什么？说来听听。"

---

① 沈州：今辽宁省沈阳市。

银术哥问道："最近一段时间以来，城门白天是不是总开着？"

李利回道："天天开，不过只开一道缝儿，仅够一个人出入，而且盘查很严，生怕暗探混进去。"

银术哥接着道："明儿个我俩扮作经商的进城，你这位城门官装一装样子随便盘问几句便可，顺利放行。进去后，我会告诉你什么时候在城头举红旗，听炮声一响，赶紧大开城门，这些银子就是你的了。先给一千两，打发一下那些守门的弟兄，不让你为难。攻下城后，你在城门口儿等我，剩下的两千两会在那儿交之。"

李利道："容老弟问一句，大哥是什么人，为谁做事？"

"这就不必问了，你只需说干，还是不干？"

李利面对那么多白花花的银子，心里痒痒的，恨不得立马拿到手。管他是谁呢，得了银子是真格的，在这儿守一辈子也挣不来呀！于是答应道："行，我干，一切听大哥的。"

银术哥说："别怪没提醒你，要是耍我，脑袋必开瓢儿！"

李利忙道："哎哟，给我十个胆儿也不敢哪，若是跟大哥耍心眼儿，天打五雷轰，不得好死！"

银术哥二话没说，从包袱里取出一千两银子给了他。

完颜杲手下的两名探子一直隐蔽在东京城门附近，观察是否发出暗号儿，终于看见城头竖起了红旗，马上跑回林内宿营地禀报。完颜杲下令开炮，一万骑兵成四路纵队箭一般冲向城门，李利已与手下的两个弟兄将原来只能进出一人的城门大开。金军进城后，守城官大惊，忙率众兵丁阻击，又派随从去通禀高永昌。此时，先期着民装潜入城内的二十来个金军射手隐藏在皇宫四周，看到欲进宫或从宫内出来的人，就甩出飞刀、袖箭，送其见阎王。守城官等不到新帝的回音，估计或已遇险，或被围困，也就不再抵抗了。手下的兵丁有的缴械投降了，有的脱掉盔甲，钻进商家的店铺或民宅之中。

过了半个时辰，完颜杲命令包围皇宫，御林军首领见四周黑压压一片，全是威风凛凛的大金官兵，抵抗无济于事，只能白白送死，遂询问高永昌怎么办。高永昌知道人势已去，一切都将化为乌有，无奈地长叹一声道："咳，告诉弟兄们，保命要紧，请降吧！"说罢放下佩剑，走出宫廷，问道："哪位是将军大人？高永昌归顺来迟，听凭发落。"

完颜杲不费吹灰之力占领东京之后，张贴了安民告示，扎下营寨，随即派亲随快马向圣上报捷。第三天，阿骨打命其率兵合围沈州，并告知百里之内未见辽军来援。

沈州守将萧挞里得闻东京被金军占领的消息，当即吓得手足无措，马上疏文遣人昼夜飞奔向天祚帝告急，然中途却被金军截获了。他等了几天，一直无回音，便趁金军尚未形成包围之势，率军从西门逃了。

北方鞑靼起兵骚扰辽境，耶律延禧派军支援，由于连连吃败仗，导致兵员迅速减少。为维护大辽的统治，天祚下了谕旨，要求凡有杂畜十头以上之家户，必以一人充军。各地牧民的生活本已贫苦不堪，又要送家中的劳力从军，个个愁眉锁眼，怨声载道。

天祚帝封魏国王耶律淳为秦晋国王、都元帅，上京留守萧挞不也为契丹行营部署兼副元帅，率领从各家各户招募来的两万新兵前去围攻被金军占领的沈州。完颜杲据城而守，辽军连攻几日，不能克城，只好退兵。

完颜杲在城楼上望见辽军撤走，立即令部队从城中杀出，那些新兵吓得扔下武器伏地请降，萧挞不也和耶律淳在亲随的护卫下逃遁。

天辅二年七月丙申，阿骨打下诏曰："吾臣达鲁古勃堇辞烈听令，凡新附降兵，善为存抚，来者各令从便安居，给以官粮，毋辄动扰。"其意是说凡是新近归降的辽兵，都要妥善安置，给以抚慰。对于主动来到吾处请求定居之人要准备住处，官府发放粮食，使其安心，军卒不可动不动前去骚扰。自此，大金国后方稳定，再也不用增加百姓赋税给辽廷进贡了。遇有战事，将士们踊跃参加，部民全体出动，运送粮草，积极支援前线。

有的听者会问，辽军咋这么不堪一击呢？天祚有五子，长子魏王耶律淳，是其青年时与婢女素奇所生，登基后封素奇为昭容；次子赵王耶律习泥烈，乃另一昭容所生；三子晋王耶律敖鲁斡，其母文妃；四子耶律定和五子耶律宁，其母元妃，元妃之兄即枢密使萧奉先。元妃所生之子排行最小，她生怕将来不能即帝位，左思右想，此事只能同哥哥商议一下。在归宁时，元妃对其兄说："魏王耶律淳年长，恐有即位的可能，怎么办？"

萧奉先蛮有把握道："不会的，耶律淳的母亲不过是个婢女，何况而今已是半老徐娘了，子以母贵，怎么能成为储君呢？"

元妃摇摇头道："不尽然，耶律淳从小习武，刻苦读书。长大成人后，对国事颇为关注，尤愿翻阅记载历代兴衰的史料，这就证明他有野心。

前些日子耶律章奴反叛时，曾大肆扬言，欲拥耶律淳为帝。眼下，战乱频仍，硝烟四起，倘若他有了战功，建立了武威，群臣畏服，皇上信任，很有可能成为储君。"

萧奉先想了想道："妹子所言有点儿道理，不得不防，此事好办。只要耶律淳奉命出征，我即拨给老弱残兵、陈旧枪械，想打胜仗都难。"

元妃紧蹙的双眉舒展了，笑道："谢谢大哥！"

正因为之前兄妹俩有了这番对话，所以当耶律延禧将魏王耶律淳改封秦晋王并令其与萧挞不也率兵攻打已被金军夺占的沈州城时，萧奉先向天祚帝建议道："从辽国内地调兵去沈州，路途遥远，疲于奔命，人困马乏，极易被金军乘机击之。莫不如调近处戍边之卒，再招募些附近居民为兵，就地参战颇为方便。"

天祚应允后，萧奉先又暗令驻于边境和城镇的守城官将老弱病残之兵拨给耶律淳，可想而知所带的是怎样一支队伍了。他心里明镜似的，既不敢反驳，又不敢向父皇诉苦，只能忍气吞声。耶律淳被完颜杲击败后，集合逃散的戍边兵卒在蒺藜山扎营，命部将捏里招募壮勇，训练军队，准备再取东京。

萧奉先恐耶律淳所部逐渐壮大，倘若收复东京等地，在群臣及辽军中威信自然增高，故而又对天祚帝说："目前金军强盛，鞑靼连连侵扰，我军数次失利，造成兵员不足，财力不及。微臣以为不如暂时与金讲和，待兵强马壮之时，再行征讨。"

耶律延禧思忖再三，认为此言极是，遂令耶律淳不必动用钱财扩军，派遣部将捏里与金国讲和。耶律淳很聪明，猜到了此乃萧奉先在背后掣肘，可是能怎样？萧奉先是皇上的红人，掌握着军事大权，其妹又是最得宠的后妃。而自己呢，对这些小人惟恐避之不及，哪里敢直言劝谏？为不使萧奉先抓到口实，只好奉命行事，书文交给捏里，吩咐其去金国讲和。

捏里到了沈州城，将信函面呈给完颜杲，完颜杲当即派人送往京城。阿骨打接到后展阅，见上面是这样写的：

大金皇帝台鉴：

今两国交兵，你争我夺，黎民涂炭，何日了期？莫如双方言和，各守疆土，百姓和乐而安生业，天下幸甚！

辽秦晋王耶律淳

阿骨打回函曰："汝等诚意请和，当废黜昏主，择立贤者，副朕吊伐之意，方可订立合约。如若不然，必尽并尔国，望审图之。"书罢，命部将斛鲁古勃董领兵一万，协助完颜杲镇守沈州、东京。

耶律淳接到回函，不便拆封，派出信使前往上京，面呈天祚帝。耶律延禧阅毕，怒从心头起，逐出信使，传令耶律淳再取东京。耶律淳不敢怠慢，立刻集合队伍，前去攻城。完颜杲给官兵下了命令，只许守城，不许出战。耶律淳指挥辽军连攻五六日，死伤几千人，而东京城却毫发无损。他明知以这样的部队和军械攻城是徒劳的，可又不敢撤离，便扎营于城外。

完颜杲见契丹军的进攻不那么猛烈了，猜测兵卒早已疲惫，军心涣散。到了午夜，令属下集合队伍，人衔枚，马摘铃，悄悄出了城门。完颜杲一马当先，尼楚赫、呼实布紧随其后，挥舞着刀剑杀入辽营。那些契丹兵睡得如死猪一般，金兵左砍右劈，伤者的嚎叫声惊醒了耶律淳。他不知对方有多少人马袭来，岂敢招架？在亲随的护卫下，匆匆骑上马向北飞奔。辽军死的死，伤的伤，叫苦连天，四散溃逃，至东方露出鱼肚白时，营帐内已没有活着的契丹兵了。完颜杲令手下打扫战场，把辽军丢弃的武器、粮草归拢到一起，运回城中。官兵们排着整齐的队伍，敲着得胜鼓，唱着歌儿凯旋。

天祚见耶律淳逃返，束手无策，只得再次向金国求和，派耶律奴哥等人前往会宁府。阿骨打召开勃极烈扩大会议，先将辽国遣使欲讲和之事说了一遍，然后征求大家的意见。完颜习不失开口道："近些日子以来，辽军连连败退，我们应一鼓作气，乘胜追击，不给对方以喘息之机重整旗鼓。各位想想，辽军如果恢复了元气，岂能不来复仇？因此必须痛打落水狗，一竿子插到底，绝不可有妇人之仁！"

汉人杨朴说："自古英雄开国或受禅，须先求大国册封，方能名正言顺。受册封之后，可通权达变，不必拘泥于一纸合约，况且欲用兵何患无辞。"

阿骨打采纳了杨朴的建议，复书天祚，称能以兄事朕，岁贡方物，归我上京、中京①、兴中府，三路州县，以亲王、公主、驸马、大臣子孙为质，还吾逃入阿疏，及原给信符，并宋、西夏、高丽往复书诏、表牒，可

---

① 中京：今内蒙宁城西。

以如约。

天祚看后，认为可以考虑，遂遣耶律奴哥再去金都，请免去质子、割地还人之事，阿骨打则派胡突衮前往辽京谈条件。两国使节穿梭往来，经反复磋商，终于在六月达成协议，耶律延禧遣耶律奴哥等将西夏、宋、高丽书诏、表牒至金。七月，阿骨打派胡突衮入辽，免去质子入金，及上京、兴中府所属州郡，减裁岁币之数。且声称若能以兄事朕，册用汉仪，可以如约。

天辅三年九月，辽天祚帝遣支右离毕事萧泥习烈赴金国，册封金主完颜旻为东怀国皇帝。同年十一月，阿骨打遣乌林答赞谟入辽，斥责耶律延禧册文中无兄事之语，不称大金，而称东怀等。若依前书所定，然后可从。

耶律延禧因阿骨打所订册文之中有"大圣"二字，与契丹先世称号相同，遂遣萧泥习烈往议。阿骨打大怒，拒绝和议，两国间的大战即将爆发。

第二十三章

讲民生说道德女真民风
设陷阱戳坐探化险为夷

　　银术哥来到坤宁宫面圣，启禀道："陛下，三猛安的李龙找到末将，请求参加卫队。说是感谢吾皇再造之恩，没齿不忘，到了卫队，定将誓死保卫圣上。此人在征讨东京及之后的战事中，确实卖力杀敌，表现比较突出。但令我心存疑虑的是在大部队里不是一样为国效忠么，为什么非要进卫队呢？末将百思不得其解。"

　　阿骨打笑了笑道："不用理他，你要是没什么大事儿，明天带着八麻儿，我叫着乌古伦，咱一块儿去西山转转。"

　　银术哥单腿跪地道："喳！"

　　乌古伦近些日子的心情颇为复杂，可谓既兴奋，又担忧，欣喜金军连连获胜，牵挂儿子的安危。三个儿子早已长大成人，最小的宗强也十八岁了，皆在军中效力。个个都那么英俊、豪气、智勇双全，而且知书达理，谙熟军政之道。然而战场毕竟不是游乐场，或飞马驰骋在沙漠、荒野与敌交手，或冒着密集的箭矢、浓重的炮火硝烟攻城略地。枪子儿可不长眼睛，血肉之躯难以抵挡锋利兵器的捅刺，一旦有个一差二错，当娘的辛辛苦苦把孩子们养大，怎么能受得了？每每想到这些，她就不寒而栗，心绪不宁，站也站不稳，坐也坐不住，只能去院子里溜达溜达，或在高处的凉棚内观赏星空，以排解心中的烦闷。

　　这日傍晚，乌古伦开门出屋来至庭院中，望着朦胧的夜色，圆月有时被云雾遮掩，有时又从云层里钻出，将光亮洒向人间。想到战争过后将是和平，和平也要靠战争的胜利才能取得，不由得长叹一声。天气说变就变，没一会儿，风带着蒙蒙细雨而来，茂密的枝叶摇曳着美丽的身躯，承接着天公赐予的甘露。她反身回到房内，正中的屏风恭恭敬敬地迎接着主人，彩绘的框架上，猩红地儿衬托着翠绿的枝叶和粉白的花朵令人心驰神往。走过屏风，上绣百鸟之王凤凰的罗帐即在眼前，四周缝缀着一颗颗晶莹的红珠子，宛如熟透的樱桃，垂挂于两旁的帘钩儿。铺着龙须垫席的卧榻上，叠摞着锦缎被褥，还有那亲手刺绣的鸳鸯双枕。这里浸透着夫妻多年的耳鬓厮磨，热烈谈论的美好畅想，对未来的希望以及生活的甜蜜。然而现在与辽国的议和破裂了，丈夫又要出征了，儿子也要为女真族的尊严勇敢战斗。府中只剩下自己和宫女、家院了，往后将有多少天只看着他们添香、汲水，多少个月夜面对着流泪的蜡烛无比惆怅。而今人到中年，已是春花落去，秋实累累。此生嫁给深爱自己的英雄丈夫，养育三个虎彪彪且文雅、孝顺的儿子，幸福而满足……

天色已经黢黑了，御厨们早就备好了晚膳，只等皇上回来享用。过了戌时，阿骨打才忙完国事返回宫中，乌古伦将其迎进御膳房，侍女们端上了菜肴。她起身往金樽里斟满了酒，双手奉至丈夫跟前道："夫君辛苦了，请干此杯，祝大金皇帝一帆风顺，万事如意！"

阿骨打笑着端起金樽一饮而尽，放下杯子道："嗯，皇后斟的酒就是好，有一股不寻常的味道。"

乌古伦很是不解，问道："这可怪了，皆为皇宫的酒，妾斟的有什么特别吗？"

阿骨打故弄玄虚："你猜呢？"

乌古伦想了想，摇摇头道："猜不出来。"

"平日那么聪明，这会儿咋糊涂了，夜来香啊！"

"去你的，一大把年纪了，还忘不了耍贫嘴。"

"少年夫妻老来伴儿嘛！"

乌古伦说："唠点儿正经的，马上要开战了，孩子们都随你去吗？"

阿骨打回道："那当然，打仗亲兄弟，上阵父子兵，勠力同心，处处得胜。"

乌古伦提醒道："打仗不同儿戏，最忌谋划不周，粗心大意，还是谨慎为好。"

"我知道，别老调常谈了，把心放在肚子里吧！"

"除此，还有不放心的地儿。"

"噢？你说。"

乌古伦道："这一走啊，有情却又似无情，惟觉樽前笑不成。野花繁英君莫采，糟糠待夫早回程。"

阿骨打做了个鬼脸儿道："嚯，老了老了还扯这个，我也有几句顺口溜送给你，听着：'曾经沧海难为水，除却巫山不是云。遍览群芳懒回首，何花能及牡丹神。'"

乌古伦嘴一撇道："哎哟，你还认真了，我说笑话呢！"

阿骨打逗趣儿道："唉，在皇后面前，岂敢不认真哪？"

乌古伦再次为丈夫斟满了酒，又给自己倒了一杯，然后端起杯吟道：

> 原野茫茫不见边，
> 朔风嗖嗖吹身寒。
> 夫君立志振邦国，
> 握剑挥旗斩凶顽。
> 渤海亦有雄心志，
> 靖宇蠲除庶民难。
> 待到班师回朝日，
> 妾将置酒庆凯旋。

阿骨打听后，深有感触，也端起杯吟道：

> 刀光闪闪出塞边，
> 三军壮志敌胆寒。
> 振旅踊跃兴家国，
> 激浊扬清惩凶顽。
> 游刃有余操胜券，
> 仁者必勇解民难。
> 鹏程万里尊贤圣，
> 吉日良辰定凯旋。

吟罢，与乌古伦的杯子碰了一下，一饮而尽。待乌古伦喝干，接着又道："明儿个咱俩和银术哥、八麻儿去西山转转，放松放松，活动活动筋骨，有兴趣吗？"

乌古伦笑答："好哇，难得有此闲情逸致，吃完饭早点儿歇了吧！"

次日头晌，阿骨打夫妇在前，银术哥两口子在后，步行去西山。一路上，处处可见成片的庄稼已泛黄，穗大粒满，显然是个丰收年。农夫开始动镰收割了，好像比赛一般，干得热火朝天的。阿骨打越看越高兴，心里十分欣慰，扭过头对乌古伦说："真是天公作美呀，农民的辛勤劳动没有白费，终于盼来了好年成，富国强兵的愿望或许可以实现了。"

乌古伦道："富国强兵固然重要，但也要轻徭薄赋，以养民力。部民有了粮可填饱肚子，有了钱可购置衣物、农具，这样方能身体健壮，更好地做工、参战。前几天，我曾去谋克驻地，看到了逃来的辽民，一个个破衣烂衫，瘦得皮包骨。据官兵家眷介绍，这些人无一不说辽国的贵族重利盘剥，官员如狼似虎，百姓饱受欺凌，赋役沉重，生活艰难，苦不堪言。每每讲起，不禁伤心落泪，咱的部民对其十分同情，对辽官恨得咬牙切齿。天祚为了满足于自己享乐，不惜动用大量的民脂民膏修筑宫殿，建造花园。不顾农时，强迫农夫搬运木材、石料，为其寻捕猎鹰、猎犬和珍稀飞禽，百姓哪有工夫放牧、种地、精心侍弄庄稼呀？致使土地歉收，甚至被大地主、大牧主强占。而那些大地主、大牧主仰仗着权势，根本不把地方官放在眼里，颐指气使，我行我素。地方官在他们面前只有巴结奉承、摇尾乞怜的份儿，不敢向其征收赋税，更谈不上承担徭役。小地主、小牧主则买通官府，通同舞弊，少报田亩、牲畜，虚报人丁，千方百计地减免赋税、不摊徭役。这样一来，原本就穷得叮当响的农民、牧民遭了殃，叫苦连天，官府即使再用严刑峻法予以惩治，能逼出钱粮吗？贾谊的《过秦论》你读过，文中曰：'陈涉之位非尊于齐、燕、楚、韩、赵、魏之君，锄、耰、棘矜非铦于钩戟长铩也，征战之众非抗于六国之师，深谋远虑、行军用兵之道非及乡时之士也，然而成败异变功业相反者也。试山东六国与陈涉度长大小，比权量力，则不可同日而语矣。然秦以区区之地、千乘之权，招八州而朝同列，百余年矣，然后六合为家，殽函为宫。一夫作难而七庙隳，身死人手为天下笑者，何也？仁义不施，而攻守之势异也。'此言之意是说陈涉的地位没有齐、楚、燕、韩、赵、魏的国君尊贵，锄头、棘矜不比钩戟长矛锋利，迁谪戍边的兵丁不能跟六国的部队抗衡，陈涉的谋略，行军用兵之道也比不上先前六国的武将、谋臣。可是条件好的反而失败，条件差的却获得了成功，业绩完全相反。假如拿陈涉与东方诸国比一比长短大小，量一量权势力量，则更不能相提并论了。然而秦国凭借原先小小的地方，发展到千乘大国之威势，继而统一了全国，管辖天下九州，六国诸侯皆来朝见，这也经过一百多年的努力。之后的六合为家，殽谷为宫，用殽山、函谷关作为内宫。而陈涉振臂一呼，万人响应，国家就灭亡了，秦王二世被赵高所弑，秦王子婴死在项羽手里，被天下人所耻笑。这是为什么呢？因为不施行仁义之政，致使攻和守的形式大不同。再者，贫富悬殊之势成，商鞅、吴起之能不免为戮，贾谊之才被贬，晁错之贤被杀，难道是皇帝的本心吗？非也。有的是因为支持才能之士的皇帝去世，奸贼乘机作乱；有的是因为形势所迫，不得已而采取的权宜之计。"

阿骨打听罢，思忖良久方道："皇后考虑得很周到，朕一心只想着怎么能战胜敌人，有些事便忽略了。不过从目前看，部民承担的赋税并不重，徭役几乎没有。"

乌古伦解释道："我刚才说的话急了点儿，一提起辽国的暴政就生气，请皇上不要怪罪，所言之意主要是应该防范以后发生这样的事。"

阿骨打说："我们的事业方兴未艾，如何政理平治，尚未来得及仔细商议。今儿个有点儿闲工夫唠扯唠扯，是皇后对朕的提醒，很好，怎么会怪罪呢？你每天用不着琢磨兵家该采用什么谋略，不必去沙场与敌对阵，也不用思虑军队纪律松严、兵丁士气高低，或许早就想出了防范的好办法，不妨讲来听听。"

乌古伦道："眼下是战时，部队需要大量的粮草、兵员，国家征收的赋税的确不多，然道德教育、严肃法治决不能忽略。咳，我也是今天想这、明天想那、东一句西一句的，归拢不到一块儿，说不明白。"

阿骨打道："咱只不过随便聊聊，有啥明白不明白的，想到哪儿，说到哪儿。"

乌古伦往前一指道："你看，那就是西山了，黄的是梢条，红的是柞树，绿的是李子树，紫色、橙色的我叫不出名儿来，真好看！"

阿骨打点点头道："嗯，不错，今年霜还未降便老山了，所以才这么色彩斑斓，美不胜收。"

银术哥和八麻儿始终走在他俩的后面，保持着只有大声说话才能听到的距离，仔细倾听着路两旁和周围的动静，丝毫不敢粗心大意，时刻保护皇上的安全。

四人来到山脚下，从一缓坡儿登上了山顶，举头上望，蓝天白云，秋高气爽。往东瞧，是一望无际的平原，松花江水像一条银色的链子从田野蜿蜒流过，金黄的谷穗儿、深红的高粱、低矮的黄豆点缀其间，令人赏心悦目。往西看，千峰竞秀，重峦叠嶂，山谷中漂浮的烟霭若隐若现。往北瞅，飞瀑倾泻而下，涛花喷薄，彩虹迎着太阳闪射，十分壮观。往南看，数条涓涓溪流沿着沟壑流淌，百花争艳，层林尽染，果树飘香，果实缀满枝头。面对美丽宜人的景色，阿骨打顿觉心旷神怡，不禁诗兴大发，高声吟道：

> 天际茫茫洗碧空，
> 地育动植亿众生。
> 花红柳绿迷人眼，
> 落英缤纷笑不成。
> 春华渐渐飘忽去，
> 秋实累累尽精英。
> 征杀半生为社稷，
> 民富国强愿永恒。

银术哥、八麻儿啪啪鼓起掌来，乌古伦连声叫好儿，紧跟着也吟诵一首：

> 抬头仰望虚太空，
> 低头俯思亿众生。
> 千山竞秀花争艳，
> 万壑奔流聚大成。
> 华发逐渐成白首，
> 造成粮堆是精英。
> 寓富黎庶能兴国，
> 民心天意是永恒。

吟罢，又是一阵儿连叫好儿带鼓掌的，四人高兴得如同孩子似的。此时，虽已入秋，但晌午的太阳仍挺毒，晒得他们不住地淌汗。阿骨打四下一瞥摸，走到一枝叶稠密的背阴之处，撩衣坐了下来。银术哥先在地上铺了一块光板皮子，然后从腰间解下水壶和布袋，把袋内的糕点、鲜果取出摆上。

阿骨打招呼道："来吧，都坐下歇歇，喝口水润润嗓子，吃点儿东西。"

银术哥忙道："谢皇上！我和八麻儿不渴也不饿，在旁边巡视着，小心无大错。"说罢，夫妇二人走出十几步远站住了，手持短刀警惕地望向周围。

乌古伦坐在丈夫对面，拿起壶为其倒了一杯水，阿骨打连喝了几口，放下杯子道："夫人，方才你的话没说完，接着来。"

　　乌古伦微微一笑，言道："古人云：'明刑弼教'，既要让人们知道刑律不可触犯，还要辅以教化。道德教育如春风化雨，滋润大地；政令、法律犹如清流，荡涤污泥浊水。太史公曰：'夫礼者禁于未然之前，而法者禁于已然之后。'我虽然阅读了诸子百家学说，也认为所言各有道理，但总觉得还是女真人的民风最好。道德兴，则国和家睦，岂不强似国乱而后治？从小习于正德而无不正，犹如生于女真而无不说女真之言也。如果把女真人的孩子打小就送到契丹人那里，便会说契丹话，而不会女真语。女真人为君的中正，为臣的贤良，为父母的严慈，为子女的孝顺，为君的视百姓如子女，为民的敬皇帝如父母。夫妻相敬如宾，互爱互帮，男女平等，各施所长。对一奶同胞讲手足之情，对街坊邻里讲友善之意，对行伍兄弟讲精诚团结，对叛徒、间谍给以狠狠惩治。对敌人和野兽施用武器，对亲朋好友以酒肉款待，上下步调一致，军民携手同心。物欲横流，则使人背信弃义，尔虞我诈；彰善瘅恶，则使人心明眼亮，积极向上。骄奢淫逸，被痛斥为无耻；勤俭持家，被尊为永远的德行。鄙视浑噩麻木之人赌拐诈骗，赞美质朴、淳厚之人坚强勇敢。不肖子孙人人唾骂，奉养父母、尊敬长辈个个称颂、敦风行俗、心地善良、疾恶如仇乃女真人多年形成的良好民风。吾向来不排斥汉人、契丹人关于治国安民的理论，而是认为对他们的民俗、教化要去粗取精，去伪存真，方可为我所用。女真族固有的悠久传统不需向别人学，只需保持并发扬光大，那就很了不得了。"

　　阿骨打竖起大拇指赞赏道："哎哟，皇后啊，不可小觑也，讲得鞭辟入里呀！明儿个召开勃极烈会议，让大家听听你的高论，可随意评点，再把汉人、契丹人所倡导的适用于大金的理论吸收过来，认真总结一下，下谕旨发出去。"

　　夫妇俩又天南海北地唠了好久，阿骨打见太阳已偏西，这才站起身来道："行了，时候不早了，该回去了。"

　　二人走出没几步，突然一支箭晃晃悠悠地从南面朝阿骨打飞来，手疾眼快的银术哥噌的一声蹿到主子前面，边以短刀拨箭边大喊道："还不动手！"

　　话音刚落，从密林里冲出十多名卫士，向南面的发箭者扑去，那人手持一根镔铁大棍与卫士们打在一起。这时，又打北面飞来三支箭，随之跑过来三个大汉，手持兵刃直奔大金皇帝。银术哥、八麻儿连忙舞动锤棒，击飞了射来的三支箭，阿骨打和乌古伦也拔出佩剑准备迎敌。一眨眼工夫，从东面林中纵出五十多名卫士，将四个刺客团团围住，可想而知，不费吹灰之力致其全躺倒在地一命呜呼了。

这是怎么回事呢？原来耶律延禧得知阿骨打将出身贫苦的辽国降兵编入金军的消息后，遂以重金在家族内聘请勇士，改名换姓，冒充贫苦辽兵甘愿被金军所俘，然后在女真部当兵，再想法儿混入专门保护皇帝的卫队。可是卫队选用的一色是完颜部的威猛之士，一个外人不要，无奈之下，只好时时观察阿骨打的动向。这日，见其带着银术哥及两位女眷去西山游览，认为大好时机已到。为首的耶律龙，即化名李龙的便联络耶律虎、耶律强、耶律凡一块儿上山，约定由耶律龙先射箭，以引卫护之人与他对打，其余三人去杀金主。

他们没想到的是此前，阿骨打听银术哥禀报李龙请求参加卫队，当时已估计到了这伙人早晚是祸害，决定引蛇出洞，一网打尽，故而有意扬言去西山。银术哥在天蒙蒙亮时，已经令尚古鲁率卫士们上山埋伏下来，只等鱼儿上钩了。

尚古鲁领着十几名卫士在前，银术哥夫妇在后，两旁各有二十多个卫士，保护着皇上、皇后下得山来。到了山根儿，不知从何方射来数不清的乱箭，犹如飞蝗，致护卫在两旁的六七人中箭。众卫士知道这肯定是辽兵，急忙将皇上、皇后围在中间，全力挥舞兵器架隔或遮拦箭雨。过了一会儿，也许是对方的箭囊已空，方呼喊着冲了过来，好家伙，足有五百多人！众卫士都是选拔出的武艺高强之人，杀退一批，又冲上一批，脚下全是横躺竖卧的尸体，索性在尸体上闪转腾挪，个个甲胄上溅满了血迹。虽然使出浑身解数奋力御敌，不让对手接近皇上、皇后半步，但猛虎架不住群狼，辽兵在当官的驱使下，不顾命地往上冲。眼看日已西落，银术哥一面挥刀劈砍，一面时不时地以余光向会宁府方向瞭去，忽见黑压压的马队举着火把向西山疾驰而来，一颗悬着的心落了地，高兴地对八麻儿说："救兵到了！"

身在外围的辽兵见南边灯笼火把亮成一片，人喊马嘶之声隐隐入耳，显然是金军来了，赶紧偷偷溜了。正在与卫士们交手的辽兵见有人逃走，打南边又驰来了众多兵马，吓得腿都软了，哪里还敢招架，慌忙趁着夜幕蜂拥般钻进了附近的密林。待到吴乞买率军赶到山脚下时，见二哥、二嫂毫发无损，已看不到活着的辽兵了。

那么，有的听者会问，吴乞买咋来得这么是时候呢？您有所不知，耶律龙等人上山后，便以敏锐的听觉察觉出山上设有埋伏，他们可不想白白送死，于是让亲随下山报信儿，请求于距会宁府最近的边境一带驻扎的一支精锐部队前来增援。可辽军尚未赶到，阿骨打要下山，只好拼死阻挡，以拖长其下山的时间。

而银术哥在保护皇上、皇后下山之前，为把握起见，早已派两名卫士返回会宁府报信儿。乌古伦的侍女艳儿见太阳快落山了，皇上、皇后还没回来，有点儿不放心，就去找谙版勃极烈吴乞买，说明情况。吴乞买听罢，觉得不妙，立即点起一千骑兵出城。走出没多远，遇上了回来报信儿的两名卫士，于是在其引领下，大部队飞马驰往西山。

阿骨打平安地回到了会宁府，转天头晌，召开勃极烈扩大会议，开言道："吾师老萨满曾讲过：'天有风、寒、暑、湿、燥、火六气，地有金、木、水、火、土五运，它们都在不停地运动，互相作用，产生春、夏、秋、冬四季，然免不了有异常之时。用兵也是如此，虽然能够做到知己知彼，周密策划，但兵无常势，水无常形，鹬蚌相争，渔翁得利，螳螂捕蝉，黄雀在后。'朕此次登山，本意是引天祚派到我军内部的奸细落网，却未料到一支辽军杀出。多亏谙版勃极烈反应快，救援及时，总算有惊无险。从今往后，当一支军队单独行动时，要有一支预备队，以防不虞之患。另外，皇后向朕提议说：'女真民风淳朴，民气旺盛，有悠久的传统和良好的道德标准。我们应继承发扬，世世代代传下去，同时还要根据法律治理国家。若能如此，善者遵守道德，恶者不敢妄为，当为长治久安之道。'诸位爱卿，不能光听，得仔细琢磨琢磨，谈谈自己的看法。"

大家各抒己见，皆认为皇后所言极是，道德是人的行为准则和规范，对社会生活起着约束作用。决定一个国家的兴衰，要看你的行为是否合乎法度，遵守法纪，以法律治理国家，因而继承并发扬悠久的传统、良好的道德是极为重要的，不可忽视的。阿骨打听罢想了想，说道："这样吧，由完颜希尹、杨朴二位贤卿在国中挑选耆宿以及汉人、契丹人中的名士，编写道德规范和律条，写完交勃极烈会议讨论，定稿后颁布天下。还有一件事，咱们同辽国的议和没有达成，朕打算先发制人，主动出击。至于应先取何地、可能发生什么情况、如何应对等，请各位谈一谈，尽量做到有备无患才好。"

完颜阇母似乎早有准备，第一个开了腔："皇上，微臣近几天一直在思谋此事，并草拟了一份儿攻辽计划，不知是否妥当。"

阿骨打手一抬道："很好嘛，说来听听。"

完颜阇母接着道："第一，先攻打离咱最近的上京临潢府，步步为营，正兵临敌，奇兵取胜。克一座城，占一块地，皆能扩大金国的地盘儿，有利于今后的征兵和收缴赋税。第二，据斥候报称，已同混入临潢府内的坐探取得联系，天祚眼下不在上京，具体去了哪里，尚未弄清。城内驻扎马队两万，步队一万，城外驻两万骑兵。守将有四员，一位是上京留守、主帅萧挞不也，另三位是副将萧奴海、佳峨然、萧奴里，三人皆为能征善战的骁将，且足智多谋。而主帅萧挞不也却是个贪生怕死之徒，一遇强敌就只顾自己逃命，扔下军卒不管，在以往的战事中表现得淋漓尽致，没有不知道的。第三，从会宁府进军至上京，需经过一段丘陵地带，部队刚一进入，辽军的斥候便会发现并飞马通禀。得报后，他们必然在路上设伏，以弓箭袭之。怎么能挡住射出的箭矢呢？我想了个办法，即让步兵、炮兵为前队先行。步兵一手持盾牌，一手持单刀，戴上只露两只眼睛的铁盔，穿上护身铠甲。炮兵的给养只带三天用的，用车拉着，拉炮车的马全部披上甲胄，大炮的火药放在预备队里。这样一来，即使辽军放火，伤亡也不会太大，损失会降到最低。辎重车待步队清除了大路两边的敌人再跟进，骑兵后出，一定在两军交战时赶到，从外围杀入。能想到的只有这些，不够全面，请诸位加以补充，不合适的给以修正。"

完颜杲说道："我以为不错，有的放矢，很适用。补充一点，此前要做好宣传，增强将士们必胜的信心，激励斗志。让其知道有可能遇到埋伏，因为中间只有一条大路可行，辽军会把我军截成数段儿。面对此情，不要惊慌，不要惧怕，狭路相逢勇者胜。只有沉着迎战，勇敢冲杀，才能获得生路，何况骑兵在后头助阵，很快就能赶到。另外，综观近一段的战事，辽军屡屡溃退，失败的原因固然很多，主要是一遇上对自己不利的情况，便阵脚大乱，主帅先溜。我们的各级将领必须引以为戒，身先士卒，指挥得当，稳住阵脚，临阵脱逃者定斩不饶。"

在场的各位也谈了想法和建议，基本趋向一致，最终定下阿骨打御驾亲征，攻打上京临潢府，谙版勃极烈吴乞买留守京城会宁府。

第二十四章 睿宗雄入虎穴上京归顺
金联宋互派使缔结同盟

大金皇帝给谙版勃极烈下诏曰:"汝为朕之母弟,义均一体,故用贰吾国政。凡军事违者,阅实其罪,从宜处之。其余事无大小,一以本朝旧制。"即是说因为你是我一母所生之弟,情投意合,志向一致,如同一个身体一样,所以作为朕的副手参与国政。在我亲征期间,所有官民于军事、政事的执行中有违背法令者,查其确实犯有罪行,根据情节轻重采用适宜的办法给以惩治,其余一切事不论大小,皆按大金国所订立的旧制处理。

宣毕,匍匐在地的吴乞买双手接旨,谢恩!阿骨打请其平身,吩咐择吉日祭天,由家萨满完颜希尹主持。

这日,堂子两侧立起数根神杆,顶部安有锡斗,里面盛着供天神享用的碎肉、米谷。主祀为阿布卡恩都力,即日、月、星、风、雨、雷、电之神,兵部竖纛旗并具祭祀纛旗篇。

时辰一到,銮舆、仪仗为前导,阿骨打身着戎装进入堂子,至圜殿就拜位南向而立,率群臣行三拜九叩之礼,螺号齐鸣。然后出内门,向纛旗致礼,礼成乐作,车驾启行。

上京留守萧挞不也闻得金军欲攻打临潢府,立即召集众将议事,说道:"据可靠消息,金帝亲自披挂上阵,率军袭我京师,诸位有何良策?"

佳峨然献计道:"金军攻城依靠的是大炮和冲车,虽然两种兵器颇为厉害,但也有缺点,即比较笨重,行军、迁移、撤退不如骑兵、步兵灵活。此外,大炮只能远距离发射,及至其近处便失去了作用。冲车也是一样,除了攻城时可撞击城墙,别无他用。如果我们将骑兵部署于城外,在打探到金军的进攻路线后,于半道儿设下埋伏截击,必事半功倍。"

萧奴海补充道:"本将以为可留下一部分兵力守城,营寨设在密林深处,这样对方的大炮无法将我军纳入射程之内,反而还能灵活机动的袭击敌人。若金军攻城,咱就率骑兵截其后队,随即城内亦出兵,内外夹击，金军阵脚必乱，难于应对。"

其余各将没有提出异议，萧挞不也拍板了："好，主意不错，就这么定了。"

话要简说，辽军埋伏在树林里，等候金军到来。过了一个时辰，远远望见对方阵容整齐，步队在前，马拉着炮车在后，炮车后面还是步兵，个个顶盔贯甲，手握盾牌、单刀。萧奴海一看，这种情况如果发箭，杀伤力显然很小，于是赶忙请示萧挞不也道："留守大人，按之前所定采用伏击之法，目的是出其不意，攻其不备。而金军已经有了准备，那么很可能打个棋逢对手、胜负难分了，故此我建议撤回部队。"

萧挞不也想了想道："嗯，将军所言极是，下令回城。"

阿骨打率领大队人马平安地走过密林，见天色已晚，至旷野处扎营。命令兵士在营地四周挖堑壕，壕外撒些鹿角、铁蒺藜，并将炮口对外，设置强弩。还把兵丁分为三班儿，每班儿守营两个时辰，另两班儿安心歇息。

到了丑时，出外侦察的斥候发现有辽骑兵前来偷袭，立即吹起海螺发出信号，完颜杲向炮手命道："各就各位，待敌人进入射程时，听我号令再开炮。"

此刻正是夜半，当晚没有月光，外面黑黢黢的，什么也看不见。加之辽军的战马都用麻布包了蹄子，銮铃也摘下了，所以根本无法凭听觉判断敌我之间的距离。待到能看见来袭骑兵时，大炮已发挥不了作用了，只能以强弩轮番射击。辽骑兵冒着箭雨前冲，中箭者纷纷倒地，前后试了几次终未能越过堑壕，徒然留下许多伤兵死马。萧挞不也见实在无法攻击营地，担心损失太大，只好鸣金收兵。

第二天清晨，金军饱餐后启程，行至日落，就地埋锅造饭，安营挖堑。正在此时，辽骑兵飞驰而至，金兵连忙拿起武器上马迎战。将士们在阿骨打的指挥下，个个奋勇争先，毫无惧色，以杀敌为荣。这一仗打得天昏地暗，尘土飞扬，双方各有伤亡。天渐渐黑了下来，萧挞不也见占不着便宜，遂下令撤离。阿骨打考虑到分不清虚实，追击恐中埋伏，也令兵丁归队歇息。同时派哨兵在周围巡逻，步兵的一部分继续挖堑壕，并遣十几名骑兵尾随辽军，看他们在何处扎营，注意有没有风。倘若没有风，等待风起，在其营帐的上风头纵火，火势起来立马回转。

金军吃完饭，阿骨打令步兵守营，骑兵整装待发。发现火起或放火的军卒返回就行动，截杀从火里逃出的辽兵，直至火场附近没有辽军了

即可收队。

萧挞不也回到营帐，心中好生得意，虽然损失了一些兵将，但欣喜的是这一仗总算打了个平手儿，金军的伤亡也不小。转念又想："不能再去偷袭金营了，人家训练有素，戒备森严，宁肯献出生命也要守住阵地。尤其是皆能各自为战，不因身临险境而逃离，不能不让人服气，看来金军是不可战胜的……"正琢磨呢，佳峨然急匆匆进帐禀报道："大帅，不好了，营地起火了!"

萧挞不也说："现在正是秋季，风大草干，火是救不了的，赶紧撤，整队回城!"

辽军卒见大火呼啦啦蹿起来了，哪里还顾得上列队呀，一窝蜂地往上京跑。未承想刚到旷野处，金军呼喊着杀来，跑得快的总算捡了条命，落在后头的可惨了，有的被砍死，有的被马踏，大多只有跪地请降的份儿了。萧挞不也打马飞奔，好不容易逃出了火海，却遇上了前来堵截的完颜宗翰所部，挡在了奔往上京的路。他急忙拨马向南，又见完颜宗望率队追来，想逃回临潢府已经不可能了，惟有继续向南逃。到了亥时，马也乏了，人也快颠零碎了，听听后面没动静了，这才停下，等待着渐渐聚来的军卒。帐篷留在营地了，粮食也扔在那儿了，没吃没住，秋夜气温又低，怎么办？只能在林子里避避风了。

此时，完颜宗雄一直在后面尾随着萧挞不也，见其与逃散的军卒钻入了树林。刚欲下令跟进，又怕林中有伏兵，想到皇上曾嘱咐过穷寇勿追，便调转马头返营了。

次日清晨，完颜宗雄向皇上禀报了萧挞不也及其散兵暂时驻扎之地，阿骨打想了想道："宗雄，你很有辩才，为减少伤亡，能否去说服萧挞不也放下武器归降？"

宗雄抱拳道："侄儿愿意效劳!"

阿骨打命道："吃完早饭，带上本队人马前往，朕派完颜呆率大军在后面为你保驾。"

宗雄摇摇头道："大可不必，萧挞不也已是惊弓之鸟，去那么多人会把他吓跑的，我自己就行了。"

阿骨打不无担心地说："不妥，萧挞不也的心思难于揣度，太危险了。"

宗雄表示道："如果能说服萧挞不也归降，双方达成和议，上京自然不用攻打了，可使很多官兵免于伤亡，我情愿冒这个险。"

阿骨打说："也好，务必要小心，见机行事。"

宗雄走后，阿骨打立刻唤来完颜呆、完颜阇母，合计怎样做才能保证完颜宗雄的安全，万无一失。

完颜宗雄单人独骑来到了辽败兵驻扎的树林附近转悠，被哨官发现，问他是干什么的？宗雄不慌不忙，坦然回道："本人是大金皇帝派来的使者，求见留守大人，有要事相商。"

哨官上下打量一番道："下马吧，按照规矩得搜身，请你配合。"

完颜宗雄翻身下马，哨官搜了搜，见没带兵器，随手扔给他一条布带子。完颜宗雄心里明白："这是怕我知道主帅具体在哪儿呀，其不知早就看见了，要不怎会找到这儿来？真乃一帮蠢猪，随他们吧！"这么想着，便把布带子捋了捋，蒙上眼睛，在脑后系好。

哨官问道："你打算怎么走？是骑马呢，还是步行？"

完颜宗雄不假思索道："骑马。"说着手摸鞍子踏上镫，骗腿儿而上，由一军卒牵着马进了林子，哨官随其后。

此刻，萧挞不也正坐在树墩子上思摸下一步该怎么办，身边尚有一万军卒，进可战，退可守。毕竟脚下是辽国的地盘儿，下令还是算数的，谁敢不听？这时，哨官来报："将军，捉到一嫌犯，自称是金国使者，求见留守大人。"

萧挞不也命道："带过来！"

军卒将完颜宗雄拉下马，拽到萧挞不也跟前，喝道："跪下！"

完颜宗雄大声质问道："吾乃堂堂大金使者，来此面见留守大人有要事相商，缘何下跪？"

站在萧挞不也左边的佳峨然开了腔儿："这就是我大辽的留守老爷，甭管谁来求见，必须下跪！"

完颜宗雄冷笑道："留守？留守能代表你们的天祚说话吗？而我作为金国使者，完全可以代表大金皇帝说话，怎么能随便下跪呢？"

佳峨然欲上前强按其跪地，萧挞不也摆了摆手，示意不可那么做，并道："把他的蒙眼布取下。"

佳峨然照做了，萧挞不也说："金国使者，有什么话请讲吧！"

完颜宗雄侃侃而谈："众所周知，很长一段时间以来，辽军在沙场上连连败北，不得不承认已无法战胜金军了。大金国军民团结一心，同仇敌忾，众志成城，所向披靡。即使遭到突袭时，也不慌乱，各自为战，想必留守大人已经领教过了。缘何如此呢？皆因我们是为女真的民族尊严而战，是为各族受苦受难的百姓而战，是救民于水火的正义之师。"

萧挞不也一拍大腿道："简直是一派胡言，完颜女真以下犯上，叛变朝廷，乃乱臣贼子，犯下了十恶不赦的大罪，人人当诛之！"

完颜宗雄不屑一顾："笑话！我们原本是独立的渤海国，由于辽国皇帝不惜契丹人的生命乱兴兵事，才被强行占领之。商汤伐夏桀，周武王伐纣，有史以来，谁说过此为反叛？天祚荒淫无度，残蠹群生，暴虐成性，可谓比夏桀、商纣更为残暴的君王。女真起兵是以有道伐无道的正义之举，反对剥削压迫，拯救在死亡线上挣扎的黎庶。而夏桀、商纣乃至天祚一件好事不做，是地地道道的独夫民贼，怎能以帝王称之？"

萧挞不也怒喝道："住口！一个狂妄自大之徒竟敢侮辱我大辽皇帝，还了得，给我推出去斩了！"

话音刚落，呼啦一下冲上十几个如狼似虎的彪形大汉，欲捉拿并行捆绑。完颜宗雄临危不惧，只是两臂摆动，双拳挥舞，众壮汉便趔趔趄趄地散开了，继而哈哈大笑道："小觑了不是？不需你们费劲儿，堂堂大金国使者岂是贪生怕死之辈？我自己走，为社稷而死必将名垂青史，值得！"

萧挞不也见此，无奈地摆摆手道："两国交兵，不斩来使，回去吧！"

完颜宗雄重申道："本使者此来的目的是提醒留守大人应早日归降，免得百姓受兵燹之灾，也给自己留条后路，告辞了！"

一军卒牵过马来，完颜宗雄骗腿儿而上，出了林子。刚驰向大路，远远望见完颜阇母率一队骑兵正站在道边迎候，忙打马到了跟前，完颜阇母说道："宗雄，你走后，皇上不放心，遂派卫队里两名轻功最好的卫士暗中跟随。进了林子后，二人攀上高树看着你，一旦有危险，立即发出暗号儿并跳下树出手相帮，大军必会将你们救出。"

宗雄听罢，感动不已，热泪盈眶，颤声儿道："圣上的一番苦心将铭刻五内，没齿不忘，为大金的江山社稷愿肝脑涂地！"

完颜宗雄离去后，萧挞不也令护从退下，准备与佳峨然私下聊聊，开口道："将军，本官贸然问一句，不知对眼下的时局怎么看？"

佳峨然听出了弦外之音，并不正面回答，想了想道："请放心，凡事由留守做主，小将听大帅的。"

萧挞不也自然也品出了言外之意，知道不必提防了，便道："将军，去把萧奴海叫来。"

佳峨然边答应边起身走了，没一会儿同萧奴海一块儿回来了，萧挞不也吩咐两名军卒将附近的一根倒木抬来，三人坐下后，萧挞不也冲萧奴海说："自打辽金开战以来，金军连连获胜，辽军屡屡吃败仗，乃天意乎？"

萧奴海回道："小将以为民心即是天意，民心拥护谁，谁就是当然的天子。"

萧挞不也慨叹道："哎，从结果看，毫无疑问，真是天意归金哪！"

天辅十年九月壬子，阿骨打让完颜希尹草诏给萧挞不也，内曰："辽主失道，上下共愤，深自怨艾。大金兴兵以来，所过城邑，负固不服者，即攻拔之，降者优抚之，汝等必闻之矣。今尔国和好之事，反复见欺，朕不忍天下生灵九罹涂炭，遂决定进剿。此前，已遣完颜宗雄诏谕，尚不听从。今若攻之，则城破矣，重以吊伐之意，不欲残民，故开示明诏，谕以祸福，望审图之。"书罢，又令宗雄再去辽地，以金帝明诏示之。

此草诏何意呢？即是说辽国的皇帝耶律延禧背离天意，丧失道德，致使上天和臣民怨声载道。金军兴兵以来，凡经过的城邑，对仗恃兵力强而不服者即进攻占领，对投降者给以抚恤和衣食上的照顾，这一切想必你们都听说了。而今辽金两国议和已经告吹，原因是辽主反复无常，无视金主的诚意。本帝不忍心看辽国的百姓在天祚的残暴统治下，过着贫穷的生活，处在极端困苦的环境中，所以决定进行讨伐。在此之前，已派遣大将完颜宗雄前去招降，告知吾方之意，然至今没有听从。倘若我们动用武力攻城，恐怕等不到现在，早被攻破了。由于大金重在保护、抚慰百姓，讨伐有罪的天祚，不愿因战争而使黎民受到残害，故而公开明白地表示，坦诚地告知不投降则会招来祸患，投降了则必平安得福。希望你们仔细思虑，认清形势，采取对国人有利的行动。

萧挞不也关于大金对俘虏所采取的政策及克城之后的作为早已知晓，所以不用谈什么条件，向完颜宗雄表示愿降。但尚不知城内守军是何想法，请使者回去禀告金主，最好假以时日并允许进城说服之。

完颜宗雄当即告知："吾皇有令，准予进城。"

于是萧挞不也派萧奴海进城，同守将萧奴里商议请降事宜，萧奴里表示愿意降金。萧奴海来到金营，跪拜大金皇帝，言称上京军民皆愿降。阿骨打听罢，龙心大悦，决定三日后举行受降仪式。

次日，完颜希尹带一队骑兵前往上京，到了城下，大声喊道："城上弟兄们听着，吾乃大金的特使，请主将出来答话。"

军卒忙去向萧奴里禀报，萧奴里三步并作两步地跑上城头，冲城下问道："吾乃城中主将萧奴里，贵使有何吩咐？"

完颜希尹说："请主将令全军出城，横向列队，放下武器受降。"

萧奴里按命照办，完颜希尹宣读诏书："辽主无道，天意归金，自今日起，尔等皆悉大金臣民。有官衔者可任原职，士卒愿投金者到大营报名，不愿者自便。"

宣毕，众骑兵到降卒身后拾取武器，送归大营，契丹军解散，金军进城接防。

完颜宗雄率领一队骑兵去萧挞不也驻地受降，到了营帐外，亦如完颜希尹一样，宣读诏书，收缴兵器，契丹军解散。

阿骨打封萧挞不也为虎威将军，萧奴海、萧奴里、佳峨然也被封为将军，金官兵列队敲锣打鼓欢迎辽营将士来营帐入伍。

萧挞不也请降之时，辽将耶律余睹正忙着，带领东路军马不停蹄地收拢逃散的辽兵。阿骨打得报后，让完颜希尹草诏给耶律余睹，内曰："汝部在东路前后战，无有不败。今闻收合散亡，以拒我师。朕已于六月十五日降服上京，并将往取辽主矣。汝若治兵，一决胜负，可指地期日相报。若觉不敌，当率众来降，无贻后悔。"意思是说你所统帅的部队在东路与金军先后数次交战，没有一次不败的。听说现在正急于收拢逃散的军卒、流浪者和乞丐，招募兵员，妄图继续与大金对抗。我们已于本年六月十五日降服了上京的契丹军，举行了受降仪式，而且即将攻取辽国皇帝所在地。你若整饬部队阵容、纪律，打算与金军一决胜负，可以指定日期、地点并告知。如果觉得没有把握取胜，生怕再次吃败仗，莫不如率领部下投降。望不要错过时机，避免造成祸患，省得事过后悔。

耶律余睹接到诏书后，仔细阅罢，并不回复。自知眼下没有条件与金军正面交锋，聚合的散亡之众正在整编，尚未开始训练，仅仅是奉命行事而已，天祚帝不下令，何必自讨苦吃。

耶律延禧得闻金军已占领上京，觉得中京离其太近，恐有危险，只好连夜迁往西京大同府。与此同时，任北府宰相萧乙薛为中京留守，知盐铁内省两司、东北统军司事，以相机收复上京。

阿骨打自登基后，很想联宋攻辽，却苦于没有合适的人选前去洽商，遂召集群臣献策，把自己的打算和盘托出。完颜宗翰对此十分不解，直言道："皇上，大金已据几万里疆土，骑兵十万，有必要让别国分一杯羹吗？"

完颜希尹表示道："微臣以为联宋攻辽很是必要，不过北宋自真宗后，即与辽国结下了澶渊之盟，一时难于改变这种局面。不妨先派人进入宋境，设法接近朝廷之掌权大臣，动以说辞劝诱，陈清当今形势，让对方决定何去何从。宋朝苦于年年向契丹进贡，奉送大批金银、锦缎，想必也不甘愿如此。"

阿骨打说："人选颇为关键，起码得具有辩才，派谁去好呢？"

完颜希尹举荐道："微臣府中有一幕宾，名叫乌凌阿，胆大心细，善于辞令，反应机敏并通晓宋国语言。"

阿骨打思忖片刻，点点头道："好，此事交给贤卿了，可去账房儿支取千两黄金给他，用于打点。"

完颜希尹回到幕府，未顾得上喝茶，便召乌凌阿前来议事。工夫不大，乌凌阿进得门来，施礼道："大人，不知唤小的有何吩咐？"

完颜希尹请其就座，说道："先生满腹经纶，思辨能力强，声言苦于无功受禄。今有一机会可发挥所长，建功立业，不知愿否？"

乌凌阿忙道："大人过奖了，只要有用小的之处，万死不辞。"

完颜希尹说："准备派先生赴宋地，设法接近朝廷权贵，进言劝诱宋金联合攻辽。此乃要务，难度极大，可否承担？"

乌凌阿表示道："请大人放心，小的定将前往，尽力去办。"

完颜希尹递给一红布包道："这是千两黄金，需带在身上，随机而用，但要记清去处。"

乌凌阿接过，问道："小的何日启程？"

完颜希尹回道："明天即可。"

长话短说，乌凌阿抵达宋地后，结识了燕人马植，从此相交甚厚，马植用乌凌阿给的黄金敲开了宋廷枢密使童贯的大门。

金国的强盛，使宋徽宗大喜，认为可以借机收复后晋石敬瑭割让给契丹的燕云十六州。政和元年，枢密使童贯出使辽国，途径卢沟桥时，有燕人马植求见。童贯与其一番交谈后，觉得此人很有才能，遂带回京城开封向宋徽宗推荐，马植晋见时奏道："圣上，辽国天祚皇帝暴虐无道，欺压弱小民众，女真人对其深恶痛绝。吾皇若能遣使自登州、莱州涉海，与金国订立攻辽之约，燕云十六州便可收复。万一女真人得胜，我们就先发制人，乘机夺取之。"

宋徽宗听罢，对其极为赞赏，赐姓赵，改名儿赵良嗣，并委以秘书丞职务。

　　宋重和元年二月，宋廷派武义大夫、登州防御使马政和平海指挥使呼庆随高药师、曹孝才渡海，刚到达北岸便被金巡哨发现，随即上前询问，马政说明来意。巡哨向上司禀报，上司不敢慢待，派兵护送使臣。行经十余州，来到拉林河，晋见金帝，表明宋主欲与大金通好，还详述了两军共同击辽的计划。

　　阿骨打与群臣好一番商议，决定遣小散多、李善庆、渤达赍国书并北珠、生金、貂皮、人参、松子等礼物，同宋国使者一块儿回返。国书中曰："宋所请之地，当两国夹攻辽，得者有之。"

　　一行人踏上宋境后，徽宗令赵良嗣前去接待金国使者，当见到小散多时，眼前一亮，忙施礼问候道："原来是老弟呀，一向可好？久违了！"

　　小散多回礼道："马植兄，幸会，幸会！"

　　赵良嗣显得特别兴奋："听说你高升了，大好事嘛，我得设宴祝贺呀！"

　　小散多打了个唉声道："咳，一言难尽哪！马植兄，士别三日当刮目相看，如今你已是宋廷的三品大员了，真叫老弟不敢认了。"

　　赵良嗣引领金国使者来到驿馆，安顿完毕，说道："请诸位在此歇息，我和小散多是老熟人，替他告个假，一起叙叙旧。"

　　渤达、李善庆异口同声道："请便！"

　　赵良嗣拉着小散多来到自己府中，就座后，仆人奉上了香茗，转身退下，室内只剩下主客二人了。赵良嗣开口道："老弟，方才所称一言难尽，想必别有隐情，能讲讲吗？"

　　小散多说："我前年经商到了汴梁，也赶巧了，其时，大街小巷正疯传翠云楼的窑姐儿赛太真美貌如天仙。老兄，你知道我好这口，就去了翠云楼，点名儿让赛太真陪客。一来二去的，我俩谁也离不开谁了，每天卿卿我我，如胶似漆，好得像一个人似的。可是不到一个月，腰兜儿的银子花光了，被老鸨赶了出来，那真叫惨哪，一路乞讨着回了东京老家。此次听说金宋和好，朝廷贴出告示招聘通事，我有幸被录用了，这不，就作为大金的使者来了。"

　　赵良嗣知道小散多是个色鬼，正好借机利用之，遂问道："老弟，还想不想赛太真了？"

　　小散多回道："当着真人不说假话，我是天天想、夜夜盼，又有什么办法呢？没钱哪！"

　　赵良嗣说："活人不能让尿憋死，办法有的是，老哥给你指条捷径，就看走不走了。"

小散多忙问："马植兄，什么捷径？"

赵良嗣回道："需要办件事，如果能答应，送你一笔钱，把赛太真赎出来从良，娶她为妻。再给置座宅第，封你官职，永享大宋俸禄。"

"哎哟，给吾这么多好处，求之不得呀，此事一定很难办吧？"

"不难，只要你回到金国后，搜集秘密情报，如实向我汇报便可。"

小散多表示道："我倒愿意这么做，不过只是个通事，所知道和掌握的情况太少，恐怕对宋朝没什么大用。"

赵良嗣说："这好办呀，给你活动经费，用于买通金国的上层人物，想办法拉关系，从他们的口中套出机密。"

小散多听罢，乐得合不拢嘴，连连点头称是。

赵良嗣晋见宋徽宗，密奏与小散多的谈话内容，并称此人完全可以利用。宋徽宗当即令户部拨款，给小散多购置了房子，从翠云楼赎出了赛太真，加封小散多为团练使。这位大金的通事是见色不要命的人，已经急不可待了，啥也不顾忌了，在赛太真被赎出的当天晚上，便与其住在赵良嗣为他购置的宅第里，行云雨之欢。

小散多的举止引起了金国使臣渤达和李善庆的怀疑，于是派亲随盯梢，很快便将一切弄清楚了。然表面上却不动声色，以防止小散多有所察觉，只等将其顺利带回国了。

宋金两国代表经过一番洽谈，暂时没有结果，金国使者返回。渤达和李善庆把小散多出使宋国期间的所作所为奏疏皇上，阿骨打大怒，下令杖责五十大板，罢免其职，终身监禁。

时过不久，宋徽宗派马政和其子马宏出使大金，二议两国联合攻辽之策以及收复燕云十六州、转输岁币银等事。父子俩返回汴梁没几天，阿骨打又面谕勃堇辞烈、哈鲁为使，赴宋再议。经宋金互派使臣，几次磋商，终于在两方皆认可的条件下达成一致，相约攻辽，金取中京大定府，宋取燕京析津府。待灭辽之后，宋国需将原先向辽国缴纳的岁币银十万两、丝绢二十万匹转输给金国，此为"海上之盟"。

就在"海上之盟"刚刚订立、宋徽宗命令童贯于河北集结部队准备攻辽之时，爆发了方腊起义，势如燎原烈火。宋徽宗立刻召群臣商议，说道："诸位爱卿，目前方腊乱贼猖獗，不能任其作乱，务要竭全军尽快剿灭。这样一来，便没有兵力征辽，无法履约，金帝肯定不满。实在不行，只能罢宋金'海上之盟'，大家以为如何？"

权邦彦出班奏道："近些日子，宋使与金使渡海往返数次，天祚已知宋金结成了攻辽同盟，再想与其和好绝无可能。何况辽廷自认为实力还很强，又是大国，否则金也不会与宋订立盟约。而现在欲与金国解除'海上之盟'，其曲在我方，必失金帝的信任。当前形势下，因此事跟两个强国都结下仇怨，对我们十分不利。"

宋徽宗想了想道："贤卿不妨和观察使童师礼跑一趟，去金地晋见阿骨打，代朕向其说明眼下吾朝的境况。强调兵力有限，顾此失彼，实为国势，暂时难履'海上之盟'。待童贯班师还朝，大宋定当践前言，决不耽搁攻辽时日，请少安毋躁，静待佳音。"

众臣你看看我，我瞅瞅你，皆表示只能如此。

第二十五章 | 听谗言诛骨肉余睹降金
举雄兵荡西地势如破竹

前书讲过，辽国本已南北受敌，处境维艰。然而在这关键时刻，朝廷内部又起萧墙之患，正在酝酿着权力之争。

萧奉先是元妃的哥哥，在其妹的请求、催促下，千方百计地欲除掉大皇子耶律淳、二皇子耶律习泥烈、三皇子耶律敖鲁斡。依子以母贵排序，大皇子和二皇子的母亲为昭容，地位远远不及皇妃，能跟元妃之子相争的只有文妃之子晋王耶律敖鲁斡了。而这位皇子素有长者之风，为人谦和，心地善良，同兄弟们相处得十分融洽，且与世无争，即使有朝臣推举或天祚帝定其为皇储，他也会推辞的。朝廷内外众口一词，皆言耶律敖鲁斡是品德高尚之人，这却引起了元妃的嫉妒。

文妃姊妹三人，老大嫁于耶律达曷里，老二即文妃，老三嫁给了耶律余睹。一日，大姐将两个妹妹叫到府中闲聊，被萧奉先得知，遂禀报天祚帝，说是耶律达曷里以及文妃三姊妹正在密议谋立耶律敖鲁斡。耶律延禧立即派人前去查视，果见他们在府内聚合，唠得甚欢。耶律延禧闻知，信以为真，下令将耶律达曷里斩首，赐文妃自尽，惟独放了晋王耶律敖鲁斡一马，未忍加罪。

耶律余睹在军中得此噩耗，不由得惊恐失色，思来想去，无路可走，只好率千余骑叛逃，投奔金国。天祚得报，气冲头顶，当即令知奚王府事萧遐买、北府宰相萧德恭、大常衮耶律谛里姑、归州观察使萧和尚奴等四军由太师萧幹率领追击。大军追至闾山县，诸将勒马商议开了，萧遐买说道："萧奉先纯粹是诬告耶律达曷里等人，实际上人家本是无罪的，皇上竟不分青红皂白地相信了。今儿个遵命前去捉拿耶律余睹，明儿个没准儿我们之中的哪位也遭萧奉先的栽赃陷害，脑袋照样保不住。咱不傻不苶的，干吗把好人送上断头台呀，决不能干这种缺八辈子德的事儿！"

萧德恭接茬儿道："耶律余睹乃当今豪杰，事事不甘人后，深得皇上器重。萧奉先恐其将来替代自己的职位，为稳妥起见，才下手欲除去隐患。倘若兄弟几个生擒耶律余睹押回，岂不是做了坏人的帮凶吗？也是助敌灭己，这种蠢事不能干。依我看，不如放任之，愿意往哪儿跑随他，咱就别管了。"

耶律谛里姑、萧和尚奴、萧斡听罢，认为此言极是，皆点头表示赞同。于是大家掉转马头驰向归途，到了中京，向天祚禀告道："皇上，我们晚了一步，耶律余睹已遁入金境，无法追拿。"

萧奉先见耶律余睹叛逃金国，担心其他将领仿效，遂又向天祚奏疏道："微臣建议，不妨按诸将的功劳大小行赏加封，以结众心。"耶律延禧依其言，封萧遐买为奚王，萧德恭试中书门下平章事兼判中京留守事，耶律谛里姑为虎卫上将军，萧斡为镇国大将军。

耶律达曷里倒是被诛了，然晋王耶律敖鲁斡仍在，此乃萧奉先的心头大患，可谓眼中钉、肉中刺，生怕将来继承皇位对己不利。打那以后，总想将其彻底除掉，立自己的外甥耶律定或耶律宁为帝。

阿骨打自从攻破上京，回到金都，便开始积极结交宋国、高丽，和睦邦交，孤立辽国。一日，他伏案致书高丽国王，曰："朕兴师伐辽，赖皇天助顺，屡败其军。使得北自混同江两岸，南至海，悉皆抚定。今遣董术勃极烈，仍赐良马一匹，至可领也。"写到这儿，想起了颇有灵性的卷毛玉花骢，如同老朋友一样，陪伴自己很多年，可惜在参加完春捺钵大会返回会宁府的途中被乱箭射死。虽说之后也有一些良骥跟着朕于沙场征战，勇猛前冲，但都比不了玉花骢那俊美的英姿、健壮的体魄。女真人爱马，不过爱的方法不对，往往以马殉葬，陪着主人同去另一世。它既然是人的好帮手，于大片耕地上播种拉犁呀，满载着辎重、粮食远途送到前线哪，在你死我活拼杀的战场上驮着将士纵横驰骋啊，等等，立下了汗马功劳，为什么还在主人故去之后，或陪其殉葬，或被杀掉吃肉呢？未免太过残忍。狼叼羊、虎厮鹿、鸟吃虫是为了生存，天道循环、相生相克是无法改变的，人类以马肉充饥也是普遍存在的。朕现在是女真人之主，肩负着治理大金国、使人民各安其业之任，一些不该保留的陈规陋俗应予以剔除，不能让劳碌一生的好朋友受到委屈。于是撂下笔，唤来侍卫，吩咐去请深谙女真礼仪、规矩以及与天神相通之道的大萨满完颜希尹晋见。

工夫不大，完颜希尹进得门来，撩衣跪叩，阿骨打抬了抬手道："平身，看座！"

完颜希尹谢过，站起身走到茶几边就座，宫女奉上香茗。阿骨打将方才所想说了一遍，然后又道："世人皆知，女真人坦诚、善良，对亲朋好友真心实意，却不懂得怎样善待有灵性的好朋友战马。从今往后，可否定下女真人不许吃马肉，不许用马殉葬，每年举行一次祭马大典，以此缅怀为人类做出贡献的马的灵魂，希冀神灵护佑它们，大萨满以为如何？"

完颜希尹表示道："皇上所言极是，只有除旧布新，社会才能发展。"

阿骨打接着道："也不能定得太死，凡事要留有余地，以备权变。比如两军对阵被困时，用不上三日，粮草便接济不上了。谁也不会眼瞅着将士饿死，因为保存实力是取得战争胜利的根本，那就只能以马肉充饥了。"

完颜希尹点点头道："皇上想得周到，理应如此，那么祭祀的马怎样处理呢？"

阿骨打回道："自然界所有的生物都是有生命年限的，马到了老迈时，可以卖给其他民族的人。祭祀的马也一样，牵到马市上卖掉，买者怎么处理，咱就不管了。"

完颜希尹道："如此说来，在祭文中和礼仪程序上需强调马为人类做出了贡献，女真人应感激它们并希望其后能得到自由，愿神灵保佑之。至于不杀马、不吃马肉、不用马殉葬等，只向本族众传达口谕即可，没有明文规定，权变时便好办了。"

阿骨打拍案道："照准！"

自此，女真人便有了每年一次的祭马大典，择吉日在新修的乘马祀圜殿举行，祭品为打糕一盘儿、醴酒一盏。司香者上香后，牧长牵十匹白马立于甬道上，司祝六次献酒。祝祷毕，把拴在马鬃上的绸条取下，放于香炉旁边熏沐少许。之后将绸条交给牧长，牧长接过抖一抖，再系在马尾上。

祭马大典分朝祭和夕祭，朝祭在神室举行，由内务府大臣去坤宁宫请神位，敬献陈香、酒、食品于神案之上，司俎进奉二猪，蒸熟后献祭。

到了傍晚，在马神室进行夕祭，上驷院及各牧马场的官员均参加。除敬献礼仪同朝祭外，另奉神铃于案东，萨满振铃杆，摇腰铃，念祝辞。祝辞曰："骏马嘶鸣，山迎谷应。丰筋多力，八面威风。英姿飒爽，昂首挺胸。不爱酒肉，不羡美羹。吃草茹料，袒裼裸裎。喜啖青草，愿水澄清。风餐露宿，克己奉公。拖车负重，曳犁深耕。秣马厉兵，随主出征。

履险蹈难，载主驰骋。情感交融，相辅相成。旌旗蔽日，战鼓咚咚。精神抖擞，略地攻城。叱咤风云，盘马弯弓。饥餐渴饮，血雨腥风。冲锋陷阵，暴殒轻生。以身许国，心虔志诚。不求誉荣，不争战功。天真烂漫，正大光明。不骄不伐，不矜不盈。惟随主意，腾跃奔冲。太平盛世，四野升平。五谷丰登，欣欣向荣。卸下金鞍，摘去马镫。不再嚼衔，脱掉缰笼。马放南山，喜跳欢蹦。静如处女，动如豹熊。摇头摆尾，满面春风。展目舒眉，振鬃整容。健似麒麟，矫若游龙。愿永熙泰，海晏河清。芸芸众生，自然而行。"

女真传统的宗教为萨满教，以自然界的日、月、星、山、川、火及某些动物作为崇拜对象，相信万物有灵。图腾信仰是其宗教形式之一，在长期的狩猎活动中，逐渐把个别动物从一些动物中分离出来，相信它们与民族有关。认为最初是人，同自己存在一种血缘亲族关系，故而不能猎取。女真人崇拜火神，每当聚会时，需往火里投少许食物，以示供奉。也崇拜山神，在山中的粗树干上刻一脸形，出猎路过时要磕头，山神能保佑多打野兽。除此还崇拜太阳神、月亮神等，企盼诸神护佑，远离战争，生活安定，丰衣足食，合家欢乐。特别是对祖先神的崇拜构成了信仰的核心，每个民族皆有祖先神，多为女性。在其观念中，鬼神乃祸福的主宰，收获的丰歉、人口的兴衰，都是神在保佑、鬼在作祟的结果。其多神的信仰集中体现在世代相传的萨满身上，因为他是属于民族的，不仅是巫师，有的则为氏族的头领，而且有很高的威望，一切鬼、神、吉、凶和疾病的来源皆由萨满解释。倘若生产不顺利或得了疾患，即请巫师祭祀、跳神，祈求消灾赐福，驱除邪祟。

萨满主持各种祭祀，使用神鼓、神刀、神杖、神杆等物，自称能占卜吉凶，以天神附体耸动视听。女真人每年有多种祭祀，如元旦拜天，出征、凯旋均为大祭，乃皇帝所躬亲祭祀，其余尚有月祭、杆祭、浴佛祭等。

有一天，阿骨打上早朝，刚刚坐定，完颜吴乞买启奏道："皇上，辽将耶律余睹昨日率千余人马来降。"

阿骨打大喜，命道："宣耶律余睹上殿！"

耶律余睹进得大殿，匍匐在地叩道："辽降将耶律余睹叩见圣上，吾皇万岁，万岁，万万岁！"

阿骨打一抬手道："平身吧！尔一向忠于辽主，多次率兵与我军争锋，实乃朝廷之柱石。而天祚昏庸无道，不辨忠奸，亲小人，远君子，以致都统的家室难保。如今主动弃暗投明，当奖赏之，赏千年人参一棵，东珠十枚，白银千两。官职仍为都统，统领原部人马，待立有战功另行加封。朕欲征讨无道昏君，请尔为向导，何如？"

耶律余睹领命谢恩，阿骨打接着传谕道："完颜杲为都统，完颜昱、完颜宗望为副将，完颜宗翰为先锋，率军五万进攻中京。"又诏告金国及辽地："辽政不纲，人神共愤，今欲中外一统，故命都统率大军以行讨伐。尔等慎重兵事，择用善谋，赏罚必行，粮饷必继。勿扰降服，勿纵俘掠，见可而进，无淹师期，事有从权，毋须申禀。"意思是说辽国的政事不按纲纪、法律办理，天祚随心所欲，官员们也为自己谋私利，过着腐败的生活，致使天上的神仙和地上的人民同怨共愤。虽然女真地域的百姓过上了好日子，但辽国的黎民尚处在水深火热之中，我们准备吊民伐罪，让天下成为一统，故而命令都统率大军对无道昏君进行讨伐。告诫诸位将领一定要慎重，切忌轻率、鲁莽，知己知彼方能百战不殆。侦察了解敌情，据此拟订周密的作战计划，择用确保胜利的谋略。奖赏要给以有功者，无论是谁，犯了罪或不听指挥必罚，粮饷定将供应充足。获胜后，对俘虏施以优待，官兵不得搅扰降服地域之民，扰民者按律治罪。部队行动时，将帅要根据实际情况而定，不可滞留于某城而耽搁进军的日期。兵事忽有变化，为不误战机，可采取权宜之计，不必非得当时禀请。阿骨打在下诏书的同时，还遣使赴宋，催促对方尽快履行前约出兵。

话要简说，完颜杲命完颜宗翰率军一万，连克高州、恩州、回纥三城，直逼中京，以大炮轰城。辽军守将耶律齐率兵从城内杀出，冒着炮火、箭雨猛冲，前面的倒下了，后面的接续而上，两军在中京城下交手了。一时间硝烟弥漫，马蹄踏踏，喊杀声震天动地。正打得难解难分之时，耶律齐的亲随告知："将军，金军大队又至，怎么办？"

耶律齐一边挥舞军刀抵挡，一边说道："我们已被胶着在此，脱身不得，岂能退军！"

站在城头上观战的耶律景见金军大队如猛虎下山般冲来，恐耶律齐被围，赶忙跑下城楼，率军也从城内杀出。双方枪击剑刺，斧砍锤砸，无一退缩，一直战至黄昏，各有伤亡，完颜杲首先鸣金收兵，耶律齐随之亦领兵回城。

完颜杲见辽军死命守城，难以攻入，便向耶律余睹问计道："耶律都统，您都看见了，我军将士打起仗来十分英勇，无一孬种。但如此硬拼下去，必然伤亡过重，得不偿失，不知都统有否良策可破此城？"

耶律余睹说："我正在琢磨呢，中京的西边是泽州城，乃西京通往中京的必经之路。我军围攻中京，致其压力过大，必向泽州求救。不妨派一部分人马绕过中京，取道奔赴泽州，隐藏于东门外七里山下的树林内。待泽州援兵出城，乘虚攻入，这便断绝了中京的饷道。用不了几日，中京城内守军粮草难以为继，或许可诱耶律齐开城请降。"

完颜杲听罢，认为此计甚妙，当即传令完颜宗望、完颜宗干、完颜宗翰、完颜娄室、婆卢火等将率军两万，奇袭泽州。

一切准备就绪，将领在前，兵丁随其后，连夜抄小路急行军。没用两天，来到泽州东门外七里山下的林内歇息，人不卸甲，马不卸鞍，布下哨兵轮流监视城中动静。众将经一番商议，决定待一部分辽军出城后，由完颜宗翰、婆卢火率五千精骑冲入城去，余下的则劫击出城之援兵。

泽州守将耶律曦接到了耶律齐求援的信函，遂命副将萧纳海守城，又点起一万兵马亲自率队前去救援中京。完颜宗翰、婆卢火见援军出城了，果如所料，好不高兴。待其后队已剩少数时，一声令下，五千精骑从斜刺里疾驰杀向城门，完颜宗望、完颜宗干、完颜娄室则率军呼喊着冲向援军队伍。耶律曦做梦未承想金军会在城外出现，一时手忙脚乱，惊慌失措，急令官兵拒敌。由于事先没有防备，仓促应战，结果被金军杀得七零八落，耶律曦在亲随的护卫下落荒而逃。辽兵见主将跑了，真可谓树倒猢狲散哪，也都逃的逃、降的降了。

此时，完颜宗翰、婆卢火已率队冲入了城门，城头上的辽兵大惊，想关门却来不及了。完颜宗翰高举一把大刀，婆卢火手握两柄狼牙棒，谁人抵挡得了？碰上就伤，撞着就死，径直向府衙冲去。萧纳海听了禀报，急忙披挂出府欲召集手下迎战，却被疾驰而来的完颜宗翰挥刀砍倒了。守军无人指挥了，随之躲的躲、藏的藏，东逃西窜，顿时乱成一锅粥了。加之城外的完颜宗干阻击得胜后又入城增援，辽军见大势已去，只好跪地请降，泽州被金军占领。

完颜宗望、完颜娄室令兵丁打扫战场，收缴武器，将俘虏暂时看押。还吩咐站在城头上的哨兵换上了辽兵的衣服，仍树辽军旗帜，以使运粮饷的辽军卒来到此地时不会产生怀疑。与此同时，对愿意留在金军的降兵进行整编，由完颜宗翰率属下守泽州，其余将士返回中京大营。

耶律齐等待援兵不至，曾几次出城袭击金营，皆被对方的炮石、弩箭击回，只好固守城池不出。

五日后，耶律齐方知泽州已被金军占领，不由得长叹一声，粮草无继，不知该如何守城。这时，亲随呈上一封箭书，耶律齐拆开一看，见是耶律余睹所写，上曰：

耶律齐台鉴：

弟被萧奉先诬陷，想必齐兄已知内情，非吾不忠，实出无奈。而今齐兄被困孤城，内缺粮草，外无救兵，虽死何益？自古以来，良禽择木而栖，贤臣择主而仕。天祚昏庸无道，不辨是非，任用奸佞小人，贤臣良将性命朝不保夕。齐兄可谓忠贞不贰之臣，然何忍一城军民死于饥饿？望细度之。

弟耶律余睹拜上

耶律齐阅罢，思忖再三，吩咐亲随把耶律景请来，二话没说，只将耶律余睹的信函递之。耶律景看完后，说道："事已至此，皇上不可能发兵来救，吾惟大哥之命是从。"

耶律齐无奈之下，令城上兵丁挂起白旗，城门大开。完颜杲率军进入中京，接收完毕，遣细作向皇上告捷，并敬献城内宝物。阿骨打诏曰："汝等提兵在外，克服所任，攻下城邑，安抚民众，朕心大悦并嘉许之。所言分派将士招降山前诸部，计悉已抚定，续遣来报。山后若未前往，即营田牧马，俟其秋成，力图大举，更当熟议，见可则行。如欲益兵，其数来上，不可恃一战之胜，辄自驰慢。新降服者，当善存抚，宣谕将士，使知朕意。"意思是说你们带兵在外，攻克城镇，降服辽军，抚慰民心，很好地完成了差务，朕非常欣喜并给以赞许。如果打算分别派遣将士去山前招降各部落，已经拟订了计划，则应据情禀报。山后之地若尚未前去，即须经营管理那里的土地、百姓，选择肥美之处放牧，等待秋后马肥，庄稼收镰，再行大举讨伐。如果需要增加兵力，可将人数报上来，不可仗恃一战的胜利就自高自大，放松警惕，轻忽懈怠，失去了往日的士气，甚至贪图享乐。要始终振奋精神，整军经武，以备继续战斗。要善待新降服的辽兵，抚慰当地的百姓，宣讲朕的谕令，让他们了解大金的政策，知晓朕对辽民的宽人为怀以及望其能自由自在地生活在这片土地之心意。

耶律延禧闻知中京、泽州失守，出居庸关至鸳鸯泊①，金军在耶律余

---

① 鸳鸯泊：今河北张北安固里淖。

睹的前导下，直逼辽帝行宫。萧奉先见耶律余睹引兵来攻，竟不顾大敌当前之危，反而认为此时正是除掉晋王的好机会，遂向天祚帝进言道："耶律余睹乃王子班之苗裔，今引军攻打行宫，目的是想扶其外甥晋王为皇帝。若陛下不惜一子，察明晋王之罪而斩之，可不战而使耶律余睹主动回军。"

可笑的是耶律延禧昏庸至极，竟然相信了萧奉先之言，于是下旨赐耶律敖鲁斡死，耶律撒等亦遭牵连而伏诛。因晋王素得人心，诸位大臣和将士得知其遇害，无比愤慨，泪流满面，人心散尽。时过不久，耶律余睹引军已接近行宫，天祚率兵千人逃奔云中府。

完颜杲令完颜希尹领兵攻打其附近之地，结果俘获不少降兵，从其口中得知辽军众心离散，西北、西南两路军皆弱不可战。完颜希尹将此情如实向完颜杲作了禀报，完颜杲令宗望、宗弼率军追击西北、西南两路辽军，宗翰前去攻打北安州[①]。

北安州守将奚王萧遘买探得金军分兵追击西北、西南两路辽军，完颜宗翰仅率偏师攻打北安州，便想吃掉这支孤军。在完颜宗翰来攻城时，他指挥城中大军迎战，不到两袋烟的工夫，又假装失败而撤走，完颜宗翰即率军攻入城内。萧遘买待金军全部进城后，立刻杀回马枪，将北安州团团围住。

完颜宗翰进入城中，属下向他禀报，城内粮食全被萧遘买运出，只能用随身携带的干粮充饥。完颜宗翰思忖片刻，当即召集众将士，说道："情势危急，若不全力拼杀，就会被困死在城内。听我的命令，大家先饱餐一顿，然后冲出城去，杀他个片甲不留！"

众将士齐声道："请将军放心，女真兵没有孬种，定遵令而行！"

金军饱餐毕，完颜宗翰率队出城，冲向包围在四周的辽军。一人拼命，十人难当，何况是一支上万精骑？萧遘买面对此情，下了命令，有后退者，定斩不赦！这是一场生死攸关的战斗，血雨腥风，杀声震耳，飞鸟远避，乌云遮月，可谓惨烈至极。完颜宗翰见一个军官打扮的人正在指手画脚、不停地叫骂着，随即直冲过去，手中仍持一把大刀，背厚刀沉，无人能敌。眼看将至，那人一回头，吓得妈呀一声！完颜宗翰仔细一瞅，正是萧遘买。萧遘买早闻完颜宗翰骁勇异常，今日得见，果然不凡。掂量掂量自己，根本不是人家的对手，可是已给将士们下了命令，

---

① 北安州：今河北承德西。

怎么能退却呢？好死不如赖活着，还是小命要紧哪，于是拨马便逃。众将士见主帅跑了，哭笑不得，呼啦一下散了，各自逃命。完颜宗翰率部猛追，萧遏买使劲儿催打坐骑，摊上这样的主人，马也倒霉了。追了一阵子，完颜宗翰见天色越来越暗，黑沉沉的，算了吧，下令就地扎营。

此时的耶律延禧犹如惊弓之鸟，闻听大金军将出师岭西，遂向白水泺①逃去。宗翰、宗干率兵追击，一日三败辽军，耶律延禧转而又向漠北逃去。得知金兵将近，冷汗直冒，无计可施。萧奉先提议不妨前往夹山，因路途尚远，应尽弃辎重，轻骑而行。天祚依其意，逃到夹山后，坐在林内把近些日子以来所发生的事仔细琢磨琢磨，突然悟出萧奉先不忠，有一种上当受骗的感觉，如今落到这步田地，皆是听其言所致。这么想着，不由得心头火起，冲萧奉先和萧昂吼道："尔父子避敌苟安，误朕至此，今欲诛汝，又何益于事？官兵愤怒，军心不稳，祸必涉及于朕，不要跟着我们了，自便吧！"

父子二人吓坏了，哪敢说什么？只好哭拜而去。未行几里，便被一帮逃散的准备投金的军卒发现了，其中一人指着他俩嚷道："你们看，那就是萧奉先和萧昂，平日作威作福不说，净干祸国殃民的事儿，大辽败得如此惨，这父子俩脱不了干系。何不将他们绑了，献给金国，也是大功一件哪！"

大伙儿一听，认为此言有理，立刻跑上前将萧奉先父子摁倒在地，捆了个结结实实，推搡着押往金营。到了那儿，有的金兵认得萧昂，走到跟前指其鼻尖儿说道："就是这个家伙，当年以银牌使者的身份来到完颜部，妄图祸害我女真妇女！"

话音刚落，众兵丁一拥而上，拳打脚踢，手抓牙咬，须臾间，萧昂的衣服已被撕扯得七零八碎。金兵押解着萧奉先父子前往都城会宁府，未承想半道儿突遇辽军，将二人夺回并送交天祚帝，耶律延禧赐萧奉先死。

完颜杲召集众将议事，开言道："如今辽帝不知去向，我们当向何方追击，想听听各位的高见。"

完颜宗翰说："还是请耶律都统预测一下天祚可能逃向何地，只要擒住他，各地辽将必分崩离析，一举可取辽邦。"

耶律余睹忙道："非吾不认真做向导，也不是尚恋亲族之情，只是没有十分把握。辽地沙漠、草原多，运送粮草颇为困难，辽人知金军前来，

① 白水泺：今内蒙古察哈尔右翼前旗北。

必驱赶牲畜早遁。倘若粮草难继，大军陷入沙漠，则将困难重重。不如先攻西京，以此为据点，凭借当地粮秣转输近便，再寻天祚行踪为妥。"

完颜希尹说："都统所言极是，不过直取西京，难度很大。因为西京驻有重兵，并且辽国担任调度、管理军务的官员大都在此，随时可以调集各地部队。以吾之见，先将西京周围的部落、乡镇收归我有，再逐步紧缩，这样有四个好处：一是以多胜少，行之易耳。二是断绝西京与各地的联系，使其无法调集援军。三是西京周围之地的粮草、人口、畜群为我所有，军队的后勤供应便解决了，还可在此屯田，扩充兵员。四是西京附近的乡镇在我驻重兵的管理范围之内，辽军必然突围以求生路，于野外即可将其消灭，不必去攻坚城，虚耗咱的兵力。"

完颜宗弼补充道："因我军各部队皆驻扎于西京附近，故而易保持密切联系，倘若辽军出西京救援被攻击之地，我军可随时集中兵力歼灭之。"

完颜杲表态道："很好，稳妥而不失进取，就依此计行之。"接着命令各军立即行动，先占据西京与天祚可能去的西北方之间的大片地段，切断他们的联系。

两个月后，西京已成为一座孤城，被金国二十万大军团团围住。驻守城内的副枢密使德里底是通过贿赂及各种卑劣手段取得萧奉先的信任而居此高位的，他对西京周围所发生的一切不理不睬，照样摆宴畅饮，歌舞作乐。节度使合尚、将军雅里斯曾几次请求出战并与天祚帝联络，他总是说："此乃金军的诱敌之计，不要上他们的当，只要守住西京即可。过些天，皇上会派兵来救援的，到那时，内外夹击方能获胜。"直至掌管粮饷的官员向其禀报，称城内的粮食仅供十日之需，他才慌神儿了，忙向众将问计。众将不仅没一个吱声儿的，还怒目而视，嗤之以鼻。德里底见其这样对待自己，顿时来气了，虎起脸问道："怎么？为啥不说话，都哑巴了？"

节度使合尚开口道："吾曾建议出战，保护周围的乡镇和部落，你根本不听，一味坚守城池。现在粮草难以为继，已到这般地步，神人能有良策？"

雅里斯接茬儿道："依本将之见，只有率军突围，别无他法。"

德里底说："那好，雅里斯将军为先锋，余里野断后，今夜出城突围。"

到了子时，德里底命哨兵打开城门，发现金军已在四周筑起壁垒，挖了堑壕。躲在附近的斥候听到了开启城门声、战马嘶鸣声和脚步杂沓声，急忙跑回去向主将禀告，主将当即下令开炮。辽军无奈，只好冒着炮火、箭雨去冲击壁垒，担土企图填平堑壕。金军的大炮专门向辽军密集之处击发，致其死伤累累，雅里斯组织了几次冲锋，皆不能奏效，便差亲随向德里底请示。此刻的这位副枢密使早被金军的大炮吓麻爪了，在亲兵的护卫下躲进了城内，并传令雅里斯将军率兵回城再作打算。

德里底坐在官署大堂的椅子上，双眉紧锁，无计可施，以酒浇愁。这时，中军呈上一封带着羽毛的信函，拆开一看，见后尾儿的署名是金军统帅完颜杲，遂问道："这封信从哪儿来的？"

中军答道："回大人，是打城外射进来的。"

德里底详阅之，上曰：

辽国副枢密使德里底钧鉴：

今耶律延禧已逃得不知去向，西京周围皆属金军所占之地，燕京方面自顾不暇，只能应付宋朝的军队。你只有孤城一座，可谓内无粮草，外无救兵，若想突围，纯属做梦。我大金皇帝存仁慈之心，不忍全城百姓罹难，所以未用大炮、冲车攻城。如果副枢密使此时投降，尚不失策，本帅将禀告吾皇给以高官厚禄。倘若执迷不悟，必饿死城中，城破人亡，玉石俱焚。

大金元帅完颜杲

天辅六年六月六日

看罢，思虑再三，吩咐亲随请来众将，递上完颜杲的信函让他们传阅。众将阅毕，你看看我，我瞅瞅你，一言不发。德里底向下扫视一眼，问道："怎么样，大家都不表态，是不是对降金没有异议了？"停顿片刻，见众将还是默然相对，接着又道："那好，中军，城上举白旗，请降！"

翌日头晌，德里底接到一封箭书，上曰：

副枢密使阁下：

既然有诚意降金，就当令所部放下武器，主动出城，接受我军整编。

大金元帅完颜杲

德里底当即下令，全军集合，放下武器，开出城外。完颜杲责成完颜希尹接收辽军，办理整编事宜，完颜宗翰领兵进城驻守。

第二十六章 | 耶律淳被推戴无奈称帝
寻辽主追穷寇御驾亲征

耶律延禧从燕京走时，诏留宰相张琳、李处温及秦晋王耶律淳在原地戍守。李处温得知天祚帝已逃入夹山，便与其弟李处能、儿子李奭外假辽军之名，内结萧干、耶律大石，谋立耶律淳为帝。

耶律大石，字重德，通晓契丹文、汉文，善骑射，乃辽太祖耶律阿保机之八世孙。辽天庆五年进士及第，擢翰林应奉，寻升翰林承旨。契丹语称"翰林"为"林牙"，故名大石林。这日，李处温、虞仲文、左企弓、曹勇义、康公弼等大臣召集蕃汉百官、诸将万人前往秦晋王府，请耶律淳即皇帝位。

耶律淳在府内听见外面人声嘈杂，不知发生了什么事，赶忙出得府门询问。李奭见此，就势把手捧的黄袍披在耶律淳身上，百官、诸将山呼万岁。耶律淳毫无准备，惊愕片刻，再三推辞不得，只好从命。下令李处温为太尉，曹勇义为知枢密院事，其他各官仍任原职。耶律淳自称为天赐皇帝，改元建福，降封耶律延禧为湘阴王，凡军旅之事皆委耶律大石。

宋朝的将军童贯平定了方腊起义，班师还朝，宋徽宗感到攻辽的时机已经成熟。加之金国使者哈鲁、勃堇辞烈等时常前来催促，应抓紧履行前约，向辽出兵，宋徽宗召集文武百官商议怎么办。王黼出班奏道："宋辽虽为兄弟之邦，但百余年来，辽国常乘我军与西夏征战之际，兴兵侵我本土或乘机挟诈，并令增加岁币。何况兼并弱者，攻击暗昧，本来就是兵家之善经。咱若不取燕云，女真必取，而且得到十六州后会更加强大，中原之地将不复为吾朝所有。"

西河钤辖赵隆、御史郑居中紧接着先后表了态，皆认为从长远考虑，不可弃百年之好而攻辽。安尧臣继而也阐述了自己的意见："今童贯深结蔡京，纳赵良嗣为谋主，建平燕之议。臣恐唇亡齿寒，边境有可乘之衅，强敌蓄锐伺隙以逞其欲。微臣对此日夜忧心，伏望思祖宗积累之艰难，鉴历代君臣之得失，杜塞边隙，务修旧好，无使新起之敌乘间以窥各土，上以慰宗庙，下以慰生灵。"

宋徽宗一听，三位大臣都如此说，此事暂时搁置下来。

恰值耶律淳称帝，遣使至宋，表示永结邦交之好，并免去宋赠辽的岁币。宋徽宗听出辽使之言词大不如以前那样强硬，知道辽邦国力已相当衰微，故而决议兴兵。仍以童贯为元帅，蔡京之子蔡攸为副帅，举兵十五万向北进发，以应金军。

童贯听从担任雄州的刺史和诜计，代替徽宗贴出皇榜："述吊民伐罪之意，若有豪杰能以燕京来献者，即封为节度使。"同时诏谕驻守于幽燕十六州之辽军，妄图以大兵压境、辅之以招降，达到不战而屈人之兵的目的。甚至秘密告知各路将士，如遇辽军抵抗，即全师而退。

童贯、蔡攸趾高气扬，以为燕云十六州之地唾手可得，并命种师道统帅诸将。种师道谏曰："今日之举，犹如盗贼进入邻居家，我们不仅不施救，反而和贼人一起去偷窃，然后共同分其财宝，这样做好吗？"

童贯对此不以为然，仍下令道："谁若妄杀一辽兵，军法从事！"

可惜辽军不知宋军意图，耶律淳派耶律大石、萧干率军迎击，白了宋徽宗、童贯一番苦心。两军在白沟相遇，辽军喊杀声震天动地，大队人马向宋军冲来。不到半个时辰，宋军前锋杨可世战败逃回，士卒多有伤亡，种师道且战且走，退师雄州①。辽兵追至城下，宋将辛兴宗与萧干开战，所率兵马败于范村，宋徽宗得此消息，忙令诸将撤回。

耶律淳遣使至宋，宋徽宗令童贯出面接待，辽使说："女真叛离我朝，对南朝又有什么好处呢？同样有百害而无一利。今为一时之小利，弃百年之好，结新起之邦，基他日之祸，却自以为得计，可乎？救灾恤邻，古今通义，望尔国皇帝、权臣细思之。吾朝愿结旧好，共御金兵，方为上策。"童贯不能答。

耶律淳得知天祚帝传檄天德军，云州、朔州②、武州③、应州④、蔚州⑤，调集诸蕃精兵五万余骑，遣人向燕京问劳，索要衣、粮、茶、药等。耶律淳甚觉无颜，愧对先祖、父皇，急命南北大臣前来议事。商讨时，

---

① 雄州：今河北雄县。
② 朔州：今山西朔县。
③ 武州：今河北宣化。
④ 应州：今山西应县。
⑤ 蔚州：今河北蔚县。

李处温、萧干等主张以武力抗拒天祚帝，耶律淳不同意。李处温想出个办法，说道："这样吧，凡拥护天赐皇帝的站在东边，凡支持天祚皇帝的站在西边。"

话音刚落，南北大臣都去东边站立，只有南面行营都部署耶律宁站在西边未动，言道："天祚帝能召集数万人夺取燕地，则是天数未尽，岂能逆天命而行事？"

李处温等人相觑而笑，意思是耶律宁太迂腐，不识时务。耶律淳却慨叹道："耶律宁，忠臣也！天祚果来，吾只有以死谢罪，自古安有儿子抗拒父亲的？"

自此，耶律淳忧郁成疾，数月后病故，遗诏曰："耶律延禧第四子耶律定为帝。"

众大臣经商议，定下以耶律淳之妻萧氏为皇太后，主军政大事。萧后称制，改元德兴。李处温父子恐萧太后问罪，欲南通宋权臣童贯，北通大金，自己作为内应，挟萧太后向宋纳土称臣。此阴谋很快败露了，被萧太后得知，气得怒骂道："误秦晋王父子，皆此贼之罪，不可宽恕！"随即派耶律大石围其府第，赐李处温父子死，并将家产抄没，得钱七万缗，还有大量的金银玉器，皆是他担任宰相以来所收受的贿赂。

话分两头。当阿骨打得到完颜杲的奏报，说是至今不知耶律延禧逃向何方时，心情因此而十分烦闷，回到宫中仍默默不语。乌古伦见丈夫郁郁不乐，便走至近前挨其坐下，轻声道："皇上，有什么心事可否跟妾说说？或许能帮着释疑解难呢！"

阿骨打打了个唉声道："咳，前线奏报，耶律延禧跑了，至今不知去向，使我们进军没了目标。"

乌古伦不假思索道："可以攻打近处的燕京啊，克复后，与大金的地面就连成一片了。"

阿骨打说："俗语讲得好，射人先射马，擒贼先擒王。如果能捉住耶律延禧，辽人无主，必然四分五裂，到时可分部逐一破之。朕也想过攻打燕京，那是座古城，壁垒森严，极不易克，还得损失大量兵将。基于此，前几天已遣使从海路与宋联系，若能商议成功，待其出兵，金宋两军合击辽，双方皆可获事半功倍之效。"

乌古伦道："看来必须得找到耶律延禧，乃眼下的重中之重，不妨多派些人去各处打探。"

阿骨打说："皇后有所不知，辽地皆为沙漠和草原，辽人逐水而居，没有定处。有的地方千里无人烟，树木极少，行人也好，官兵也罢，只能暴露于荒野，无处藏身。我们派出的探子多了，饮水、口粮、帐篷怎么供应？少了，很可能被契丹人捉住，不仅得不到敌方的情况，人家反而知道了咱的意图。"

乌古伦问道："如果大部队直接向西方进军呢？"

阿骨打回道："这肯定不行，部队的给养就是个问题，炮车的行进也相当困难。你想啊，大铁车拉着重炮过沙滩，能走得动吗？我曾经琢磨过，倘若能将大炮变小，用骆驼驮着该有多好。要不你回趟娘家，跟阿浑商量商量，看看有啥辙没有？"

乌古伦点点头道："行，试试吧，我倒觉得皇上的一位属下能帮上这个忙。"

"谁呀？"

"耶律余睹。"

"这次西征即是以耶律都统为向导，还真没走冤枉路，不过他也不清楚天祚奔什么地方去了。"

乌古伦说："前线离京城那么远，不单单是都统，任何将领都难以与皇上沟通。除此之外，耶律余睹是投诚不久的降将，对陛下尚怀敬畏之心，有些话不一定敢于大胆说出来。若能将其调回京城，便有很多机会与他促膝谈心，就某些问题互相切磋，想必此事不难解决。因为耶律都统原先毕竟是辽国的大将，谙熟军务，而且对本国的风土人情了如指掌。"

阿骨打豁然开朗，紧皱的双眉舒展了，连连道："妙，妙哉也！真是朕的贤内助，身边有聪明过人的皇后，何愁辽朝不灭，大金定能兴盛。"

乌古伦笑道："行了，别夸妾了，再夸可就不知东南西北了。"

阿骨打传谕耶律余睹回京，都统到后，未顾得上歇息，赶紧去晋见皇上。阿骨打面带微笑请其就座，先是关切地询问了家中近况，继而说道："已知都统在辽国蒙受不白之冤，被天祚那个昏君、萧奉先那个奸贼所逼迫，无奈之下，义无反顾地前来投金，朕既欢迎又欣慰。今天咱们君臣随便聊聊，不必有什么顾虑，想到哪儿唠到哪儿。这些日子闲下来时就思摸，我们都生活在大千世界里，世间的事没有绝对的。比方说两军对阵吧，有时胜利，有时失败，有谁能保证只胜不败呢？决定战争胜负的因素很多，是否天时、地利、人和呀，军备是否充足哇，将士是否用命啊，是否突发意外呀等等，甚至一时想得不周到就可能出现大的失误。

再比如说此次西征吧，都统是向导，虽不敢确定天祚逃向哪里，却能估计出可能去的地儿，但又不敢讲，生怕万一不在所讲之处而获罪，朕说得对吗？"

耶律余睹道："承蒙陛下抬爱，如此礼遇，卑将深感汗颜，怎能在天子跟前隐藏丝毫秘密？不过确实如陛下所言，不是十分准确，卑将绝不敢贸然率军前去，劳师糜饷，那将罪过大焉。"

阿骨打问道："从目前情况看，必须再次西征寻找天祚，不知都统有何良策？"

耶律余睹仍有些犹豫，小心翼翼道："卑将只谈个人看法，若思虑不周，请皇上宽谅。"

阿骨打一摆手道："不必顾及其他，只管大胆讲，即使完全不对，朕也不会怪罪的。"

耶律余睹咳了一声道："卑将以为西征路途遥远，时间难定，故而须在上京、西京多积粮草和军资，以供转运。"

阿骨打鼓励道："说得好！据朕所知，辽地多是沙漠、草原，炮车的行进极为困难。"

耶律余睹说："辽地尽管多为草原、沙漠，然并未因此而影响辽人常住，因为牧区皆通有驿路，驿路上是可以走炮车的。必要时，以骑兵将敌军引至大炮射程之内，然后迅速散去，避免伤亡。"

阿骨打问道："估计天祚会向何方逃遁？"

耶律余睹回道："他带有众多的人马和牲畜，必然得去有大片草原或水源充足之地，估计很可能在鸳鸯泊。"

阿骨打紧接着又问："有多大可能？"

耶律余睹答曰："八成吧！鸳鸯泊以东西两片湖泊组成，中间有条陆地与外围的大陆相通。东湖中有片陆地，天祚或许就驻扎在那儿，因有条修毕的驿路与中间的陆地相连。中间的陆地正中便是一条驿路，向东则是上京，向西则是落昆髓。春夏秋三季，湖泊附近皆是泥淖、水草，水比较浅。天旱时，牛羊、野兽渴了去喝水，往往陷进泥淖里出不来而淹毙。基于此，我们若进军或讨伐，最好选在冰冻的冬季。"

阿骨打高兴地说："卿言甚是，得失利弊讲得很透彻，朕准备考虑这一建议。不过到了严冬，弓弦易折，又解决不了，怎么办？"

耶律余睹道："大可不必担心，我军弓弦易折，辽军的弓弦同样是易断的，这是对等的。"

君臣二人又唠了唠部队该如何整饬、严肃军纪的重要，也谈到了天祚身边近臣的所思所想、哪位有不二之心、能否争取过来等，可谓推心置腹。

话说回娘家的乌古伦从温都部归来，阿骨打亲自到城外迎接，进入坤宁宫双双坐定，阿骨打关切地问道："哥嫂和侄子们一向可好？"

乌古伦回道："烦劳吾皇惦记，承蒙天恩，他们都好，一切顺遂。"

阿骨打又问："想必炮车行进之事已向阿浑提了，他怎么说？"

"妾进屋之后，首先提的就是这件事，阿浑想都没想，便表示很难办。"

"难在哪儿？"

"阿浑称当初制大炮时，是按照宋人提出的方案造的，包括用料质地哪种合适，口径、长度多大，底座多高以及火药和炮石的用量、击发的方法等。现如今想制成小型的，只能按比例缩小，射程就不会那么远了，击发的炮石数量也相应减少。曾经想过可否把炮筒壁变薄，又恐铁质不够坚韧，容易将炮筒胀裂。阿浑提出了一大堆困难，最后只答应试试看，不敢保证一准能造出来。妾对这些也不太懂，但他讲了一种所谓的'武器'，我们可以用。"

"什么武器？"

乌古伦并未回答，而是起身走到阿骨打跟前，轻轻抚摸其前额上一小块儿隐约可见的伤疤问道："还记得这是怎么弄的吗？"

话音刚落，阿骨打便想起一件不愉快的往事，如今仍记忆犹新。那是首征温都部归来后，母亲欲去拜访其酋长福晋，遂派人送信给乌春，上曰：

> 温都部酋长乌春台鉴：
>
> 完颜部勃极烈带回议和佳音，听罢欣喜万分，女真民族团结是件极大的好事。尽人皆知，开明豁达的巴图鲁[①]背后，定有贤德聪慧的福晋。为两部和睦，友谊长存，本福晋欲前去拜访，不知尊意若何？
>
> 完颜部都勃极烈劾里钵福晋拿懒氏

---

① 巴图鲁：女真语，英雄。

三天后，乌春遣人送达回书，劾里钵夫妇拆开细阅，上云：

节度使福晋惠鉴：

深蒙节度使抬爱，恕吾等不贡之罪，海量宽宏，福及黎民。
倘蒙御驾光临，敝隅之处蓬荜增辉，定于立秋前后，恭迎尊驾。

温都部酋长乌春福晋额尔敦氏

当年初秋，阿骨打奉节度使之命，率百名亲兵护送母亲前往温都部。到了酋长的府邸前下了车轿，被乌春福晋迎进门，径直去了大堂，见乌春的外甥吉安侍立于酋长身后。此人身高六尺，腰圆背阔，面色黝黑，高耸的颧骨上方长着两只贼溜溜的狐狸眼，塌鼻子下面一张大扁嘴，咧嘴一笑露出两排里出外进的黄牙，让人觉得既恐惧，又恶心。他虽对乌古伦早有爱慕之心，但深知自己是个粗莽汉子，不可能博取表妹的芳心，故而一直未敢表白。此刻，见节度使的儿子来了，乌古伦那多情的目光时不时地瞟向这位外客，不由得妒火满胸。阿骨打向酋长施礼问候毕，乌春回过头给外甥做了引见，二人互相见礼，吉安开口道："贵部仰仗着辽邦为后台，以强欺弱，以众击寡，我部当然不是你们的对手……"

乌春未承想外甥会这么讲，忙打断道："住嘴吧，胡说些什么？"

吉安转而又道："乌春部情愿服侍上国，以尽小邦之礼，本人想与完颜兄切磋武艺，不知意下如何？"

阿骨打双手抱拳道："愿领教。"

吉安一摆头道："那好，走吧，咱们到院子里练练！"说着快步出了大堂。

阿骨打见乌春没有阻止，出于礼貌，只好跟了出去。到了院子，吉安拿起一根铁棍拉开了较量的架势，阿骨打则抽出佩剑虎步站稳。二人互觑一眼，吉安手中的铁棍带着风声乌云罩顶般向阿骨打头部抡来，阿骨打一闪身躲过，随之挺剑长虹贯日般向吉安面门刺去。双方你来我往，你进我退，你攻我守，难解难分。没一会儿，酋长乌春、额尔敦氏、拿懒氏、乌古伦等皆出门观瞧他们比武，边看边小声儿品评着。吉安见此，越发来劲了，一心想把阿骨打打倒在地，也好在乌古伦面前尽显自己的能耐，做一回英雄，于是一棍紧似一棍，招招儿击其要害。阿骨打使用的是佩剑，自然不敢碰吉安的铁棍，只能闪转腾挪予以躲避，趁空当儿方可进击，所以显得很被动。四五个回合后，阿骨打发现对方的棍

金太祖传

招儿不过三式，往返重复，再无新招儿，这才根据其规律挥舞着佩剑步步进逼。吉安只觉得上下左右净是剑尖儿，银光闪闪，围在自己的四周，分不清哪招儿为实，哪招儿为虚，竭力抡棍遮挡。忽见利剑向左臂刺来，连忙横棍去拨，那剑尖儿随之缩回转向面门。自知再举棍去挡已来不及了，慌忙缩颈藏头躲过，盔缨却被削掉，然后跳出圈儿外。

此时，吉安已累得顺脸淌汗，大口大口喘着粗气，但仍不服，急赤白脸地说："一技不能定天下，这才哪儿到哪儿呀，咱比射箭！"

大家跟着来到靶场，吉安取过弩弓，箭搭弦上，嗖的一声射去，正中靶心，众人拍手叫好儿。阿骨打不慌不忙地走到吉安跟前接过弓，拿起雕翎箭，弓拉如满月，手一松，箭走如流星，吉安射在靶子上的箭没了。乌春盼咐随从前去验看，回来报称："两只箭皆在靶下找到，箭靶上只留下一个小洞。"

吉安又道："还得接着来，咱俩围着靶场比赛跑，若能跟上我，就算你赢。"

阿骨打点点头道："好哇，你跑出五十步，我再追。"

吉安撇了撇嘴道："别口出狂言，说话算数，否则是孬种！"说着拔腿就跑。

阿骨打解下绑在小腿上的沙袋，见吉安跑出五十多步了，遂撒开大脚板儿在后面追。绕着靶场跑了将近两圈儿，眼看要追上了，吉安弯腰拾起一块石头向身后扔去。阿骨打只顾撵了，根本未提防这一手儿，正好打在前额上，鲜血顿时流了下来……

乌古伦见丈夫陷入了沉思之中，初始没有打扰，过了一会儿方道："想必皇上已经知道了，这种'武器'不用弓和炮发射，只需以强劲的臂力远掷即可，那便是石头。鸭子河两岸的鹅卵石取之不尽，用之不绝，手投虽然不如箭的射程远，不如箭矢锋利，但也能杀伤敌人。每天全军将士习武的同时，不妨训练石攻，练习远投和瞄准。平时，每人鞍后放一皮囊，内装石子，战时可用，专击敌人面部。"

阿骨打听罢，紧锁的眉头舒展了，脸上显露出一丝不易察觉的笑容，自言自语道："看来世间没有解决不了的事，只要用心琢磨，就会柳暗花明。"

半个月后，阿骨打下诏曰："朕顺天吊伐，已定三京，然辽主未获，兵不能已。今率部亲征，欲由上京路进，恐抚定之新民惊慌失措，所到之处要安抚百姓，只擒拿天祚一人，与他人无干，特此告知臣民。其先降后叛逃入险阻者，诏后出首，悉免其罪，若犹拒命，孥戮无赦。"

金军在天子的率领下浩浩荡荡出发了，完颜宗翰、银术哥率千骑、赶着五十多头骆驼行于驿路左侧，驼背上搭着大囊袋，内装金银、干粮、饮水等。完颜宗望、完颜娄室亦带同等数量的人马、赶着骆驼行于驿路右侧，两侧人马相呼应，谙版勃极烈吴乞买监国则率队顺驿路向西进发。阿骨打走在一望无际的沙漠上，环顾着眼前的景色，不禁诗兴大发，高声吟道：

> 日脚曦微洒天荒，
> 苍鹰雄健任翱翔。
> 白雪莹莹铺大地，
> 月透云出泛银光。
> 沙暴漫天宇冥晦，
> 眼前迷离又辉煌。
> 天威赫赫人难测，
> 白衣苍狗变无常。

大军马不停蹄地走了五天，前方现出了长约数里的帐篷群，顶部已被白雪覆盖，不细瞅根本分辨不出来，惟有车辆在帐篷前黑得发亮。完颜宗翰对银术哥一努嘴道："你瞧，那肯定是契丹的帐篷了，咱过去看看。"

银术哥说："行啊，是朋友就喝口酒痛快痛快，是敌人就干一仗松松筋骨。"

二人率队向帐篷群靠近，未走出多远，便传来了螺号声，随之大批军卒纷纷从各个帐篷中冲出，只向他们杀来。完颜宗翰见辽兵有上万人，铺天盖地，急令骆驼队将驼背上的囊袋卸下退走，命兵丁备好石子，然后与银术哥率千骑迎战。等敌方进入射程后，石子像箭雨般向辽兵飞去，一个个被打得鼻青脸肿眼瞎，被击中的战马疼得又蹦又跳带尥蹶子，金兵则趁此时后撤。待辽军整顿队伍重又冲上来时，金军已接近驿路，且战且走。辽军见不少囊袋扔在地上了，赶忙围上前打开，里面竟然全是金银、吃食、饮水，不由得大喜过望，立马你争我夺起来。后边的见前边的不知在抢什么，估计一准儿是好东西，遂蜂拥而上，连推带搡，甚至自相踩踏，哪怕抢到一锭银子也成。都统萧特末原本在后面督队，见前面的军卒乱作一团，连忙打马赶到，命令所有物品充公，拒不交出者杀无赦！

正当此时，大炮骤然轰鸣，炮火遮天蔽地，浓烟滚滚。辽兵惊慌失措，扔下物品上马便逃，不少军卒受伤倒地。未承想金军已从四面包抄过来，萧特末发现被围，急忙下令往外冲，一场混战不可避免，直杀得尸横遍野，血流成河。萧特末在突围时被银术哥生擒，剩下的几千军卒扔下武器，跪地请降。

阿骨打率军向鸳鸯泊挺进，到了地儿，见鸳鸯泊周围早已修筑了壁垒。发起进攻时，辽军从壁垒中向外射箭，使前行受阻。待炮车赶到，无数炮弹向壁垒上空飞去，轰隆隆一阵巨响过后，壁垒已全部炸平，四周血肉模糊，碎石上溅着斑斑血迹。阿骨打吩咐手下查验，看看死伤者中是否有辽主，结果天祚及亲族无有一人。于是下令继续追击，完颜宗望和耶律余睹率五千精骑为前锋，自己和完颜娄室率大军作为后阵。

完颜宗望督军日夜兼程，马不停蹄，此时的耶律延禧已至右辇驿歇脚扎营。完颜宗望赶到时，回顾骑兵只有千余人，其余的因马力不支而落在后边，遂与诸将商议如何进攻辽主大营。耶律余睹道："远望辽军营帐，铺展的面积不小，至少两万有余。而我们跟上的只有千骑，并且已是人困马乏，未可战也。"

完颜宗望说："现在是敌方肯定发现了咱，如不急战，日落之后，他们凭借对地形熟悉，逃遁则跟白天差不多。而我军对此地十分陌生，黑夜中犹如盲人瞎马，怎么能追得上呢？"

完颜宗望估计得没错，耶律延禧确实发现了金军，见只有千骑，胆子大了起来，下令由统领萧卜托嘉亲自督战，务将这股金兵围住并消灭掉，一个也不能放走。两万辽军听命，立刻向金兵扑来，围之数重，耶律延禧则带着嫔妃登上附近的小山丘观战。

辽兵见金军只有千骑，暗自高兴，人人奋勇，个个争先。金军亦横刀立马，各自为战，左砍右劈，殊死搏斗，杀得天愁地惨。耶律余睹一抬头，望见沙丘上有皇帝麾盖，立刻驱马至完颜宗望跟前指给他看。完颜宗望随即旋马径直杀向天祚，辽军蜂拥而上，全力阻挡。只见宗望抡起背儿厚刃利的大刀左右开弓，如同砍瓜切菜一般，辽兵纷纷倒地，死伤狼藉，无人能敌，将宗望的白战袍染成了红色。

耶律延禧见一员勇将奔自己而来，如入无人之境，阻挡的兵卒相继落马，吓得慌忙带着嫔妃下了山丘，骑上马飞驰而去。辽军见主子跑了，抵挡一阵子后，且战且退。

完颜宗望经查点，手下的骑兵阵亡百余人，十分痛心，见天已昏黑，准备埋锅造饭。这时，落后的骑兵和金主所率的大队方到，完颜宗望向其作了禀报，阿骨打说："天祚逃出不会太远，待大家吃饱后，应该追击。"

完颜宗翰表示道："宗望大哥已与辽军交手有时，想必很疲惫了，我和银术哥率队去追。"

阿骨打点点头道："好吧，要快，朕率大军跟进。"

耶律延禧估计金军必会穷追不舍，遂令扔下所有的帐篷、辎重，轻骑而逃。完颜宗翰和银术哥率部追了一天一夜，见前面是片一眼望不到边的沙漠，知道不能继续撵了，只好旋马而回。

第二十七章　将攻城帅不援宋旅败绩
　　　　　　将率先士紧随金旅破燕

　　中军进得门来，向阿骨打禀报道："皇上，汴梁有信使到，带书一封！"说罢呈上。

　　阿骨打接过拆阅毕，方知宋徽宗已派部队攻打燕京，希望金军予以配合。他没有耽搁，立刻遣巴雅喇①告知仍在西进路上的谙版勃极烈吴乞买，率军转奔燕京至奉圣州扎营。

　　过了几天，让阿骨打奇怪的是宋军迟迟没有动静，心里很是着急，遂派徒孤且、乌歇等人去宋催促出师。其不知金使未到汴梁之前，宋军攻打燕京吃了败仗，且不敢向外透露此信儿，一怕受到金军的轻视，二怕百姓恐慌，所以阿骨打无法知道宋军首攻失利。

　　徒孤且与乌歇等使臣到了汴梁后递上国书，并道："贵国屡次遣使赴金，共议讨伐契丹，已载入国书。金国乃礼仪之邦，必不爽约，忽闻贵国又复中缀，故吾皇派臣前来聘问缘由。"

　　赵良嗣答复道："吾帝闻金军已克中京，引兵至松亭关、古北口，欲取西京。虽不得贵国通报出征日期，但已知获胜，于是令童贯统兵响应尔方夹攻之意。由于彼此通联不够，所以进军日期错过，而后退归。"

　　徒孤且抬抬手道："好，就算前次如您所说，师期错过。现在我军已经出发，皇上差吾等特来告知日期，为何按兵不动？"

　　赵良嗣说："须待吾皇开御前会议方能决定，请贵使暂到驿馆安歇，稍候几日，以后我会向大金皇帝解释的。"

　　第三天头响，徒孤且、乌歇又催促赵良嗣赶紧出兵，并请求晋见宋主。宋徽宗刚刚攻燕大败而归，不想再次兴兵，遂让童贯等人出面应付。童贯来到驿馆拜望金使，说道："请各位少安毋躁，当年与契丹修好之初，亦尝如此。"

────────────

　　①　巴雅喇：女真语，传报人。

徒孤且拿出在攻克上京、中京时缴获的辽廷例卷道："实证在此，怎么能妄语呢？必须将方才所言载入国书，并承认是说了谎话，可也？"

童贯无言以对，客套几句，起身告辞，回宫向皇上通禀。宋徽宗无奈，只好服从，并赐金银和袍服，徒孤且等使推却不纳。继而与朝臣商定，召金使诣太宰王黼府第议事，徒孤且讲宾主之礼，面发回书。到了下晌，宋徽宗责成梁师成为金使设专宴，其供具皆从皇宫中搬至，仍以锦绣龙凤茶为会面时赠送之礼物。又诏令赵良嗣充任去金国的使臣，保义郎马扩为副使，马扩之父马政为伴送使。翌日，徒孤且等金国使臣前往崇政殿面辞，宋徽宗谕旨早取燕京。

赵良嗣在临行之前，将国书副本给马扩看，马扩阅后十分惊诧，说道："金人所以不报师期，恐我军出征燕京，他们得不到岁币，故而才遣使前来商议。一则查看吾国眼下的情况，二则继前盟之好，可见尚不知我军已经失利。现应催促宣抚司进兵，克期下燕，既不爽原约，又可绝日后轻侮之患。为什么咱竟祖露腹心，将全部依托他国？大事去矣！"

赵良嗣打了个唉声道："咳，我军已经出师败归，未能战胜辽军。若不以岁币赐金，借女真兵取燕京，咱拿什么去攻？"

马扩说："既然知道无力取燕京，为什么不明讲，让金军去克，我军退守边境，防备外寇？现在倒好，只贪眼前小利，不考虑后患，爱自己的手掌，却把手指送人。"

赵良嗣摇摇头道："说啥都没用了，皇上意已决，不可改动了。"

马扩无语，叹了口气，只好同赵良嗣随金使上路了。

也赶巧了，恰在此时，辽国镇守涿、易二州的郭药师率部投宋。这便再次激起了宋廷君臣独自攻打燕京的野心，认为可以郭药师所部人马攻取燕京，宋军则作为后援。而且未出兵之前，即将燕京更名为燕山府，又给其他被辽占领的州县皆换了称谓，好像已经获胜了似的。

这一切，朝散郎宋昭看在眼里，急在心里，上奏疏劝谏道："吾皇圣明，用马植之计联金攻辽，雪往日战败之耻，免赠岁币，实乃千载之功业。但必先修养民力，增加国库税银，整饬军队，国富民强，方能达到目的。眼下我军新败，军心涣散，士气低落，仅凭一时侥幸可乎？辽廷虽然君主昏庸、暴戾，政治腐败，军心不稳，但仍能以被金军打退之卒战胜我军。若约金同攻，尚可获胜，仅凭我已溃之师、新降之将去取，后果可想而知。倘若再次战败，不要指望大金高看我们，定当轻视。如果金军攻下燕京后挥师南下，我军将无所依凭，难敌其破辽之后的强大威势……”

宋徽宗阅罢，不仅听不进，还雷霆大怒，当即将宋昭革职。遂令刘延庆为元帅，郭药师为先锋，统军二十万出雄州北上，驻扎于涿州[①]。

郭药师以为宋乃天朝大国、礼仪之邦，辽国已是江河日下，即将灭亡，所以才投宋的。未承想所见竟是宋徽宗昏聩无能，高官贪得无厌，将领愚不可及，军心涣散，纪律松弛，毫无斗志，不免有些后悔。又接到以自己为前锋的命令，肠子都悔青了，这不是拿鸡蛋碰石头吗？然事已至此，只能硬着头皮去了，寄希望于或可出现奇迹。他觉得宋军的现状实在糟糕透顶，必须在短时间内有所改观，便向刘延庆建议道：“大帅，末将以为应整饬军队，约束纪律，加强训练，待能够令行禁止之时再行进攻。除此之外，还要加紧巩固我军防地，一旦战败，可以退兵驻守。”

刘延庆很不耐烦，皱着双眉道：“这些都是我这个元帅应虑之事，你瞎操什么心哪？本为降将，做好自己该做的就行了，今后绝不许僭越了。”

郭药师碰了一鼻子灰，知道说也没用，对牛弹琴而已。弄不好再被认为想夺权，有当元帅的打算，那就更犯不上了。

宋军刚刚进入良乡，便遭遇萧干所率辽军的阻击，刘延庆指挥迎战，结果力不能敌，失败而归，退守涿州。郭药师忍不住，又向其建议道：“主帅，辽军精锐大多由萧干率领阻击我军，燕京城防必然空虚。可否拨吾五千骑兵偷袭燕京，若能得手，大帅再派军接应，可望成功。”

刘延庆思忖良久，点头答应了。郭药师趁黑夜整队出发，绕过辽营，天亮时到达燕京城外。部将甄伍带兵先登，经过激烈搏战，夺取了迎春门。郭药师率军攻入城内，辽军全力阻击，巷战打得十分激烈，双方士卒血染征衣，伤亡惨重。

萧太后得知此情，立即派色刻[②]快马飞报，调萧干回援。尽管郭药师指挥精骑力战，然刘延庆救援不至，部将高世宝阵亡。郭药师受伤坠落马下，幸被随从救起，带领残兵退出城外，返回营地，刘延庆只好下令移至卢沟桥驻扎。

萧干见此，分出一部分骑兵袭扰宋营，阻断其粮道，擒获了宋军押粮官兵并囚禁起来。然后吩咐士卒四下散风，声称又有五万精兵前来助

---

① 涿州：今河北涿县。

② 色刻：女真语，传报人。

阵，准备明天围攻宋营。

刘延庆闻得此信儿，将信将疑，忙出帐向北瞭望，见火光连天，喊杀声震耳，吓得骑上马就跑了。将士们发现元帅没了踪影，谁愿做炮灰呀？也争先恐后地向南逃去，帐篷、粮草、饮水全部留给了辽军。一路上，由于心慌而落马被踏死的，掉进深沟致伤的，半道儿开小差的不计其数。

阿骨打闻得宋军攻打燕京惨败而归，决定克取，又恐燕京城内的居民对金军围攻产生误会，故而下诏曰："朕数申敕将臣，安辑怀抚，无或侵扰。然而下民不知，尚逃匿山林，即欲加兵，深所不忍。今已逃散之民，罪无轻重，咸与矜免。有能率众归附者，授之以官，或奴婢先于主降，并释为良。金军所到之处，凡投降者一律免罪，官职依旧。"其意思是说吾曾多次告诫将军和大臣要安抚居民，与新降或未降之地的百姓和睦相处，至今从未发生侵扰之事。金军将攻取燕京，下民不知我军纪律严明，秋毫无犯，有的已逃向山林藏匿。需要讲清的是无论已逃或未逃、有罪或无罪的军民，都应回到原来的住处，朕予以宽容、免罪。有能率领民众归附我军者，授以官爵；身为奴婢在主人之前来降者，免其奴婢身份，释为正身之人。金军所到之处，凡投降者一律免罪，官职依旧。

书诏毕，对出征之师做了详细部署，由完颜宗望率七千精骑为先锋，攻打居庸关；先期到达的谙版勃极烈吴乞买和尼楚赫所部为第二梯队，完颜洛索所部为左翼，婆卢火所部为右翼，助吴乞买、尼楚赫取居庸关；完颜忠所部取得胜口。

完颜宗望率先锋队打马疾驰，来到居庸关城下，手指城头高声叫阵。站在城头上的耶律大石手把垛堞向下望去，见金骑兵顶盔贯甲，横刀立马，精神抖擞，摆出一副气吞山河的架势，但人数并不多，遂遣张彦忠率一万人马出关迎战，两军在城外交手了。辽军由于前几天刚刚打败了宋军，信心大增，求胜心切，凭借着尚存的锐气挥刀进击。金军这些年来久经战阵，积累了丰富的经验，官兵也得到了锻炼，个个奋勇当先，攻势锐不可当。两军将士各显神威，互不相让，剑戟相碰叮当响，刀枪互拼闪寒光。战鼓敲得咚咚响，喊杀声震天动地，瘆人的惨叫声声入耳，太阳不忍看这场你死我活的残酷搏斗躲进云层里，飞禽惊恐得急扇着翅膀远翔他乡。

两袋烟的工夫过去了，耶律大石见双方不分胜负，遂派高六、康公弼各率兵五千名出城分左右助阵。完颜宗望一看辽军又增援兵，担心寡不敌众，令手下且战且退，自己带部分兵丁断后。辽军哪里肯放，蜂拥而来，威猛的金精骑返身与其死拼。正在这时，北面尘烟起处如飞般冲来三队骑兵，领头儿的正是吴乞买和尼楚赫，左翼是完颜洛索，右翼是婆卢火，将辽军团团围住。完颜宗望率军往外冲杀，吴乞买、尼楚赫率军向里猛攻，一时间，辽军遭到了内外夹击。耶律大石一看不好，连忙跑下城楼，领兵杀出。未承想待出城将近一半儿的时候，突然从东西两侧驰来金兵，一支由完颜宗翰率领截杀耶律大石之军，一支由完颜宗弼率领直向城门冲去。

话说回来，此次出征之前，阿骨打考虑到驻守燕京的辽军多系汉人，所以调张生远前来助战，以备临阵喊话招降汉兵。说来也巧，耶律大石领兵出城后，守城官高六在城头上观战，发现了站在城门口儿的完颜宗弼，身边是张生远。他与张生远是儿时要好的玩伴，今日得见，尽管是敌手，也感到十分亲切，遂冲城下喊道："生远老弟，我是高六，久违了！"

张生远抬头一瞅，果然是他，暗自高兴，于是招降道："高兄，一向可好？兄弟俩多年后能在这儿见面，此乃老天安排的。眼下，天祚逃得不知去向，耶律淳也死了，大辽已日薄西山，不知高兄还在为谁卖命？你我都是汉人，现在金宋联合，辽军困守燕京孤城，何不大开城门归金，吾当为兄引荐。"

高六看得很清楚，辽兵受金精骑夹击，溃不成军，几乎无有胜算，觉得大辽没指望了。加之听了张生远的一番话，想起了耶律大石对汉将的蔑视，再不满也得忍气吞声，没招儿哇，人家是上司，可总不能忍受一辈子吧？随即一咬牙道："老弟呀，我早有此心，部下皆是汉人，憎恶辽官的无理、蛮横，甚至欺压。我听你的，可以劝手下归降，烦老弟为大家请功！"

张生远答应道："请高兄放心，一切包在老弟身上，说话算数！"然后冲城头喊道："汉族兄弟们，不要为契丹人卖命了，报仇的机会到了，携手灭辽归顺大金吧！"

高六对手下说服道："弟兄们，大伙跟了我好儿年，生生死死都要在一起，永不分开。咱是男子汉大丈夫，再也不能受辽官的气了，辽朝没有希望了，投奔大金才有光明之途。走，开城门，迎金军，反了！"

高六一声令下，弟兄们纷纷响应，临阵倒戈，大开城门，与金军一起杀向契丹兵。没一会儿，两万辽军便处于劣势，杀得契丹兵哭爹喊娘，节节后退，谁的命令也不听了，各逃生路。耶律大石一看，全军溃散，保命要紧，只好掉转马头向城门驰去。他并不知道守城官高六反戈，居庸关已被金军占领，到了城下高声叫门。站在城头上的完颜宗弼见是耶律大石，也不说话，拈弓搭箭，嗖的一声射去。耶律大石听见弓弦响，急忙俯身趴在马背上，箭从头上方飞过。刚刚抬起脑袋，第二支箭又到了，赶紧一低头，盔缨被射掉了，吓得拨马落荒而逃。

那么，完颜忠率军进攻得胜口怎么样了呢？得胜口是关外通往燕京的隘口，双峰相对，两座山峰之间砌有城墙。山势险峻，四周皆为悬崖峭壁，真乃一夫当关，万夫莫开。完颜忠令炮手架稳大炮，估算好距离，十门大炮一齐向得胜口开火，得胜口内的大炮亦朝金军怒吼。刹那间，得胜口上空硝烟弥漫，炮弹如穿梭，两个时辰都未消停。完颜忠见天色已晚，鸣金收兵，回营地歇息，待天亮再攻。

转天一早，阿骨打令完颜宗翰、完颜宗弼驻守居庸关，抽出一部分兵力协助完颜忠夺取得胜口，其余将领率大军直奔燕京，炮轰北门。此时，燕京城内的萧太后已与皇族数人及近臣从西门逃走，知枢密院事左企弓、虞允文、曹勇义等督率军卒守城，安置在城墙上方的大炮向金军还击，炮战打得十分激烈，双方各有伤亡。得胜口的辽军守将萧撒里闻知居庸关已失守、金军正在攻打燕京时，当即吓得腿肚子朝前，不战而退，率军向西逃去。金军顺利占领了得胜口，插上旗帜，派人向阿骨打报捷。

当天半夜，攻打燕京的金军在歇息一阵子后，突然向城内开炮，左企弓等人连忙登上城头督军开炮还击。与此同时，尼楚赫带领由二十几个攀缘高手儿组成的敢死队来到南门下，乘夜攀爬城墙。由于左企弓等人只关注北门的反击，忽略了南门的防御，使金军敢死队得手了，登上城头杀散驻守的军卒，继而打开南门迎入大队人马。经过激烈的拼杀，终于肃清了北、西、南三门外城的辽军，夺得了多处炮台，阿骨打下令将所有炮口转向城内皇宫及枢密院等要地。

燕京内城的左企弓、虞允文、曹勇义等将见大势已去，只好书写降表，向金帝请降。阿骨打要求他们务必安抚燕京所属各州县的百姓，以定民心，并下诏书捉拿萧太后，上曰："大金师至燕都，收降抚定，惟萧妃与皇族数人及近臣遁去。现已发兵追袭，或至彼路，可执以来。"

宋廷以蔡京为首的一些昏聩官员闻知燕京已被大金取得，不仅不自愧，还分外眼红，厚颜无耻地声称应索回燕云十六州之地。宋徽宗更是贪心不足，竟然派遣赵良嗣前往金国谈判，既要收复燕云十六州，又要索回唐朝末年时，卢龙节度使刘仁恭私自割让给其时还是契丹所属的部落三州，即平州、滦州、营州。

赵良嗣无奈，只好领命，到了大金京都，向金帝提出了宋廷的要求。阿骨打说："想必贵使不会忘记你们是怎样打仗的，徽宗皇帝派将军童贯、蔡京的儿子蔡攸率十五万大军北伐，而主帅却躲在大后方，如此与辽军对阵不败才怪。后来又遣刘延庆和辽降将郭药师统军二十万出雄州北上，郭药师好不容易攻进了燕京，这需要多大的勇气、智慧和指挥才能啊！可主帅像没事儿人似的，根本不按时接应，致使二十万大军一溃千里。请问宋廷对占领燕京有何功劳？又有哪一寸土地是宋军攻取的？如今竟厚着脸皮声称收复燕云十六州，甚至连部落三州也想索回，太可笑了，没什么好谈的，回去吧！"

赵良嗣听罢，哑口无言，起身告退，回到雄州，把此情奏疏给皇上。宋徽宗召集群臣计议，尽量将条件降低，再派赵良嗣前往金国交涉。经过四五个月的往返、磋商，双方终于达成了协议，即宋国每年向金国缴纳原先输送给辽国的岁币白银二十万两，绢三十万匹。燕京每年的赋税百万贯，犒军费银十万两，绢十万匹。除此，赵良嗣还口头答应借给大金二十万石军粮，岁币和赋税可以逐年交付，而犒军费必须一次付清，金国则将顺、檀、涿、易、蓟、景六州之地归还宋国。

完颜宗翰对此十分不解，说道："燕云之地乃大金官兵以血肉之躯取得，为什么还给他们？难道只因二百年前是唐朝的土地吗？我不同意。"

阿骨打心里明镜似的，有这种想法的肯定不只他一个，便耐心地解释道："咱们与宋国订立了海上之盟，虽然宋军被辽军打败了，但毕竟履行条约出兵了，只不过没有按时在古北口会师而已。至于六州之地谁都想要，如果不还给他们，必不会给咱岁币。占领土地为的是什么？为了能征收赋税，既然目的达到了，何乐而不为呢？试想一下，我们占着燕云之地，必然得派官员管理，维持治安，巩固边防，需要投入多少财力、人力、物力，这个账应该算吧？再者说了，天祚尚未抓到，平州还未归附，不与宋履行盟约，将成为我们的敌国，又多了 个对手，不值得，因为得不偿失。"

完颜宗翰听罢，摸摸后脑勺儿不吱声了，群臣皆点头称是。

一日，完颜希尹前来晋见，禀奏道："皇上，完颜昂于岭西契丹人住地动员他们迁往岭东，不以好言相劝，往往动用皮鞭驱赶，致使辽人逃散，事倍功半。微臣恐激起民变，怨声载道，建议派干员安抚部众。"

阿骨打长叹一声道："唉，真是好心不得好报啊！朕考虑到岭西大多是荒漠、草原，土瘠田薄，不适于久住。辽人生活贫苦，居无定所，还得时不时迁徙，甚为劳瘁，才让完颜昂劝说其迁往岭东的。岭东土地肥沃，有山有水，适于养民，未承想部众却不理解，事与愿违。"言罢提笔蘸墨给谙版勃极烈吴乞买下旨曰："比来遣昂徙诸部辽人于岭东，因其悖戾，引骚动烦言，致多怨怒。其违命失众，当置重典，倘若有疑，禁锢以待。"其意是讲前几日，朕派完颜昂前往岭西，动员诸部辽人迁往岭东。因其不能耐心说服，而是简单、暴戾，故而引起骚动，啧有烦言，怨怒满胸。他不能很好地执行命令，失去民众，当以相应的法律处置。如果怀疑其中别有情由，先囚禁起来，以待查明。

书毕，对完颜希尹说道："岭西之务，尔可兼顾之，安抚百姓，劝徙岭东，不愿迁者不必强求。招抚逃散之人，使归有定所，望莫负朕意。"

转天，阿骨打又接两份奏章，其一为完颜宗望书就，上曰："前为军事机密故，谕旨禁止燕京、东京等地商贾、部民往来。今战事已息，建议取消此令，便民利国。"

阿骨打批复道："顷因兵事未息，恐伤无辜，禁止诸路官民往来。现天下一家，若仍如前，非利民也。自今咸州、显州、东京、燕京等地听从自便，其间被掳及鬻身者，并许自赎为良。"其意为以前由于战争的缘故，生怕刀箭无眼，伤及无辜，还要防备暗探通风报信，故而下旨诸路商民禁止往来。现在各地皆已归附大金，继续执行先前的禁令，显然不利于互联和集市贸易。从今往后，咸州、显州、东京、燕京等地任意通行，战争期间被掳及卖身为奴者一并按此令许以自赎为良。

其二为中京都统斡论的奏章，上曰："今中京百姓各安生业，商贾往来，市场繁荣，农人耕作，牧者养畜，已无战乱之惊。惟奚王回离保在卢龙岭聚徒滋扰，恐有它变，特此请度。"

阿骨打批复道："闻卿已抚定京民，各安生业，朕甚慰之。回离保聚徒逆命，汝宜计划，或抚或剿，无使滋蔓。"其意是得知爱卿已经安抚中京民众，使之安居乐业，朕很欣慰。回离保滋事生非，聚集匪类作乱，违抗圣命，自行定夺，不要使其滋蔓扩展。

半个月后，阿骨打接挞懒的奏章，上曰："卑将奉命讨山速部奚人，对方据险而战，颇费时日。现遵圣上恩诏，叛者施之以威，降者施之以恩惠，基本上扫平了十三岩叛党，特此告捷。"

阿骨打批复道："朕知奚路险恶，经略为难，命汝往任。尔克副所托，良用嘉叹。今回离保部来附，余众奔溃，不能为已。比命习古乃、婆卢火获送降人，若遇险阻，则分兵而行。余众悉与汝合，降诏二十，诏谕未降，汝当审度其事，从宜处之。"其意为朕知道奚地环境险恶，行军受阻，治理、经营皆有难度，所以才派爱卿担此重任。你能克服困难，不负朕的期望和托付，很好，不仅赞赏你的能力，也嘉许你的功劳。现在回离保前来归附，其余的叛匪奔突溃散，战事不能就此停止。近日已命习古乃、婆卢火的军队押送降人，若遇路不好走，可以分开行进，与你会合，降空名诏令二十，以朕的名义招谕他们归降。你应审慎地考虑，了解当下时势的特点，估计情况的变化，以便于行事。

辽降将左企弓、曹勇义、虞允文等对金帝将燕京所属之地归还宋国不以为然，并联名奏疏道："吾等仰慕大金天子之威，叛辽降金，献纳土地。如今却将献出之地归于宋，实觉不妥，宋徽宗何德何能取六州之地？此等贪心不足之愚人、见利忘义之小人将来很可能做出背盟之事，望陛下深思。"

阿骨打阅罢，不以为意，坚持己见，履行前约，群臣只好缄口不语。

第二十八章 | 施贿赂用降将制造内乱
西进路拜佛寺谦恭求教

一天头晌，阿骨打翻看降人的花名册，忽然"时立慕"三个字映入眼帘，知其原是宾州的辽将，勇谋兼优。随之一个大胆的设想闪过脑际，何不利用手足之情，让他去说服平州①节度使时立爱归金？能成功更好，不成也无关大局，便令召见时立慕。

时立慕进得大殿，匍匐在地，口呼皇上万岁，万万岁！阿骨打抬抬手道："平身，看座。"

时立慕站起身来，坐在左边的椅子上，阿骨打说："咱君臣二人随便聊聊，不必拘礼，据讲尔与平州节度使时立爱是亲兄弟？"

时立慕答曰："回皇上，他是卑将的长兄。"

阿骨打说："那太好了，朕打算派你去说服时立爱归金，不知意下如何？"

时立慕回道："卑将兵败被俘，蒙陛下恩宠，不仅未加罪，还给以殊荣、厚礼，感恩不尽，无以为报，理当为大金效力。然家兄性情固执，忠君爱国是其终生信条，不会因一奶同胞之私情而废国家之大礼，只恐此去不但性命难保，而且误了朝廷大事。"

阿骨打说："令兄的忠义之志甚为难得，如果此去生死攸关，朕可不忍心让你冒这个险，就没有别的办法了吗？能否帮朕琢磨琢磨，既不动兵戈，又能收复平州。"

时立慕想了想道："平州守将张觉是个贪财图利之人，乃张生远的叔父，倘若不惜高官厚禄予以收买之，或许能不战而得平州。钱也好，权也罢，对于家兄而言，都是不屑一顾的，因此他不会如咱所愿。"

阿骨打说："若能不战而得平州，两军官兵皆避免了伤亡，百姓亦不罹兵灾之苦，朕何惜千金？主意不错，先下去吧！"

---

① 平州：今河北卢龙。

时立慕告退后，阿骨打又召见张生远，言道："据朕所知，爱卿有位叔父，名叫张觉，在平州节度使手下为将，没错吧？"

张生远答曰："回皇上，确实如此，张觉乃微臣的族叔，年龄差不了几岁。"

"叔侄之间的关系如何？"

"一般，平时来往不多。"

"为尽量减少兵员伤亡，朕打算派爱卿去平州说服张觉降金，不知是否可行？"

"族叔贪求无度，只要对他有利，给以高官厚禄，估计会归附的。"

阿骨打说："朕预备五百两黄金交给张觉，作为打点之费用，以便通融其部将、臣僚降金。如能达到孤立时立爱的目的，以极小的损失使平州守军归顺我们，这平州节度使就是他的了。怎么样？爱卿有否困难，愿意前往吗？"

张生远回道："俗话讲，有钱能使鬼推磨，微臣可以去试试。他若不同意或反复无常，并引起不良后果，望陛下千万不要怪罪。"

阿骨打说："爱卿尽可放心，只要全力去做了，朕会知道的。"

次日，张生远在亲随的护卫下上路了，顺利进入平州城，来到张府。张觉见侄子来了，显得很是亲热，拉其坐下，屏退左右，然后问道："听说侄子降了大金，仍任原职，是真的吗？"

张生远笑道："此话不假，看来叔父消息蛮灵通啊，什么事都瞒不过。侄儿正是奉吾皇之命而来，叔父若肯于降金，孤立时立爱，以极小的损失或不战而取平州，那么平州节度使之位就是您的了。"

张觉露出一丝不易察觉的笑容，却故作姿态道："唉，谈何容易呀，人心隔肚皮，部将又不是你叔一个人交下的。叛辽降金乃要事，怎能轻易出口？一旦泄露可不是玩儿的，全家老小脑袋必掉哇！"

张生远见火候儿到了，便将随身携带的红布包袱解开，说道："叔叔请看，这是五百两黄金，乃吾皇送给您的礼物。答应平州归属大金后，除时立爱及亲信外，其余部将一律官居原职，如果立功还可升迁，说话算数，一言九鼎。"

张觉面对着黄灿灿、亮闪闪的金锭，眼睛都直了，又好像下了很大决心似的，咽了咽口水道："行啊，这么着吧，此磨我推了。侄子，你是住在叔这儿呢，还是返金都呢？"

张生远回道："侄儿来的主要目的即是帮着叔叔玉成此事，直至平州真正归顺了大金，我才能回去。"

张觉点点头道："好吧，那就住在府内，必要时，可让部将们见一见你这位金国使者。现在去拜望一下你婶母，再看看弟弟、妹妹，他们一定等急了。"

于是在张觉的引领下，张生远与全家人见了面，相互施礼问候，唠唠别后之情。张觉给了夫人沈氏五十两黄金，让其派管家去城里技高的金匠处，打造成耳环、戒指、镯子、金簪之类的首饰。

转天下晌，管家取回首饰，沈氏打发家丁把裨将沈强的夫人李氏请到府中一叙。沈强是沈氏的弟弟，弟妹一看大姑姐遣人来请，当即坐上小轿去了张府，一进门便问候道："姐姐，一向可好，找妹子来有何事呀？"

沈氏笑道："闲着没事儿聊聊不成吗？姐就是想你了呗，快坐下！"

李氏拍拍嘴巴道："哎哟，看我这笨口拙舌的，不会说个话儿。妹子也想姐姐了，早就打算过来了，一直未倒出工夫。"

沈氏说："姐有对儿耳环，一枚戒指，看看妹子戴着合适不，伸出手来。"

李氏听罢，眼睛一亮，乐呵呵地伸过手去。沈氏为其戴上戒指，左观右瞧道："嘿，大小正好，多漂亮啊，归你了，这耳环也是给你的。"

李氏忙摘下戒指假模假式地推却道："这么贵重的礼物，妹子可承受不起，还是姐姐戴吧！"

沈氏啧啧两声道："是怕姐求着你还是咋的？快收下，咱们谁跟谁呀！"

李氏半推半就地收下了："妹子谢谢了！姐姐有话只管讲，只要我能办到的，尽力就是了。"

沈氏打了个唉声道："咳，姐原本想跟弟弟唠扯唠扯，又怕他那火暴脾气一上来，任谁劝不住，再把事儿弄砸了。不说吧，真替你们担心，眼瞅着大辽要完蛋了，他还跟着时立爱抱着朽木不放，不是越活越糊涂吗，不能这么继续下去了。"

李氏说："姐，你不用担心，沈强不糊涂，近些日子也正为此犯愁呢，不知怎么办才好。"

沈氏小声儿道："我跟你姐夫商量过了，不妨投靠大金，以后或许能够发达。人往高处走，水往低处流，咱们都是汉人，何必死心眼儿跟着鞑子一起灭亡呢？"

李氏说："姐有所不知，这事我俩曾思摸过，可苦无进身之阶呀！"

沈氏忙道："张觉有个侄子在金国做大官，已经讲好了，投金之后，众部将仍任原职，并有厚礼相赠。"

李氏一拍大腿道："只要准确，一切皆好办，沈强早有此意。"

沈氏接着又道："不知妹子想过没，咱们投降大金了，一拍屁股走人了，你娘家兄弟怎么办？在平州都有一官半职，不能不顾及。姐这儿还有几样首饰你拿去，送给他们及在位的好友，再找些贴底的人透透信儿。"

李氏答应道："行，我回去跟沈强合计合计，肯定办得妥妥的。"

自打这日起，沈氏以赠送首饰之法先后联系了几位部将和官员的夫人，结果十分顺利，统一了认识，并将此情告知了丈夫。张觉一听，心中大喜，立马吩咐厨子备宴，让家丁持帖子将手下的几位部将请至府邸，其中有沈强、钱如意、甄家武、苟永财等。众位到后，围桌而坐，举杯共饮，酒过三巡，张觉问甄家武："怎么样，近些日子一直在家养伤，好了吗？"

甄家武回道："谢谢老哥还惦着，伤是好了，打坏的地儿坐下了疤，可心里憋屈，不知这口窝囊气什么时候能出。"

张觉摇摇头道："唉，没招儿哇，谁叫咱们是汉人呢！"

苟永财接过了话茬儿："汉人就该死呀，那天甄兄只说了句契丹人和汉人待遇不平等，这是真的呀，竟给安了个惑乱军心的罪名，打了二十荆棍，上哪儿讲理去！"

张觉说："多年来，咱们与契丹人同朝为官，同军为将，却总是被欺负，遭人白眼，气都喘不匀，苦楚无处诉。而今天祚已逃得不知去向，大金如旭日东升，国势越来越强大，为何不弃暗投明呢？"

沈强言道："想必几位兄弟已心知肚明，咱也不必拐弯抹角，打开天窗说亮话吧，怎么做才能孤立时立爱、真正行使手中的权力、使官兵能听咱的？"

钱如意说："掌权者中的汉人好办，因为想法一致，平时亦有交流。时立爱信任的两员干将耶律安、耶律才皆为契丹人，大权掌握在他们手里，很难办。"

话音刚落，张生远从内室走了出来，边走边道："我看不难，只要大家同心协力，拧成一股绳，没有办不成的事儿。"

张觉起身引见道："我给兄弟们介绍一下，这位是本人的侄子，名叫张生远，乃大金国派来的使者，有什么话可尽管说。"

大家互相见礼，寒暄一番，张生远请各位就座，又为每人斟满酒，然后端起酒杯道："晚辈借花献佛，为英雄聚会，先干为敬！"言罢一饮而尽，大伙儿随之。

苟永财放下杯子道："今日能见到金国使臣，求之不得，我们兄弟也把心放进肚子里了，还望多多指教。"

张生远笑道："您太客气了，能够同桌共饮就是自家人，晚辈岂敢指教啊！"

甄家武接茬儿道："方才钱兄所谈之事，贵使声称不难办，不妨讲来听听。"

张生远说："我可以马上向吾皇奏疏，时不我待，机会难得，请其令金军出征攻打平州。叔父则极力举荐耶律兄弟领兵抗击，诸位再从中帮忙，让他们有来无回。交战时，自己人要举红旗，便于识别，避免伤亡。汉兵投诚了，契丹兵谁不怕死呀，必随之，时立爱便成空架子了。"

钱如意竖起大拇指道："高，实在是高，我们定照贵使之言办！"

酒席散后，张生远立即书奏章，遣亲随送至燕京。阿骨打阅罢，龙心大悦，令完颜宗翰、完颜宗弼为主将，率军两万攻打平州。

时立爱接到探报，召集众将议事，说道："阿骨打胃口不小，已派军来取平州了，诸位有何良策？"

沈强抢先开口道："得闻完颜宗翰、完颜宗弼为主将，不过一勇之夫，不足为惧。只要耶律才、耶律安二位大将出战，必打他个稀里哗啦，何愁不胜？"

张觉、苟永财、甄家武、钱如意等纷纷表示赞同，时立爱侧过头问道："二位将军，意下如何？"

耶律才、耶律安异口同声道："为大辽效力，乃小将的本分，没啥不可，愿披挂上阵！"

时立爱命道："诸位听令，耶律才为主帅，耶律安为随军参赞，沈强为先锋，钱如意、苟永财、甄家武为裨将，率军三万迎敌。"

众将抱拳道："得令！"

耶律才领兵离开平州城，向北进发，途中遇上了金军。沈强作为先锋必然冲在前面，高举红旗指挥手下军卒迎战，呼喊声震天。金军见来将手举红旗，知是内应，战鼓擂得咚咚响，只围不战，虚张声势。沈强急令小校向耶律才禀报："先锋被围，处境艰难，望主帅速速解围！"

耶律才率军前来，刀剑出鞘，一场恶战必不可免。裨将钱如意、苟永财、甄家武忙乘混乱之机箭搭弓弦，三箭嗖嗖嗖齐向耶律才、耶律安飞去，支支中要害，致二人倒地而亡，继而率部下投降。契丹兵见主帅毙命了，汉兵全缴械了，势单力薄，无心再战，也跪地请降了。完颜宗翰让沈强继续打着辽军的旗帜，安营扎寨，成两军相持之势。

身在平州的时立爱正盼着前线的消息呢，萧特末带着两个护从来了，说是皇上下了谕旨，遂展开宣道："节度使一心为大辽，坚守平州，深为感叹。由于时立慕已投降金国，故而接爱卿之家属往至身侧，以慰朕心。"

时立爱听罢，暗自思摸道："皇上在哪儿？什么'以慰朕心'哪，分明是天祚恐吾降金，以家眷为人质呀！又有啥法儿呢，圣命不可违，只能遵从。"想至此，吩咐亲随回府把家属领来了，萧特末请他们坐入暖车之中，时立爱与母亲、妻儿泣别。

暖车行至傍黑儿方停，就地埋锅造饭，搭起帐篷歇息。到了三更时分，忽有金军来劫，时母及其家人听到喊杀之声不绝于耳，吓得不敢出帐。没一会儿便安静下来，两个金兵入帐，让他们上车，然后赶着向东驶去。

时立爱在府内踱来踱去，烦躁不安，一不知前线战事如何，二担心母亲、妻儿身在远途，能否经得住寒冷和颠簸。这时，中军来报："大人，二相公到府，在外求见。"

时立爱一听来气了："你告诉他，我没这个弟弟，快走吧，别玷污了时家的门槛儿！"

话音刚落，时立慕进屋了，躬身道："请大哥息怒，消消火儿，容二弟说两句。前些日子，我因兵败被俘，蒙大金皇帝隆恩，亲自劝降。言称天祚残暴、昏庸，晋王耶律敖鲁斡贤孝而被杀戮，萧奉先奸诈而受宠信，耶律余睹被冤枉险遭毒手，想必都统早已耳闻目睹。辽朝大势已去，如夕阳西下，难道你也甘愿跟着耶律延禧入地狱吗？当时弟对此言思摸再三，觉得无路可走，便选择了降金。圣上又念吾与兄长的手足之情，不愿看到忠贞不贰之臣尽愚忠于辽帝，最后落得个助纣为虐的千古骂名，故而才派我来劝你的。大哥或许还不知道，耶律才、耶律安已在两军混战时中箭身亡，诸汉将和汉兵、契丹兵也已降金……"

时立爱听不下去了，打断道："你呀你，陷兄于不忠不义，怎么办？只能一死了之，以谢皇恩！"说着拔剑欲自刎。

时立慕连忙上前夺下剑，放在桌案上道："大哥，倘若非要自刎尽忠，作为弟弟应当成全。可不知想过没？你一死，必将被族众指责为不孝之子。"

时立爱告知："母亲和妻儿已被皇上派人接走了，将来的生活会安排得很好，不必操心。"

时立慕纠正道："大哥，你错了，我已于半道儿把母亲、大嫂和侄子、侄女接到燕京了。同萧特末一块儿去宣旨的两个护从不是契丹人，而是金兵装扮的，所谓圣旨也是假的。"

时立爱不敢相信，惊诧道："你说什么？难道萧特末也……"

时立慕点点头道："没错，他和我一样，兵败被俘而降金。"

时立爱重新抄起桌案上的宝剑道："老母在上，有弟弟在膝下尽孝我放心，自古忠孝难以两全，为儿只能尽忠了！"说罢横剑又要自刎。

时立慕用力拽住那持剑的手臂道："大哥，未承想你太狠、太自私了，竟忍心让白发人送黑发人吗？难道不怕老母为失去儿子而万分悲痛吗？倘若非得这么做，二弟不拦了，只能认为你是天下最无情、最不孝的人！"

时立爱仰头长叹一声，扔下宝剑道："也罢，也罢，真正把我逼上梁山了！"随即取过文房四宝，提笔饱墨写道：

> 大金皇帝台鉴：
>
> 今遣吾弟前来说服末将，感激涕零，谢主隆恩。末将有下情通禀，闻听金军正在监督岭西之民迁往岭东，动员尚可，迫使不妥。辽人习惯于游牧，热爱故乡，强令迁移，必致怨愤。天祚尚无踪影，哪日回军一呼，百姓将因怒女真人逼徙而响应。新主之兴，当以民心为要，倘能宽待辽庶，天下幸甚！

书毕，将信函封好递给二弟，让其呈交金主。

时立慕告辞后出得府门，在随从的护卫下打马疾驰，一口气返回都城，向圣上面呈兄长的信函。阿骨打阅罢，非常高兴，当即展纸回复曰："卿始率军民归附，复条利害，悉合朕意，嘉叹不忘。缘于辽主未获，恐岭西部族阴阳连结，更兼地瘠民贫，故而迁往土地肥沃之岭东。期间或有将士粗暴，违反纪律，辄掠降人，已谕诸部统帅予以约束，秋毫无犯，否则必行无赦。辽民愿迁者可迁，当妥为安置；不愿者不强徙，安居为上。西京部众既无异望，惟求乐业，皆安堵如故。今遣斡罗阿里为卿辅贰，以抚斯民，其告谕所部，使知朕意。未几，召时立爱进京任职，以平州为南京，张觉为南京节度使。"

文中首先对时立爱能够认清形势、带领军民归附金国、逐条详述了岭西辽人的所思所想表示嘉许和赞赏，然后解释了为什么要迁移。缘于天祚尚未擒获，岭西的部民倘若与其暗中勾连，很可能酿成变乱。加之岭东土地肥沃，生存环境优于岭西，故而理应从贫瘠之地迁出，使生活得到改善。在这个过程中，有的兵将做法粗暴，违纪强迁，引起了多方怨怒。已要求诸部统帅对其给以约束，务必做到秋毫无犯，否则军法从事，决不宽赦。接着介绍了辽人的现状，西京的百姓已不再期望辽主回来了，只求安居乐业，过平静而舒适的日子。还告知今派遣斡罗阿里作为节度使的副职辅佐之，全力安抚平州的居民，并希望其部下能够理解金主爱民之心。

再说耶律淳之夫人萧后率皇族人等逃至六部族，三次向在天德军的天祚帝上表，请立秦王耶律定为君。耶律延禧气往头上撞，大怒道："朕还没死呢，你夫就在燕京称帝，其罪逆天。如今又让吾禅位，凭啥呀，真乃可恶至极！"随即传令将萧后处死。

耶律大石逃至天德军行宫，晋见天祚帝，未待开口，耶律延禧绷着脸质问道："朕活得好好儿的，胆敢立淳为帝，缘何？"

耶律大石答曰："陛下以百万大军而屈服于金军微薄之势，不能拒敌于国门之外，弃都城远遁，不顾黎民遭涂炭。这种情况下，众臣即立耶律淳为帝，亦皆太祖子孙，岂不胜于乞命他人耶？"

天祚无言以对，默然良久，只好赦耶律大石无罪。恰在此时，辽知北院枢密使、奚王萧干自立为奚国皇帝，改元天复。耶律延禧命令知北院枢密使耶律马哥率军前去征讨，经过一场血战，尽管抓获了萧干，然损失惨重，天祚的力量更弱了。

耶律大石虽然没有受到处罚，但目睹了奚王萧干被处以取心献祖庙的酷刑，吓得魂飞魄散，忐忑不安，连夜率领二百骑兵向西逃去。一路马不停蹄，蹚过黑水，到了白达达部。因与该部的详稳床古儿交情深厚，所以粮草得到了补充，人吃马嚼解决了。稍事歇息继续西行，到达北庭都护府，耶律大石开始去各部落游说："太祖皇帝创业艰难，建立了大辽，已历经二百多年。眼下女真人叛离，残害契丹人，强占土地，逼迫辽主就范，天祚帝不知逃向了何方。本将痛心疾首，仗义兴兵，势灭仇敌，收回国土，重立朝廷。只有这样，契丹人才能独立自主，不受女真人的欺凌，否则我们都将成为亡国奴，过着猪狗不如的生活……"

由于西方部族不了解金国对契丹施行什么政策，听了耶律大石的一番蛊惑，生怕被女真人凭借威势任意奴役、践踏，故而纷纷表示愿意跟着他，听其指挥，很快便在此地得兵万余。耶律大石对这些人进行训练、整顿配备后，并没有东征，而是继续西行，沿途招抚突厥诸部，武装力量不断扩大。当行至塔什干时，正欲招兵买马，却遭到了西域各国部队的袭击。耶律大石毕竟在军营里摸爬滚打多年，有着丰富的作战经验和超群的勇气、智谋，不但没有显露出丝毫的慌张，而且带领新组建的军队左砍右劈，左包右围，全力奋战。经过多日的殊死搏斗，终于将其彻底打败，然后予以整编，在西域建立了武装政权，史称"西辽"。

天辅六年冬，金军储备了充足的粮草、军械，准备征讨耶律延禧。分为三路大军，阿骨打、完颜阇母、完颜杲率领，分别从燕京、上京、西京同时向西进发。阿骨打估计完颜杲的西路军将首先遇敌，便令完颜宗翰、完颜宗弼、完颜娄室各率五千骑兵先行，以便相应协助之。

单讲出发这天，阿骨打领兵西进，连续行军一昼夜，转天下晌至五当召扎营歇息，自己则带着银术哥、八麻儿等几位扈从前往附近的喇嘛庙拜佛。到了那儿，见苍松翠柏掩映下的庙宇静谧而庄严，铁铸、铜铸、泥塑、石雕的群佛立满大雄宝殿，四周香烟缭绕。一行人进得大殿，小喇嘛迎上前双手合十道："阿弥陀佛，施主请！"

阿骨打吩咐扈从布施后，在小喇嘛的引领下，焚香礼佛。拜毕刚刚站起身，从殿后走出一位慈眉善目的老僧，到了阿骨打跟前口诵佛号道："阿弥陀佛，徒儿告诉老衲本庙来了贵人，乃当今世上的天子，接驾来迟，万望恕罪！"说着撩袍跪拜，行大礼。

阿骨打赶忙弯下身搀扶道："大师请起，想必是住持了，不知法号怎样称呼？"

老僧答曰："回皇上，老衲法号悟痴。"

阿骨打一愣，觉得此号在哪儿听说过，一时又想不起来，便道："大方丈，寡人造次来贵刹，有失大礼，请见谅。"

悟痴双手合十道："踏入佛门即是向善之人，方才已见皇上拜过佛祖，请到禅房小坐，奉杯清茶。"

阿骨打抱拳道："叨扰了。"

悟痴吩咐徒儿领着扈从去另处暂歇，然后同阿骨打来到自己的屋内，请其上座，小喇嘛奉上香茗。阿骨打端起杯呷了一口茶，忽然眼前一亮，噢，想起来了，吾师曾说过云游时结识一位僧人，法号叫悟痴，与其相处一段时间后成了知心好友，遂问道："方丈，您是否认识完颜聪大萨满？"

悟痴惊诧道："哎哟，何止是认识，那是老衲的至交啊，难道皇上也认识？"

阿骨打点点头道："完颜聪是朕的师父，若这么论，方丈即是朕的师叔了。"

悟痴摆摆手道："不敢当，您是当今天子，贫僧岂能高攀。"

阿骨打道："方丈，这可不是随便认的，怎么没称别的师父为师叔呢？师叔就是师叔！"说着起身便要跪拜。

悟痴慌忙拦住道："贫僧福小命薄，怎禁得皇上一拜，这可折杀老衲了。"

阿骨打只好坐下，二人攀谈起来，悟痴问道："皇上，师父现在身子骨儿可好？"

阿骨打打了个唉声道："咳，三年前，师父就驾鹤仙游了。朕知道他生病的信儿后，骑马昼夜疾驰长白山，还是没赶上趟儿，是徒儿不孝哇！"

悟痴慨叹道："人活在世上，总会有这么一天，谁知道什么时候上西方，不必为此忧心。"

阿骨打问道："师叔高龄几何？"

"今年九十八岁。"

"还是佛门清净，心无杂念，高寿者多。以前曾听师父讲过，说是方丈乃所熟识友人中最博学的智者，既精通佛典，又对儒家、道家以及诸子百家学说无所不通。天祚无道，朝纲废弛，官员腐败，民不聊生。师叔乃年高德劭之人，是诸僧的榜样，是否劝过辽主弃恶从善，把庶民放在心上？"

悟痴回道："日月盈亏有数，阴阳变化有时；五色不能示与盲者，五音不能传与聋者；祈祈甘雨不活断根之木，烈烈长风难行折舵之舟。韩非子聪慧过人，为救韩国，明知不可为而为，结果毒殁囹圄。诸葛亮才华盖世，六出祁山不能灭魏，只合五丈原襄星。昏庸的皇帝听不进智慧之语，奸臣贪官莫与其言公正清廉。"

阿骨打道："天祚违忤民意，自作孽，不可活。"

悟痴说："老衲劝过完颜聪大萨满，让其远离尘世，遁入佛门。他的回答是我虽然不通佛学，但常听你谈经论道，多少也明白一些，好像主要是'随缘'二字。既然如此，女真人已被契丹人欺侮了百多年，眼下辽国出现了上层互相猜忌、自残骨肉、部族叛乱、人民生活穷困等亡国之兆，理应抓住此契机顺天意，应民心，培养出个天子来。古语云：'天予不取，反受其咎。'昔年，上天给予吴国灭掉越国的机会，吴国出动所有的军队打败了越国。后来由于吴王夫差昏聩，不听伍子胥之言，竟听被越国用金钱买通的伯嚭诡谀之语，致使忠臣含冤沉死于江，结果吴国反被越国打败而灭亡了。"

"如此看来，方丈和吾师尽管是好朋友，走的路却不同。"

"老衲与大萨满闲聊时，他始终认为'随缘'二字乃佛教的真谛，其实不尽然。佛教的真谛是心欲缘而虑亡，口欲言而词丧，言语道断的。'随缘'二字既然能说出来，那就不是真谛。"

"这有点儿像老子道德经中所说的'道可道，非常道；名可名，非常名。'"

"嗯，皆为玄妙之理。"

阿骨打转而问道："请问方丈，您以为俗人和僧人有什么不同？"

悟痴回道："俗人苦战为的是尊严和胜局，尔虞我诈，用尽心机，只想高人一等。向往的是升官发财，花言巧语，故弄玄虚，欺世盗名。喋喋不休争论着是是非非，纠缠不清于无尽的烦恼之中。欲火难填，从不知足，整个世界都想包容。一心恋着娇妻美妾，牵肠挂肚的是儿女子孙。鄙夷、欺凌屡弱贫贱，惟盼锦上添花，不肯雪里送炭。谄媚奉承权势熏天的民贼，羡慕皇亲国戚的富贵荣华。患得患失，热恼烦闷，心事重重。生不带来，死不带去，何苦这般费神劳精。僧人耳根清净，无斗无争。排除妄念，不慕功名。不固不执，从权而行。驱赶烦恼，破除无明。诚心精进，无为禅定。忍可于心，不逞强能。意和同修，戒律严明。澄心净体，唪诵佛经。尊师重道，般若日增。无得无失，非修非证。心无挂碍，自性亦空。随缘说法，化度群生。"

阿骨打打道："朕也说几句，请方丈听听，看看可不可以读佛学，有没有点儿悟性。项羽英雄无敌，难免乌江自尽；韩信用兵如神，却于未央宫被戮。商鞅、李斯乃治国干才，遭车裂腰斩；口蜜腹剑的李林甫子孙流配岭表；杨贵妃宠幸尊荣赐缢；邓通铸钱，终成饿殍；诗仙李白斗酒作百篇，被贬后病逝当涂；诗圣杜甫文泣鬼神，贫病交加，死于客船。司马光、王安石谁是谁非？牛僧孺、李德裕谁对谁错？公孙弘壮年尚在放猪，后为宰相；朱买臣穷困潦倒，夫妻离异，转而发达。天道高深莫测，世事难以预料。无道之人即便聪明绝顶，机关算尽，也在劫难逃。礼佛之人深山古刹，晨钟暮鼓，青灯黄卷，清净自在，福寿绵绵。"

悟痴点点头道："吾皇圣明，悟彻佛理，贫僧钦佩之至。学佛之人不单单是和尚、喇嘛、尼姑，只要有诚心，任谁皆可学。佛法就像水，无论什么人都需享用，思维敏捷之人不能将其学尽，反应迟钝之人也能学得差不离儿。佛教徒信奉的是正大光明之真理，一切经论公开，面向大众。佛陀、菩萨没有任何私心杂念，著书立说也好，讲经论道也罢，完全是为了普度众生。"

阿骨打见天色已晚，便道："方丈言近旨远，语重心长，朕受益匪浅，谢谢！师叔年事已高，需要歇息，告辞了，以后有机会再来请教。"

悟痴双手合十道："皇上身担国之大任，日理万机，老衲不便久留。今日谈得畅快，欢迎闲暇之时常来叙话，敝寺不胜荣幸。"

一行人出了庙门，向兵营走去，银术哥和八麻儿护卫在阿骨打左右，银术哥开口道："皇上，卑将有一事不明想请教，又怕言辞粗鄙而怪罪。"

阿骨打侧过头道："朕与尔名为君臣，实如兄弟，有啥话直言无妨，不会怪罪的。"

银术哥说："尽人皆知，女真人信奉的是萨满教，何必还来拜佛？"

阿骨打解释道："一则契丹人多数信奉佛教，朕去寺庙礼佛，他们知道后必然传讲开来，大金的皇帝也礼佛，和咱崇信一种宗教。这样无形中便拉近了彼此之间的距离，渐渐有可能不再继续敌视，甚至会与女真人友好相处。二则佛教自公元前六世纪古印度的迦毗罗卫国王子释迦牟尼所创，于西汉末年传入东方，至今经历一千多年。此期间，虽有北魏太武帝、唐武宗两次禁佛毁寺，但并未影响后来的兴盛。由此证明佛典尽管玄妙深奥，然确实有发人深省的真道理，在民众心中早已根深蒂固，用任何武力和手段都不能阻挡佛教的传播。吾师每诵佛经，总是赞不绝口，激发朕也想探讨探讨。女真人信奉萨满教，而萨满教从不排斥其他宗教，并且竭力了解、学习、掌握各种教义的精华，有利无害，这便是朕拜佛的缘由。"

八麻儿接茬儿道："圣上博古通今，足智多谋，收放自如，方使百川归海。小的知识浅薄，修养欠缺，听了这番教海，五体拜服，往后得好好儿学……"

到了营地，用罢晚膳，入帐歇下。次日一早，集合队伍，拔寨启程，向西进发。

第二十九章 | 摧堡垒踏青冢迫走西夏
病旋师返都途太祖驾崩

完颜杲所部在白水泺与辽军相遇，他一面派色刻飞骑驰禀皇上，一面令完颜斡鲁为先锋猛攻，又吩咐游骑探马查看周围情况。

辽军已在白水泺筑有坚固的堡垒，完颜斡鲁率军猛攻几次，皆被炮石、弩箭击回。完颜杲到阵前观望一番后，下令退兵，安营扎寨。工夫不大，探马回来报称："白水泺之西约五十里也有辽军城堡，方圆十余里，名为黑水泊。"

完颜杲随即率军驻于两堡之间，让完颜斡鲁每天派出一队轻骑，专门捉拿辽堡中出外放牧、割草、打柴之人。白水泺此时由天祚第四子耶律定率所部守卫，见金军隔断了白水泺与黑水泊之间的联系，出去割草、打柴之兵丁一个不落地全被金军掳去，便不敢再外出了。可是战马吃不到饲草越来越瘦弱，无柴难以为炊，长此下去哪行啊，遂于一日夜半时分突袭金营。完颜杲对此早已做好了准备，平时把军卒分成三班儿，轮番巡营守寨，时刻防备前后两个堡垒的辽军袭击。今夜终于来了，两军交手大战，刀枪并举，火把照耀，如同白昼。

黑水泊的守将乃天祚第五子耶律宁，听见战鼓咚咚，喊杀声震天，知道那是白水泺的弟兄们正在围攻金营，立刻率军出堡相帮。完颜杲抖擞神威，身先士卒，带领官兵冒着矢石与辽军展开了激烈搏斗。将至天亮，契丹人见女真人不仅不跑不降，反而越战越勇，只好鸣金收兵。完颜杲也不下令追赶，让大家把伤员抬回营帐，予以救治。这时，中军进入指挥帐报称："禀将军，皇上派完颜宗翰、完颜宗弼、完颜娄室前来助战，全部到达！"

完颜杲一拍大腿道："太好了，真乃及时雨呀，正是时候！"随之疾步出帐，命三军环白水泺立寨，每天轮番攻打，使辽军不得休息，自己的部下则专门注意黑水泊或从他地赶来的辽援军。

白水泺的辽军因堡垒内粮草储存有限，需要补充，不得不时不时地乘金军之隙外出突袭。双方几乎每天打一仗，坚持两个月有余，终于一日下晌金军冲破了堡垒，将耶律定活捉，完颜杲遂令大军围困黑水泊。

此前，黑水泊的守将耶律宁深知肩上担子的沉重，心里十分清楚如果出兵协助耶律定，金军就会趁离开堡垒去白水泺的途中将其歼灭，故而便令军卒严守堡垒。现在白水泺已被金军占领，必然再取黑水泊，只有这脚下之地是父皇行宫青冢①的惟一屏障了，他发誓拼死也要守住。

从这日起，每天双方的战斗打得异常激烈，并有大量的军卒伤亡。完颜杲在与耶律宁对阵的同时，令完颜斡鲁率领所部绕过黑水泊西进，要求务必随时与大军取得联系，直至百里之内无有辽军即可返回。

完颜斡鲁的属下一万人，皆为挑选出来的精骑，带足了粮草向西进发，第二天傍晚便隐隐约约望见城堡了。他派出探子前去侦察，待确定是辽大军的驻地时，遂令飞骑去完颜杲大营报信儿，部队扎下营寨歇息。到了四更天，完颜斡鲁集合队伍，官兵们饱餐之后，跨上战马向城堡冲去。哨兵慌忙向青冢城内的天祚帝禀报，遂令次子赵王耶律习泥烈率队迎击，两军在城外交战了，你攻我守，互不相让，过了约一个时辰方鸣金收兵。

完颜杲听罢完颜斡鲁所派色刻的通禀，立即命大军拔寨向青冢进发，完颜宗翰率兵一万压阵，以防备耶律宁从后面袭击。

耶律宁见金军拔寨西行，想到自己的任务是阻止其西进，怎么能在这里守着呢？赶忙下令离开堡垒，追赶金军。

转天，金、辽两国骑兵在青冢城外摆开了阵势，战鼓咚咚，催人奋进，旌旗猎猎，显示己方的威风。辽军皆为耶律延禧的亲兵、禁军，誓死保卫皇上，在此做困兽犹斗。金军已知辽国濒临灭亡，胜利在望，个个精神抖擞，准备做最后一搏。大战的号角吹响了，顿时马蹄踏踏，沙尘腾空，箭矢呼啸，利刃出鞘。板斧劈来人分两半儿，枪刺穿心摔落马下，狼牙棒挥处躺倒一片，大刀闪过鲜血四溅。尽管浑身是伤，只要活着，犹自冲杀勇猛。

正打得难解难分之时，完颜阇母率领的北路军呐喊着赶来投入了战斗，金军的士气愈加旺盛，左击右砍，所向披靡。辽军即刻处于劣势，根本抵挡不住金军的攻势，只落得尸横遍野，濒死的将士痛苦地呻吟着，受伤倒地的战骥喘息挣扎着。站在城头的耶律延禧看得真真切切，知道

---

① 青冢：今内蒙古呼和浩特南。

大势已去，无法挽回，慌忙下了城楼，连后妃、皇亲也不顾了，在扈从和城内亲兵的护卫下，打开西门逃走了。

半个时辰后，辽军大败，耶律习泥烈被俘，耶律宁被完颜宗翰活擒。兵将们纷纷放下了武器，城内剩下的老弱军卒排成队出城请降，来不及逃走的皇后、后妃、公主、驸马、大臣等成了阶下囚。金兵缴获了包括玉玺在内的大量御用之物，还有粮食、军械、帐篷等，不计其数。完颜杲一面命令看押俘虏，封存物资，一面派色刻向皇上告捷。

阿骨打得闻辽军惨败，龙心大悦，当即提笔草诏曰："遍谕有功将士，俟朕至彼，当行推赏。天祚戚属，勿去其舆帐，善抚存亡。辽主伶俜去国，怀悲负耻，恐陨其命。孽虽自作，而曾居大位，深所不忍，如招之来，以其家族付之。已遣杨璞去宋地征粮，耶律习泥烈等及诸官吏并释其罪，给以抚慰之。"书罢，下令部队向青冢进发，三军会合后，大摆庆功宴，遍赏有功将士。

单讲完颜杲按圣上之命，安排赵王耶律习泥烈及弟弟、妹妹等皇族成员仍在原处歇息，其他被俘官吏住其附近。一日，耶律习泥烈发现金国叛酋阿疏也在降将之中，便拉其进屋闲聊，说道："据我所知，金、辽几次派使谈判，皆因你而不得成功。阿骨打数次索讨，欲绑尔回去问罪，父皇不允，使议和告吹。父皇对你可谓至情至爱，而今自身难保，不知逃向哪里。本王也成了俘虏，无法继续保护你，此时此刻做何感想？"

阿疏初始不动声色，继而答曰："没啥感想，随遇而安，听其自然。"

耶律习泥烈接着又道："吾与大金为敌，兵败被俘，只能听凭处治。往坏了想，身首异处，命归西天。往好了想，阿骨打或许念往日之情分网开一面，给以宽大。而你就不同了，女真人对叛国者恨之入骨，千刀万剐也不解恨，真为汝担心哪！"

阿疏淡淡地说："有什么办法呢？落到这步田地，随他们发落好了。"

耶律习泥烈觉得很是奇怪，阿疏处在大难临头之际，既不寻思上吊，也不想辙拉关系保命，反倒跟没事儿人似的，毫无忧愁之相。又细心观察了两天，见其每天悠游自在，饮食不减，乐得逍遥，越发纳闷儿。左思右想，想到了完颜希尹，以前常以使者的身份赴辽，同他还是能够说得上话的，于是请求看守转达可否求见之。

完颜希尹早已闻知二人的一举一动，也猜出耶律习泥烈求见之目的，心想："这是件大事，不能自作主张，必须请示皇上。"随即前去禀明，阿骨打说："到时候了，可以见见，给他点儿后悔药吃。"

完颜希尹吩咐亲随唤来耶律习泥烈，问道："赵王，为何事求见本官？"

耶律习泥烈回道："看在你我以前多次来往的份儿上，请求大人在皇帝跟前说个情，可否不给阿疏施以重典？"

完颜希尹笑道："放心吧，不会的，他不是什么叛酋，而是大金国的功臣。"

耶律习泥烈一下子怔住了，过了一会儿方道："他……他是谁？"

完颜希尹冲亲随吩咐道："送客！"

耶律习泥烈更糊涂了，回到住处找来阿疏，问道："完颜希尹说你不是什么叛酋，告诉我，你到底是谁？"

阿疏微微一笑道："赵王啊，实不相瞒，本人是破辽鬼！"

正当金军大营出征的将士们欢庆胜利之时，完颜希尹向天子呈上一封中京送来的急折，阿骨打阅罢，不禁大叫道："哎呀，失策也！"随即晕厥，众将慌忙唤御医救治。

阿骨打为什么会昏倒呢？近几月以来，他有时感到胸痛，直冒冷汗，面色苍白，全身乏力，皮肤湿冷，甚至大汗淋漓。御医给配了药，叮嘱要按时服用，过了一段时间，确实得到了缓解。这次有可能是病情突然发作，加之看了奏疏后，精神受刺激所致。

那么，急折中讲了些什么呢？原来童贯奉宋徽宗之命去接收燕京等六州之地，到了那儿才发现当地的居民早已迁徙，财物空空，只有野狐狡兔出没于草丛之中，遂急忙派人驰奏。徽宗看完奏报，一面谕旨全国欢庆收复燕云之地，一面暗令童贯以高官厚禄收买张觉。

前书讲过，张觉是个典型的见利忘义之小人，有奶便是娘。宋廷许他的权力比金廷大得多，不但治理平州，并且兼管六州，能不高兴吗，乐得都找不着北了，于是开始逐步实施之。经一番策划，他首先发出帖子邀请辽降臣，即现在已是金国大臣的左企弓、虞允文、康公弼前来赴宴。三人不知底里，到后刚刚坐定，两旁甲士齐出，将他们绑了，张觉妄称道："三贼私通天祚，图谋叛乱，押解会宁府，等候皇上回师发落！"

三人有口难辩，被披枷带锁押出平州城，经过栗林时，事先设下的伏兵将其杀死，然后张觉召集来部将沈强、甄家武、钱如意、苟永财等，说道："这些日子思来想去，觉得咱们都是汉人，不应效忠金国。干脆我领大伙儿回归家园吧，做宋廷的将，每人官升一级，赏银千两。"

在场的人一听，又升官又得钱的，上哪儿找这样的好事儿呀，乐不得随他降宋，于是将平州城头的旗帜换上了大宋的，穿上了汉人的服装。

阿骨打苏醒后，仔细一琢磨，感到了事态的严重，张觉在平州拥兵五万，直接威胁迁、来、润、隰四州的安全。考虑到耶律延禧尚未擒获，需要追寻，故而派完颜阇母率领八万人马征讨张觉，另由完颜宗望、完颜宗干率精骑两千协助之。

此消息很快被张觉的探子侦知，忙飞马通报，张觉一面部署防务，一面遣人驰往汴梁向宋廷求援。宋徽宗得知阿骨打亲率大军还在西路寻找天祚，只有完颜阇母领兵前来，遂与童贯等大臣商议，决定以十五万人马在兔耳山周围设下埋伏，让张觉引金军进入埋伏圈。

完颜阇母之军刚入平州境内，便遭遇了张觉的部将沈强所率两万人马的迎击，双方交手时间不长，沈强领兵败走，金军在后追赶。撵出约十六七里，又有甄家武所部冲出截击，完颜阇母大展神威，指挥手下猛打猛冲，将其击退，狼狈而逃。这员勇将哪里肯舍，率军直追至兔耳山下，见山路崎岖，两旁的蒿草过人，恐中埋伏，忙令后队为前队往回撤。

站在山顶的童贯初始见金军追来了，大喜过望，笑得嘴角儿都咧到耳根子了。可是当三分之一的人马进入埋伏圈时，忽然又转身往回走了，知道对方已经察觉，连忙发出了围歼的命令。漫山遍野的宋军从隐蔽处跃出，呼喊着冲来，金军全力抵挡，边战边退。

此刻，大军出发时一直在队尾的完颜宗望和完颜宗干由于后撤而变成了前队，见形势紧迫，后队处境十分危险，立即率两千精骑反身救援。经两袋烟工夫的左冲右突、连劈带砍，终于来到完颜阇母马前，继而二人带领属下殿后，掩护金军撤退。追赶上来的宋军被两千精骑杀得蒙头转向，哭爹喊娘，甚至根本不敢继续与其交战了，又不甘愿放弃，便跟在后面。直至出了平州地界，由于宋军多是步兵，惟有平日里养尊处优、极为怕死的将领才骑马，个个不想上前，大军一时还跟不上，无奈之下只好退回。

完颜阇母看看后头已无追兵，东行了十多里，来到一片密林边，下令扎营歇息。经查点，骑兵伤亡数百，他是既心疼，又悲愤，遂书折向皇上禀告败绩。

辽主耶律延禧落荒而逃，一路不敢停留，直至云内方书函派人送往西夏。西夏主李乾顺接信阅罢，遣使赶赴云内，将其接入西夏。

没几日，张觉叛金降宋、完颜阇母兵败退军、阿骨打因病即将班师的消息传入天祚耳中，不禁欣喜若狂，认为复仇的机会到了。于是颁诏给驻守在漠北的耶律谛里姑以及北府宰相萧德恭、萧道宁，令其去黑水泊截击金军，必须带回皇族人等和辎重。

金国探马侦知此情后报于完颜希尹，完颜希尹立即禀告完颜杲，完颜杲传耶律余睹进帐议事，问道："据探子报称，前来截击我军的主帅是耶律谛里姑和萧德恭，你与二人的关系如何？"

耶律余睹回道："在辽邦时关系很好，然人各有志，现在是各为其主。"

完颜杲又问："都统可否书函派人送去，劝他们降金，免去征战之苦？"

耶律余睹抱拳道："遵命！"

萧德恭很快接到了耶律余睹的信函，拆开详阅，内云：

　　恩公台鉴：

　　承蒙几位恩典，按兵不追，使老弟得以脱逃，没齿不忘。今天祚昏庸失国，旦夕不保，托庇于西夏，尚命尔不惜性命截击金军，其残暴不仁昭然若揭。若能审时度势，归顺大金，必保恩公富贵，将士皆有恩赏，绝不食言，望三思。

　　　　　　　　　　　　　　　　　　　　　　耶律余睹

看罢，思忖再三，拿起信函转身出帐，准备去找耶律谛里姑合计一下。刚到帐外，见耶律谛里姑正向自己走来，手里也拿着一封信，二人会心地笑了。回到帐内，萧德恭说："这么多年来，咱俩是过命的交情，为兄的就不瞒贤弟了，我以为可以给耶律余睹回函，答应降金。"

耶律谛里姑点点头道："吾琢磨良久，权衡利弊，亦是此意。辽朝已走上末路，犹如僵尸，没有前途了，只能如此。"

二人密商了一番，书就了回函，让遣来的巴雅喇带回。

完颜杲阅毕，十分高兴，提笔写道：

　　萧将军、耶律将军台鉴：

　　正当吾将退军之际，尔等胸怀大义来投，此乃金国之福，甚为欣慰。如愿驻守原地，易帜即可；如愿随军东行，至京另行封赏。

　　　　　　　　　　　　　　　　　　　　　　完颜杲

书罢搁下笔，拿着复信去了圣上的营帐，双手呈交之。阿骨打接过审毕，盖上了玉玺大印，叮嘱待二位辽将投诚后，要设宴欢迎，犒赏降卒。

巴雅喇飞马将此信送达，萧德恭、耶律谛里姑接过拆阅，见上面盖有玉玺大印，知是金主所表露出的对降臣之信守，可昭日月，无比感佩。耶律谛里姑好像忽然想起什么似的，说道："咱俩考虑不周，疏忽了，不知萧道宁意下如何？"

萧德恭回道："我已派人邀他来此议事，之前征求过了，道宁表示愿意降金。"

耶律谛里姑连连道："这就好，这就好，咱们是回漠北呢，还是随金军东去？"

萧德恭想了想道："若回到漠北，还要受天祚的挟制……"

话未说完，萧道宁进帐了，听到了后两句，便接茬儿道："大哥所言极是，天祚投靠西夏，没准儿啥时候会联合西夏军和西部辽廷所属部落来讨伐我们。而金军的救援不一定及时，后果难以设想，不如随金军东去。"

耶律谛里姑说："如果这样，应该把漠北的部族一起带过来，以助声威。"

萧德恭、萧道宁异口同声道："言之有理，人越多越好，就这么办了！"

三人又商量了一阵子，对可能出现的突发情况及如何安抚手下官兵做了仔细谋划，以便万无一失，一切顺遂。

当年初秋，阿骨打的病势越加沉重，频繁发作。加上已知耶律延禧遁入西夏，生怕因此而引起与西夏的争端，于是传令班师。大军行至鸳鸯泊时，阿骨打吩咐完颜希尹代自己给吴乞买下了谕旨："今辽主尽丧其师，奔于西夏，辽官特烈、遥设等劫其子雅里而立，留下宗翰予以措划灭之。朕亲征已久，功亦大就，所获州郡，按制定之准则绥抚。政令要随机应变，适宜而调，不可泥古不化。又不能变化过勤，朝令夕改，致属下无所适从。政事、军事计划可多人参讨，广开言路，但发令必出一人。朕是月还都，中旬可至春州，汝率内戚迎候，若至豹子崖尤善。"写毕，装入牛皮囊袋，派人飞马送往京师。

天辅七年八月，阿骨打于返京途中，因病情突然恶化而驾崩。遵其遗诏，国丧简办，由谙版勃极烈完颜晟，即吴乞买即皇帝位。

完颜阇母从兔耳山退走，心里憋了一股火儿，坐在帐内郁闷不乐。咳，正可谓聪明一世，糊涂一时，竟然上了张觉的当，损失了那么多兵卒，都怪自己太莽撞。可事已至此，后悔也没用，只能吸取教训，想法儿转败为胜。怎么办好呢，禀请皇上增兵？不妥，耶律延禧尚未抓到，兵力有限，不能过于分散。休整之后去攻打平州？不可，宋军的人数多我一倍，刚刚在兔耳山打了场胜仗，士气正旺，再者平州的无辜百姓也经不起战火的摧残。转念又一想，这十五万宋军肯定是临时调派来的，不可能长期驻守平州，因为人吃马喂就是难以解决的大问题，顶多能坚持三天。不管怎么说，知己知彼方能百战不殆，首先应探明平州的情况、兵力部署以及张觉的行踪，只能智取，不能强攻，操胜算，用妙计。那么，派谁进入城内侦察呢？此人必须会说汉话，利于运作和沟通。遣张生远去？不行，他是张觉的侄子；让降兵去找本族的官员联系？也不行，他们定会顾及民族情结，如此机密的事知道的人越少越好，走错一步，全盘皆输。想着想着，忽然眼前一亮，哎，有了，曾派往宋国商谈会盟的使臣徒孤且、乌歇尚在军中，不妨请他俩走一遭。随即站起身来，不用侍从传报，出帐径直前往二人的歇息之处。

此时，整个营地静悄悄的，只有风声和从帐篷内传出的呼噜声，将士们已经睡下了，手持枪械的哨兵来回巡逻着。完颜阇母走到大帐跟前，见两位亲随守护在外，双目警惕地四下巡视着，便道："大人歇息了吧？去通报一下，就说本帅有要事求见。"

其中一亲随边应声边转身进入帐内，轻轻唤道："二位大人，醒醒，完颜大帅来了，有要事相商。"

徒孤且、乌歇一骨碌坐起，披上衣服一前一后走出帐外，见完颜阇母正恭敬地站在夜色里，乌歇忙道："哎哟，都统大人，有事知会一声就去了，何必亲自来呢？"

完颜阇母道："对不起，搅扰了，事情紧急，不得已而为之，请原谅。"

徒孤且笑道："说哪里话，何谈原谅，国事不比睡觉重要么？若能取平州，十天不睡也值呀，快请进！"

三人进帐坐定，完颜阇母说："大人，吾见两位亲随忠于职守，警惕性很高，不错嘛！"

徒孤且点点头道："嗯，不仅机警，也很可靠，请都统放心，有什么事尽管讲来。"

完颜阇母说："我思索再三，打算请二位带人潜入平州城内，探听兵力部署情况，不知意下如何？"

徒孤且、乌歇异口同声表示道："没说的，当然可以，报效大金是我们的心愿。"

完颜阇母问道："不知需要带多少人前往？"

徒孤且想了想道："人去多了反而不便，目标大，容易引起不必要的怀疑，派一名精明强干的武士跟随即可。"

完颜阇母说："请放心，安全绝对有保障，万无一失。二位大人皆为文官，只需弄清城内兵力部署情况，便是圆满完成了差务，其他不用管了。如能探听到节度使张觉的行踪，并将其擒获，那最理想不过了，取平州就轻而易举了。"

乌歇道："但愿如此，只能走一步看一步，会尽力而为的。"

完颜阇母问道："二位大人，请仔细琢磨琢磨，看看还需要什么？"

徒孤且思忖片刻，说道："得购置三套汉服，我扮成药店掌柜的，乌歇扮作账房儿，武士则为伙计了，再带点儿碎银子备用。"

完颜阇母点点头道："很好，想得十分周到，我会安排的。请二位于后天巳时到吾帐内聚齐，告辞了，大人赶紧歇着吧！"说罢转身出帐回返。

次日头晌，完颜阇母派人前往平州附近的集市，买回三套汉服，一套店主穿的，一套账房儿穿的，一套打杂的穿的。又把宗望、宗干唤来，如此这般交代一番，二人频频点头称是，离帐后指令手下两千精骑做好出征的准备。

转天巳时，徒孤且、乌歇来到都统的大帐，见其武功高强的亲随身着伙计衣在那儿候着，手中拿着用红绸子包着的碎银子。完颜阇母让他俩换上了汉服，大小正合适，再一瞅，嚯！俨然一个是派头十足的大掌柜，一个是工于算计的账房先生。他再三叮嘱务要小心从事，不可马虎大意，快去快回，我们静待佳音。

三人告辞出了帐，走到旁边的树下解开缰绳，徒孤且、乌歇骗腿儿而上。亲随把红绸包儿装入放在马背上的褡裢儿里，身子一纵也上了坐骑，陪着二位大人向平州城驰去。完颜阇母接着又令宗望、宗干率两千精骑出发，前往平州城外东边的密林内埋伏下来等候消息，如果需要出击，可随时应援。

半个时辰后，徒孤且一行三人快至平州城时翻身下了马，远远望去，城门半开，有兵丁把守，入者盘查，出者不问。徒孤且和乌歇分别把缰绳交给亲随牵着，继而慢腾腾地向城门走去，到了跟前让人一看，似乎是远道而归，个个显得十分疲惫。两个守门的兵丁刚要开口盘问，只见那伙计从褡裢里取出一条毛巾递给主子擦擦脸上的汗，不小心竟带出个红绸包儿掉落在地，看样子里面装的一准是银子，本人却浑然不觉。这下可乐坏了其中一个兵丁，忙摆摆手道："别挡道，擦哪门子汗哪，快进，快进！"

徒孤且回头招呼乌歇和亲随一声，三人前脚儿刚入城门，两个兵丁后脚儿就争抢起红绸包儿来，谁也不让谁，那些碎银子散了一地。拐过墙角，来到大街上，径直往前走，发现东南面有一排排的营房，自然是守城之官兵所居，完全没有十五万宋军驻扎之迹象。为弄清真相，徒孤且和乌歇进了道边一座在平州也算上讲的酒楼，亲随等在门外。

二人进屋四下一瞟摸，见靠窗边的那桌有三人在喝酒，一位身着武服，看上去是将军；一位身着质地上乘的缎袍儿，显然是乡绅；另一位不用猜，身穿六品官服。徒孤且给乌歇使了个眼色，走到与其邻近的桌边坐了下来，高声唤跑堂的。跑堂的应声而至，热情接待，递过食谱，乌歇随便点了几样儿菜，外加一壶酒。酒菜很快上齐，二人边吃边聊，眼睛时不时地瞟向邻桌，只见乡绅喝了一口酒后，放下杯子问道："大将军，听说这回你立了头功，官职还不得连升两级呀？"

将军摇摇头道："哪呀，按童大人的计划，此次能消灭八万金军。可鞑子鬼得很，不吃眼前亏，掉头跑掉了，死伤数百，官职只升了一级。"

乡绅又道："不管怎么讲，这场仗打得非常痛快，长了汉人的志气，灭了鞑子的威风。"

将军无不遗憾地说："战后张觉大人讲了，如果当时能吃掉金国的军队，他就可以成为六个州的节度使，给我们当官的每人连升三级。唉，老天不照应，没那福气哟！"

六品官接茬儿道："现在也不晚呀，应趁势出击，将金国的土地收归咱们所有。"

将军一抬眼皮道："做梦哪，谈何容易？那天是突然袭击，鞑子还认为咱跟他们是一伙的呢，否则能吃哑巴亏吗！从此以后，人家有了防备，依我看哪，不太容易得手。"

六品官夹了一块肉放进嘴里，边嚼边道："说句泄气话，十五万宋军在城内呆了一天就不得不开回去了，人吃马嚼供不上啊，可倒好，只剩下咱原先的五万兵马了。不知节度使是怎么想的，一会儿投金，一会儿投宋，反复无常。金军不能白白吃亏，肯定得报复，出出这口窝囊气，甚而收复平州也未可知。"

乡绅问道："城内都传开了，张觉大人要设宴庆贺胜利呢，准备在什么地方啊？"

将军回道："不过是在节度使府摆几桌，只有立功的将领才可以参加，剩下的发几个钱了事。"

六品官问道："大将军，听说在庆祝胜利之前，节度使要带着属下将领去东边的天齐庙上香，拜谢神灵保佑，有这回事儿吗？"

将军答曰："没错，就在今儿个下晌。"

徒孤且、乌歇听得真切，心中一阵窃喜，赶紧吃了起来，没一会儿便所剩无几。结完账出了门，转过一个胡同，见四下无人方停下，等着跟上来的亲随，将听到的一切一句不落地告知。亲随说道："临来之前都统交代过，二位大人的差务完成后立即返回，小的去东边密林处，向埋伏在那儿的将军通报此情。"

徒孤且、乌歇点点头，接过亲随递给的缰绳，三人各牵各的马出了城门，骗腿儿而上，分道驰去。

过了一袋烟的工夫，亲随到了密林边，在哨兵的引领下面见宗望、宗干将军，把下晌张觉带人将去距此不远的天齐庙进香之事禀告之。二人听罢乐坏了，准备打场漂亮仗，定将背叛大金之贼子消灭掉。于是部署了兵力，把两千精骑分成两部分，一半儿留在原地，另一半儿向天齐庙附近移动。

未时刚过，果见二百多人的队伍向密林这边来了，前头是全副武装的军卒清道，令闲人回避。接着是四马并行的骑兵，一排挨着一排，约有上百。后头是十几台大轿，里面坐的当然是节度使张觉及手下将领了，轿的后面跟着百儿八十骑兵。待这些人走过去，完颜宗望一声令下，一千精骑从林内杀出，埋伏在天齐庙附近的上千精骑则予以堵截，将二百多人的队伍团团围住，前后夹击，关起门来打狗。坐在轿内的将领见此情形大惊，慌忙跳下，挥舞着手中的利剑声嘶力竭地指挥骑兵反击。你想啊，二百多骑兵怎抵两千精骑？没比划几下子便败下阵来，死的死，伤的伤，哀号不已。

这时，宗望四下一趸摸，未发现张觉。侧过头一看，十几台大轿中有一台最显眼，估计是节度使乘坐的。随即一个箭步蹿过去，身子一纵钻进轿内，只见张觉已吓得魂飞魄散，脸色煞白，全身抖成一个团儿堆缩在那儿了。面对这个叛贼，宗望想起兔耳山下死伤的数百弟兄，不禁怒火中烧，分外眼红，遂一手掐住其喉咙，一手将匕首直插入左胸，鲜血喷涌而出，可叹张觉未能哼一声便去见阎王了。经清点，二百多骑兵死伤大半，剩下的缴械投降了，十几个横尸在地的将领有沈强、甄家武、钱如意、苟永财等。

完颜阇母在听了返回营地的徒孤且、乌歇的禀报后，立即集合队伍，率领八万大军疾驰而来，与两千精骑会合，乘平州城的五万军队群龙无首之机冲进城去，其气势犹如猛虎下山，不可阻挡。毫无准备的守军惊慌失措，仓促应战，加之没了指挥官，鸟无头不飞呀，立马乱成了一锅粥，毫无战斗力可讲。军卒们被杀得丢盔卸甲，哭爹喊娘，纷纷跪地请降，平州顺利克复。

当天傍晚，完颜阇母吩咐手下查点缴获的兵器并登记造册，给愿意投诚大金的降兵编伍，不想留在军营的发给路费返乡，一直忙活到亥时已过方歇息。夜半时分，一阵紧似一阵的鼓声将他从睡梦中惊醒，一翻身坐起，捅起窗户看了看，外面漆黑一片，只有哨兵手提灯笼来回巡逻着，鼓声仍然响个不停，感到很是奇怪。少顷，呼啦一下想起来了，此次出征自己曾下令，如有紧急情况，可以敲聚将鼓唤醒指挥官。这时，侍卫走了进来，禀报道："都统大人，大萨满派人来，声称有要事求见。"

完颜阇母忙道："快请！"

侍卫反身出了屋，随其一块儿进来的是两位风尘仆仆的京师卫队将官，语气沉重地告知大金皇帝归天了，请都统及宗弼、娄室、宗望、宗干等将速速返回会宁府。话音刚落，听到聚将鼓响而匆匆赶来等在屋外的众将齐跪在地，痛哭失声！完颜阇母更是捶胸顿足，泪流满面，号啕不已。待稍稍平静些，他把一些急办之事安排妥当，又向手下交代一番，强调本都统离开期间，诸位各尽其职，严阵以待，务必守住平州城，谁出纰漏拿谁是问。言罢出得门来，叫上宗望、宗干等将，一起连夜飞马驰往京师。

第三十章　大萨满敬诔文先皇圆功
金太宗践遗愿收土天辽

　　乌古伦今年五十四岁了，青春早已不在，脸上布满了皱纹儿，两鬓也斑白了。虽然住的是华丽的宫殿，穿的是绫罗绸缎，吃的是山珍海味，身边有丫鬟侍候着，堂前有宫女随意传唤着，儿孙们孝顺、有出息，啥愁事儿没有，但总是轻松不起来，似乎有块石头压在心头，觉得沉甸甸的。缘何如此呢？只因时时惦念那出征千里之外、运筹帷幄于草原沙漠、与敌对阵厮杀的丈夫，胜败难以预料，稍一疏忽，就可能损兵折将，甚至使全军受到重大损失。这回阿骨打连续三次率兵亲征，一直于西路作战，已经很长时间没有回宫了。乌古伦终朝每日牵肠挂肚，烦躁不安，食不甘味，夜不能寐，渐渐感到体力不支，精神恍惚。三天前，噩耗传来，皇上在返京途中因病突然发作而晏驾。朝廷上下无不震惊，悲恸欲绝，痛哭失声。乌古伦更是犹如五雷轰顶，天都要塌了，未待说出一句话，头往后一仰晕了过去，过了半晌方醒转，从此茶饭不进、卧床不起了。这日已到晌午了，她仍处于昏睡状态，冥冥之中，信步出了宫门，踽踽独行走到城外，放眼看去，四周郁郁葱葱，繁花似锦，犹如仙境，有道是：

　　　　自家陶醉，乐此不疲自在；
　　　　兴致勃勃，心悦神迷如醒。
　　　　惦念儿孙，魂牵梦绕情愫；
　　　　望见夫君，跨鸾乘风而至。
　　　　顿若飘忽，骑坐彩凤驾雾；
　　　　欢天喜地，翩翩飞舞逛景。
　　　　云蒸霞蔚，光怪陆离海市；
　　　　金碧辉煌，映射吐气蜃楼。
　　　　清风明月，晨露如珠娇美；
　　　　万紫千红，形态尽显取宠。

枝繁叶茂，苍翠欲滴心怡；
奇葩异草，争奇斗艳妖娆。
鸟语虫鸣，鸢飞鱼跃献媚；
游蜂浪蝶，婀娜多姿逞能。
千岭竞秀，重峦叠嶂轩峻；
万壑争流，呼啸一泻千里。
仙山琼阁，美轮美奂异域；
玉砌雕阑，鬼斧造化神工。
金浆甘醴，珍馐鲜果百味；
鼓乐齐奏，弦歌笛曲耳聪。
浓妆艳抹，蝉衫麟衣妙舞；
素服博带，飘然道骨仙风。
江河无际，波澜壮阔磅礴；
苍穹空阔，高情致远翔腾。
跟随太祖，降水入海身变；
和衷共济，上天下地成龙……

完颜宗雄、完颜宗强、完颜宗敏随驾，扶枢进京，停灵于会宁府，然后与宗隽、宗弼、宗望、宗干、宗杰、宗辅等兄弟一起去正宫见母后。到了门前，神情忧郁的贴身侍女从内室迎了出来，红着眼圈儿告知："皇后打昨儿个起呼吸不畅，到现在已滴水未进了，昏睡中时不时唤着皇子们的名字。太医刚刚瞧过了，说是气脉不调，上冲受阻，血迷脑窍，治疗恐怕无望。"

宗弼听罢，心头一阵酸楚，难过至极，泪水顺着两颊往下淌，心想："父皇归天，母后病重，相知有素，心意相通，此乃何等令人羡慕的恩爱夫妻呀！"

皇子们鱼贯进了屋，见母后微闭双目躺在卧榻上，脸色灰白，挂着一丝笑容，头稍稍侧向南窗，似乎在期盼着皇儿快点儿返宫。宗弼、宗强、宗敏走到炕边，另五房儿的皇子立于两侧，宗弼俯身轻声唤道："皇额娘，醒醒，醒醒，孩儿回来拜望您老了，睁开眼睛看看吧！"

乌古伦此刻正于梦中高高兴兴地骑着彩凤欲随夫君入海，忽听大儿子在声声呼唤皇额娘，忙对阿骨打说："先等等，一定是弼儿他们从前线返京了，终于盼回来了，我得回去看看……"

宗弼见母后没有反应，又接连唤了几声，乌古伦的身子动了动，慢慢睁开无神的眼睛，看到头上方三个儿子都在焦灼不安地望着自己，屋内顿时发出一片惊呼声："皇额娘醒了，皇额娘醒了！"

乌古伦转过头扫视一圈儿，见其他五房儿的皇子皆侍立一旁，咧开嘴角儿笑了笑，有气无力地说："好哇，皇儿……全回来了，终于盼到……你们了，我就不看座了。"

宗弼凑近母后的耳边道："皇额娘，我和宗强、宗敏知道您老想儿了，天天盼儿归。儿也惦念您哪，然战事不歇，无法陪伴在侧，请母后原谅为儿的不孝吧！"

乌古伦微微点了点头，意思是对儿子不能孝敬床前完全理解，额娘不怪。又费力地抬起右手，挨个儿抚摸仨儿子的脸，仔细端详着，好像要把他们的模样儿深深刻在脑子里。然后看了看周围的众皇子，断断续续地说："你们虽然不是同母所生，但都是……亲兄弟，从小受到太祖的严格管教，文才武艺……没的说。遇事能够较好地处理，坏习惯不算多，对酒色财气……也能适当地予以控制，分寸掌握得……不错。惟一不放心的……是以后能否一如既往的团结一致，不存私念，共同对敌。大金之所以……能取得今天的胜利，主要缘于君臣、宗室、兄弟团结……一心，军民拧成一股绳儿，同心之言，其臭如兰。从世祖劾里钵时就订立了……兄终弟及制，以长君治天下，把身后儿世的继位之人……皆按顺序一一确认，使得宗族兄弟之间……从未发生争权之举，所以精诚团结极为重要。完颜家族的人若能永远……凝聚民众的力量，同仇敌忾，大金的江山……必将永远传下去，希望……希望你们千万……要记住。"

众皇子扑通通一齐跪在地上，盟誓道："皇额娘，请放心，孩儿记住了。保证团结一致，大金的江山社稷决不会毁在我们手里，如有二心，天地不容！"

乌古伦方才说这番话时，似乎是回光返照，待讲完已用尽了最后一点儿气力，双眼重又合上了。尽管听到了皇子们的盟誓，也不再有回音了，只是眉头舒展了，表情平静了，心放进肚子里了。过了一会儿，她长长地吐了一口气，头一歪没了声息，紧跟夫君阿骨打驾鹤西游了。

大萨满完颜希尹掐算了日子，定下九月乙卯太祖出殡，葬于宫城以南。皇子们分别去请各自的额娘，宗隽、宗望去窝谋罕部请纥石烈氏，宗干去留可城请裴满氏，宗杰、乌里去阿典部请唐括氏，宗辅去蒲聂部请仆散氏，讹鲁朵、宁吉去纳葛里请萧氏。几位后妃陆续来到灵堂吊唁，皇子、皇孙披麻戴孝，跪在周围，放声号啕，哭得天愁地惨，人人泪下。完颜希尹大萨满虽然吩咐侍卫、丫鬟、宫女将他们一个一个搀扶到内室歇息，一个劲儿地劝其节哀，但仍然哭声不绝。

银术哥、八麻儿不离梓宫左右，悲伤难抑，眼泪不干。韩念南和降兵们请求到灵前拜祭，大萨满劝道："你们看，人太多了，还是待安葬之日一起拜祭吧！"

出殡的日子到了，自是人山人海，金军官兵全部挂孝，维持城内外的秩序。城中百姓自制孝衣孝帽，纷纷从家里走出，加入送葬的队伍。一路上哀乐声声，涕泣阵阵，纸钱儿飞扬……

到了墓地，下葬完毕，众人跪叩在地，由大萨满完颜希尹敬上天诔文：

> 皇帝殡天，万民涕零。
> 白日顿然来紫气，长空氛雾杳幽冥。
> 云雨渐行而泣下，清风掠过而悲咽。
> 呜呼哀哉！
> 天降神明救黎庶，地出金龙济苍生。
> 殒身西去入极乐，男女老幼念恩泽。
> 落草红光浴房周，穹隆灿灿愧悔灯。
> 天资聪颖人歆美，仙山学艺兼武文。
> 头脑睿智又机敏，锲而不舍益求精。
> 虽遇险情终化吉，龙腾虎跃逞威风。
> 面对横征暴敛，暗暗切齿饮恨。
> 终得尺蠖求伸，聚众起而反之。
> 精诚团结激斗志，磨刀霍霍练新兵。
> 劈银牌，缚鹰障，人心大快；
> 定奇策，袭宁江，首振雄风。
> 鸭子河，竞相渡，致敌丧胆；
> 施巧计，设伏兵，聚而歼之。
> 严于律己，劝降俘虏，认清形势；
> 倒戈归顺，弃暗投明，走马阳关。
> 辽廷苛杂全废除，新政赋税遍减轻。
> 徭役摊派去无踪，全民皆有守土责。

兴修水利，铺设道路，
国拨帑银，统一调动。
明刑弼教，知耻教战，人人为用；
知人善任，明察秋毫，远谋深算。
宠辱不惊，论功行赏，鼓舞斗志；
经天纬地，指挥若定，捭阖纵横。
契丹妄求，口出狂言，欲将大金剿平。
女真无惧，深沟高垒，凭险据守阵地；
百姓同舟，坚壁清野，携粮遁入山中。
辽国内部矛盾重重，
起义势如燎原烈火，
无奈回师驻守京都。
金军岂容进抵坚城？
半路截击拼于野外，
仇恨满胸奋勇向前。
护步答冈一战，
两万金军杀散百万辽军，
可谓古今罕见。
出奇制胜，动不失时，围城又打援；
匠心独运，以利就便，乘势取东京。
联宋灭辽，吊民伐罪，
孤立首恶，至圣至明。
遣将派兵，临行叮咛，
战前洞察，先谙敌情。
便宜行事，随机应变，
上下同心，协力收官。
披坚执锐，挂帅出征，
千军万马，风卷残云。
夕惕若厉，阅史研兵，
大智大勇，百战百胜。
燮理阴阳，融会贯通，
抚绥万方，恩威并用。
不分畛域，无论各族，

民胞物与，扶困济危。
旻帝兴师，征伐除患，
以顺诛逆，德臣功崇。
内圣外王，一世枭雄，
算无遗策，业绩不朽。
大展宏图，烈烈轰轰，
若非神祇，何建勋劳？
今已归位，升上西方，
将士百官，且莫悲声。
共同祝福，太祖成圣，
万众齐呼，普天称颂。

　　高丽国文孝王曾被阿骨打率兵击败过，对其战前细致侦察、知己知彼，据此做出决策，一旦发兵若风驰电掣、排山倒海、取得节节胜利，不得不佩服，然仍不死心，一直冥思苦索战胜金军之计。一日，召丞相朴顺昌到殿，商议如何灭掉日益强大的金国以及对辽国应采取什么态度。朴顺昌开口道："陛下，目前的形势大变，应慎重行之。辽主天祚昏庸无道，生活奢靡，恶贯满盈，且猜疑心重，致使皇族内部和忠义之士人人自危。加之苛赏轻刑，远贤良，近谄佞，黎庶悲苦，边患不宁，国力正处于衰弱之势。女真人奋起直追，发展生产，自强不息。为君的砥节砺行，文治武功，勤勉图强，实行宽严相济的为政之道，罕有其匹；为臣的任劳任怨，各司其职，不贪不占，严于律己，忠贞不贰。一个国家有这样的君臣治理，励精图治，克勤克俭，怎能不越来越强盛？面对犹如旭日东升的金国，我们暂时应靠近，而不是攻伐或远离。不妨这样，明则馈送方物，修两国之好，免起争端；暗则探听金国虚实，随时掌握情况，再决定下一步行动。还可采取春秋时越国文种破吴之计策，精选国中美女给以媚主训练，学习诗词歌赋、吹拉弹唱，灌输谄谀奉承之语、暖玉温香之术等备用。现在的大金可谓针插不进、水泼不进，然任何人，包括国君不能永活于世，完颜旻不是驾崩了吗，下一任即位的是完颜晟。这兄弟二人尽管平日苦心研读，博古通今，也有不同之处。阿骨打饱经风霜，谨言而慎行；吴乞买满腹经纶，风流而倜傥。后者登上了皇帝宝座，执掌了国家军政大权，美人计便派上用场了。只要他贪恋酒色，喝了迷魂汤，必会不理朝政而逐渐变得昏聩，我们就有可乘之机了。"

　　文孝王听罢大喜，连称此乃妙计，并责成丞相亲力亲为。金太祖阿骨打的祭礼，朴顺昌派人前去吊唁；吴乞买的即位大典，朴顺昌遣使恭贺新主登基，并敬献两名美女及珍玩。

　　吴乞买掌印后，以完颜杲为谙版勃极烈，侄子完颜宗干为国论勃极烈，漫都诃为阿舍勃极烈，参赞朝政。在治国安民中，他勤谨慎行，广开言路，鼓励朝中文武大臣奏疏，提出有的放矢之方略，共同商讨国内外之要务。每遇大事，召开勃极烈会议，让诸位畅所欲言，然后权衡利弊，做出决定。

　　单讲从高丽国远涉到大金宫廷的两位美女婵儿和娟儿可是身负重任，由于地位卑微，只是宫女，见皇帝的机会很少，故而无法施展得宠之手段。于是采取了丞相朴顺昌教给的办法，利用从国内带来的珠宝贿赂宦官，以谋得靠近金主的差使。过了一段时间，总算如愿以偿，婵儿分派到御书房，娟儿分派到坤宁宫。二人暗自高兴，开始使尽浑身解数讨得皇上和正宫娘娘的喜欢，不到一年即封为嫔妃。从此以后，吴乞买渐渐疏远大臣，懒理朝政，每日不是与婵儿、娟儿携手揽腕逛御苑、调谑嬉戏、浅唱低吟、软语温存，就是大摆酒宴、轻歌曼舞、鸳鸯帐内颠鸾倒凤、荡魄销魂。二位美女竭力卖弄千娇百媚、万种风情，哄得吴乞买神魂颠倒，对所提出的请求无不照准，先是购买贵重的钗环首饰送之，然后答应拨帑银扩建御花园供其耍玩。

　　谙版勃极烈完颜杲见皇帝几天不上朝，心里很是着急，遂入宫觐见，但几次都被宦官挡回。无奈之下，只好把皇族成员胞弟阇母、侄儿宗望、宗干、宗翰、宗弼、宗强、宗敏、宗辅及完颜希尹、漫都诃等请到自己的府邸，先是通报了圣上近些日子的表现，继而又道："太祖在世时，克勤克俭，从不铺张，所住房舍、所用车马、所穿衣袍以及膳食皆与我们无异。而今的金主沉湎于酒色，不理朝政，甚至挪用帑银扩建御花园。各位皆知，国库里的钱财只能在对外发兵或对内赈灾时方可动用，且须经勃极烈会议讨论，即使是皇上，也无权随便分派，这样下去怎么行？"

　　完颜宗弼接过了话茬儿："叔叔即位之初，尚能与大伙同甘共苦，治理国家。后来闻听是被两个高丽进贡的女子迷住了，不仅纳为妃，而且宠爱有加，言听计从。要我看哪，都是那所谓美女闹腾的，干脆闯进宫去，将两个小妖精宰了得了！"

　　完颜希尹道："不可莽撞，说得轻巧，哪儿那么简单？太祖临终时赐吾诏书，上曰其后的皇帝如果不遵守祖训，大萨满可利用神权召集文武大臣，按祖制对其越轨进行约束。若想达到此目的，大家必须得齐心，步调一致。勃极烈会议成员现缺宗翰，他正坐镇西地，监视天祚的动静。不妨派人将其接回商议此事，然后一起进宫，不单单杀了那两个别有用心的女子，而且皇上也应按祖制受到惩处。"

完颜阇母赞同道："所言极是，只有等宗翰回来才合乎祖制，此事就按希尹之意办吧！"

十几天后，完颜宗翰从西地返回，众大臣在完颜杲的主持下经一番商议，意见一致，遂齐集金銮殿两旁站立。完颜希尹穿上大萨满法服，敲起神鼓，摆动腰铃，说明神意。继之吩咐勃极烈成员进入坤宁宫，杀了婵儿、娟儿，将皇上扶出内宫，来到金銮殿上，当众杖责二十大板，再搀坐在龙椅上，群臣跪叩谢罪。吴乞买抬抬手道："诸位贤卿都起来吧！朕蒙先祖不弃，定为储君，承继大统，赖各位辅佐，才有今日。近段时间律己不严，做出了荒唐之事，有违祖训，理当受罚。今后一定振作精神，前事不忘后事之师，互不猜疑，坦诚相待，与众位共建大业。"

过了几天，吴乞买的杖伤得以愈合，升堂议事，说道："诸位爱卿，眼下虽已统一辽境，但天祚仍在西夏，无时不在准备复辟，大家看看有何良策？"

完颜阇母首先开了腔儿："我们新近夺取的辽地由于战乱，满目疮痍，尚未恢复，百姓的生活亦未得到改善。卑臣以为现在不便向西夏争锋，而应与其议和，说服李乾顺交出耶律延禧。"

吴乞买点点头道："嗯，此主意不错，可行。西夏虽小，但军队实力强，富有战斗力，我方得备份儿厚礼献上。金银财宝、锦缎玉帛恐怕难动其心，不妨将阴山以南之地割让之，条件是西夏必须向大金称臣以定其位，往后用兵与否就名正言顺了。"

群臣异口同声道："皇上圣明！"

吴乞买派埽喝为使臣前往西夏，叩见西夏主，说明来意。李乾顺表示道："除阴山以南之地外，还需割让塞下以北之地，西夏方可称臣。"

埽喝返京把此情禀告皇上，吴乞买听罢，让他回复李乾顺，只要能交出辽主，即可满足其要求。埽喝得令，只歇息了一天，二番脚又去了西夏。

耶律延禧闻知西夏正与金国议和，知道将对自己不利，乘夜率领仅有的残兵败将溜出西夏境。由于此时完颜宗翰已经返回京师，所以耶律延禧在逃跑的路上连连得手，先是占据了夹山，后又攻取了天德、东胜、宁边、云内等地。辽主死灰复燃、克州县之急报如雪片般飞入京城，吴乞买立即召开勃极烈会议，经与群臣商议做出决定：派发两支军队，一支以完颜杲为主将，宗望、宗干、娄室为副将，耶律余睹为向导，率领一万精兵堵住耶律延禧逃往漠北之路；一支以完颜阇母为主将，宗翰、宗弼、银术哥为副将，率领五万铁骑携带大炮百门收复失地。

完颜阇母的大部队经过几昼夜的急行军，首先来到了夹山，不费吹灰之力消灭了盘踞在此的辽兵。紧接着又风卷残云般克复了天德、东胜、宁边、云内等失地，其威力和气势不可阻挡，吓得耶律延禧筛了糠，在三百禁卫军的护卫下向北逃窜。马不停蹄地跑了两天，累得呼哧带喘，口干舌燥，见后面已无追兵了，方钻进道边的林子内。此时已是人困马乏，筋疲力尽，一个个背靠大树打起了呼噜。耶律延禧刚刚躺下准备歇一会儿，巡哨来报，发现北边有骑兵向此驰来，人数说不准，黑压压一片。他知道这下算彻底玩儿完了，但仍要做垂死挣扎，忙令集合队伍迎战。待手下迷迷瞪瞪地从地上爬起，完颜杲所率领的精骑已到近前，将林子包围了。你想啊，又饥又渴又乏的禁卫军怎会是养精蓄锐的金军之对手？何况三百对一万，众寡悬殊，犹如鸡蛋碰石头。结果不言而喻，禁卫军尽管拼命抵抗，却无济于事，一个不落地全倒在了刀剑之下，浑身战栗的耶律延禧被活捉。

辽建国于九〇七年，国号契丹，九一六年始建年号，九三八年改国号为辽，九八三年复称契丹，一〇六六年仍称辽。辽太祖耶律阿保机、辽太宗耶律德光以百战不殆、英谋睿略辑新造之邦，树晋植汉，雄踞北方。迨一一〇一年耶律延禧坐江山，战争、灾害频仍，治理无方，国力每况愈下，百姓怨声载道，最终无可挽回地走向衰亡。据后人评说，曾经不可一世的大辽之所以被金所灭，原因固然很多，但主要是天祚自身有不可救药的五大绝症：

第一，昏聩无智，刚愎自用，暴戾恣睢，贪生怕死。护步答冈之战因军卒的锐气稍挫，恐危及自己的性命，于是率先奔逃，致使百万大军一溃千里，从此一蹶不振。

第二，疑心太重，朝中文武大臣无论亲疏，一概不相信。只要有人检举某某僚属图谋不轨，便认为必篡夺军权，不做调查、不辨真伪、不问青红皂白立即斩首，不留后患。耶律敖鲁斡乃辽国公认的贤王，由于遭奸臣诬陷，含冤而死。文武兼备的耶律淳因受昏君的猜疑，所以放不开手脚，凡事小心谨慎，不能也不敢有所作为。在天子为保命逃得无影无踪、朝中上下人等不知其生死的情况下，耶律淳受群臣推戴在燕京称帝，以图中兴，结果被天祚的淫威逼迫抑郁而亡。

第三，娇纵爱妃，宠信奸佞，对元妃的兄长枢密使萧奉先言听计从，致群臣人人自危，离心离德。

第四，赏罚不明，罢黜无由，军中传言"战则有死而无功，退则有生而无罪。"使得官兵没了进取精神，而是得过且过，浑浑噩噩，毫无斗志，甚而望风披靡，不败才怪。

第五，荒于朝政，安于享乐，不思黎庶疾苦，贪恋荣华富贵，引发民怨沸腾。将至理名言抛于脑后，即得民心者得天下，失民心者失天下。

后　　记

　　当我的思路和笔致运行到文本的最后一句话时，刚欲暂撂小憩一下，却又顿觉目不能合、卷不能掩，仿佛故事中那顶盔贯甲、走向终极的众多巴图鲁从遥远的历史深处一起拥来。他们所演义的气势恢宏之活剧、所书就的缤纷壮丽之史诗犹在眼前，飞扬激荡，感人至深，引起无限遐想。

　　而今弩弓箭矢的飞鸣声已隐去，金戈铁马的喧嚣声已退去，留下了一片宁静。但那弥漫于沙场的烽烟、顽强拼搏的勇武之魂仍闪现于脑际，难以散去，何况英烈们立下的不可磨灭的功绩了，这大概就是满族传统说部带给一个文化工作者乃至广大读者的阅览欣喜及显著效果吧！真该感谢民间口头文学的功能，一部连续浩繁的卷帙能使沉甸甸的历史因有洒落着异彩的传奇衬托而精神抖擞，能使瑰玮的传奇因有坚挺可信的史实为依凭而更具魅力，成为其让后人永不忘怀的亮点，如同一块刻着历史人物、历史事件的巨大碑石，亘古不变。

　　满族及其先民是个有着悠久历史的古老民族，世世代代于白山黑水间繁衍生息，建功立业。在漫长的社会劳动、生产生活及建立民族自尊、自信、自治的历史发展进程中，凭借自己对大自然和世界的感悟、体味，对善恶美丑的认知，对社会现象的审视，把一个个值得颂扬的人物、一件件认为应当牢记、讴歌的往事纳入家族世代传袭的口碑之中，以此谈古论今。随着岁月的流逝，时代的进步，渐渐孕育、产生了蕴藏着丰富而凝重的社会历史内容、古朴而生动的民间口头文学——传统说部。故事大多以本氏族受到普遍尊崇的一代英杰之经历为主线，以历史事件为背景，展现某一时期各个部落、各族人民自强不息、卫国保家、拓疆守土所立下的丰功伟绩。在讲唱的过程中，通过不断的合理吸收、充实、修润、丰赡、扩展，使其日臻完善，成为"英雄之大传""部族之史诗"，承载着传统说部流传的历史，反映着本民族的文化心理、审美情趣、思维动态。

《金太祖传》也不例外，乃隶属满洲镶白旗的依尔根觉罗氏家族口耳相传、代代承袭的满族说部，至今在当地民众中传诵尤炽。它以潺湲的语言讲述了北宋末年，女真完颜家族的优秀代表阿骨打少年便有奇志，有心胸，有气魄。长大成人后，凭着所学之高强本领跟从父辈驰骋疆场，统一女真诸部，树起了反抗辽廷剥削、压迫的大旗，以两万英勇无畏的将士抵御辽国的百万之师，取得了最后胜利，创造了女真满万、天下无敌的神话，建立了金国，灭了称雄二百余年的大辽王朝。故事史料鲜闻，生动离奇，曲折跌宕，扣人心弦，独具特色和艺术魅力，为族人所称道，成为乌勒本文库中颇受欢迎的一部。

讲唱者赵迎林是吉林省九台市胡家乡罗古村二社的农民，生于斯，长于斯，聪明好学，有知识，有悟性。自幼好奇心强，喜欢听故事，经常参加族中老人"讲古""说史""唱颂根子"等训育子孙之活动。尤其对四爷赵永臣所讲的、从太爷处听来的关于老祖宗打天下的故事《金太祖传》产生了浓厚兴趣，打下了深深烙印，一直铭刻于心。其父赵显中继赵永臣之后接着讲唱此说部，还增添了一些与之有关的传说，使内容愈加丰富，有利于听者对先祖那粗犷豪放、不惧险阻、反抗强权、威猛坚忍之民族精神的理解和思考。父子俩曾把阿骨打一生的作为与历史上的杰出人物相比较，觉得毫不逊色，堪称是位顶天立地的巴图鲁，从而由衷地尊崇、敬佩。平日里，赵显中发现长子赵迎林喜欢读书，注重提高自己的文学修养，不断积累历史知识，遂定下由他作为传承人继续在族中讲唱。领命之时，赵迎林产生了把家族世代传袭的《金太祖传》进行认真梳理、融合，形成讲述文本，以便传给后人。并暗下决心，不能让此说部在这代失传，唱颂根子应作为家族成员义不容辞的责任和义务。于是怀着对满族文化的挚爱及一腔热忱，凭着记诵、回忆开始书写文本，基本上是依照四爷讲唱之章回体例、排列顺序、语言习惯而成，又加进了一些街谈巷议之奇闻轶事，并引入天上的神仙参与其中，或出手相帮或兴风作浪等怪诞不经的情节。

一部满族说部之所以能够存藏、流传不衰、具有旺盛的生命力，原因固然很多，其中讲述者的文化素养高低是个很重要的条件。赵氏家族的几代传承人都有一定的文化水平，赵永臣通读"四书""五经"，对"二十四史"《资治通鉴》《佛经》以及道家、儒家等流派的学说不止一次地研读和探讨过。讲述时融汇了佛教、道教、儒家思想，大大充实了说部的内容，增强了可读性、厚重性，金太祖的英雄形象亦愈加鲜活地展现在族众面前。赵迎林平时除了务农，就是研读佛学、诸子百家、《资治通鉴》等，且学以致用，使讲唱风格得以独辟蹊径。表现在故事的主人公每每遇到疑难之时，总是就此旁征博引，以史为鉴，深入浅出，借以育人，通篇处处显露出讲唱者对文化知识的丰富占有及恰当、自如的运用。显而易见，说明了阿骨打的反辽、建立大金的政绩不仅记载在史籍上，也反映在劳动人民的口头创作上，在满洲家族内有着真实、集中的传诵、吟咏。

当然，笔者在整理讲述文本时，发现本说部并非正史中的传记，并非严格的、科学的历史记录。而是以一个主要故事为经线，辅以多个枝节故事为纬线，通过想象、选择，运用虚拟手法编织的，对祖德宗功的歌颂以口头传承的方式完成的，两者既有相同之处，又有区别，与其称《金太祖传》，不如叫《金太祖传奇》更为妥帖。虽然它同样是巴图鲁乌勒本，在极为广阔的背景下铺陈故事、设置矛盾冲突，于斗争中评价、赞扬主人公的作为，但其中有的情节是由传闻演绎而来的传说，插上了幻想的翅膀，与古人对自然现象、社会生活的一种天真的解释和向往的美丽神话融为一体。比如第一回的顽童出浪言移走人参；第三回的阿骨打学文武；第四回的乌春欲炮击完颜部、玉帝派独角龙带着雷公雷母途中行雨、迫使炮车拖拽不动、弹药被淋发挥不了作用以及真龙接箭、彩凤拨箭，等等，真实的、虚妄的在这里并存，不但极富神妙莫测之感，给人以无限的想象空间，特点鲜明，而且具有很强的吸引力和震撼力。

传说与平铺直叙、真名实事、符合历史的正传是有很大差别的，它在总体上不违背史实大格局及人物行为、思维方式的前提下可虚可实，也可渲染上一层神奇的色彩，成了根据现实社会虚拟的另一世界之戏说。此说部因是家族世代传承至今，一直叫《金太祖传》，其家人还亲昵地称阿骨打为祖太姥爷，可见关系之密切、感情之深厚。他们觉得只有叫《金太祖传》，方能表达阖家对先祖至深至诚的景仰和爱戴，故而尊重讲述者的意愿，书名未加改动。

口传文学的优势在于讲述者借助现场的氛围，通过声音、声调、语气的自由传送，运用夹叙夹议的说唱形式，以通俗易懂、浸透着香泽的口头语言抓住听者的注意力，引人入胜。如果把口耳载体换成文字载体、一字不差地照搬，必将出现前后照应不到、结构不严谨、语焉不详、词句成分不全、用词不当甚或生涩等语病，需在整理时一一予以解决，既要显见口头文学的特点、风格，又要符合文字载体的规则。就本书而言，具体做法为：对情节不连贯或有头无尾的部分，采取沿袭原脉络合理补充，上下衔接；对前后矛盾、人物关系不清、取向随意变化等，采取确认其一，余皆舍弃，以顺理成章；对重复、拖沓的段落认真梳理，删繁就简，尽量做到记述有所本，取舍有所据；对成分不全、生涩不解、用词不当的语句逐字逐句地推敲、斟酌、订正，使之文如流水，词严义正；对不足以概括所述内容、不够准确之回目给以更改或重新设目，使之表情达意。

《金太祖传》可谓口承艺术的智慧结晶，凝聚了几代人的心血，在众多说部中也是独一无二的，之所以流传至今，乃传承人经历各种风雨精心保护的结果。笔者根据满族口头遗产传统说部丛书编委会提出的坚持科学性的首要要求，操作时力求保持讲唱之原貌和口述史的原汁原味，注意民间文学的口头性，严把说部形成的本体特征，不敢有半点儿疏离。鉴于水平有限，恐难于为讲唱文本增辉添色，窃以为只要不伤故事之精要，将其本质的、细节的真实呈现给广大读者，不失口承文学的天籁真趣、原始活力，应该就是无愧于对满族文化情有独钟的依尔根觉罗氏家族的期盼了，不知族众和读者诸君以为然否？

于　敏

二〇一四年五月